WU TAICHANG JI
QINLI WENTAN

吴 泰 昌 集
亲历文坛

时代出版传媒股份有限公司
安徽文艺出版社

吴泰昌◎著

　　吴泰昌,安徽省马鞍山市当涂县人,1938年生。中国当代著名的散文家、文学评论家。1955年由当涂中学考入北京大学中文系,1964年北大研究生毕业后,长期从事文艺报刊编辑工作。1984年—1998年任《文艺报》副总编,第一副总编,编审,后为报社顾问,1992年起为享受国务院特殊津贴专家。1979年9月加入中国作家协会,现为中国作家协会名誉委员,兼任中国散文学会、冰心研究会名誉会长,中国报告文学学会顾问,《儿童文学》编委等。

　　现已出版散文、评论集30余部,代表作有《艺文轶话》《文苑随笔》《有星和无星的夜》《梦里沧桑》和近年陆续出版的吴泰昌亲历大家系列5种:《我亲历的巴金往事》《我认识的朱光潜》《我知道的冰心》《我了解的叶圣陶》《我认识的钱锺书》等。1983年出版的《艺文轶话》获中国作家协会主办的新时期全国优秀散文集奖。主编有《中国新文学大系(1976—2000)散文卷》等多种图书。

WU TAICHANG JI
QINLI WENTAN

吴泰昌 集

亲历文坛

吴泰昌◎著

时代出版传媒股份有限公司
安徽文艺出版社

图书在版编目（ＣＩＰ）数据

亲历文坛/吴泰昌著. —合肥：安徽文艺出版社,2019.9
（吴泰昌集）
ISBN 978-7-5396-6329-6

Ⅰ．①亲… Ⅱ．①吴… Ⅲ．①随笔－作品集－中国－
当代 Ⅳ．①I267.1

中国版本图书馆 CIP 数据核字(2018)第 063419 号

出 版 人：段晓静
策　　划：朱寒冬　　　　　　统　　筹：宋潇婧
责任编辑：宋晓津　　　　　　装帧设计：张诚鑫
....
出版发行：时代出版传媒股份有限公司　www.press-mart.com
　　　　　安徽文艺出版社　www.awpub.com
地　　址：合肥市翡翠路 1118 号　邮政编码：230071
营 销 部：(0551)63533889
印　　制：安徽新华印刷股份有限公司　　(0551)65859551
....
开本：710×1010　1/16　印张：27.75　字数：500 千字
版次：2019 年 9 月第 1 版　2019 年 9 月第 1 次印刷
定价：79.00 元
....

MU
LU

代序:泰昌的散文

吴组缃

知道泰昌的散文集《梦的记忆》即将付印,我是十分高兴的。由此,我记起来许多从小念过的类乎散文的文辞。七十多年过去了,这种文辞至今不忘。

我幼年入蒙塾,读过了《人之初》等几本书,又读商务印书馆出版的新国文课本。在"人、手、足、刀、尺"之后,有篇课文是:

"儿有病,母坐床前,讲故事,儿乐甚。"

接着一篇:

"儿病愈,母心喜,天气晴明,挈儿出游。"

课本上图下文,我念着、看着,觉得写的就是我家里的事,因为我正是多病的(疟疾)。每念一次,心里都感到愉快和幸福,恨不得回家偎到母亲怀里去。

稍长,读"四书"。我们那里有句有名的话,道是"念到《大学》《中庸》,屁股打成灯笼"。《大学》《中庸》的确咬不动。但是耐下心,读读《论语》《孟子》,还是慢慢能感到兴趣的。塾师不开讲,只教我们朗诵。回家,我找父亲给我讲解。父亲挑着给我讲。我也似懂非懂。可是能背诵不少的章节,并且能留下很深的印象。那就是关于孔夫子为人处世的印象,关于孔夫子和他的众多门下弟子的关系的印象。

孔夫子在乡党是怎么个神情态度,在太庙怎么样。关于他的吃饭睡觉又怎么样。例如睡觉,他主张不要仰着睡(不尸),不要说话(不语),这很有道理,到现在还是合乎卫生的好习惯。可见他是有讲究的。可也没准儿。他又鼓吹吃点小菜和水泡饭,屈一只臂膊当枕头,"乐也在其中矣"。关于他的吃,书上另外记得很详尽,那可讲究极了。"食不厌精,脍不厌细。"变味的不吃,隔宿的不吃,甚至"割不正不食"。又喜欢吃生姜,好像餐餐都吃。大约这是他老年时的考究。前几天报刊上有专文介绍孔夫子的吃经,认为现代老年人可以学习的。

他一生恓恓惶惶,周游诸国。在陈绝粮,在蔡也倒了霉。路上遇着接舆唱着歌把他狠狠挖苦嘲笑了一顿:"凤啊,凤啊!德行为啥这么糟啊!今天搞政治的完蛋了!"子路问路:"你看到我的夫子吗?"碰到的是荷蓧丈人。丈人苍白地说:"四体不勤,五谷不分。孰为夫子!"

其实他们还是对他有好感的。荷蓧丈人回头好好招待了子路,子路把经过详细说给孔子听了。孔子说:"他们是隐者啊!"

孔夫子有时还玩点小花招。阳货欲见孔子,孔子不见。阳货给他赠来一头小猪,孔子探定阳货不在家时跑去拜谢他,不料却在路上碰见了。其实阳货对他并没什么歹意,只告诉他说:"你有好思想、好主张,像藏着个宝贝,不拿出来为国效力,能算是'仁'吗?你喜欢做事,又总是放过了时机,能算是'智'吗?光阴过得快,日子是不等人的!"孔子连声答:"好,好!我就出来任职做官了!"

孔夫子和他的门下弟子那样的关系也是很有趣的。他们师生间常常抬杠子,闹别扭。在子游管治的武城,听到学校弦歌之声,不料夫子却看不起这个小地方:"哼,这小地方也讲礼乐,真是割鸡用牛刀!"子游抓住说:"我从前听夫子你说过,不管大国小县,不管君子小人,都要讲礼乐。你现在怎么又这样说话?"这问得夫子无言对答,只好认错说:"子游的话说得对。我刚才的话是说着玩的。"

最突出的是子路。因为老师口口声声总夸说颜渊这也好，那也了不起，他心里很不服气。一次，孔夫子又对颜渊说："用之则行，舍之则藏。只有我同你有这种心怀。"子路就插嘴问孔子："你带领三军作战，那时同谁在一起？"孔子很生气，回答说："光着膊子打老虎，光着膀子过河，到死都不懊悔，这样自以为勇敢的人，我是不会同他一起的！我需求的，必须临事而想，凭谋略而取得成功的人啊！"

孔夫子在卫国，去拜见卫灵公的名声不大好的夫人南子（想通过她影响卫灵公）。子路很不高兴。急得孔子赌咒发誓："我若做错了什么，天不容我！天不容我！"

一天，子路、曾参的父亲曾皙（名点）、冉有、公西华几个人陪侍孔子坐着。孔子说："不要因为我比你们年长几岁，便对我提的问题不肯回答。平日你们总说，没人知道我呀。可是有人知你用你，你又怎么样呢？"子路就粗率地抢先回答说："若有千乘之国，被胁迫在大国之间，对它调动军队，又趁它饥荒之时，进行威迫。若是我来治理这样的国家，只要三年工夫，我就可以使它有勇气做抵抗，并且教它掌握了恰当的大政方针。"孔子摇头嗤笑了他一声。以下冉有、公西华，都答得很谦逊。最后问到曾点。曾点正在鼓瑟，听到问，铿一声，停手放下瑟，回答说："我的想法跟他们几位不同。"孔子说："不要紧，不过各人谈谈自己的志愿罢了。"曾点就说："在暮春时，春天的夹衣已经做成，小伙子五六人，小孩子七八人，到沂水去洗澡，吹拂着凉风，跳着求雨的雩舞，吟着雩诗，一同回来。"孔子说："点的想法好，我同意。"

不过孔子还是十分赞赏子路的憨直与忠心。他曾慨叹道："如果我的道理不能实行，将来乘木筏子到海上去漂流，跟着我的恐怕还是子路吧！"

孔子十分关爱他的众多门下弟子，对每个在各地任职的门生，都乐于进行具体的帮助。伯牛有病，孔子去看他，隔小窗口拉着他的手叹道："这个人竟生这样的病！"连说几次。颜渊死，孔子哭得很伤心："天杀了我！天杀了我！"

孔子的思想也很矛盾,一次忽然说:"我想不说话了。""为什么?""天何言哉,四时行焉,百物生焉,天何言哉!"这显然是老子的大德无为,行不言之教的主张。

《论语》为我们勾勒的关于孔子以及他们师生间关系的形象,是活生生的,有血有肉的,它在叙述他的理论主张时,有意无意漫不经心的淡淡的几笔,就给我们画出几千年前的人物和日常生活的景象。撇开他的理论说教,我们看到的孔夫子,是个普普通通活着的人,头上并无什么神圣的灵光;我们看到的他们师生的人际关系,也是十分真实生动、富有意趣的,比起今天我们学校里的情形,好像还更活泼一些。这是出乎我们意料的!

以上的引述,是我现在还记牢的幼年时念过的书。我把新课文和《论语》《孟子》都看作散文,没把它们看作教科书和圣人的经典著作。

我喜欢这样的散文。我心目中泰昌的散文,正是这样一路的散文。它们的特色,是随随便便、毫不作态地称心而道,注重日常生活和人情事理的描述,读来非常真切、明白,又非常自然而有意味。正如一碗淡淡的清汤,上面浮着几粒碧绿的葱花和透明的油珠。喝着,满口爽快,觉得很有味道。

泰昌的为人正是这样的。外表近乎乱头粗服、不修边幅的一派,说话随便,脱口而出;手脚麻利,转身极快。工作虽繁忙,对各种社会关系都能关顾到。见面也没什么要紧的话,更没什么激动的感情流露,给人的印象,也是淡淡的、绵绵的、平平白白的,可是,久不见,就有点想他。

我忽然想起薛宝钗的一句诗:"淡极始知花更艳。"借来说他的人和文似乎都可以,我以为。

吴组缃

1987 年 4 月 25 日

刻在心上的记忆

——悼念茅公

多雨的江南之春。在上海一个偶然的场合，我听到了茅公长逝的噩耗。那是在巴金家里，时间是 3 月 27 日下午 3 时 25 分，电话铃突然响了，李小林习惯地拿起电话，当她脸色大变，失声喊出"茅公"时，一切都无须说明了。巴金披着上衣急忙地走去接电话，只见他十分艰难地、一句一顿地说："很吃惊，很难过，他是我尊敬的老师，几十年如此……"浓重的四川乡音传出的是难以言说的深挚悲痛的感情。

我又想起一个多月前，在我江南之行的前夕，我去北大看望病中的老师吴组缃，闲谈起茅公近年发表的文学回忆录，这位年已七十的老教授感激地说："30 年代我的两个短篇集子刚出版，茅公就写文章评论，有好说好有坏说坏，给予我很大鼓励。几十年来，我一直把他视为自己的良师。"

这两位长者，在文学领域中都有卓著的成绩，有的称得上是杰出的语言艺术大师，他们都忘怀不了当年茅公所给予他们的扶持。人们不难想象，在茅公活动于中国现代文坛上的漫长的 60 年中，对一代又一代的文学青年，他都给予了不少滋润生机的雨露。

近几年，由于工作关系，我偶有机会，向茅公求教。虽然他已是八十开外的老人了，身体不好，尤其是冬天，一说话就气喘得厉害，但每次对于我们这些后辈的请求，有时甚至是过分的请求，他都尽可能给以满足。前两年在他

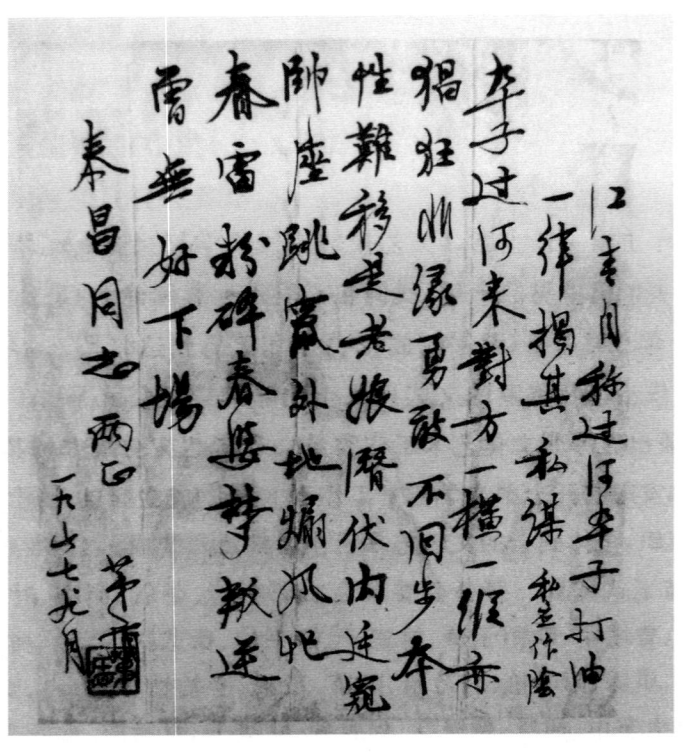

1977 年,茅盾题赠吴泰昌诗作

前院小会客室里,后来在他后院书房里,他总是静静地听我们谈,然后慢慢地解说,微笑里透露出慈爱与激励,在这种亲切平易之中又满含着一位真正的长者严格的要求。

　　1977 年秋末,《人民文学》编辑部举办了短篇小说创作座谈会。这是被迫停顿了十几年后作家们第一次自由探讨创作问题的会议。大家高兴地听了茅公的讲话。讲话稿被整理出来后,题名《老兵的希望》,《光明日报》要先发,茅公招呼校样他还想看看。送去后他当即看了,只改动了几处。临走时,他站起来握着我的手开玩笑地说:讲话稿不如写文章文字那样推敲,整理时可以去掉一些可有可无的虚词,尽量精练些,这项工作你们编辑应该做。晚上,我仔细琢磨他的改动,很受益,夜凉了,还感到他的手留下的余温。

第四次文代会的开幕词是茅公作的。他因身体原因，要大会筹备组先代他草拟一份稿子。1979年10月26日，冯牧同志和张僖同志叫梦溪同志和我去茅公家，听取他对开幕词草稿的意见。下午3时半按约见到他。那天他精神尚好，翻了几页铅印稿，说四千字长了，有一千多字就可以了。他说有些问题在别的报告里要讲到，创作问题他又另有一个发言。因此茅公说他要亲自动笔，叫我们将稿子留下，明天上午11时后再去取。次日10时半我们提前去时，他已将稿子改定。可见他是忙了一夜。他翻着删改后的稿子给我们看，一一说明为什么这段要删，那几句要加。他的这种严肃认真的态度使我们感动不已。他还说：写这类文章要干净、简短，突出重点，切忌面面俱到，同时要有个性，表达方式和语气要力求符合讲话人的习惯。

茅公的谈话，哪怕是三言两语的插话，也很富有思想和启发。1979年9月11日下午，我有事去茅公家，顺便请教他关于柳亚子诗词的评价问题。1978年夏天，我业余读了一点柳亚子的诗词，为《中国现代文学研究丛刊》写了一篇浅显的文章：《谈柳亚子的诗》，我深感我们过去对柳诗的研究不够，但究竟应该怎样适度地评价，拿不准。我很想听听茅公的高见，接受他的指点。当我向他提出这个问题时，他反问我的看法。茅公说，柳亚子的旧体诗词成就很高，史料价值也大，现在对他的评价不够，他说有机会他要谈谈这个问题。不久，他在第四次文代会期间的一次讲活中，公开地提出了这个问题。他说："柳亚子是前清末年到新中国成立后这一长时期内在旧体诗词方面最卓越的革命诗人，柳亚子的诗词反映了前清末年直到新中国成立后这一长时期的历史——从旧民主主义革命到社会主义革命的历史，如果称它为史诗，我以为是名副其实的。"茅公从文学史实出发引出的这个新鲜见解，为许多现代文学研究者所赞同。茅公在学术上的这种勇气，直到他搁笔之前写的一些短文中还充沛地葆有。1980年11月2日上午，我随罗荪同志去茅公家，请他为即将改刊的《文艺报》写稿。据茅公的亲属说，他正全力以赴埋头撰写文学回忆录（那时正写到1933年），其他文章一般不写。他知道《文艺报》

1982 年起将被改为半月刊时,他慨然允诺了(我心里想,茅公一定还清楚地记得 1949 年第一次文代会期间他负责筹备创刊《文艺报》的情景),并且很快写成了。这就是《文艺报》1981 年第 1 期发表的茅公的《梦回琐记》。在这篇札记式的短文里,茅公针对目前已出版的几部现代文学史,建议文学史编写采取另一种体例。从文前的小引得知,这则札记写于凌晨,是他"神志清醒,偶有所思"之作。

最近几年,茅公深居简出,但他仍关心当前文艺创作的发展。《文艺报》纪念新中国成立 30 周年时,曾请他写过一篇《温故以知新》,这篇短文概述了 30 年来我国文艺发展的历程,又结合当时文艺界有争议的若干问题发表了自己的意见。今天看来,也都是中肯的。如他认为"伤痕文学"的兴起是有特殊的社会根源的,这类作品能起到一定的社会作用,但它"不能止步不前,必须向前发展。这不是指量的方面,而是指质的方面。对作品的题材,应该发掘得更深,还应该加强作品思想的深刻性并使艺术表现得更加完善。同时,也要想到已有的'伤痕'题材会越用越少,那就得做好准备,转换题材"。茅

1978 年 10 月,《人民文学》编辑部在京召开全国短篇小说创作座谈会,茅盾进入会场

公在谈话时,殷切希望搞文艺理论批评的同志多阅读些当前的文艺作品,努力运用唯物辩证观点去分析作品和文学现象,他说这样产生的理论批评才会是活泼的,有生气的,作家和读者都爱看的。茅公在新中国成立后写了大量评价青年作家及其作品的文章,他的评论文章就具有这样的活泼的风格。1978年前后,他曾想继续写些短篇小说漫评一类文章,并要《人民文学》编辑部帮他提供一些优秀短篇小说的题目,大概受他的视力和精力所限,这个愿望最终未能实现,这个损失是永远不可弥补的!

在今天下午隆重的追悼会上,有多少老年的、中年的和青年的作家,踏着哀乐,默默地走向茅公的遗像,向这位伟大的革命作家献上自己心灵的哀歌。茅公那双充满同情、激励的眼睛像往常一样在亲切地望着我们,叮嘱着我们,不要悲伤,要有信心和力量,"新的一代肯定将超过他们的前辈,同时也将被下一代所超过"。

1981 年 4 月 17 日

盛会之际忆茅盾

　　中国作家协会第六次全国代表大会召开的这几天,北京虽是严冬,但会内会外,并不使人感到寒冷。来自祖国各地的几代作家在这里再次相聚,大家激动、兴奋,会场上热气腾腾,话语不止。此时此刻,此情此景,面对新世纪祖国更美好的未来,极容易使人回忆起半个世纪的风雨历程,特别是怀着无限崇敬的心情怀念中国作家协会第一任主席和《文艺报》的创始人茅盾。

　　在中国作协全委会上,我见到从江苏来的陆文夫,我问他还喝不喝酒,文夫摇摇头,他的身体已经不允许他豪饮了。我认识他是在 20 世纪 70 年代末,那时他是中年作家,但我最初读他的作品时,他还是青年作家。1964 年,我来《文艺报》工作,最先读到的是 6 月号的刊物,那上面就有茅盾《读陆文夫的作品》及《陆文夫给〈文艺报〉编辑部的一封信》。茅盾自 20 世纪 50 年代中期以后,常以文学评论的方式推出文坛新人新作,小说家陆文夫的作品就是他热心推出的一个。会上我又见到王安忆,祝贺她刚当选上海市作协主席,由她,我又想起了她的母亲、过世了数年的小说家茹志鹃,茅盾称赞过她的短篇。由茹志鹃,我又忆及 1977 年底人民文学杂志社召开茅盾等出席的全国短篇小说创作座谈会时,我去北京火车站接她的情景。我们初识,她住定后就关切地询问起《文艺报》副主编侯金镜在“文革”中去世的详情。金镜同志很认真地写了《创作个性和艺术特色——读茹志鹃小说有感》,发表在

《文艺报》1961 年 3 月号上，茹志鹃一直很感激金镜同志对她创作的理解与帮助。

参加作家自己的会议，作为一名老编辑，我想起了自己在《文艺报》近 40 年的日日夜夜。

1999 年，受文艺报社委托，我主编了《〈文艺报〉创刊五十周年纪念图集》（作家出版社出版），走访了文联和作协一些老领导，询问《文艺报》一些老人，翻找了一些有关资料和图片，这使我对《文艺报》的历史有了较多的了解。在作协第六次全国代表大会的会场上，我不止一次地涌起先辈们开拓道路、后来人不断前进和"前人栽树，后人乘凉"的情怀。

中国作协第一任主席、《文艺报》《人民文学》的创始人、伟大的革命文学家茅盾去世已整整 20 年，我们在心里永远尊称他为"茅公"。

1949 年 2 月 1 日，北平解放，2 月下旬茅盾到达北平。3 月，各解放区和国民党统治区及香港地区的文艺界人士陆陆续续会集北平。3 月 22 日，郭沫若、茅盾出席华北文化艺术工作委员会和华北文协举办的招待茶会，郭沫若提出发起召开全国文学艺术工作者大会以成立新的全国性的文学艺术界的组织，全体到会的文学艺术工作者都热烈赞成。3 月 24 日，筹备委员会宣布正式成立。筹备委员会由郭沫若、茅盾、周扬、叶圣陶、郑振铎、田汉、曹靖华、欧阳予倩、柳亚子、俞平伯、徐悲鸿、丁玲、柯仲平、沙可夫、萧三、洪深、阳翰笙、冯乃超、阿英、吕骥、李伯钊、欧阳山、艾青、曹禺、马思聪、史东山、胡风、贺绿汀、程砚秋、叶浅予、赵树理、袁牧之、古元、于伶、马彦祥、刘白羽、陈荒煤、盛家伦、宋之的、夏衍、张庚、何其芳 42 人组成。郭沫若任筹委会主任，茅盾、周扬任副主任。就是在这次会上，决定出版周刊《文艺报》，并由茅公负责筹划。

1949 年 5 月 4 日《文艺报》第 1 期出版，至 7 月 28 日第 13 期，在文代会筹备和大会召开期间总共出了 13 期，除第 1 期外，余均为周刊。1 ~ 8 期编者署名为"中华全国文学艺术工作者代表大会筹备委员会《文艺报》编辑委员会",9～13期署"中华全国文学艺术工作者代表大会《文艺报》编辑委员会",由于版权页上未公布《文艺报》编辑委员会的人员名单,所以,长时期以来,少有人知道创办《文艺报》时期,《文艺报》编辑委员会的带头人就是茅盾。据《中华全国文学艺术工作者代表大会纪念文集》载:"《文艺报》编辑委员会委员是茅盾、胡风、严辰(厂民)。"茅盾当时是文代会主席团副总主席、文艺作品评选委员会主任,胡风是筹委会委员、大会主席团成员,严辰是诗歌组委员。

茅盾为《文艺报》诞生费尽精力,大小事多亲自过问。为解决出版《文艺报》用纸问题,茅盾甚至惊动了周恩来副主席。1979年第四次全国文代会和第三次全国作代会召开前夕,文联及各协会恢复筹备领导小组负责人冯牧、张僖曾派我和刘梦溪去茅盾家取回他改定的在第三次全国作代会上作的题为《解放思想,发扬文艺民主》报告稿。茅公顺便询问起会议准备的一些情况,他感慨地说,现在客观条件好多了,第一次文代会用纸,包括《文艺报》用纸,都得去麻烦总理解决。阿英1949年5月13日日记中有一段记载可以印证茅盾的记忆:"晚8时,(袁)牧之来车,同去中南海。(潘)汉年、夏衍、许涤新、周扬、沙可夫、萨空了、茅盾、何其芳,亦先后至。10时许,恩来同志来。首先谈文代会问题,其次谈新闻纸问题,再次谈上海文化工作问题。第二部分谈完后,夜饭,旋继续谈至3时半完。"

茅盾强调版面上要促进文艺界在新中国基础上的广泛团结,在遵循党的文艺方向上的思想统一,他善于用交流的方式实现这个意图。1949年5～6月,《文艺报》曾召开三次文艺界座谈会,茅盾主持过两次。第一次出席的有冯至、臧克家、柯灵、杨晦、黄药眠、卞之琳、钟敬文、张骏祥、焦菊隐、杨振声等。第二次座谈会的主题是《关于新文协的诸问题》,出席的有张瑞芳、白杨、赵沨、许广平、徐悲鸿、郑振铎、曹禺、戴爱莲、田汉、骆宾基、舒绣文、戈宝权、葛一虹、洪深、凤子、马思聪、蒋牧良等。座谈会发言经记者整理后,茅盾亲自仔细改定,详细报道。

茅盾为《文艺报》撰写了多篇文章。如代编委会起草了《发刊词》,《发刊词》中说:"多少年来,从事文学艺术工作的朋友们都希望有这么一个定期刊物,作为交流经验、交换意见、报道各地文学艺术活动的情况,反映群众意见的工具。然而由于客观形势的阻隔,此种希望,迄今未能成为事实。现在,全国文学艺术工作者代表大会即将开会,各解放区以及解放区以外各地的文艺工作者陆续来到北平,对于这样一个小型的定期刊,固然更感到需要,而出版这样一个刊物的客观条件也大体具备了。这便是全国文学艺术工作者代表大会筹备委员会决定要改进这一个《文艺报》的原因。"5 月 26 日出版的第 4 期发表了茅盾 5 月 23 日赶写的《关于〈虾球传〉》。第 11 期头条发表了茅盾的《为工农兵》。

茅盾还在百忙中多次写信为《文艺报》约稿,或者帮助编辑部年轻编辑考虑合适作者,如 6 月 30 日出版的第 9 期庆祝文代会召开的专栏中,刊载了叶圣陶的《划时代》、赵树理的《会师前后》、柯仲平的快板《文代会上〈数来宝〉》。编委胡风的《团结起来,更前进!》在本期头条发表时,标以副题"代祝词",代表《文艺报》对文代会召开的祝贺。

关于《文艺报》报头设计,茅盾用心选定。创刊号报头是茅盾让严辰去请画家丁聪设计的,第 2 期至第 8 期,《文艺报》报头是茅盾亲自书写的,第 10 期至第 13 期,正值大会期间,报头又改用铅字。1949 年 7 月 19 日文代会结束后,《文艺报》作为全国文联机关报于 9 月 25 日正式创刊,报头系鲁迅字体,一直沿用至今。《文艺报》报头用鲁迅字体这个主意,也是茅盾建议并最终被采用的。鲁迅是我国现代新文化运动的伟大旗手,第一次文代会会标上就镌有毛泽东和鲁迅的头像。

1949 年 7 月 19 日,中华全国文学艺术工作者联合会(全国文联)宣布成立,郭沫若当选全国文联主席,茅盾、周扬当选副主席。7 月 23 日,中华全国文学工作者协会成立(1953 年改称中国作家协会),文协主席茅盾,副主席丁玲、柯仲平。1949 年 9 月 25 日,全国文联机关刊物《文艺报》正式创刊;10 月

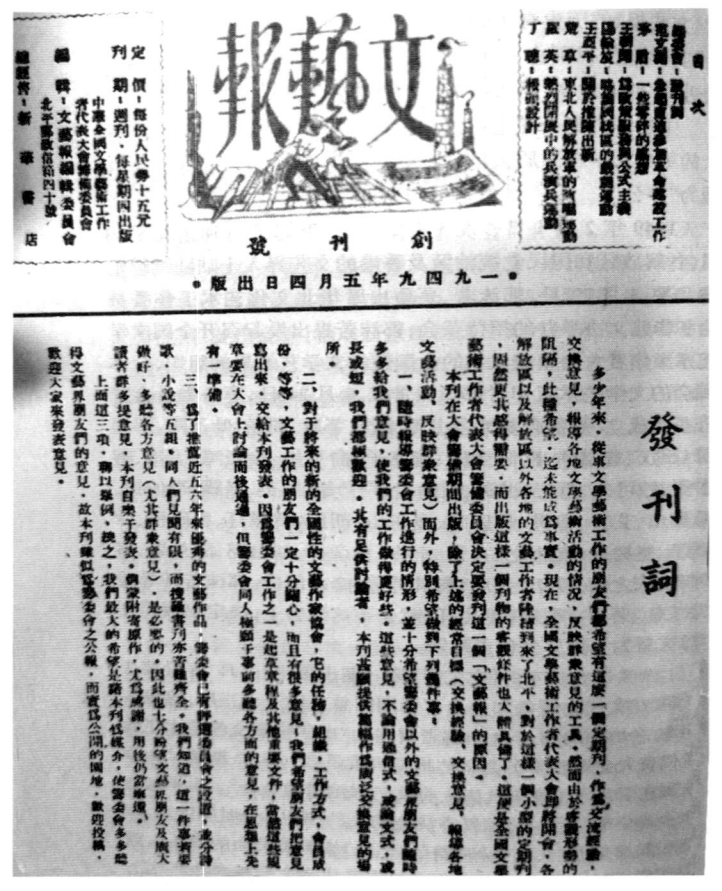

1949 年 5 月 4 日,茅盾创办的《文艺报》出刊,主要创办人茅盾亲自写了发刊词

25 日,中华全国文学工作者协会机关刊物《人民文学》杂志创刊,茅盾任主编,艾青任副主编。

茅盾在《人民文学》发刊词中指出:《人民文学》的主要任务,是"通过各种文学形式,反映新中国的成长,表现和赞扬人民大众在革命斗争和生产建设中的伟大业绩,创造富有思想内容和艺术价值,为人民大众所喜闻乐见的人民文学,以发挥其教育人民的伟大效能"。同时,《人民文学》还要在"培养群众中新的文学力量""建设科学的文学理论与文学批评"等项工作中起到与所处地位相应的积极作用。为此,他呼吁"站在毛泽东旗帜下的全国文艺界的朋友们,请一齐来负起这个庄严的责任,使本刊一期比一期更精彩"。在《人民文学》创刊号中有周扬的专论《新的人民的文艺》,何其芳抒写开国大典的诗歌《我们最伟大的节日》,巴金、胡风等纪念鲁迅的文章,刘白羽、康濯、马烽反映解放战争与农村现实的小说。

虽然 1949 年 10 月 19 日茅盾已出任文化部部长,加上创办《人民文学》,工作骤忙,但《文艺报》1949 年第 9～12 期实际上仍由他兼管。这几期《文艺报》版权页上编者仍署"中国文学艺术工作者联合会《文艺报》编辑委员会"。在《文艺报》正式创刊号上,茅盾改定了社论《庆祝中国人民政协》,并发表了《一致的要求和希望》,他指出:在革命彻底胜利,新中国即将诞生的新形势下,文代会几百件提案表示了文艺界同人的一致要求和期望,归纳起来是:(一)加强理论学习;(二)加强创作活动;(三)加强文艺的组织工作,强调文艺组织工作和理论工作与创作活动同样是文艺运动的主要工作;(四)继续对封建文艺及买办文艺、帝国主义文艺展开顽强的斗争。他还要求文艺理论工作者以新的观点来研究编写《中国文学史》和《中国新文艺运动史》,并把它们提到工作日程上来。在正式创刊号上,茅盾还决定发表《全国文联关于出版〈文艺报〉致各地文联及各协会的通知》。到 1950 年第 1 期《文艺报》才公开亮出主编丁玲、陈企霞、萧殷的名字。丁玲当时任中宣部文艺处处长、中华全国文学工作者协会副主席。1954 年全国文联决定委托中国作协主办《文艺报》,后来才逐渐明确《文艺报》由中国作协主办并成为中国作协机关报。可以说,茅盾是新中国最早诞生的两大文艺报刊《文艺报》和《人民文学》的创办者。

茅盾 1953 年 7 月不再兼任《人民文学》主编,作为全国文联副主席和中国作协主席,他对《文艺报》《人民文学》既有领导之情又有特殊的亲情。新中国成立后,他的一部主要文艺理论著作《夜读偶记》就是 1958 年 1 月起在《文艺报》连载的。他的长篇文学评论《一九六〇年小说漫评》,《文艺报》

1961年4～6期连载。1963年，为纪念曹雪芹逝世200周年，茅盾在《文艺报》上发表了《关于曹雪芹》。1965年6月，《文艺报》被迫停刊，1977年底，茅盾在刚复刊的《人民文学》召开的一次座谈会上，公开以中国文联副主席和中国作协主席的身份讲话，他说，"四人帮"不承认文联和作协，我们也不承认他们的反革命决定。他建议尽快恢复中国文联和各个协会的工作，并建议《文艺报》复刊。1978年5月底，茅盾出席中国文联第三届全国委员会第三次扩大会议，他在大会上庄严宣布："中华全国文学艺术工作者联合会、中国作家协会和《文艺报》，即日起恢复工作。"

　　晚年多病的茅盾，从1978年起，在着手写长篇回忆录《我走过的道路》的同时，不忘给《文艺报》多方指导和积极支持。他在《文艺报》1978年8月发表了《培养新生力量》，同年11月发表了关于《坚持实践第一，发扬艺术民主》的文章。1979年12月，又发表了庆祝新中国成立30周年的纪念文章，这是茅盾1981年3月27日辞世前，为《文艺报》撰写的最后一篇文章。

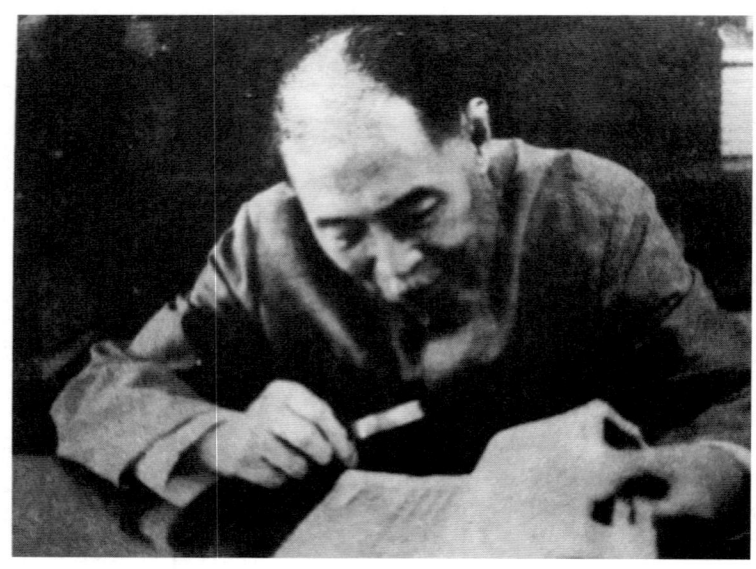

茅盾在写《回忆录》(1979年，潘德润　摄)

每天开会我回到房间,都能看到一张当天出的《文艺报》,彩色印刷,琳琅满目,比起当年茅公创办《文艺报》时还要找总理解决纸张的情形,现在的条件要好多了。特别是从报纸上看到很多介绍青年作家的文章,我就想到茅公编《文艺报》时对文学新人的关怀和扶持,茅公的思想和精神继续在新出版的《文艺报》上传承。

2001 年 12 月

巴金在寓所惊悉茅盾逝世

1981 年 3 月 27 日下午,巴金在寓所客厅里突然听到茅盾长逝的噩耗。3 时 25 分,电话铃响,李小林习惯地拿起电话,当她脸色大变,失声喊出"茅公"时,一切都无须说明了。巴金急忙去接电话,他十分艰难地、一句一顿地说:"很吃惊,很难过,他是我尊敬的老师,几十年如此……"

客厅的气氛骤变,静谧得令人感到窒息。巴金木然地坐在沙发上,小林静静地陪着他。

巴金这天的精神原本不错。当我下午应约走进他家客厅时,他已坐在沙发上。他对我兴奋地谈起最近读到了不少中篇、短篇小说,还具体谈了自己对几个中篇的意见。我和小林陪他去院子里散了一会步,他说,茅公也这么认为,现在一些中青年作家的作品超过我们,这是文学发展的大好事。巴老知道茅公最近又住院了,看来他并不担心会发生什么,他关心住院会影响茅公写创作回忆录的进展。

听到茅公的不幸消息,巴金感到太突然,太意外。

"文革"结束之后,巴金多次去北京开会,常有机会在会上见到茅公,或到茅公家里叙谈。茅公给巴金的印象不像一位老人,"他还是那样意气昂扬,十分健谈"。巴金总以为自己和他以后晤谈的机会还很多。即便听说茅盾身体不好,住进了医院,巴金还想着冬天老年人总要发这样或那样的毛病,天气一暖和就会好起来,"下一次见"的信心始终不动摇。他说:"万万想不到突然来的长途电话就把我的'下次吧'永远地结束了。"

1980 年 3 月 29 日,巴金(左)最后一次与茅盾亲切交谈

巴老说,人到暮年,对生死的看法不像过去那样明白、敏锐,同亲友分别,也不像壮年人那样痛苦,因为心想:我就要跟上来了。"但是得到茅盾同志的噩耗时我十分悲痛,眼泪流在肚里,只有我自己知道。"

我目睹了,真切地感受到,茅公逝世给巴金带来的巨大刺激和痛苦,我拿起相机抢拍了几张。

李济生的到来多少打破了巴金客厅的长久沉静。济生当时可能还不知道客厅里正在发生的事。他一进来就大声说话。巴老的神情使他很快地默然坐下。以前我听过他们兄弟之间随意侃谈。今天,济生的话也不多。济生说话,巴老也没有什么反应。巴老说:"我要抓紧做该做的事,时间不多了!"小林又陪他去院子里散步,我匆匆告辞了。

晚上回饭店,服务员递给我一张纸条,是编辑部捎来的,要我即刻邀请巴老写茅公的文章。茅公是我们中国作协的主席，巴老是第一副主席，作为作协机关报，刊登巴老悼念茅公的文章是最最理想的。当晚我给小林打电话，转达了编辑部的这个请求。小林说，会写的，但他现在情绪不好，不要催。

意外的是，第三天上午小林打电话告诉我，文章已写好。下午她交给了我。小林说："爸爸是昨天早上开始写，今天早起写完的。"晚饭后，我挂长途电话给罗荪同志。当年饭店里少有直拨电话，长途是通过饭店总机挂的，而我所住的延安饭店又是部队系统的，部队办的饭店打军线快，挂地方线很慢，我从8点一直等到9点半，还没接通。我只好求话务员帮忙，我说："是急事，茅公逝世，巴老为我们报纸写文章的事，非常重要的事。"话务员态度很好，她说既然茅公、巴老是主席，我们就按首长的事急办，不到五分钟，电话就接通了。罗荪没想到巴老会这么快写出来。他告诉我，去年还陪巴老去茅盾家里，谈了一个多小时，他俩谈得很愉快，巴老怕影响茅公休息，主动告辞，茅公还送他们到门口。罗荪说，这是他们最后一次见面。第二天上午，我将巴老的文章通过航空寄回编辑部，这就是1981年4月22日出版的半月刊《文艺报》第8期上刊出的《悼念茅盾同志》一文，发表时配了"文革"结束后巴金第一次在京看望茅盾时的合影。

3月31日下午，我又去巴老家，向他汇报了《文艺报》悼念茅公的版面情况。临别时，他给我一张用纸包好的日本画卡。这是我几个月前给他的，请他为我题几句勉励的话。回住处打开看，他用钢笔写着："火不灭，心不死，永不搁笔！巴金 八一年三月廿七日。""三月廿七日"，就是巴老得知茅公去世噩耗的当天。

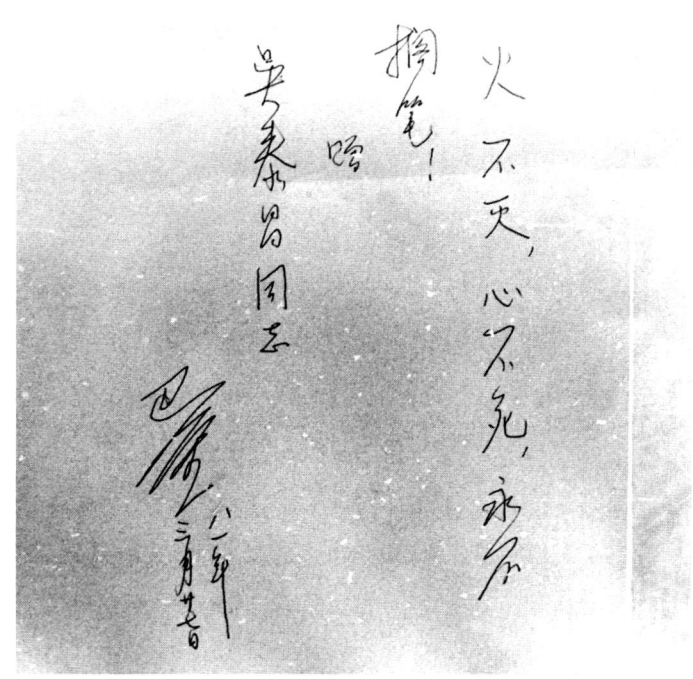

茅盾逝世当天，巴金给吴泰昌题写了："火不灭，心不死，永不搁笔!"

2010 年

巴金怀念老舍

  1978 年 2 月 24 日,巴金到京出席第五届全国人民代表大会,3 月 7 日在五届人大常委会第一次会议结束后,在京停留了十天,由李小林陪同,看望了许多朋友。

  老舍的饮恨而去,给巴金带来了长久的悲痛。1977 年 10 月,李小林来京为《浙江文艺》组稿,曾代表巴金去老舍家看望舒伯母胡絜青。

  巴金与胡絜青"文革"后第一次见面是在一次午宴上。1978 年 3 月 9 日午,胡絜青在交道口康乐酒家请巴金。同席的有曹禺,小林,老舍之子舒乙、小女舒立,我和马宗融之子马绍弥也参加了。老舍家附近有几家熟悉的餐馆,为何要安排到稍远的"康乐"？胡絜青事先对我说,"康乐"未搬新址前,离他们家不远,闽菜,做工精细,也是老舍常请人吃饭的一家餐馆。曹禺用车将巴金父女从前门饭店接来。吃饭时,胡絜青谈得多的是北京市为老舍平反工作进展的情况,巴老的话不多,曹禺谈兴较浓。曹禺笑着对巴金说:"去年有次我去老舍家,抱了一只大公鸡,弄得胡絜青莫名其妙。"那天恰巧我在场,曹禺问我,那只鸡是不是很精神,很有生气？曹禺讲的这个趣事,弄得满席哈哈大笑。结束时,胡絜青说今天机会难得,一起合个影。三位长辈坐着,我们几位小辈站在后面轮流照。一周后,巴老离京返沪前夕,又去了丰富胡同 9 号老舍家,他说晚饭后去,孩子们都下班了,人齐。约 6 点半,我坐严文井同志的车去接巴老和小林。巴老先去东单何其芳家,看望了其芳夫人牟决鸣。近 8 时,到了老舍家。胡絜青及子女舒济、舒乙、舒雨、舒立并第三代多人围着巴老坐着。舒济当时在人民文学出版社做编辑,她告诉巴老,出版社正在考虑出版老舍的书。1977 年起,我多次去过老舍家这个四合院,主人精神的忧伤,周遭环境的残败,给我极深的印象,虽然主人是坚强的,但我每次离去总隐隐感觉缕缕哀思在这个家庭的每个角落游弋,连那鲜艳的花瓣上也能觅到。今天,巴老的到来,使老舍故居生机盎然。

1978 年 3 月 9 日,胡絜青(右一)在北京康乐酒家宴请巴金(左二),中为曹禺,右二为老舍之子舒乙,左一为吴泰昌

北京市有关部门于 1978 年 6 月 3 日在八宝山革命公墓礼堂隆重举行了"老舍先生骨灰安放仪式",为给老舍同志正式恢复名誉。巴金当时正在北京出席中国文联第三届全国委员会第三次扩大会议。下午 2 点半,巴老和其他与会人员乘坐一辆大客车前往八宝山。车速很慢,车内寂静。在仪式上,巴老紧紧握着胡絜青及其子女们的手,他神色激动,仿佛想说点什么,但我没有听到他说出什么。巴金曾这样追记过当时的自己:"为什么会闹成这个样子?去年 6 月 3 日在北京八宝山公墓礼堂参加老舍同志的骨灰安放仪式,我低头

默哀的时候,想起了胡絜青同志的那句问话。为什么呢?从主持骨灰安放仪式的人起一直到我,大家都知道,当然也能够回答。但是已经太迟了。老舍同志离开他所热爱的新社会已经十二年了。""老舍先生骨灰安放仪式"当时在文坛反响强烈。至今我还保存了仪式筹备小组发送的这份通知。正文是手写复印的:

　　中国人民政治协商会议第四届全国委员会常务委员,第一、二、三届全国人民代表大会代表,中国文联副主席、中国作家协会副主席、书记处书记,北京市文联主席,著名作家老舍(舒舍予)先生于一九六六年八月廿四日不幸逝世。定于六月三日下午三时半在八宝山革命公墓礼堂举行骨灰安放仪式。请您届时参加。老舍先生骨灰安放仪式筹备小组(电话:5589405)。

　　1979 年 11 月 30 日,巴金开完第四次全国文代会和第三次全国作代会后回沪。12 月 6 日下午开始写《怀念老舍同志——随想录三十四》,15 日下午改定。这是我读到的巴金写怀念友人文章中最长的一篇。巴金在文章中赞老舍是"新中国的最大的歌德派","把整个生命和全部精力都贡献给了祖国",是"伟大的爱国者";为老舍"'文革'中不幸逝世而痛苦、愤怒";说老舍"要在中国人民中间永远地活下去"。说他想起了老舍那句"遗言":"我爱咱们的国呀,可是谁来爱我呢?""我会紧紧握住他的手,对他说:'我们都爱你,没有人会忘记你,你要在中国人民中间永远地活下去!'"

　　巴金在《怀念老舍同志》中说了那么多话,不仅仅是为老舍,而是为一代知识分子。他在 1980 年 3 月 6 日给李健吾的信中说:"我写了篇怀念老舍的文章,为知识分子讲了两句话。我这样想:要实现'四化',就离不了知识分子。一般地说,中国的知识分子是好的,老舍是一个代表人物。"

　　1984 年 2 月 3 日,是老舍同志 85 周年诞辰。为了纪念这位杰出的爱国

中国人民政治协商会议第四届
全国委员会常务委员、第一、二、三届全
国人民代表大会代表、中国文联付
主席、中国心家协会付主席、书记实
书记、北京市文联主席、著名作家
老舍（舒舍予）先生于一九六六年八月
廿四日不幸逝世。定于六月三日下午三时半
在八宝山革命公墓礼堂举行骨灰
安放仪式。

请您届时参加。

老舍先生骨灰安放仪式
筹备小组

（电话：5589405）

当年"老舍先生骨灰安放仪式"通知书，只是一份
手写复印件

主义文学家、人民艺术家，中国文联、中国作协、中国剧协、中国曲协和北京市
文联联合在人民大会堂隆重举行座谈会。中共中央政治局委员、全国人大常
委会委员长彭真，中共中央政治局委员、书记处书记习仲勋及首都文艺界300
多位知名人士参加了座谈会。全国政协主席邓颖超因事未能到会，托人捎来
一封信给老舍夫人胡絜青，并附上她和周恩来同志的一张合影。照片中邓颖
超同志拿的扇子上有胡絜青的画和老舍的题字。

中国文联副主席夏衍主持了座谈会。在中国文联主席周扬长篇发言后，
大会宣读了中国作协主席巴金题为《我敬爱的老舍同志》的热情洋溢的书面

发言,赢得了热烈的掌声。

巴金在《我敬爱的老舍同志》中回顾了自己作为一名"老读者"和"老朋友"与老舍几十年的密切交往和深厚友谊后说:"我敬爱他,他是一个伟大的爱国者。他的全部作品都贯串着一根爱国主义的红线,他的一生的工作都围绕着这样一个愿望:国家富强、人民幸福。我了解他,因为我也看够了外国侵略者在我们土地上横行霸道,无恶不作;我也曾像一个无家孤儿在国外遭受白眼,任人欺凌。一个熟悉的声音像警钟似的在我的脑子里敲了几十年:'我爱咱们的国呀!'在他的作品中读到多少怨恨,多少悲痛,多少愿望啊!愿望,是的,其中之一便是:中国人民有一天会站起来。

"我敬爱他,他'心中有那么一种感情',他自己叫它做'热爱今天的感情'。他从美国回到北京十几年中间,一连写了十多个反映新生活、歌颂新社会的话剧剧本,就是这种感情使他'欲罢不能'。这种感情是很可贵的。有了它,他才能和人民同喜怒、共哀乐。他说:'热爱今天的事,更重要的是热爱今天的人,我们就不愁写不出东西来。'《龙须沟》的作者把心交给了我们。热爱今天的人有权活到今天。他不能同我们一起共度诞辰,我感到遗憾。然而这样一颗火热的心是不会死的。即使他的骨灰盒里没有留下骨灰,他的心要活在每一个朋友的心里,活在每一个读者的心中。他的那些杰作已成为世界文学的宝贵财富。"

巴金是在病中赶写《我敬爱的老舍同志》的,他起早,用复写纸写,突破了一天几百字的限制,两个早晨就完成了这篇两千字左右的文章。1984 年,为纪念老舍 85 周年诞辰,老舍的家人希望巴金再写篇文章,巴金正住院治疗,中国作协领导派我去上海为巴老写这篇文章做点辅助工作。巴老在病榻上同我谈了一个上午,我详细地记下了,又多遍读了他的《怀念老舍同志》一文。星期六一整天,我将巴老所谈整理好,想第二天送他改定,如果顺利,星期一就可回京了。事也凑巧,曹禺当时也在上海,就住附近的一家宾馆。他得知我来了,约我陪他和夫人李玉茹吃晚饭。席间,他谈起也答应写纪念老舍的文章,但近日精力不支。他说:"泰昌,完成了巴金的任务后,再为我辛苦一下,晚两天走。"他还开玩笑地说:"要不要我给你们领导打个电话?"他说:"明天是星期天,看望巴老的人多,他不大能静下来改文章,不如你星期一去,今晚我同你谈谈。"曹禺是个夜猫子,他一谈就谈到午夜,告别时,他建议我明天找个地方转转,休整休整。

就这样,星期天早饭后,《解放日报》丁锡满、吴芝麟和祝鸿生陪我去郊县嘉定,嘉定镇名胜古迹众多,仅参观了素有"吴中第一"之称的孔庙,就时近中午。我喜爱竹刻,嘉定是竹刻之乡,看了几家竹刻商店已近中午 1 时,当地主人请吃南翔小笼包等名点,午饭结束已 3 点,休息了一下,又到吃晚饭的时候。因为已约好《收获》编辑部请谌容和我,我们匆忙驱车往回赶。至静安宾馆已 7 点多了,我匆匆上二楼,在我住室门口,两位强壮的男士截住了我,不让我开门,将我带到一楼大堂。问清了我的身份后,宾馆负责人抱歉地说,傍晚有人从窗户爬进了我的房间,行窃后又到隔壁房间行窃,为保护现场,今晚他们安排我另住他处。随后,公安人员详细地询问我留在房间里的有多少钱,有多少值钱的东西。他们分析说:"因为慌张,小偷来不及仔细翻找,索性将你的提包一齐拿走了。"

我的旅行袋里没有现金,也没有公安人员询问的如手表、相机等值钱的东西,除了换洗衣服外,主要是一些文字图片资料,如巴老与我谈的有关老舍的原始记录,约有两千字;曹禺与我谈的有关老舍的原始记录,约有两千字;我整理出来的巴老谈老舍原稿;还有一卷尚未冲洗的柯达底片,是我来沪前替冰心拍的生活照。冰心对我说:"你带到上海去冲洗,送巴老一套,让他看看我的近况。"

后来听说案子破了,联系几次,我的那些被视为并非"值钱的东西"至今未有下落。对我来说,对社会来说,这些文字、图片是无价的。特别是想起已逝的曹禺、冰心,和将届百岁仍在病中的巴老,这个遗憾更深切难忘。

巴老知道我被窃后宽慰我,叫我别急,答应亲自来写。我在上海焦急不安地等了三天,直至巴老将《我敬爱的老舍同志》交给我。

1988 年 1 月 2 日,北京人民艺术剧院等单位在京举行话剧《太平湖》及《老舍之死》首发式。为戏剧界广泛瞩目的《太平湖》分上、下两阕,上阕表现了老舍先生投湖自尽的所思所想,表现了一位中国知识分子的正直品格和崇高气节;下阕则借助老舍之子舒乙对父亲灵魂的追寻,通过老舍灵魂与判官、恶鬼、法师及其笔下人物亡灵的对话,展示了老舍对历史、社会、人生的深思。社会各界和北京人艺对此剧极其重视,由苏叔阳执笔的剧本曾十四次易稿;人艺三位副院长于是之、林连昆和林兆华分别任老舍、宗月法师的饰演者和导演。演出期间,首都剧场还将举办老舍生平资料展,以及由幽州书院主编、国际文化出版公司出版的《老舍之死》一书发售活动。

在《太平湖》排演期间,巴金曾就剧本改编涉及的有关老舍之死的争议致函苏叔阳。信中说:"关于老舍同志的死,我的看法是他用自杀抗争,也就是您举出的第三种说法,不过这抗争只是消极抵抗,并不是'勇敢的行为'(这里没有勇敢的问题)。但在当时却是值得尊敬的行为,也可以说这是受过'士可杀不可辱'的教育的知识分子有骨气的表现,傅雷同志也有这样的表现,我佩服他们。"

巴金信中还说:"我们常说'炎黄子孙',我不能不想到老舍、傅雷诸位,我今天还感谢他们,要是没有这一点骨气,我们怎么能对得起我们的祖宗?"

2010 年

巴金与沈从文最后晤面

巴金与沈从文是挚友。1974 年,沈从文、张兆和夫妇在上海看望过巴金,巴金其时尚未结束"审查"。

就我的记忆,巴老"文革"结束后来京,曾四次去看沈从文,一次是在臧克家家中,一次夜访未遇,第四次文代会期间又去小羊宜宾胡同相访未遇,最后一次是在沈家。

1978 年 2 月 24 日,巴金到达北京出席第五届全国人民代表大会,住西苑饭店。在会议上,巴金见到茅盾、冰心、叶圣陶、胡愈之、曹禺等老友,都是十多年不见了。会议结束后,他想看看朋友,将李小林叫来陪他。3 月 8 日,经周而复的安排,巴老父女迁到前门饭店 357 号,一个套间房。次日便开始了频繁的访友活动。小林与我商量,有几处也请我陪陪。11 日下午,巴老去臧克家家。巴金与克家 1977 年 4 月起已恢复了书信联系,巴老还代为小林他们的《浙江文艺》向克家要过两首诗。10 日晚,我专门去了克家家,转告他明天下午巴金来看他。克家和夫人郑曼当即决定明晚请他吃饭,克家说:"主要是叙叙,就在家里吃吧,再约上当时在京的萧涤非、徐迟。"山东大学教授萧涤非是克家的老乡,克家任《诗刊》主编时,徐迟任副主编。小林约好,当天下午我在《人民文学》办公室等她的电话。3 时多,突然接到沙汀电话,说巴老在张天翼家,叫我用车去接。天翼时因脑血栓半身不遂,行动谈吐不便,靠打手势交流。我同天翼在干校同在一个连队。回京后，又同住大佛寺一所宅院，他住正房，我住厕所隔壁一间厢房。他夫人沈承宽是《文艺报》的同人。我坐《人民文学》的车到天翼家，巴老、沙汀正要起身。按计划，从天翼家出来，先去夏衍家。也是头天晚上，我从克家家出来骑车到夏公家告诉了他。夏公问我巴金能待多久，我说："从您家再到克家处。"他说："这样我就不准备留他吃饭了。"巴金在夏公家坐了不到一小时，他们彼此问候，夏公问了上海一些朋友的近况。夏公拄着拐杖送巴金到大门口。在去克家处的路上，巴老突然问我："从文家离克家家远不远？"我说很近，几百米。我知道巴老想见沈先生，是在克家家见，还是从克家家出来再去沈家？巴老没说什么。

　　我第一次见到沈老，介绍人是沈夫人。1964年春天我到《文艺报》工作，已听说沈夫人张兆和在人民文学杂志社，和我在同一幢大楼里。我认识她，她并不认识我。1965年我去京郊参加社会主义教育运动，同兆和在一个生产队，开始有了接触。她知道我是安徽老乡，又是北大出来的，渐渐交谈起来。因工作关系，个把月我才回趟北京。有次我正走出村口，她在后面叫我，匆匆地递给我一封信，请我去她家，看望一下沈先生，捎回来一点茶叶。看了信封上的地址，心里一愣，原来沈先生家离我住处很近。当天晚上，在浴室里洗了个痛快澡，就去东堂子胡同沈老家。原以为是座独居的四合院，找到门牌，进了狭窄的小门，才知道是座大杂院，一排排小平房，问了几家，走了很长一段才进了沈老的家。开门的是一位年轻的姑娘，至今我还弄不清是沈老的外甥女还是侄女，看样子是她在陪伴着沈老。沈老看完信后，才想起请我坐。一间不超过十五平方米的房子，地上堆满了书刊。沈老问我们的伙食怎样，兆和的牙病犯了没有，他说郊区晚上比城里凉，劝我晚上要加件衣服。他知道我也是安徽人后，微笑着说："你们安徽人就是离不了茶。"他说明天去买茶，送给我。我说后天走，走前我来取。在近大半年里，我为了给兆和捎茶叶，去看望沈老两三次。每次他送我到房门口，那位留着长辫子的姑娘送我到大门口。那时我还没有喝茶的习惯，否则我会向兆和要点茶，品尝品尝沈老给她准备的茶叶。那个年代,文艺界已开始不安宁了。沈老完全超脱于文坛,我也无心向他请教关于文学的事。我能记住的只是一位和蔼宁静的老人略带微笑的面容。

到克家家,已是傍晚了。萧涤非、徐迟已至。巴老坐下他们就畅谈起来。郑曼在厨房里忙。我同她谈起巴老想见沈从文夫妇。郑曼说,很近,赶快去请。正好他们的小女儿苏伊下班在家,郑曼去和克家悄悄说了一下,即叫苏伊去接。十几分钟后,沈先生和夫人缓步到了。巴老很惊喜。他们晚饭后又闲聊了许久,近9时才离开。在送他回饭店途中,巴老说聊得很痛快。

巴老第二次专门去看望沈先生,是在1979年4月。巴金将率中国作家代表团访问法国,10日抵京,住王府井金鱼胡同和平宾馆207室。4月26日起程,5月14日返回北京,住和平宾馆407室。巴老这次出访前后在京停留时间不短,20日才回上海。出访前为准备会议,他随时抽空去友人家里或医院看望。巴老从法国回京后,有天晚上,他活动应酬之后,近8时了,突然问起,从文新近搬的家离这里远不远? 我说很近,走过去十来分钟。巴老说,出去散散步,到从文家去看看。我陪他和小林从东堂子胡同走,我指着一座小门说这是上次你来时沈老住的地方。走到赵堂子胡同又告他这是克家家,正巧在克家门口遇到他的家人,我说巴老临时决定去沈从文家看看,怕晚了,影响克家休息,所以看过沈先生后我就直接送巴老回宾馆。再往前走就是小羊宜宾胡同3号,中国作协的一处宿舍。院子很深,巴老上台阶,下台阶,跨了两道门槛,在昏暗中走进一间东厢房。事先没约,沈老外出了,沈夫人连声抱歉地说:"真不巧,从文晚上很少出去。"房间很小,里面布满了东西,一个稍宽敞的坐处也没有。巴老同兆和谈了一会儿就告辞了。

在送巴老回饭店的路上,他说沈家的住房条件太需要改善了,从此常听他谈起沈从文住房问题。据我确切所知,他同胡乔木同志当面谈过,为此事也专门给乔木同志写过信,还向胡耀邦同志谈过、写过信。1986年沈从文的住房问题终于得到妥善解决。据1986年6月14日《文艺报》记者报道:"最近,在中央领导同志的亲自关怀过问下,著名老作家沈从文的生活待遇问题得以妥善解决。不久前,胡耀邦同志曾向中国社会科学院有关方面了解沈老的生活和工作情况,随后,中组部即下达了文件。文件规定:沈老的住房、医疗和工资按中央副部长级待遇解决。就这样,这对老夫妇终于在晚年搬进了一套五间的新居。此外,沈老获得了近三十多年来的第一次晋级调资,工资由每月的二百元增为三百多元。社科院还为沈老配备了专车,但沈老的夫人张兆和说:'目前因为电话一时安不上,所以叫车仍很不方便。'"

巴老在路上还谈到,沈从文已多年不参加文学界的活动,有机会应该请他出来见见朋友,相互谈谈。我记住了巴老的这个提醒。1981年11月13日,《文艺报》编辑部在京召开"散文创作座谈会",编辑部叫我们登门去请沈先生。11月10日下午,我去沈家,兆和说已收到请柬,从文答应参加会议。兆和还问请了哪些人。沈老高兴地提前到会并在会上发了言。参加这次会议的还有夏衍、季羡林、臧克家、李健吾、吴伯箫、吴组缃、萧乾、严文井、郭风等,叶圣陶、冰心等写来了书面发言。

1982年,沈老中风过一次。巴金很挂念他的健康。小林多次电话叫我抽空去看看。每次去后均将沈老的近况告她。沈夫人也多次托我转告巴金他们的近况。1983年兆和在转交朱光潜老师送我的《悲剧心理学》一书时附了一封短信:"泰昌同志:昨得朱老太太寄来朱先生赠书,特寄来。从文目前所患系小中风,已见好。特告,即致敬礼 兆和 四月十一日。"我接信后,当晚电话告小林沈老的病况。

巴金在京第四次看望沈从文,是1985年3月28日,他来京出席全国政协会议期间,这是他们最后的晤面。

我提前去沈家打个招呼。27日下午,我去沈家,沈老正坐在沙发上,他向我招招手,说了句什么,我没听清楚。我同兆和使个眼色,她将我拉到厨房,告她明天上午巴老来看他们。她说:"我做点准备,先不告诉从文,省得他激动得晚上睡不好。"兆和问我几点来,我说10时左右到,中饭巴老要赶回

1985 年 3 月 28 日,巴金(左)在沈从文家(吴泰昌 摄)

去。兆和说:"那我只好准备点水果、点心。"约 9 点半,巴老从北京饭店动身,去崇文门西大街沈老家。小林、小棠和我陪同。关于这次巴老看望沈老的情景,1988 年 11 月沈老逝世后我在为《收获》写的《紧含眼中的泪》文中写着:

　　正赶上四五级大风,巴老全副武装:黑呢大衣,花格子呢帽子和围巾。车子在宿舍楼大门口停下,小林扶着行动不便的巴老顶着风走了二三百米路。兆和已在楼门口等候,乘电梯到五楼。巴老是头一次到沈老新居,他进屋后直奔在客厅等候的沈老。沈老从沙发上站起来,紧紧地握着巴老的手,脸上泛起微笑,舒展的微笑。巴老连声说:"你好,你好!"沈老吐词不清地说:"好,你好!"兆和准备了好几样点心,她一直在忙着招待,一直挂着笑容。两位老友面对面地开始了交谈。巴老说了些问候的话,由于沈老说话不便,嘴唇很吃力地颤动。巴老突然沉默了。在场的人都为两位老友难得相见又不能随意倾谈难受,兆和只好代沈老说了许多话。巴老仔细地问了沈老饮食、健康、近况。巴老怕影响沈老休息,待了一个多小时就起身了。告别时,兆和陪巴老参观了新居的各处。巴老和沈老紧紧握手,巴老说:"下次再来看你,多多保重!"巴老出房门时,沈老还在招手。兆和送巴老下电梯,汽车开动之后她还顶风站在那里招手。在回住处的途中,巴老说沈老身体、精神都不错,比他想象得要好。住房也有了改善。

巴金(左)与沈从文(右)握别

巴金和沈从文友情长久深厚。巴金与沈从文的初次见面是 1932 年。

那年巴金二十八岁,沈从文自青岛来沪,《南京月刊》主编汪曼铎请二位在一家俄国餐馆吃午饭。巴金不善应酬,却与年长两岁的沈从文有缘,相谈甚欢。饭后同往沈从文借宿的西藏路一品香旅社小坐。下午,巴金还陪着他去闸北的新中华书局,找到出版家朋友,帮沈从文卖出了短篇小说集《虎雏》的手稿。当晚,沈从文去了南京,分手时两人已成了好友。不久,巴金接受沈从文的邀请去青岛游玩。那年 9 月,沈从文让出自己的房间,给巴金住了一周。

"一·二八"事变中,巴金在闸北宝光里的寓所被日寇炸毁,两年中他数次搬迁,居无定所。1933 年沈从文与张兆和成婚,请柬寄到在开明书店供职的巴金朋友索非转交。巴金接到喜讯,发电报祝贺"幸福无量"。不久,沈从文请巴金去北平的新家做客。巴金来到北平后,被安顿于达子营沈家小书房内,一住两三个月,以至于后来巴金多次戏称自己是沈家的食客。

1934 年,巴金主办的《文学季刊》创刊时,沈夫人张兆和为创刊号写了她的第一个短篇小说《湖畔》,而她唯一的短篇小说集,后来也收入巴金主编的"文学丛刊"。1940 年,巴金去昆明看望在西南联大念书的萧珊,也看了在联大教书的沈从文,彼此都很珍惜战乱中的重逢。他们结伴同游西山龙门,一起跑警报避炸弹……1989 年,巴金在《怀念从文》中,记叙了他们绵长挚厚的友情。

在战争的颠沛流离中,巴金离开上海经历了数度迁徙,先后到过昆明、桂林、重庆等地,新中国成立后又遭遇了历次政治运动,而那张 1933 年寄自北平沈从文和张兆和的结婚请柬侥幸在"文革"中逃脱了浩劫,始终没有丢失,这也是风雨人生中难得的温暖记忆。

1988 年 11 月 5 日,沈从文病逝。巴老委托李小林专程从上海来京向沈先生遗体告别。

沈从文先生的遗体告别仪式是我这些年参加过的同类活动中最简单不过的。没有要员,文艺官员也少见,都是他的学生和亲友。每人挑选一枝白色的或紫红色的鲜花轻轻地献在沈先生身旁。沈老生前爱听的柴可夫斯基名曲《悲怆》的旋律舒缓地回响。许多人的眼睛里都含有泪珠,但没有人放声大哭。沈夫人张兆和出奇地冷静,当我走到她的身边时,一位亲属抑制不住低声哭泣了,只听她刚毅地说:"别哭,他是不喜欢人哭的。"

巴金:"少发空言,多做实事"

晚年的巴金,除了长期抱病坚持写完四十万言的《随想录》巨著,还以巨大热情不时关心指导新时期文学的兴起、发展。我想起了一件小事,至今记忆深刻。

1981 年 4 月 13 日,巴金与《文艺报》主编冯牧(前排右二)、孔罗荪(前排右一)及编辑部人员阎纲、陈丹晨、刘锡诚、吴泰昌、柴洪遽等座谈

1984 年 12 月,第四次全国作代会前夕,中国作协党组已决定《文艺报》

由月刊先改成周报,1985 年 4 月 20 日出试刊号,7 月正式出报。作为全国政协副主席和中国作协主席的巴金 1985 年 3 月 23 日来京参加全国政协会议。除了会议安排之外,他还抽空看望一些老友,出席中国现代文学馆开馆活动,日程安排非常紧。这期间《文艺报》非常希望他能为报纸试刊号赐文。4 月 7 日下午 5 时半左右,我去北京饭店他的住处,他正与曹禺夫妇交谈,我转告了编辑部的这个希望。巴老说:"我这些年讲了不少,也写了不少,没有什么新鲜的话为你们再写。况且,我 10 号就要返沪,这些天人来人往不断,不能静下心来为你们写。"我理解巴老当时的处境,我提出是否可以将他关于全国中篇小说评奖活动中几次谈话的部分内容整理成一篇短文。

1981 年起,中国作协举办了四届全国优秀中篇小说评奖,巴老均是评委会主任,我亦参加或具体负责过这项评奖活动。在数次向巴老汇报评奖情况时,他都谈了不少精辟的意见。他望着我说:"我讲的你还记得?"我说:"我当时作了记录,并且回京后还向其他评委汇报过。"这样他才点点头,同意我们先将他当年的有关谈话内容整理出来,由他改定。9 日上午我将整理稿送给他,他叫我下午晚些时来取。晚饭前我去时,他屋里有客人,巴老笑嘻嘻地对我说:"对不起,下午改了一部分,就有朋友来了,看来今天你拿不走,等我明天回上海后,尽快改出来给你们,不会耽误你们的事。"果然不几天,巴老将他认真修改的文章寄来,并拟定了文章的题目。这就是《文艺报》报纸版试刊号头版右上角上发表的巴金《少发空言,多做实事》一文。

巴老在文章中说:"现在不少人在谈论我们的文学创作'攀高峰'问题。'攀高峰',这很难说。我觉得作家还是应该少发空言,多做实事。过去我们空话说得太多,这有什么意思? 我们现在空话还是太多,这是个大问题,写文章也是套话不少。我个人的意思,不要讲什么'攀高峰',每个人把自己想写的写出来,认真地写出来,很好地写出来,是不是高峰,读者会评论的。

"我们说我们要走在世界前列,要面向世界,向世界宣传中国现代文学。现代文学是一股强大的力量,要实事求是地宣传,要让别人知道,别人了解,所以，我们首先自己要尊重它，重视它。

"整个社会要爱惜作家，要造成一种空气。这同我们整个社会重人才的空气是一致的。作家也要意识到自己的责任。还有评奖问题。评奖是个好办法，对鼓励创作、促进繁荣有好处。但要把评奖的威严树立起来。评奖就是奖励好作品，多就多奖，少就少奖，实事求是，注重质量。不一定要平衡，更不要照顾，要严、要精。我特别感到高兴的，是青年作家一个个出来，一批批地出来，形成了一个竞赛的局面。这不是哪个人培养的，这是生活本身培养出来的。"

巴老在寄回文章的同时还给我一封短信："泰昌同志：信悉。讲话稿改好寄上，请你们审阅。我们全家问您好！巴金 十七日。"

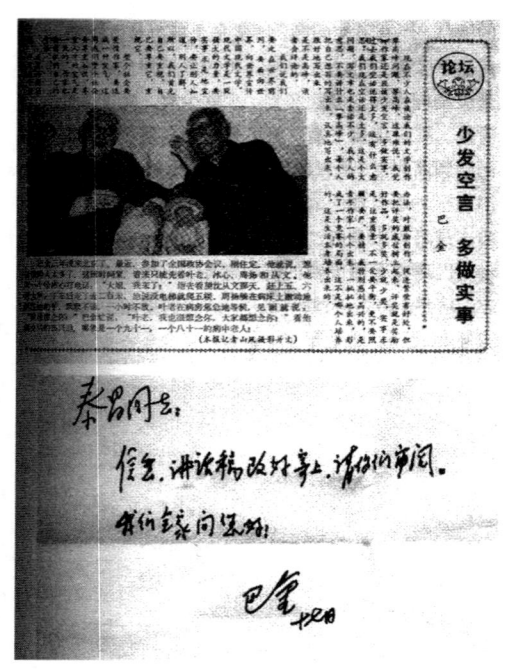

巴金《少发空言　多做实事》刊登在《文艺报》试刊号上

2005 年 10 月 22 日

冰心与巴金的世纪友情

　　冰心与巴金金坚玉洁的世纪友情是文学史上一段佳话,是值得研究者永远研究的课题。不少研究者探讨过,或正在探讨。许多与冰心、巴金这个年代和那个年代有过接触的人已著文回忆,或准备著文回忆。我和巴金、冰心这两位我崇敬的前辈,在 20 世纪 70 年代末至八九十年代,有过一些接触,近距离的接触,我无力研究,只能据亲历的和确切知道的作些点滴的回忆。

一

　　冰心是世纪同龄人,比巴金长四岁。冰心创作起步早,1919 年她就以自己的作品参与到五四新文化运动中。巴金受五四新文化运动的启蒙,是五四的产儿。1922 年夏,巴金和一个堂弟在老家的园子里,听着蝉声,读着刚刚出版的冰心的小诗集《繁星》,他们被那些富有哲理的、纯真的诗句所吸引。

　　但是巴金见到冰心却是十一年以后了。1933 年,巴金在北平小住,与郑振铎、靳以等一起创办《文学季刊》。为了给刊物组稿,他和靳以去燕京大学拜访了冰心。我问过冰心最初见巴金时的印象,1982 年冰心在家中对我说:她第一次见巴金,是 30 年代初期,在一个初夏的早晨,是巴金和靳以一道来看她的,靳以又说又笑,巴金一言不发。冰心说,巴金的这种性格几十年还是

1978 年 3 月,巴金(左)在冰心寓所楼前(陈恕　供图)

这样,内向、忧郁,但心里有团火,有时爆发出极大的热情,敢讲真话。

1940 年冬,冰心从昆明呈贡到重庆。巴金不久也从桂林来到重庆。中华全国文艺界抗敌协会举行茶会,欢迎近期先后从外地到渝的会员,冰心、巴金被邀出席了这个茶会,从那时起他们来往增多了。冰心当时吐血,住在歌乐山寓所养病。巴金不时去看她。冰心很了解这位"在暗夜里呼号的人"的心情。巴金得悉冰心经济情况拮据,向冰心建议她的著作可以在大后方重印出版。冰心欣然同意。巴金在原来北新书局出版的《冰心全集》的基础上选编成《冰心著作集》,分《冰心小说集》《冰心散文集》《冰心诗集》三册,推荐给了开明书店的叶圣陶。巴金的工作做得很快,并写了《冰心小说集》的后记。

1943 年,冰心新作《关于女人》的书稿压在天地出版社不能及时出版,又是巴金帮她从天地社把书稿拿出来转给了开明书店,不仅很快出版,而且销路极畅,连美国的文艺杂志都反应迅捷,给予好评。冰心在此书多次重印后及时得到了版税。这些事都使冰心铭记在心。

二

抗战胜利后,冰心随丈夫吴文藻到日本。1951 年回国。

五六十年代,他们经常在会议上见到。巴金到北京开会,常去看望冰心;冰心到上海,也受到巴金、萧珊的款待。萧珊热情率真的个性给冰心留下很深的印象。巴金和冰心还多次在同一个代表团到国外参加会议、活动。1955 年 4 月,曾同去印度参加亚洲作家会议。1958 年 10 月,同去塔什干参加亚非作家会议。1961 年 4 月同为中国作家代表团成员访问日本。他们在共同出访的过程中,有机会多次倾心交谈,大大增进了对彼此的理解和信任。

"文革"时,巴金与冰心都进牛棚、下干校,在极"左"思潮下失去联系达十一年之久。1977 年 10 月,巴金"文革"后第一次随上海市干部、群众代表团到京瞻仰毛主席遗容,因是集体行动,早上火车到,晚上火车返回,没有时间看望任何朋友,临行时巴金只给冰心写了封信,可惜不知道什么原因,这封信冰心并未收到。冰心谈起这件事,一再说很遗憾,巴金的真挚友情令她感动。

粉碎"四人帮"以后,冰心首先想到的是巴金。1976 年 11 月 12 日,冰心在给女作家赵清阁的信中,托她向上海的友人问好,特地问及:"巴金如何?他住在哪里?"

不久后,冰心即托人给巴金捎去一信。巴金在回信中写道:

> 算起来十一年了! 这中间也常常想到您。可是在"四人帮"的严密控制下,我也不便写信,也不愿给别人、给自己带来麻烦。"四人帮"中的张、姚两个坏蛋千方百计整我,想把我赶出文艺界。我能活到今天也不容易。但是我有信心要看他们的垮台,我果然看到了。
>
> 我现在在上海人民出版社编译室挂钩,每星期去两个半天参加政治

学习,不工作,其余时间就在家里。我自己在翻译一部书,就是赫尔岑的《回忆录》,有一百二三十万字,每天译几百千把字,反正不急,译一点算一点。我没有大病,就是眼睛不大好,使用时需要有节制。我没有工资,每月用的是自己过去的稿费,这些存款都冻结了,每月限制取用一点,仍由旧作家协会分会(只剩下"清理组"了)控制。

冰心收到巴金的信后,欣喜万分,很快就回了信。信中说:"'四人帮'一揪出来,抬头都看见天了!"并且十分关心地叮嘱老朋友,"你在翻译赫尔岑的《回忆录》,那太好了。若是眼睛不好,千万不要过分劳神。只因为我们这种人,不用眼睛看书或写字,总是无法消遣,也是无可奈何的事。"

1980 年 4 月,冰心(左)与巴金在日本岚山合影(冰心文学馆 供图)

三

　　冰心说自己的生命从八十岁开始，1980 年起，冰心和巴金几十年的友谊有了进一步地加深和升华，真正成了人生难得的知己。

　　这年 4 月，巴金和冰心一起参加中国作家代表团访问日本，巴金任团长，冰心任副团长。当时巴金已是七十六岁的老人，冰心更已是八旬高龄，所以特意让各自女儿小林、吴青陪伴同行，照顾起居生活。两位年轻人初识，一见如故，冰心一直把巴金看作小弟，吴青叫巴金"舅舅"，小林叫冰心"姑姑"。

　　一天晚上，代表团没安排活动，两位行动不便的老人坐在客厅里聊天，他们天南地北、海阔天空地一直谈到午夜。冰心后来回忆说："我忘了他谈的什么，是他的身世遭遇，还是中日友好？"也许这些都谈到了。反正这次是巴金谈得多，他滔滔不绝地谈。自从萧珊去世后，他已经有多少年不曾这样敞开心扉，像对亲人一样，畅快地倾吐自己的感情了。这使认识巴金已半个世纪的冰心感到意外。因为过去巴金给她的印象是寡言少语，然而她发现当他"在彼此熟识而知心的时候，他就比谁都健谈"。那次长谈，使两位老友感到心的贴近，感到比过去任何时候都要相知、相解。

　　回国以后，他们都在信中谈到这次愉快的旅行，直到许多日子以后，还非常怀念那段生活。冰心在给巴金的信中说："吴青和我常常谈到你和小林，我们都觉得何时再有一次'同游'才好。我的好友不多，有了不易在一起。""想起去年东京之游，恍若隔世。"巴金则说："这次能和您（还有吴青）一起访日，实在高兴。我不会忘记那些愉快的日子。"一年以后，他又说："四月一日是一年前我们同去东京的日子，那个时候多么值得回忆。"甚至在过了将近十年以后，他还在信中说："……只是几次同您出国访问，至今不忘，仿佛一场醒不了的好梦。"

　　以后，巴金到北京开会，总要去看望冰心，巴金有两三次来京住的时间稍长,竟连续三次到冰心家里做客。就在这次访日归来不久,冰心因脑血栓摔跤骨折,从此不便出门。7月底,巴金准备到斯德哥尔摩参加世界语大会,起程前曾到医院探视。8月中旬,从国外回来,冰心已经出院。巴金与夏衍相约一起去冰心家中探望。1981年4月9日巴金来京参加向茅盾遗体告别仪式,10日巴金就和孔罗荪去看望冰心。在21日离京前,又约上孔罗荪去看冰心。同年12月,巴金来京参加中国作协理事会,巴金在这次会上当选中国作家协会主席,虽行程安排繁忙,仍安排时间去看望冰心。1985年3月,巴金来京参加全国政协会议,这次会上当选全国政协副主席,其间,他在参加完了中国现代文学馆开馆仪式后,中午从会场直接去了冰心家。巴金这次回上海后,因病连续住院,就再没来过北京了。

四

1984年10月,巴老赴港接受香港中文大学名誉文学博士学位前夕,我和几位作家约好给巴老去贺电,11月25日又是他80寿辰,我们怕他应酬多一时滞留回不来,打算提前给他祝寿。

恰巧这是个星期天,一个相当暖和的初冬日。我们家附近新开了一家邮局,我信步走去。这三源里邮局还真有点现代化的派头,宽敞、明亮。我花一分钱买了张电报稿纸,正要填写,突然发现一个电话间是空着的,不是长途,是市内公用电话,真难得。何不利用这个机会,问候一下多日没见的冰心老太太呢?我高兴地走进去,将门关严。我要痛痛快快地给她打个电话,长长的电话。"吴青在吗?"我叫通电话,立即报出冰心老太太女儿的名字。"不,我是吴青的娘!你在哪儿打电话?"老人听说我从上海回来,问我老巴胃口怎样,我说见他与家人一道吃饭,吃得蛮好。冰心说:"老巴对别人无所要求,安排他吃什么,他都满意,他吃食简单,总怕费事麻烦人。"有次冰心在电话里小声地问我,最近她才听来人说,老巴几十年从不拿工资,是不是有这事?她说老巴从来没有和她谈过这件事。我说我也听说是这样。我还告诉她一件小事。有一回巴老来京参加中国作家协会主席团会议，中国作协秘书长张僖说巴老的飞机票别忘了替他报销，叫我代办一下。后来听巴老的女儿说，巴老的意思还是不报为好。冰心听了这些情况，她笑着说："巴金这个人……"

冰心对巴金这次香港之行一直不放心。巴金在 1984 年 10 月 7 日给冰心大姐的信中说："听说您对我的香港之行不放心，您有道理。这次出门，我再没有雄心壮志了。我说走，也有点勉强，我担心自己吃不消。不过协议草签，香港将回归祖国，这是一件大好事，值得去看看。"我和冯骥才、张洁要联名给巴老发一个有趣的能逗他发笑，哪怕让他只笑一秒钟的电报。请冰心老太太出个词儿。她称赞我们的这番心意，说"巴金准高兴"，"让他高高兴兴地上飞机"。她说，电文越随便就越亲切，巴金这人辛苦一辈子，勤奋一辈子，认真一辈子，这次去香港，叫他好好休息，尽情享受，别累了，别苦了，住得习惯就多住几天。我提醒说，万一巴老 11 月赶不回来，这份电报是否可以预先祝寿，冰心笑我太心急："到时回不来，我再领衔专发贺电！"她要我加上吴青的名字，说："这回你们小字辈出面。"

我得意地将电报稿递给译电员，他看了电文，又望了望我，笑着："'好好休息，尽情享受'，真有意思！"

"好好休息，尽情享受。"这是我们真心的祝福。

我朝译电员笑着点了点头。这点头又是很认真的。他似乎明白了什么，他为了叫我放心，连声说："上海，巴金，三小时准收到。"

五

1985 年 9 月 24 日，冰心的丈夫吴文藻教授去世。吴先生 8 月 18 日病危，住进北京医院，8 月 20 日吴青电话告我老太太情绪不好，叫我去家里看看老太太。下午我去时，冰心老人躺在床上，老人叫我坐在她身边，叫我再坐近些,紧紧握住我的手。老人叫吴青取出一张她抱猫的照片送我,说这张照片只剩两张了,她起身坐到办公桌边,在照片背面写字签名。冰心说:"你是知道了你们吴家的人病危,今天特意来看我的吧,我还好。"还叮嘱我,"这事先别告老巴,老巴知道了心情会不好。"文藻先生走后,冰心叫我将一些情况告诉一下巴老,说暂不给他写信,老太太说:"你说我好好的,情绪稳定,文藻的学生来家里看我时都哭了,我不哭,劝他们也别哭。我意丧事从简,亲友可寄一张讣告,见报。"我第二天清晨给小林去电话,小林陪张辛欣去青浦了,巴老接的电话,我将冰心要我转告的话说了,巴老叫我下午再去看望冰心,代他问好,去时别忘了带鲜花,并说他近日会写信去。10 月 2 日吃晚饭时,吴青来电话,告"娘已见到巴金舅舅给她的来信":

吴青:

听泰昌说文藻先生逝世,非常难过。想写封信给你,但手抖得厉害,而且这个时候讲什么话好呢? 我只能说:"务望节哀! 好好地照顾你母亲!"我知道冰心大姊是想得开的。请她多多保重。

祝

好!

巴金

一九八五年九月廿八日

问候你们全家!

冰心 1989 年 1 月 26 日在"阳光满案之晨"写的《一位最可爱可佩的作家》中说,"这位作家就是巴金。我为什么把可爱放在可佩的前头? 因为我爱他就像爱我自己的亲弟弟一样","他的可佩,就是他为人的'真诚',文藻曾对我说过:'巴金真是一个真诚的朋友,他对我们十分关心。'文藻和我又都认为他极可佩处之一,'就是他对恋爱和婚姻的态度上的严肃和专一'"。冰心强调巴金"是一个爱人类,爱国家,爱人民,一生追求光明的人,不是为写作而写作的作家"。

我知道巴老的生日,经冰心老人的提醒,记得更牢了。冰心说:"萧珊走了,巴老一人容易孤独,小林他们对他照顾得再好,也代替不了萧珊,你们这些小鬼还不太了解老人的心思,平时你们抽空多问候问候他,他的生日千万

冰心给巴金的信(冰心文学馆 供图)

别忘了!"

而冰心每逢巴金生日,也都用各种方式表示祝贺。1985年11月,巴老生日前夕,冰心问我近日有没有可靠的人去上海,她要托带送老巴的生日礼物。恰巧作家徐昌霖从上海来北影开会。我将老太太准备好的一小包东西,还有一封信,交给徐先生,请他回沪即转交。11月25日晨,李小林来电话,请我"转告冰心姑姑生日礼物和信收到了,爸爸很高兴,说过些天会写信"。冰心说:"这就放心了,巴金高兴我就高兴。"

1989年,冰心90大寿时,受巴金委托,我代巴金送给冰心一个由九十朵玫瑰花组成的大花篮,冰心高兴地说:"准是巴金叫你办的,他了解我的心意。"

六

巴金倡议成立中国现代文学馆,许多老作家纷纷表示支持,冰心是最热情的支持者,她将巴金心想的事当自己的事。为了文学馆的馆址、地皮,她亲自给国务院领导写信,还积极捐赠自己珍藏的手稿。1986年3月24日,冰心开始捐赠手稿和有关资料,第一批为手稿95件。1986年12月27日,冰心在《人民日报》海外版发表《我向文学馆捐赠字画的经过》一文,她在文中说:"这馆是在我的好友巴金倡议下成立的。大概是去年吧,我已将日本作家朋友送我的九十多本日文著作捐给文学馆了。近十年来,中外朋友的赠书越来越多,我的几个书架放不下了,只好先打发一些。我还和舒乙他们说好,将来我书架上的书,凡是有上下款的全都捐给他们,现在就先送走这批字画,这里面有汤定之、陈伏卢、沈尹默等老前辈的字和画,时人萧淑芳、胡絜青等的字和画,其中最多的是赵朴初同志的字,因为他常把近作的诗词寄给我看。此外还有日本作家武者小路实笃的画等。那天舒乙他们来了,看见我桌上的那一大堆字画卷轴,就摇头说:'这些珍品可不能捆起抱走,得用车装!'第二天他们果然开了辆面包车来了,当他们几个人轻轻地托起这些字画下楼去时,我忽然觉得欢快地'了'了一桩大事,心里踏实多了! 现在仅有的是挂在客厅墙上的吴作人的熊猫和梁任公前辈替我写的一副对联:'世事沧桑心事定,胸中海岳梦中飞'。还有卧室兼书斋的墙上挂的我的祖父子修公自写的诗,赵朴初的字,以及陈宇化画的玫瑰花,上面有黄苗子题的诗。以上这几幅字画,将来我'走'后也都要捐给文学馆。"

巴金 1985 年 7 月 17 日在给冰心的信中说:

冰心大姐:

　　读到您给小林的信,很想念您。近三个月来身体不好,但总有些杂事,一方面感到疲劳,另一方面又不曾做过什么事情,自己觉得还是在混日子,想到这里,便不能不着急。您要把那么多珍品送给资料馆,太慷慨了,我很高兴,谢谢您。但您不能说是"巴金资料馆",您也是资料馆的一位股东、一位大股东啊。您同五四时期开始的我国新文学的关系太深了。叶圣老同您,你们两位是仅存的两大功臣,无论如何应当给你们树碑立传。中国需要这样一个文学资料馆。

　　话很多,手不听指挥,写不下去。我也想念吴青。

　　祝

好!

巴金

七月十七日

问候文藻先生。

经巴金、冰心等文学界人士多方呼吁,中央决定在北京朝阳区芍药居兴建永久性的中国现代文学馆馆舍,占地 2.4 万平方米。其中第一期工程为 1 万平方米,两年内完工。新馆舍占地 46 亩,设计成环境幽雅、设备现代化的园林式殿堂,将包括档案馆、图书馆、博物馆、研究馆及展厅、办公设施等部分。建成后的中国现代文学馆将是亚洲乃至世界最大的文学馆舍。1996年11月25日,中国现代文学馆新馆址奠基仪式隆重举行。巴金、冰心得悉这个大喜讯都极为高兴。巴金晚年悬在心头的一件最重要的事终于尘埃落定。1981年,巴金就写过这样的话:"倘若我能够在北京看到这样一所资料馆,这将是我晚年的莫大幸福,我愿意尽最大的努力促成它的出现,这个工作比写三本、十本'创作回忆录'更有意义。"巴金因病不能从上海来京参加这次奠基活动,他写来了贺词:"我因病不能远行,但我的心和你们在一起。我希望:方方面面,齐心协力,快一点建好。拜托了!"同在病中住院的冰心也不能亲临这次她期盼已久的活动,她当天也写来了热情真切的贺信:"三年前,我曾提笔给国务院写信,我写过:'中国现代文学馆是我的老朋友巴金先生倡议建立的,我是他的热情的支持者,我已把我大部分藏书和文稿捐给了文学馆。'文学馆很需要一个新馆来收藏五四运动以来所有我国现代作家的创作成果,这是我们国家和民族的重要文化窗口,需要国家的支持和社会的广泛帮助。今天,我得知:中国现代文学馆新馆奠基了,我非常高兴,请接受我衷心的祝贺。我愿在我有生之年看到新馆的建成和揭幕。冰心 一九九六年十一月二十五日。"冰心还为将建成的新馆题写了馆名。

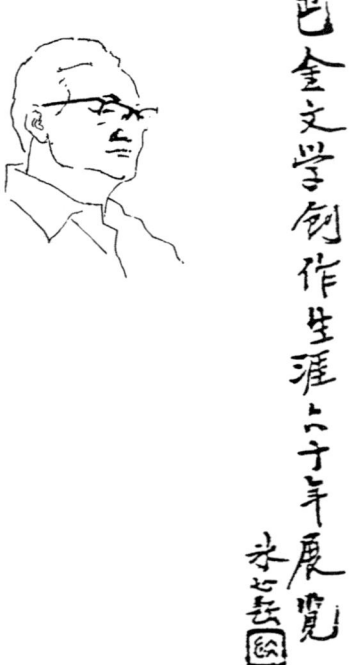

冰心为"巴金文学创作生涯六十年展览"题字

七

1985 年以后，他们彼此不曾再见面，但曾多次有过相约。1986 年，巴金、夏衍、冰心曾经计划同去烟台度夏，后因巴金的病情和体力不允许，这个约会只好"烟消云散"，使巴金想起来都感到难过。1987 年，上海作协邀请冰心到上海小住，这使巴金高兴了好一阵，但最后还是没有成行。冰心说："我何尝不知道我们在一起谈笑是最快乐的事……"但因为腿病，行动不便，又不愿"劳师动众"，不免有点沮丧。她说："我这腿害苦我了，'静言思之，不能奋飞'。"1990 年，巴金约冰心到杭州一聚，吴青也赞成，最后还是因为冰心身体原因未能如愿。她说："我坐着写字、谈话，一切和好人一样，一站起来，就全身都瘫了！一点劲儿没有，我真恨自己的身体……"

冰心因为自己行动不便，总是盼着巴金有机会来京一叙。这样的想法几乎每年在信中都提到。1986 年，她又惆怅地说："你怎样？能到北京来吗？我们仿佛永远也不能见面！""我无时不在惦记你，血压还低否？手还抖否……今年如能来京一行，相对谈话比写信痛快得多，是不是？""倒是大家聚一聚，什么都谈，不只是牢骚，谈些可笑、可悲、可叹的事，都可以打发日子。"巴金在 1989 年初又摔了一跤，住进医院治疗。冰心在信中关切而焦虑地说："你近体怎样？何时出院？千万不要多见客人，我恨不能到你身边看看。"1990 年，她在一次信中说："知你不喝酒，但喜欢茶和咖啡，在这点上又与我相同，什么时候我们能坐到一起喝喝咖啡，谈一谈，多好！可惜我们都行动不便了，近来就常觉得心烦……"1986 年有天中午我从上海回京，巴老的司机彭师傅送我时，小林说这是刚从静安宾馆买回的一袋新鲜的法国面包，是她爸送给冰心姑姑的，说面包松软，姑姑准爱吃，关照我快送，隔夜就不好了。我飞抵北京，即刻从机场到冰心家，将面包交给开门的陈玙大姐就急忙去单位了。2009 年 11 月 24 日上午我在上海参观冰心研究会主办的"巴金冰心世纪友情文献图片展"，看到冰心为这事给巴金的一封信，说我急送的法国面包已收到……可见两位老人之间友情构筑得认真、用心。

巴金自1985年3月后惦念冰心大姐，除写信，偶尔电话，主要放在心里。巴老的女儿李小林和儿子李小棠来京的机会也不多，每次他们来，巴老都一再叮嘱他们要去看冰心。20世纪80年代后期至90年代初，李小林因公事来京，一到就安排时间去看姑姑。我陪她去过两次。有天下午，小林、鸿生夫妇一进冰心家，老太太就亲吻起小林，拉小林和她坐在一起，亲密地交谈，主要是询问巴老的生活起居，问得很细致，"他上下楼梯要有人搀扶"。冰心已准备好留小林吃晚饭，说吴青他们在上课，下班回来聚聚，因小林晚上已有约，冰心只好请她吃点心，叫我帮她俩拍照，"带回去让老巴看看，我还好"。那个时期李小棠也两次因公来京，有次小棠约我陪他去，小棠腼腆，坐在老太太书桌对面，老人一见小棠，就称赞他小说《继续操练》写得好。她问小棠："我在《文艺报》上发表的《介绍三篇好小说》中第二篇就谈你的《继续操练》，你看到了吗？"小棠点点头。老人说："我是从《小说选刊》上看到的，原来还不知道李晓就是你，这篇小说写得幽默、辛辣而又俏皮，《小说选刊》编后记写得也好，说你'出手不凡'……"小棠说："我刚练着写，谢谢姑姑的鼓励。"有次小棠来京，实在公事太忙又要急赶回沪，他电话告我这次来不及去看姑姑了。我也没对老人说小棠来了。想不到巴老认真，事后还特意写信给大姐，向大姐做了解释。

八

晚年冰心经常写的这些情真意切的信函给了巴金最大的安慰和温暖，巴金同样也是那么思念、牵挂住在遥远北国的大姊，即使住在医院里受着病痛的煎熬时也常想起冰心大姐。当他收到冰心送来的红参时，他说："我需要的是精神养料……您的友情倒是更好的药物，想到它，我就有更大的勇气。"冰心就在回信中呼应说:"关于这一点,你有着我的全部友情。"巴金好几次向她诉说,各种干扰很多,缠着自己做不愿意做的事,因此很反感。冰心复信表示同感,觉得这是"名人之累",无可奈何。巴金谈到自己写的文章中说了一些真话,就有人不高兴;想到某些人和事,又觉得心情不舒畅。"整天想前想后,想到国家、民族的前途,总是放心不下。"冰心让人传话,"叫巴金不要那样忧郁,那样痛苦"。巴金说:"我正是在痛苦中净化心灵,才不得不严格对待自己。"冰心也一样忧国忧民,写的文章如巴金所说的,"锋利""烫手",有"辣味","感到很痛快"。巴金说:"老实说,近一年来我常常想到您,我因为有您这样一位大姊感到骄傲,因为您给中国知识分子争了光,我也觉得有了光彩。"在祝贺冰心 90 华诞时,巴金说:"想念你们,但抱病之身痛苦不堪,尤其是无法写信吐露我满腹的感情。"

1994 年 1 月 3 日冰心在巴金画像旁题写赠词:"人生得一知己足矣,此际当以同怀视之。"巴金 1994 年 5 月 20 日给冰心的题字:"冰心大姊的存在就是一种巨大的力量。她是一盏明灯,照亮我前面的道路。她比我更乐观。灯亮着,我放心地大步向前。灯亮着,我不会感到孤独。""我仍然把您看作一盏不灭的灯,灯亮着,我走夜路也不会感到孤独。""许多人战战兢兢抱头摇尾的时候,您挺胸直立,这种英雄气概,这种人格的力量,我永远忘记不了! 我也真想你!""我永远敬爱您,记着您,想念您。""我有您这样一位大姊,这是我的幸运。"

两位世纪老人,在八九十岁高龄时,继续互相鼓励,抱病笔耕,并肩作战,写出富有激情和思想锐利的文章,喊出依然是那样有力的声音,他们真的是晚霞似火,为国家、民族而忧虑,而思考。他们在生活上、健康上互相关心。感情上的交融,使他们彼此深深地理解,他们已经成为推心置腹、肝胆相照的至交。他们的晚年生活因此得到滋润、抚慰和温暖,感受到鼓舞和力量。冰心在收到《巴金译文选集》十卷本后欢喜万分,说:"你真是著作等身,而且一辈子自食其力。这是我们这一辈人里,没有一个做到的! 从这两件事来说,使我不但爱你这个老弟,而且敬你这位老弟了。"巴金曾引用鲁迅给瞿秋白的题词,"人生得一知己足矣,斯世当以同怀视之"来形容他与冰心的友情,冰心看了,为之动容,也说:"人生得一知己足矣!"那年巴金生日,冰心送给他的一个册页上就写着这两句话,十分恰切地表达了他们的深厚友情。

1988年夏天,有一次冰心老人告诉我,卓如最近刚写完她的一本传记,叫我出书后看看。她说,以前有人写过她的传,那主要是依据文字材料的,这本不同,除查找了许多资料,还走访了许多人,"我是她一位主要的采访对象,我一边说,她一边记"。1990年5月上海文艺出版社出版这本《冰心传》。作者选准了为书写序的人,最合适的人,她通过给冰心写信转交巴金。这是全书刚定稿的时候。巴老因病在身,写作吃力,"我不敢一口答应,也不愿一口谢绝"。巴老后来看到冰心写给别人的一封信,说也只要"几句真话",巴老说,这句话是对我说的,"我明白了。的确有几句真话我非讲不可"。

巴金同年7月28日以"因为我有责任为我那一代人表态"的信的方式完成了序。他在序中明确地说冰心"这个与本世纪同龄的老作家的确是我们新文学的最后一位元老,这称号她是受之无愧的"。

冰心将巴老给卓如信的复印件交给我时说,这是老巴要交给《文艺报》发的。巴老的文章给《文艺报》,求之不得,报社很高兴。《文艺报》1988年8月13日在《文学评论》版头条位置发表了巴老的这篇文章。

1992年12月24日,冰心研究会在福州宣布成立,巴金出任会长。巴老因病不能出席成立会,发来了贺电。他在贺电中又郑重地说冰心是"新文学运动最后一位元老"。1999年2月28日,冰心老人逝世,在发布的"冰心先生生平"文字中说:"冰心是世纪同龄人,一生都伴随着世纪风云变幻,一直跟上时代的脚步,坚持写作了75年。她是新文学运动的元老。""冰心是新文学运动的元老",这是巴金深思熟虑后坚持的公正看法,也是历史给予冰心当之无愧的评价。

九

　　许多人在关心、探究冰心与巴金的世纪友情是如何建立的。20 世纪 80 年代，巴金研究者余思牧先生，曾托我方便时询问一下两位老人的亲人，我问过李小林和吴青，将她们讲的情况综合起来写信告诉了余先生，余先生曾在文章中引用了部分，认为她们的回答"有道理"。1988 年 7 月 2 日下午有个机会，我亲自问过冰心老人，我以提问的方式，她简洁明白地回答了，下面是我当天写的日记中的相关内容："我说：'有人关心您与巴金的友谊建立，你们抗战时在重庆相熟，但来往不太多，我以为友谊主要是在新中国成立后。'她说'是'。她说：新中国成立后，'文革'前我和巴金出过几次国，谈得很多。去过日本、苏联、印度。她说：我们不爱玩，别人出去，我们在宾馆谈，有时谈到深夜 12 时，巴金很爱说。有时坐船，聊天的机会就更多了。她说：外出，能

冰心（左）与吴泰昌相逢于"巴金文学创作生涯六十年展览"

谈的就爱谈,不能谈的就不谈。我说,十年'文革'加深了他们彼此的认识和理解,加深了信任和友谊,她点点头。我说'巴老喜欢您的作品,您喜欢他的作品',她就不说了,她笑笑。"

冰心与巴金晚年的真情沟通和日益深化主要表达在相互的通信中,冰心把巴金的信珍藏在一个深蓝色的铁盒子里,准备以后捐出。这无疑会成为他们友谊的生动充分的见证。

冰心曾用"金坚玉洁"四个字来形容她和巴金的世纪友情,巴金很赞同冰心大姐的这种形容。

2010 年

冰心的《追念郑振铎》

冰心离开了咸宁干校,但她对我说的"北京见,欢迎你到家里来玩"这句话我长久记着。我1973年从干校被借调到河北工作。1975年底,我从河北调回到正在筹备复刊的《人民文学》杂志社。1976年1月《人民文学》正式复刊。3月,在《人民文学》编辑部召开的"认真学习毛主席词二首"座谈会上突然见到冰心,那天与会的人很多,她只问我:"你回来了?在《人民文学》?欢迎到家里来玩。"

《人民文学》比《文艺报》复刊早。《文艺报》1978年7月才正式复刊。我又被调回《文艺报》。

我第一次去冰心位于西郊魏公村中央民族学院和平楼寓所拜望她,是在1978年11月中旬,不是单纯的拜望,而是带着《文艺报》派下的任务去的。由于"四人帮"垮台,1977年初,张光年接任了袁水拍当《人民文学》主编,光年同志接任后,提出多约些老作家的稿子。经叶老建议,我去拜访了钱锺书先生。在初次和钱先生的闲谈中,他多次提起郑振铎先生,使我萌动了想在第二年郑先生因公殉职二十周年之际,约冰心写文章的念头。当时我向光年同志汇报了这个想法,他很赞同,叫我明年别忘了这个选题。1978年5月我又回了《文艺报》,我向编辑部又谈起了这个选题。1978年7月15日复刊的第1期《文艺报》出版,当时《文艺报》是月刊,每月15日出版,到这年的最后

吴泰昌（左）在冰心家中

一期定稿前，我又向他们提起此事，冯牧说，版面再紧，第 6 期也一定要把纪念郑先生的文章发出去，叫我赶快去冰心家，请她赶一赶。

郑振铎（1898～1958），中国新文学运动的倡导者和开拓者之一，1921 年发起成立文学研究会，是著名的作家文学史家和文物考古学家。

一个意想不到的巨大灾难，使郑振铎过早地离开了我们。

1958 年 10 月 17 日，以郑振铎为团长、蔡树藩为副团长的中国文化代表团一行 10 人，在北京乘飞机取道苏联前往阿富汗王国和阿拉伯联合酋长国进行友好访问。他们乘坐的苏联客机"图 104 号"，在途经楚瓦什苏维埃社会主义共和国的卡纳什地区时突然失事坠毁，代表团全体成员以及同机的我国外交部和对外贸易部六名出国人员，一起遇难。

10 月 31 日上午，"郑振铎、蔡树藩等十六位同志追悼大会"在首都剧场隆重举行。首都各界代表共一千四百多人，怀着沉重的心情参加了这个追悼大会。出席的有关方面领导人有陈毅、郭沫若、沈雁冰、张奚若、彭真、薄一波、包尔汉、叶季壮、周扬、廖承志、章汉夫等。国务院副总理陈毅、文化部部长沈雁冰、对外贸易部部长叶季壮前立向遗像致哀。追悼会由对外文化联络委员会主任张奚若致悼词,沈雁冰报告了郑振铎的生平事迹。追悼会结束后,郑振铎等十六位同志的骨灰被护送到北京西郊,安葬在八宝山革命公墓。墓前矗立着庄严高大的白色大理石墓碑,墓碑上刻着这样一段文字:

> 郑振铎、蔡树藩等十六位同志是为增进中国和亚非各国人民之间的友谊、中外文化交流、经济合作和保卫世界和平的崇高任务而牺牲的。他们当中有的长期参加革命,对革命有过卓越的贡献,或者在文化、学术方面有着重要的成就,有的是杰出的社会活动家或者是矢忠于革命事业的优秀干部,他们对祖国社会主义建设和保卫世界和平事业表现了无限的忠诚和忘我的劳动,直至贡献出自己宝贵的生命。
>
> 遇难同志的精神永垂不朽!

这些刻在石碑上、经得起岁月侵蚀的响亮文字,体现了党和人民对郑振铎一行遇难同志一生的很高评价。

为了表示对郑振铎不幸去世的深切哀悼之情,文艺界和其他战线一些老朋友纷纷撰文作诗,回忆彼此多年的难忘友情,充分肯定了郑振铎的贡献。

郭沫若、茅盾、叶圣陶、胡愈之、巴金等知名人士发表诗文对郑振铎的不幸表示诚挚的哀悼。巴金在《悼振铎》中说:"从五四新文化运动中崛起,一直颇为活跃于我国文艺界、学术界的郑振铎,匆匆走过了六十年的人生历程。他一身而兼作家、文艺翻译家、文学编辑、文学史家数任,从文艺旁及历史、文化、考古等领域,多有涉猎,著述累累,贡献良多。""得到了我国许多著名的前辈文艺家、历史学家等的一致肯定和称赞,在广大读者中,也具有广泛而热烈的反应。"

我初次到冰心家去,就是带着这个紧急求稿任务的。冰心见我就说,你又回《文艺报》了?并询问了《文艺报》的一些情况,她痛快地答应写这篇文章,她说:"我和振铎是除同学外在文艺界认识的最早一位朋友了,又是同乡,他是我的良师益友,振铎不幸逝世后,我当时没写,一直想着这件事,我放下手头其他事,为你们赶写篇短的,两三天后你会收到。"她答应了,我心里感到踏实,她留我又闲聊了一会。这次我也是第一次见到冰心老伴吴文藻教授,我尊称他为"吴先生",冰心笑着说:"你们都是吴家的人。"此后我每次去冰心家,进门先去看吴先生,吴先生话不多,说两句即叫我去和冰心谈,冰心老人见我就说:"你看过你们吴家的人了?"

冰心的《追念振铎》,发表在1978年12月15日出版的《文艺报》第6期。冰心在文中说:"振铎在燕京大学教学,极受进步学生的欢迎,到我家探病的同学,都十分兴奋地讲述郑先生的引人入胜的讲学和诲人不倦的进

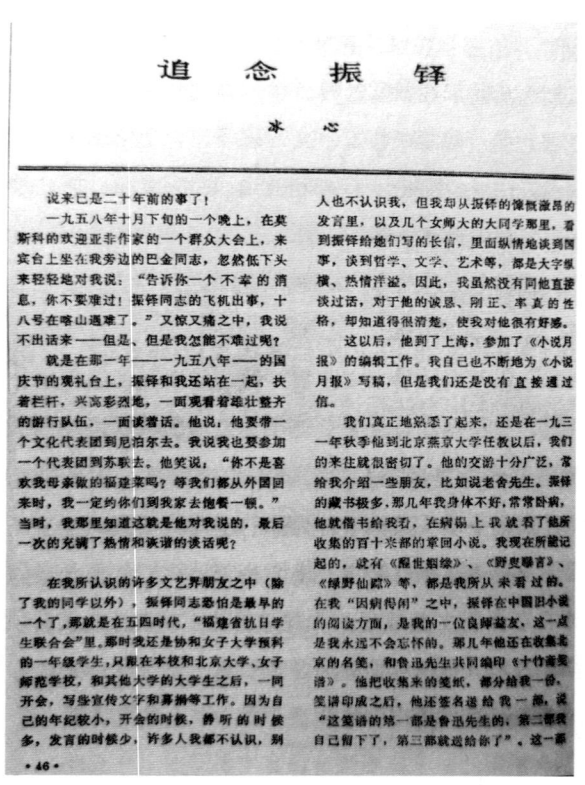

1978年第六期《文艺报》刊登的《追念振铎》

步的谈话。当他们说到郑先生的谈话很有幽默感的时候,使我忆起在1934年,我们应平绥铁路局之邀,到平绥沿线旅行时,在大同有一位接待的人员名叫'屈龙伸',振铎笑说,'这名字很有意思',他忽然又大笑说,'这个名字可对张凤举(当时的北大教授)'。我们都大笑了起来,于是纷纷地都把我们自己的名字和当时人或古人的名,对了起来,'郑振铎'对'李鸣钟'(当时西北军的一个军官),我们旅行团中的陈其田先生,就对了'张之洞',雷洁琼女士就对了'左良玉','傅作义'就对了'李宗仁'等。这些花絮,我当时都没有写进《平绥沿线旅行记》里,但当时这一路旅行,因为有振铎先生在内,大家都感到很愉快。"又说:"1951年我从日本回国,他又是第一批来看我的朋友中之一。我觉得新中国的成立,使他的精力更充沛了,勇气更大了,想象力也更丰富了。他手舞足蹈地讲他正在共产党和毛主席的领导下,为他新中国成立前多年来所想做而不能做的促进中国文学艺术的发展,贡献出他的全部力量。他就是这么一个精力充沛热情横溢的人。虽然那天晚上巴金劝我不要难过(其实我知道他心里也是难过的),我能不难过吗?我难过的不只是因为我失去了一个良师益友,

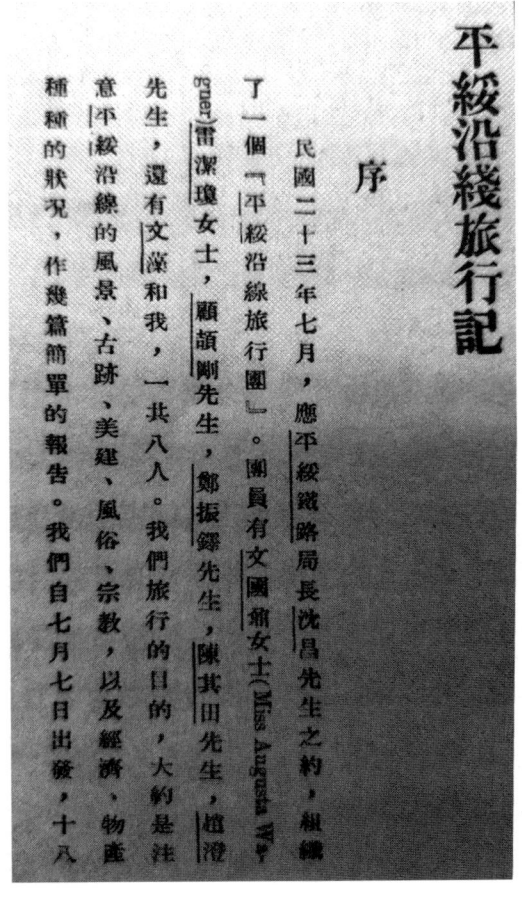

1934年冰心、吴文藻夫妇与郑振铎等八人应约去平绥沿线旅行

我难过的是我们中国文艺界少了一个勇敢直前的战士!"这篇文章是冰心给复刊后的《文艺报》写的第一篇,也是她写郑振铎先生的唯一的一篇。

1988 年 8 月,冰心又提醒过,今年是振铎逝世 30 周年。她说:"我和他很熟,记忆太多反而不好写,但振铎是现代文学史上一位有多方面成就和贡献的重要人物,我永远不会忘记他,相信历史也不会忘记他。"

2010 年

冰心："心中有事想说就要写"

中国作家协会的外事活动,20世纪五六十年代同苏联、东欧国家交往较多,而同西方未建交国家的来往极少。冰心数次参加文化代表团,进行非官方的民间外交,访问西欧某些国家,如法国、英国等等。从1956年起,根据形势的变化和发展的需要,逐步开展了亚洲、亚非作家会议的活动。这些区域性的作家活动,目的就是希望在文化知识界,争取联合、团结一些进步人士,以争取一个区域性的,甚至世界的和平局面。冰心非常高兴地和其他作家一道,参加对外文化交流活动。中国作家协会的外国文学委员会(简称外委会,现改为外联部)每逢有外事活动,冰心先生一请就到,无论是开座谈会还是接受采访,她都积极参加。她热情、亲切地同外宾交谈,并回答他们所提的各种不同的问题。冰心用的语言俏丽、机智而幽默,并且态度和蔼可亲可敬,风度潇洒,使客人听了乐于接受。

改革开放以来,中国作家协会又恢复了同外国作家的文学交往。而且,随着形势的发展,接触面逐渐扩大到欧美等许多国家和地区。已是耄耋之年的冰心老人,依然如故地关心和参与文学外事活动,只要身体健康,无论是请她出国访问,还是在国内参加座谈,她都会欣然接受,并且常玩笑地说:"你们净给我派活,都把我给累死了。"

1980年,以巴金为团长的中国作家代表团应邀访问日本,冰心作为副团

1958 年 10 月,冰心(左二)在苏联塔什干亚非作家会上发言(冰心文学馆 供图)

长再访东瀛。

回国后不久,冰心老人的腿摔坏了,行动不便,就不愿意出门了。但是,由于她的威望和影响力大,常常有来自海外的一些作家、学者、记者要求登门拜访,老人也就只好在家中接待他们。

冰心在寓所接受外国新闻媒体采访,我有幸陪同过一次。

1987 年 8 月 11 日上午,英国《泰晤士报》驻北京记者葛理福先生,来到位于北京西郊中央民族学院的冰心先生的寓所,对冰心进行专访,向她提出了一些关于她创作生涯以及当前中国文学状况的问题。冰心时而用流利的英语,时而用中文聪慧敏捷地回答了葛理福先生的提问。

头天下午,中国作协外联部电话通知我,明天上午 9 时半英国记者要采访冰心,冰心提出要我参加一下。晚上老人又来电话,叫我明天早一点去,"有话对你说"。我 9 时 10 分提前到达。老人已衣着整齐地坐在书房里,她说:今天请你来作陪,如记者提的问题中有我不便和不好回答

1963 年 11 月,冰心随中国作家访问团访日本,与日本作家中岛健藏(左四)和夫人(左六)合影。左二为许觉民,左三为巴金,右一为马烽,右二为严文井(冰心文学馆　供图)

一下。她微笑地指着我说:你听我的安排,回答要简练,不要替我吹。她还关照我,今天你不能拍照。

中国作协外联部金坚范担任翻译和记录,冰心的小女儿吴青、陈恕夫妇在场,他们都是北京外国语学院的英文教师,吴青偶尔也插译一些。葛理福先生的助手夏小姐(中国人)在做录音、拍照工作。

采访从 9 时 30 分正式开始,11 时 30 分结束后,老人叫我留一下,她说,这是人家的专访,《文艺报》没有报道任务。

冰心是这样和《泰晤士报》驻京记者葛理福先生对话的:

冰心:为什么要来见我这样一个老太婆呀?

葛理福:想见名作家。

冰心:所谓的。

葛理福:想写一篇关于中国作家的文章。请你谈一下你的创作生涯,你怎么搞起创作来的?

冰心:我本不想做一个作家,而是想做一个医生。五四运动起来了,我当时是学校学生会的宣传部长,要写点宣传文章,就写了一篇短篇小说。从那以后就一直写下来了。

葛理福:写什么题材?

冰心:各种各样题材,主要为儿童写。

葛理福:写作目的是什么? 为什么要写?

冰心:心中有事想说就要写。

葛理福:你受五四运动的影响开始写作,就是说受政治影响。以后的写作是否也是受政治影响所致?

冰心:是的。我说的政治不同于现在所说的政治。

葛理福:为什么变了?

冰心:从前中国人民在外国人的脚底下。上海有许多外国租界。坐车的是外国人,拉车的是中国人。在外国人的眼睛里,中国人一个钱也不值。许多中国著名学者,到美国去,在美国想租房子,房东一听是中国人就不租。我就想做一个真正的中国人。1923～1926年,我在美国威尔斯利学院上学。1936～1937年又去了一次。美国我最恨的是种族歧视。中国就没有。

葛理福:种族歧视现在好多了,你那时是最糟的。中国没有种族歧视因为你们没有黑人。

冰心:我们有五十六个民族。这儿是中央民族学院,便是没有种族歧视的一个例证。我在威尔斯利学院上学时,老师和同学待我都很好。有一个威尔斯利的老同学今年10月要来北京看我。我有许多美国朋友。

葛理福:你写作时按中国的传统来写,还是模仿外国的?

冰心:按照中国的传统来写,无意识地受外国的影响。

葛理福:刚开始写作时,想写什么就写什么。现在是否仍这样?

冰心:也是这样,没有一天不写。没有客人来访时每天写三至四小时。天天有客人。

葛理福:你现在写作是自由的?

冰心:自由。

葛理福:现在中青年作家的态度是什么?

冰心:他们的态度你去问他们。我只能从他们的作品中去看。他们比较深入社会下层去了解情况,到农村、到工厂、到企业、到各地去了解,我现在就不能去了。1980年从日本访问归来后我摔断了腿。以前我经常去外国访问。

葛理福:为什么经常去?

冰心:作家交流。新中国成立后我出去了十二次。1980年威尔斯利学院要给我的作品发奖,我没有去。我推荐了其他人去。

葛理福:你受哪些外国作家的影响?

冰心:我受许多外国作家的影响,比如雪莱和拜伦。

葛理福:那你是罗曼蒂克?

冰心:我可不是罗曼蒂克,我是最不罗曼蒂克的。

葛理福:你认为应该是为了艺术而艺术呢,还是认为艺术应该反映社会?

冰心:应该反映社会问题。

葛理福:现在中国作家的情况怎样?

(冰心要吴泰昌回答……)

葛理福:冰心女士在中国文学史上的地位如何?

冰心(冲着准备回答此题的吴泰昌):你不要替我吹!

葛理福:新中国成立前,鲁迅是个最优秀的作家。你认为新中国成立后谁是最优秀的作家?

冰心:有许多优秀的作家。别忘了我们出了一大批优秀的女作家,谌容、温小钰、张洁、铁凝、张抗抗、陈愉庆、王安忆等。现在还有一批十多岁的……

葛理福:女作家有独特的洞察力,容易受读者欢迎。

冰心:有洞察力,比较深刻。

葛理福:你的第一篇小说是写什么的?

冰心:第一篇小说叫《两个家庭》。一个妇女是个小姐,什么都不会干,也不会帮丈夫料理事务;另一个很能干,帮助丈夫取得事业上的进步。

葛理福:小说要得出什么结论。

冰心:没有结论。结论留给读者自己去考虑。结尾是小姐回娘家去了。

葛理福:我懂了。

冰心:1980 年,我还写了《空巢》。写两个留美学生,一个回国,一个留在美国。留在美国的后来夫人死了,女儿嫁给了一个美籍意大利人。女儿隔一段时间来看他一次,他还得给女儿做饭。平时他同两只波斯猫厮守。他回国探望朋友,朋友家儿孙满堂,享受天伦之乐。他告别朋友,又踏上回归空巢的旅途。

葛理福:很有意思。是真人真事?

冰心:你也知道,写小说呗,有点真人真事,再七拼八凑。

葛理福:今年年初反对资产阶级自由化时,很多作家有忧虑。

冰心:反对资产阶级自由化没有影响我,没有限制我。7 月 25 日,我在《北京晚报》还发表了一篇小说《万般皆上品》。

葛理福:你现在读什么外国作品?

冰心:现在外国作品读得比较少。你可以给我推荐一些。

葛理福:你偏爱女作家了。

冰心：当然。我在威尔斯利学院读书时，毕业论文就是关于李清照的。她比同时代的男人写得好。我可不喜欢哈佛大学，那时哈佛的图书馆不准妇女去借书。我要到哈佛图书馆去看参考书，只好到一个朋友的宿舍里，由朋友去图书馆把书借出来给我看。

葛理福：去年有一段时间，我住的楼里电梯司机突然之间都看起巴金的《家》来，为什么？

冰心：巴金是个了不起的优秀作家。

葛理福：目前你在写什么？

冰心：写自传性的一组散文和《关于男人》的一组散文，一部分已分别在《收获》和《中国作家》杂志上发表，还继续在写。还在想写一篇散文，名叫《外来的和尚好念经》。现在许多留学生，学成回国，知识很丰富，但得不到很好的安排。但一些美籍华人学者，一回来又是领导见又是上电视。我每天上午9到12点，下午2点30到5点30，不是写作就是读书。推荐青年作家是老作家的责任。

不久，金坚范整理出冰心这次谈话内容，希望《文艺报》能刊登，因冰心老人有话在先，需征得她的同意。冰心看了记录，说记的大体是准确的，她又据自己的回忆和我当晚写的日记所载，对个别地方作了修正，认为所拟标题也可以。冰心说："我谈话时点到一些作家的名字，我读过他们的作品，但我读过的作家作品，自然比我列举的要多，排名先后我没有多加考虑，想到就说了，也许有我喜欢的还没有说到。"顺此她又谈到，报纸公布1985年中国作协第四次全国代表大会选举主席、副主席、主席团委员选举结果的事。她说："《人民日报》公布时排名是以得票多少为序，而《文艺报》稍后公布的是以当选者姓氏笔画为序，这种不同的处理方式弄得许多人议论纷纷。官员的顺序是不能乱的，但我点的作家名字先后没有那么多讲究，我点谁是因为我先看了谁的作品，认为好，不是说先说了谁的作品好就是我认为最好的，也许后面我说谁的作品好比我先说好的还好。"

我以为老太太同意《文艺报》发表了，岂料当我告别时，她却说："《泰晤士报》在伦敦是家有二百年出版历史的老报纸，在西方影响大，这是人家的专访，你们暂不要发表了。"

2010 年

冰心："我爱的书"

平日喜获冰心老人的赐著，老人通常都是在扉页上写着"送给泰昌　冰心××年×月×日"，而1985年1月12日她送我两本新版译作：(印)泰戈尔的《吉檀迦利　园丁集》和(黎)纪伯伦的《先知·沙与沫》题签却有点不同，这两本译作扉页上均写着"我爱的书　送给　泰昌　冰心　一九八五，一，十二"。

冰心在交给我这两本书时说，我喜爱这两本书，希望你也喜爱。

冰心接触泰戈尔的作品很早，读的是泰戈尔用英语写的作品，不是用乌尔都母语写的。1919年五四运动以后，冰心从中文和英文的译本中，看到了这位作家的伟大的心灵，缜密的文思和流丽的词句，这些都把年轻的冰心的心抓住了。1920年她写了一篇几百字的散文《遥寄印度哲人泰戈尔》，文章说："泰戈尔，谢谢你以快美的诗情，救治我天赋的悲感；谢谢你以超卓的哲理，慰藉我心灵的寂寞。"冰心在1921年以后写的被称作短诗的《繁星》和《春水》，就是受着泰戈尔《离群之鸟》这本短诗集的启发。冰心翻译泰戈尔的作品较晚。她说，翻译泰戈尔作品的人不少，她又不喜欢重译。1961年，在中国纪念泰戈尔诞辰100周年的时候，人民文学出版社编译出版了十卷本《泰戈尔全集》，冰心参加了这项工作，据英文译本，翻译了他的诗集《吉檀迦利》和《园丁集》，以及几十首诗和几篇短篇小说。泰戈尔写于1892年的短篇

·诗苑译林·

先知·沙与沫

〔黎〕纪伯伦 著

冰 心 译

湖南人民出版社

1985 年,冰心题赠吴泰昌译著

小说《弃绝》,以思想深刻、感情真挚、描写细腻著称,是泰戈尔早期一篇脍炙人口的代表作。冰心很喜爱这个短篇,并翻译成中文。冰心说自己翻译泰戈尔的作品是为了表示对泰戈尔的敬慕,也为了要更深入地从他的作品中学到更好的写作艺术。新中国成立后,她作为中印友好协会的理事,曾三次访问印度,到过泰戈尔的故居,但没有见过泰戈尔,泰戈尔 1924 年访华时,冰心正在美国学习。冰心说她深深地记住了泰戈尔离开北京时说过的一句深情而有诗意的话,在泰戈尔车子离开旅馆之前,陪伴过他的中国朋友问他:"有什么东西忘了带没有?"他惆怅地说:"除了我的心之外,我没有忘了带的东西!"冰心对我说:"估计你对泰戈尔知道得多一些,今天有点时间,同你多谈点纪伯伦,我为什么五十多年前初次翻译就选择了他的代表作《先知》……"老人回忆说,"1927 年,我从燕京大学的一位美国朋友那儿第一次读到纪伯伦的《先知》英文本,很喜欢那些富有哲理又具有东方气息的短小文辞。我觉得它很像泰戈尔,却又不一样。这大概和他们的出身、经历及社会地位差异有关。泰戈尔出身贵族,纪伯伦是穷苦人……"

她饶有兴致地谈起她最初翻译《先知》时的情况。冰心说:"我翻译的作品大部分是我喜欢的。泰戈尔的作品我接触早,喜欢,但翻译很晚;而纪伯伦的《先知》却大不同,我一接触它,就喜欢上了它。"冰心 1926 年 6 月毕业于美国威尔斯利大学研究院,获得硕士学位,8 月回到北京,9 月回母校燕京大学任教。次年一个明朗的冬日,冰心去燕园朗润园看望一位美国友人。美国友人把她让进客厅,寒暄了一阵后,她要亲自为冰心煮咖啡。冰心在她的书柜里无心地看着书脊上的书名,偶然地发现了叙利亚诗人纪伯伦的《先知》(*The Prophet*),在当时人们的心目中,先知先觉是最有智慧的人物,《先知》这个书名把她吸引住了。她征得友人的同意,把这本书抽出来,随意翻阅。当她读到:

> 还有你,这无边的大海,无眠的慈母,只有你是江河和溪水的宁静与自由。这溪流只还有一次的转折,一次林中的潺湲,然后我要到你这里来,无量的涓滴归向这无量的海洋。

这些"满含着东方气息的超妙的哲理和流丽的文辞",使她不忍释卷。

第二年的春天,回家度寒假的学生们都返校来了。她继续教学生习作课,她便把这本散文诗,按原著的分章分给学生试译,以此测验学生的水平。学生翻译完了后,她分别按学生的译文给他们打分,登记了分数后,又把卷子发给学生。

1930 年 3 月,冰心卧病在床,她又把《先知》的原作重新读了一遍,再一次领略了纪伯伦在论述爱与美、生与死、婚姻与家庭、劳作与安乐、法律与自由、理智与热情、善恶与宗教等一系列人生与社会问题中别致的比喻和深刻的哲理,她感到这本书实在有翻译的价值,于是抱病逐段译出来,寄给天津的《益世报》文学副刊,4 月 18 日开始逐日连载,不久《益世报》的副刊停刊了,她的翻译也就此中断。

1931 年,吴文藻偕冰心回到江苏江阴夏港镇省亲,在家乡住了一些日子。吴文藻的姐姐当时住在南翔,坚请弟弟和弟媳到南翔小住,同时把吴文藻的父母亲也接到南翔团聚。姐夫为了迎接他们,特地购置了许多家具。各家亲戚轮流宴请。他们又设法回请,花了不少钱,手头拮据。而吴家本来就是贫寒的小商人,家里没有什么积累,怎能用家里的钱呢?怎么办?如何渡过这眼下的难关呢?

两人经过几番商议,老实的吴文藻,除了自己按月领薪金之外,别无他计。冰心想到新月书店预支一点稿酬,恰巧当时在新月书店的经理是吴文藻在清华时的同学张禹九,他是张君劢的弟弟,冰心因王世瑛的关系,跟张禹九相熟。就对新月书店说借钱,说过些日子给他们一本翻译的书稿。新月书店获悉冰心愿意译书,非常高兴,第二天就派人送了五百元给冰心。经济紧张的局面,得到了缓解。

回到北平时,冰心不顾炎暑酷热,就重新把《先知》一书找出来,这次不像上回那样,一天译一段给《益世报》,而是一鼓作气译了下来。这是她第一次翻译整本书,在翻译过程中,她极力用最准确的词汇表达原作深邃的哲理,用最美的文字传达原作中诗的韵味。

1981 年,湖南人民出版社为推动外国诗歌的翻译介绍工作的进一步发展,着手编辑出版"诗苑译林丛书"。这套书规模宏大,计划陆续出版的有五十余种。"诗苑译林"的内容之一,是五四以来翻译的外国诗歌名作,包括已出版而长期没有再印的,已发表但没有结集出版的专集或选集。出版社来人看望冰心先生并请求她的支持。冰心在同意他们重印泰戈尔的《吉檀迦利园丁集》的同时,将纪伯伦的《先知》加上1981年译定发表过尚未结集出版的纪伯伦的另一部名作《沙与沫》一并交给出版社合辑出版。

《先知》1931年由新月出版社初版,开明书店1945年重印,1957年人民文学出版社据开明版又重印过。湖南这次重印《先知》时冰心保留了初版时写的序,又新写了一篇短序。新序里面说明了她喜爱纪伯伦《先知》的缘由:"我很喜欢这本《先知》,它和《吉檀伽利》有异曲同工之妙。不过我觉得泰戈尔在《吉檀迦利》里所表现的,似乎更天真,更欢畅一些,也更富于神秘色彩,而纪伯伦的《先知》却更像一个饱经沧桑的老人,对年轻人讲些处世为人的哲理,在平静中却流露出淡淡的悲凉;书中所谈的许多事,用的是诗一般的比喻反复的词句,却都讲了很平易入情的道理。尤其是谈婚姻、谈孩子等篇,境界高超,眼光远大,很值得年轻的读者仔细玩味的。"冰心会心微笑地说:"纪伯伦在《先知》中像一个饱经沧桑的老人在对年轻人讲,我最初读并翻译《先知》时,也是年轻人,现在是老人了,也是个饱经沧桑的老人了,今天重读《先知》体会更深切些。"

冰心说,《先知》出书顺利,1931年《先知》的初版本就出来了,分甲乙两种本子,印数不算少,当时有影响。但新月书店初版本错字不少,这家书店1933年12月倒闭了,所以没有机会修订再印,改于1945年在四川的开明书店重版。开明书店影响大,她同开明有过联系,她的短篇小说、散文集《往事》就是开明1930年1月出版的,此后她的不少书也是由开明出版的。她记得开明重印《先知》经手人是叶圣陶先生。开明出《先知》时,书店还写了一则广告,事先在报刊上刊登宣传过,她当时看过,觉得这则广告词写得好,但不知出自开明哪位之手?她问我听叶家人说起过这事没有,有机会顺便问问叶老或叶至善。为此冰心还打过电话问叶至善。我问过叶至善,至善根据叶老的回忆和叶老的日记,确认《先知》的广告词是他父亲写的。至善认真地抄写了这则广告词,叫我送给冰心看,这则 1945 年 11 月刊登的广告词全文是:"本书是一册谈哲理的散文诗,里面谈爱,谈婚姻、孩子,谈饮食、工作,谈理性与热情、悲哀与痛苦,谈罪与罚、善与恶——关于人生的一切,几乎无不触及。作者是叙利亚人,漫游过欧洲,后来长住在美国。他用阿拉伯文字写了许多书,多数已译成欧洲各国文字,有达十八国文字的。《先知》是最受人欢迎的作品。冰心女士翻译本书,曾尽了最大的力量。她说'那满含东方气息的超越的哲理和流丽的文辞',给予她'以极深的印象'。译文更清丽流畅,得未曾有。"同时至善还叫我告诉老太太,开明书店出版的《冰心小说集》《冰心散文集》《冰心诗集》《关于女人》《寄小读者》等广告词也均出自他父亲叶圣陶之手。冰心听了笑着说,广告词发表时是没署名的,叶老也没和她说起过,现在才算知道了,真感谢他。冰心说,她知道巴金早就看了《先知》的译本。老人当时没有就此多说。1987 年,冰心有一次高兴地给我看巴老近日给她的一封来信,巴金在这年 3 月 1 日写给冰心的信中说:"您提到纪伯伦的《先知》,可能您还不知道我 1943 年在桂林写《火》第三部,我引用过您的译文。"

冰心最初翻译出版纪伯伦的《先知》时,黎巴嫩属叙利亚,所以她称纪伯伦是叙利亚诗人。1943 年黎巴嫩宣布独立,成了一个主权国家,现在应说纪伯伦是黎巴嫩诗人。泰戈尔和纪伯伦是 20 世纪东方文学中两位最杰出的诗人,可惜,纪伯伦死得太早,冰心的《先知》中译本 1931 年出版在他去世的同年。

冰心送书给我的当天上午,和我谈论泰戈尔,更多的是纪伯伦的《先知》,此后她又多次同我断断续续地谈起纪伯伦,谈起《先知》……冰心说:"现在条件好多了,翻译介绍纪伯伦的作品也多起来,只要有心,你会比我最初知道得多。"

纪伯伦 1883 年出生在黎巴嫩北部山城布舍里,当时,黎巴嫩处在土耳其奥斯曼黑暗统治之下,生活无着。十一岁时,母亲带着他和比他大六岁的哥哥伊德及两个年幼的妹妹,辗转移居美国波士顿,靠母亲和两个妹妹替人家缝缝补补做女红为生。纪伯伦凭着他的绘画天分,为别人设计图书封面和绘插图,补贴家用。十五岁时,母亲执意把他送回黎巴嫩学习母语——阿拉伯语,这也成就了他成为能用阿拉伯语和英语写作,并达到极高造诣的"双语作家"。他在黎巴嫩时便开始发表诗作。三年后重返波士顿,他的妹妹苏尔妲已死于肺病。次年,母亲与哥哥又相继病故。接二连三的打击,给他留下终身难愈的心灵创伤。这也许正是冰心在《先知》译本新序中所说,他的《先知》"更像一个饱经沧桑的老人,对年轻人讲些处世为人的哲理,在平静中却流露出淡淡的悲凉"的缘由。纪伯伦在穷困中支撑,先后发表《音乐书》《草原新娘》《金环》等作品。1908 年赴巴黎学习美术,四年后再次回到波士顿,这期间又有《泪与笑》《行列圣歌》等作品问世。1920 年他倡导成立文学团体"笔会",成了"侨民文学"创始人。1923 年发表成名作《先知》,后来又发表了《沙与沫》《先知园》等著作。1931 年病故后,妹妹玛丽安娜根据他生前遗愿,将遗体运回故乡,安葬在玛丽·萨尔基斯修道院——后改为纪伯伦博物馆——中。

纪伯伦用阿拉伯母语和英语写作,冰心说,纪伯伦用英语写不是简单地将阿拉伯语转译,而有再创造的成分。冰心自己不懂阿拉伯语,翻译时是选的最好的英语本子。冰心既是诗人,又是散文家。她翻译《先知》,译笔明丽流畅,不仅忠实地再现了原著的内涵,而且保持了原著优美的风格。《先知》中译本从 30 年代初版起,广为流传。1981 年,湖南人民出版社将它同冰心译的另一部纪伯伦的散文诗集《沙与沫》合辑出版后,首印 1.5 万册,很快就脱销了,第二次又加了 1.2 万册,也随即被抢购一空。冰心译的《先知》成为 20 世纪中国翻译文学中一部长久流传、读者珍爱的经典之作。

遵循冰心老人的希望,我翻看了些有关中文翻译的资料,对纪伯伦,对她译的《先知》等作品增加了些了解和理解。由于经手发表了北大学友彭龄、章谊夫妇为《文艺报》写的两篇稿子,更多知道了黎巴嫩人民对冰心先生的敬重和爱戴,冰心在耕筑中黎人民友谊桥梁中的卓越贡献。

1983 年,为纪念纪伯伦百年诞辰,黎巴嫩政府协同联合国教科文组织,举行了盛大的纪念活动。彭龄夫妇时在黎巴嫩工作,彭龄是中国驻黎使馆武官,章谊是新华社驻黎巴嫩记者。他们都是学阿拉伯语的,在大学时又同爱好文学。可惜他们未能赶上参加纪伯伦的纪念活动,但他们执意想去纪伯伦的故乡,瞻仰这位文学巨擘出生和安息的地方。由于他们受父亲曹靖华当年冒着圣彼得堡冬夜零下几十度的酷寒,翻译《铁流》《第四十一》,配合鲁迅先生"为起义了的奴隶们偷运军火"和他一贯重视中外文化交流,将它比作"友谊树上的花蕾"的影响,想着或许也能趁工作之便,为中黎两国文化交流,略尽绵薄之力。彭龄在做出国准备时,设法寻找冰心译的《先知》,准备带到黎巴嫩,送给纪伯伦博物馆。他跑了不少书店,却空手而归。友人建议"何不直接找冰心试试。"于是,他便给冰心老人写信,并附上自己的散文集《西亚风情》,请她指教。三四天后,彭龄收到冰心老人的回信,信是 1983 年 8 月 29 日写的:信拜读,《西亚风情》在半天内看完,您写得很有情趣,甚佩。《先知》我这里早没有了,昨天湖南出版社有人来,我已请他们再版,不知有效否。如有时,一定寄上两册。

　　1986 年初,彭龄、章谊回国休假,为纪伯伦事,他们又主动写信和冰心老人联系上了。他们后来在一篇怀念冰心的文章中说:"我们写信陈述了原委,并附上宣纸,建议她题一幅字,我们返回黎巴嫩时,一并转赠博物馆。同时还寄去了我们新出的散文集《异域走马》和《而今百龄正童年》。"彭龄很快收到冰心 2 月 19 日写的回信:"信及赐书两本均拜读,甚谢! 我手边只有一本湖南人民出版社的《先知·沙与沫》,附上请代寄纪伯伦博物馆,至于题词和写字,请容缓。"

　　几天后,冰心老人打电话给彭龄,告诉他字已写好,怕邮寄不便,叫他去家里取。她取出为纪伯伦博物馆题的字,那是她用清秀的字体抄录的纪伯伦《先知》中论友谊的一段。

　　冰心听彭龄介绍纪伯伦博物馆的情况,听得很仔细,不时提一些问题。

说纪伯伦既是作家、诗人,又是画家。当年在巴黎深造时,他曾得到罗丹大师的指点。他的油画《秋》还在巴黎美展上得过奖。在观赏彭龄和章谊带去的纪伯伦的绘画时,她说《先知》早先的译本曾有插画,后来却没有了,她感到很遗憾。彭龄问下次增印能否补进插画,她说:"可惜手头已经没有带插图的英文原版书了。"英文原版书怕难寻觅,但带插图的英文本却不难找,彭龄和章谊允诺回黎巴嫩后,一定为她找一本。她笑说:"谢谢。"

彭龄夫妇到黎巴嫩后,再次访问了纪伯伦博物馆,转送了冰心的礼物,并急忙写信将去纪伯伦博物馆的事禀告冰心老人,将馆长库鲁兹先生在赠给冰心先生书的扉页题签译成中文,连同复印件一并附上。

1986 年 8 月 12 日冰心在回信中说:"你们的信和附来的纪伯伦博物馆馆长的信和印件,均拜读。请代向馆长先生致意。你们回国时请到舍下一述。"收到冰心复信后,彭龄又将去博物馆时拍摄的照片寄给冰心,老人在 9 月 9 日的复信中又说:"信和照片两张均拜领,感谢之至。《世界文学》上大文出版时,一定拜读。黎巴嫩总在矛盾冲突之中,是人民之大不幸。中国幸处盛世,作为中国人应当欣慰。"

彭龄回国休假期间,写了一篇重访纪伯伦博物馆的文章寄给我,希望《文艺报》能发表。彭龄在文章中回忆说:"报到后,单位领导让我们先休息,等待新的任命。我们一面整理有关黎巴嫩的文章,一面同冰心老人联系。3 月 6 日,我们北大的学友吴泰昌打来电话,说我们寄给《文艺报》的文章《天涯尽知音》将在明天重要版面刊出。原来,编辑部收到稿件后,特意做了研究,还就某些内容向冰心老人进行了核实。3 月 7 日《文艺报》将标题改作《重访黎巴嫩纪伯伦博物馆》在第一版上刊出,并冠以'本报专稿'。"

《文艺报》收到彭龄、章谊《天涯尽知音》文章后,认为文章中涉及冰心许多谈话内容,须送老人过目确认。冰心看了,说文章写得可以,她的所谈也属实,同意发表。但她说文章题目空泛了些,可改一个更直接明白的,并当场建议改为《重访纪伯伦博物馆》,并加个"通讯"为题头。冰心说,彭龄他们的文章写得有情趣,也简洁,但题目拟得虚了些。彭龄是曹靖华的公子,他没同我说过,我是看了他送我的一本书中有一篇怀念他父亲的文章《而今百龄正童年》后才知道的,那篇文章题目我建议他不如改作《我的父亲曹靖华》,让人一目了然,看了题目就知道作者和被怀念者的关系。冰心提醒我,做好文章标题也是一门学问,编发稿件时在这方面要多下功夫。

彭龄、章谊在《重访纪伯伦博物馆》中详细地回忆说:

上一次我们参观纪伯伦博物馆时,博物馆馆长库鲁兹先生听说中国著名女作家冰心,早在30年代就将纪伯伦的《先知》译成中文时,又惊又喜。临走,他一再恳求我们设法为博物馆弄一本《先知》的中译本。这次回国休假,我们不仅带来了冰心老人签赠的《先知》,还有别的礼物。但是,怎么才能把这些礼物送给库鲁兹先生呢?博物馆所在纪伯伦的家乡布舍里,位于黎巴嫩北方卡迪斯山谷(圣谷)的尽头。说远,也不算远,我们自己又会开车,如果时局正常,举足就可以前往。但现在,沿途要穿过贝鲁特的"绿线"和数不清的政府军、叙利亚士兵及黎巴嫩各派民兵设置的重重哨卡,变得十分不便。

一天,当我们试着向黎巴嫩朋友穆罕默德谈起,他仔细听着,而后微笑着说:"这样吧,你们做好准备,我来替你们安排,待局势许可时,我通知你们,先到我家里,我陪你们去。"他的家在特里波利南边的卡拉蒙,从那里去布舍里,只需一个小时。

由于穆罕默德事先同库鲁兹先生进行了联系,所以,当我们风尘仆仆,赶到布舍里时,库鲁兹先生和助手早已等候在市中心的小广场上了。

库鲁兹先生穿一套蓝色的"猎人装",更显得神采奕奕。只是,一年不见,两鬓似乎更白了。

他紧握住我们的手说:"一接到穆罕默德先生的电报,我就想到一定是你们。在这样的时候,还赶到我们这里来,实在太感谢了……"他们陪同我们穿过市区,来到城外山坡上的纪伯伦博物馆。

我们怀着对纪伯伦深深的敬意,把带来的礼物,一一转赠给库鲁兹先生。

这是冰心老人签赠的《先知·沙与沫》。

我们告诉他:冰心女士既是诗人又是散文家。《先知》经她翻译,译笔明丽流畅,不仅忠实地再现了原著的内涵,而且还保持了原著的美的风格。从 30 年代初版起,就为中国广大读者视为瑰宝。1981 年,它同冰心女士译的另一本纪伯伦的散文诗集《沙与沫》合辑重版后,很快就脱销了。再版发到书店,也被抢购一空。这一本,是冰心女士自己留存的唯一的一本。

库鲁兹先生接过去,打开扉页,上面有冰心老人用她清秀的字体亲笔题签:赠给黎巴嫩纪伯伦博物馆。

"请告诉我,冰心女士是哪一年翻译出版《先知》的?"库鲁兹先生问。

"1931 年。"我们指给他看冰心老人写的短序。

"啊,那是纪伯伦逝世的同一年!"库鲁兹先生说,"这大概是纪伯伦著作的最早的译本了。请你们谢谢冰心女士,谢谢她在半个世纪以前,就做了这么有意义的事——不仅自己是纪伯伦的知音,而且,通过她的译笔,又把纪伯伦介绍给千千万万中国读者,让他拥有千千万万个知音……"

这是冰心老人按照中国习惯亲笔题赠的卷轴。我们解开卷轴的丝带,慢慢展开。卷轴上是冰心老人特意抄录的《先知》里《论友谊》中的一段:

让你的最美好的事物,都给你的朋友。

假如他必须知道你潮水的退落,也让他知道你潮水的高涨。

你找他只为消磨光阴的人，还能算你的朋友吗？

你要在生长的时间中去找他。

因为他的时间是满足你的需要，不是填满你的空虚。

在友谊的温柔中，要有欢笑和共同的欢乐。

因为在那微末事物的甘露中，你的心能找到他的清晓而焕发的精神。

我们把这段话，根据库鲁兹先生上次赠给我们的纪伯伦两卷集的阿拉伯文版，事先用打字机打出来，和卷轴一起交给库鲁兹先生。

库鲁兹先生说："冰心女士从纪伯伦的著作中，偏偏选出《论友谊》中的这一段，是非常有意义的。这恰恰证明，黎中两国作家和人民彼此是息息相通的。"

他拿起冰心老人的卷轴，细细地看那木轴，看那绢。他说纪伯伦生前珍藏着一对中国的如意，说明他十分喜爱中国的手工艺品。这么精致的卷轴，他也一定会喜爱的。

他看着冰心老人清秀的字迹和红色的印章，开玩笑说："我会阿拉伯语、英语、法语，看来，还得学学中文，那样，便可以直接看懂这些书信和冰心女士的珍贵的手迹了。"

库鲁兹先生的助手煮好了红茶，他一边招呼大家喝茶，一边指着桌上的礼物说："这是纪伯伦博物馆建立以来，所收到的最珍贵的礼物。"

他让助手找来英文版的《先知》。书为黑面，白脊，封面上有一个圆形的贴金图案。书的一边是半毛边的，书中收有纪伯伦自己画的十余幅插图。书外面有一个黑色硬纸的封套。这是专为馈赠印制、装帧的"豪华版"，古朴、素雅。他提起笔，在书的扉页上为冰心等人一一书写了赠言。库鲁兹先生在扉页上为冰心先生的题签是：

尊敬的冰心女士：

您给纪伯伦博物馆的赠礼，是最有价值和最宝贵的。我们将把它陈列在纪伯伦文物旁。

在您的手迹前，我看着它，感到岁月的流逝、生命的深邃和您眼中闪烁的中国古老文化的智慧的光辉。我热爱中国古老文化，并努力从中汲取营养。您对纪伯伦的《先知》的重视，在他逝世不久的同一年里，就将它译出，正是中国古老文化的价值和您的深邃的智慧的明证。

我毫不怀疑，您对我和博物馆的赠品，将是由最深刻、最根本的人类共有的文化联系着我们大家的最好的纪念。只有深刻的、人类共有的文化，才能将人们联系在一起，并促进他们的团结。

向您表示由衷的敬意！

布舍里　纪伯伦博物馆

馆长　瓦希布·库鲁兹

1986 年 7 月 12 日

《重访纪伯伦博物馆》在《文艺报》发表后，引起了黎政府的关视。彭龄、章谊在一篇怀念冰心的文章中说：

1988 年元月，仲跻昆夫妇来家串门，谈及我们访问纪伯伦博物馆的文章发表后，黎巴嫩驻华大使萨马哈博士非常重视，曾打听作者，并根据文章中提到的跻昆的名字，通过单位，找到他。我们对此一无所知。彭龄是军人，不能与外国使馆接触，不像跻昆是北大教授，限制少一些。其实，在萨马哈大使来华之前，章谊作为新华社分社记者，就曾在贝鲁特采访过他。跻昆还谈到他译的纪伯伦散文诗集《泪与笑》的责编来北京出差时，将那份《文艺报》和库鲁兹先生送他的《先知》一并带走，争取增印时附上插图。但是出版社对纪伯伦的插图有不同看法，有人认为插图多是象征意味的人体,似有宗教色彩。更有人认为它"庸俗""低调""不健康",担心会造成不好的影响。"文革"已经过去十多年,这种用"左"的眼光看待艺术的情况应当改变。我们写信征询冰心老人的意见,她在1988年1月26日的复信中写道:

"信拜读,因忙未即复为歉。我初版的译本《先知》是给新月出版社出的(张禹九要的稿),那上面就有纪伯伦的画。再版是由湖南人民出版社出的,却没有了。这是编辑审美能力的高低,纪伯伦的画如其文,绝不低调,也不庸俗,这是我的意见。"

冰心老人毫不含糊地陈述了她的意见,令我们更加敬重。我们想,她对纪伯伦插图的意见或更有深意,便征询泰昌同志意见,想通过《文艺报》转达出去。同时也为《先知》再版时附入插图呼吁一下。在他赞同下,便写了《纪伯伦的〈先知〉与插图》。短文刊出后,作家王汶石致函《文艺报》,提到人民文学出版社1957年4月曾出版过带插图的《先知》。经过"文革",冰心老人手中大概早已没有这个版本,所以未曾听她提起。

1993年纪念纪伯伦诞辰110周年的学术研讨会召开。冰心老人写了贺信,而且还欣然接受阿拉伯文学研究会同人恳请,出任该会名誉会长。

甘肃人民出版社1994年10月出版了一套三卷本的《纪伯伦全集》,《先知》本中恢复了插图。冰心在病中为"全集"写了书名,在扉页上还亲笔题词:

我最喜欢的纪伯伦的一句话:"真正伟大的人是不压制人,也不受人压制的人。"

为表彰冰心在黎中文化交流事业上的卓越贡献,黎巴嫩总统签署命令,授予冰心黎巴嫩国家级雪松骑士勋章,1995年3月7日在北京举行了隆重的颁奖仪式。

2010 年

冰心：你的字"草得厉害"

1983 年,《文艺报》想请冰心老人支援一篇大作,本该登门去求助,那几天恰巧有会,只好匆匆先写信去,岂料很快就收到老人的来信：

> 泰昌:你的电话真难打,打了两天。还是写信吧,你的字也有大编辑之风,草得厉害！文章名字由你定吧,有事打电话来,反正我足不出户,在家恭候命令。冰心　九月十六日

读了老人的信,心情异常沉重,深深自责起自己马虎的作风,潦草的字迹害得老人打了两天电话。我是小编辑,在冰心长辈面前更是小而又小的编辑,编辑不分大小老少,字迹工整清晰是起码的工作要求,老人对我的批评对！

虽然老人嘱我以后用电话联系,但她因骨折,为了接一个电话都要借助扶助器步履艰难地从书房移动到客厅,我决心不到万不得已不打电话给她,除看望,还是写信。由于记住了她的这个批评,以后给她写信,我先起草,再工整地抄写一遍。

1986 年,我出席了中国作协在上海金山召开的中国当代文学国际讨论会。冰心很关心这次会,我回京不几天,她就约我去。详细地询问会议的情

况。问国际友人中有哪些出席了,谈了哪些有趣的问题,当她得知有几位国外汉学家和境外作家,她说是她的朋友,时有通讯联系,她怪我为什么不从上海写信告诉她,当她一提到写信时,又自乐地指着我说:"是不是又怕我说你字写得太潦草了!"

冰心老人每天花费不少时间阅读报刊,十分留心中青年作家的创作,特别关心女作家的近作。有次北京有家报纸约请她写篇综合评介几位女作家作品的文章,她正在准备时约我去。她说:"我只能就我已经阅读的自己喜欢的作品谈点感想,但这方面的资料也还需要补充一些。"她希望我帮她再开点篇目,难找的报刊上的作品最好复印一份,复印时字体放大一些。不久,我弄好了她需要的这份资料送给她。数月后,有次我从外地回来去看她,她笑嘻嘻地将这材料又递还给我,她说:"谢谢你为我准备了这份材料,我用过了,你

冰心(左)与吴泰昌一起读报

留着也许有用,那工整的几页看来用了你不少时间,写信、写材料是为了让人看明白的,只要清楚就可以了,给老人的字体写得要大一些,也不必写得过于工整,像临字帖那样,你们工作忙,时间有限。"我明白她的意思,点了点头。

2005 年 6 月 22 日

听朱光潜老师闲谈

朱光潜（孟实）先生八十四岁时曾说过："我一直是写通俗文章和读者道家常谈心来的。"读过这位名教授数百万言著作和译著的人，无不感到他的文章，即便是阐述艰深费解的美学问题和哲学问题，也都是以极其晓畅通俗的笔调在和读者谈心。接触过他的人也同样感到，在生活中，他喜爱和朋友、学生随意交谈。亲切随和地谈心，汩汩地流出了他露珠似的深邃思想和为人为文的品格。可惜的是，这些闲谈，其中许多并未形诸文字。

20世纪50年代末，我在燕园生活了四五年，还没有机会与先生说过一句话，更别说交谈、谈心了。50年代中期，北大一度学术空气活跃，记得当时全校开过两门热闹一时的擂台课：一门是《红楼梦》，由吴组缃先生和何其芳先生分别讲授；另一门是美学，由朱光潜先生和蔡仪先生分别讲授。那年我上大二，年轻好学，这些名教授的课，对我极有吸引力，堂堂不落。课余休息急忙从这个教室转战到那个教室，连上厕所也来不及。朱先生的美学课安排在大礼堂，从教室楼跑去，快也要十分钟。常常是当我气喘吁吁地坐定，朱先生已开始讲了。他是一位清瘦的弱老头，操着一口安徽桐城口音，说话缓慢，瞪着一双大眼，这就是赫赫有名的美学大师。朱先生最初留给我的就是这使人容易接近又略带某种神秘感的印象。当时美学界正在热烈论争美是什么，是主观，还是客观？……先生是论争的重要一方。他的观点有人不同意，甚至遭到批评。讲授同一课题的老师在讲课时,就时不时点名批评他。朱先生讲课态度从容,好像激烈的课堂内外的争论与他很远。他谈笑风生,只管从古到今,从西方到中国,引经据典地论证自己的观点。他讲得条理清晰、知识性强,每次听课的除本校的,还有外校和研究单位的人员,不下五六百人。下课以后,人群渐渐流散,只见他提着一个草包,里面总有那个小热水瓶和水杯,精神抖擞地沿着未名湖边的水泥小径走去。几次我在路上等他,想向他请教听课时积存的一些疑问,可当时缺乏这种胆量。

60 年代初,他从西方语言文学系到哲学系,特为美学教研室和文艺理论教研室的教师、研究生讲授西方美学史。我们及时拿到了讲义,后来这些讲义成为高校教材正式出版了。也许因为听课的人只有一二十位,房间也变小了;或许因为我们这些学生年龄增长了,在朱先生的眼中我们算得上是大学生了,他讲课时常停下来,用眼神向我们发问。逼得我在每次听课前必须认真预习,听课时全神贯注,以防他的突然提问。后来渐渐熟了,他主动约我们去他家进行辅导,要我们将问题先写好,头两天送去,一般是下午 3 时约我们去他的寓所。那时他住在燕东园,怕迟到,我们总是提前去,有时走到未名湖发现才 2 点,只好放慢脚步观赏一番湖光塔影,消磨时间,一会儿又急匆匆地赶去,星散在花园里的一座座小洋楼静谧得连一点声音也没有。我们悄声地上了二楼,只见朱先生已在伏案工作。桌面上摊开了大大小小的西文书,桌旁小书架上堆放了积木似的外文辞典。他听见我们的脚步声近了才放下笔,抬起头来看我们。他辅导的语调仍然是随和的,但我并没有太感到他的亲切,只顾低着头,迅速一字一字、一句一句记。我们提多少问题,他答多少,有的答得详细,有的巧妙绕开。他事先没有写成文字,连一页简单的提纲都没有。他说得有条不紊,记下来就是一段段干净的文字。每次走回校园,晚饭都快收摊了,一碗白菜汤,两个馒头,内心也感到充实。晚上就着微弱昏暗的灯光再细读朱先生的谈话记录。他谈的问题,往往两三句,只点题,思索的柴扉就顿开了。

我曾以为永远听不到朱先生的讲课了,听不到他的谈话了。十年内乱期间不断听到有关他受难的消息。其实,这二三十年他就是在长久的逆境中熬过来的,遭难对他来说是正常的待遇,他的许多译著,如黑格尔《美学》三卷四册,这一国内其他学者难以替代的贡献,就是在他多次挨整、心绪不佳的情况下凭借顽强的意志完成的。如果说,中国几亿人,在这场十年浩劫中,几乎每一个家庭,每一个人都有不可弥补的损失,那对于我来说,一个难说很大但实在是不可弥补的损失,就是我研究生期间记录杨晦导师、朱光潜老师辅导谈话的一册厚厚的笔记本被北大专案组作为"罪证"拿走,丢失了。好在我的大脑活动正常,我常常在心里亲切地回想起朱先生当年所说的一切。

　　1980年,由于一个非常偶然的机会,使我和朱先生有了较多的接触。这种接触比听他的课、听他的辅导,比师生之间的交谈更为亲切透彻。作为一位老师,他的说话语气再随和,在课堂上,在辅导时,总还带有某种严肃性。二十年前我们在他的书房里听他两三个小时的谈话,他连一杯茶水也不会想起喝,当然也不会想起问他的学生是否口渴。现在,当我在客厅沙发上刚坐下,他就会微笑着问我:"喝点酒消消疲劳吧? 中国白酒,外国白兰地、威士忌都有,一起喝点!"我们的谈话就常常这样开始,就这样进行,就这样结束。他喝了一辈子的酒,酒与他形影不离。他常开玩笑说:"酒是我一生最长久的伴侣,一天也离不开它。"我常觉得他写字时那颤抖的手是为酒的神魔所驱使。酒菜很简单,常是一碟水煮的五香花生米,他说:"你什么时候见我不提喝酒,也就快回老家了。"在他逝世前,有一段时间医生禁止他抽烟、喝酒。我问他想不想酒,他坐在沙发上闭上眼睛摇摇头。有年冬天我见他又含上烟斗了,我问他想不想喝酒,他睁大眼睛说:"春天吧,不是和叶圣老早约好了吗?"

　　记得我1980年再一次见到朱先生,并不是在他的客厅里,朱师母说朱先生刚去校园散步了。我按照他惯走的路线在临湖轩那条竹丛摇曳的小路上赶上了他。朱先生几十年来养成了散步的习惯,清晨和下午,一天两次,风雨无阻,先是散步,后来增加打太极拳。我叫他:"朱老师!"他从遥远的回忆中回转头来,定了定神,高兴地说:"你怎么这么快就来了?"

夕阳将周围涂上了一片金黄。他说:"安徽人民出版社要我出一本书,家乡出版社不好推却,但我现在手头上正在翻译《新科学》,一时又写不出什么,只好炒冷饭,答应编一本有关文学和美学欣赏的短文章选本。这类文章我写过不少,有些收过集子,有些还散见在报刊上。也许这本书青年人会爱读的。前几天出版社来人谈妥此事,我想请你帮忙,替我编选一下。"我说:"您别分神,这事我能干,就怕做不好。"他说:"相信你能做好,有些具体想法再和你细谈。走,回家去。"在路上,他仔细问我的生活起居,当听说我晚上常失眠,吃安眠药,他批评说,文人的生活一定要有规律,早睡早起,千万别养成开夜车的习惯。下半夜写作很伤神!他说写作重要的是能做到每天坚持,哪怕一天写一千字,几百字,一年下来几十万字,就很可观了,一辈子至少留下几百万字,也就对得起历史了。他说起北大好几位教授不注意身体,五十一过就写不了东西,开不了课。这很可惜。他说,写作最怕养成一种惰性,有些人开笔展露了才华,后来懒了,笔头疏了,眼高手低,越来越写不出。脑子这东西越用越活,笔头也是越写越灵,这是他几十年的一点体会。五十多年前他写《给青年的十二封信》《谈美》,很顺手,一气呵成,自己也满意。最近写《谈美书简》,问题思考得可能要成熟些,但文章的气势远不如以前了。这二三十年他很少写这种轻松活泼的文章。他开玩笑地说,写轻松活泼的文章,作者自己的心情也要轻松愉快呵!在希腊、罗马和中国春秋战国时代,政治和学术空气自由,所以才涌现出了那么多的大思想家、大哲学家、大文学家,文风也锋利,自如活泼。朱先生的这番谈话使我想起,1978 年《文艺报》复刊时,我曾请他对复刊的《文艺报》提点希望,他在两三百字的稿子中,主要谈了评论、理论要真正做到百家争鸣,以理服人,平等讨论,不要轻率做结论。他说:"学术繁荣必须要有这种生动活泼、心情舒畅的局面。"

我谛听朱先生的多次谈话,强烈地感到他的真知灼见是在极其坦率的形式下流露出来的。他把刚写的一份《自传》的原稿给我看。这是一本作家小传的编者请他写的。我一边看,他顺手点起了烟斗。他备了好几个烟斗,楼上书房、楼下客厅里随处放着,他想抽烟就能顺手摸到。朱先生平日生活自理能力极差,而多备烟斗这个细节,却反映了他洒脱马虎之中也有精细之处。他想抽烟,就能摸到烟斗,比他随身带烟斗,或上下楼去取烟斗要节省时间。

我看完《自传》没有说话,他先说了:"这篇如你觉得可以就收进《艺文杂谈》里,让读者了解我。"这是一篇真实的自传,我觉得原稿中有些自我批评的谦辞过了,便建议有几处要加以删改。他想了一会,勉强同意,"不过,"他说,"我这人一生值得批判的地方太多,学术上的观点也常引起争论和批评,有些批评确实给了我帮助。一个人的缺点是客观存在,自己不说,生前别人客气,死后还是要被人说的。自传就要如实地写。"时下人们写回忆录、写悼念文章、写自传成风,我阅读到的溢美的多,像朱先生这样恳切地暴露自己弱点的实在鲜见。我钦佩他正直的为人,难怪冰心听到他逝世消息时脱口说出"他是位真正的学者"。最近作家出版社约我编《十年(1976~1986)散文选》,我特意选了朱先生这篇《自传》。读着他这篇优美的散文,我看到了,也愿意更多的朋友看到他瘦小身躯里鼓荡着的宽阔的胸怀。

在我的记忆里,朱先生的闲谈从来是温和的、缓慢的、有停顿的。但有一次,说到争鸣的态度时,他先平静地说到批评需要有平等的态度,不是人为的语气上的所谓平等,重要的是正确理解对方的意思,在需要争论的地方开展正常的讨论。说着说着,他突然有点激动地谈起自己一篇文章被争鸣的例子。他有篇文章发表了对马克思主义关于上层建筑与经济基础关系论述的一些理解。他说之所以提出这个问题,就是为了引起更多人的研究,他期待有认真的不同意他观点的文章发表。他说后来读到一篇批评文章很使他失望。这篇文章并没有说清多少他的意见为什么不对、应该如何理解,主要的论据是说关于这个问题某个某个权威早就这样那样说过了。朱先生说,这样方式的论争,别人就很难再说话了。过去许多本来可以自由讨论的学术问题、理论问题用这种方式批评,结果变成了政治问题。朱先生希望中青年理论家要敏锐地发现问题,敢于形成并发表自己的见解。

有次朱先生提出要我替他找一本浙江出版的《郁达夫诗词抄》。他说从广告上见到出版了这本书。恰巧不久我去杭州和郁达夫的家乡富阳,回来送他一本。他很高兴,说郁达夫的旧体诗词写得好,过去读过一些,想多读点。过后不久,有次我去,他主动告诉我这本书他已全读了,证实了他长久以来的一种印象:中国现代作家中,旧体诗词写得最好的是郁达夫。他说他有空想写一篇文章。我说给《文艺报》吧,他笑着说:"肯定又要引火烧身。不是已有定论,某某、某某某的旧体诗词是典范吗?"他说郁达夫可能没有别人伟大,但其旧体诗词确实比有的伟大作家的旧体诗词写得好,这有什么奇怪? 他强调对人对作品的评价一切都要从实际出发,千万不要因人的地位而定。顺此他又谈到民初杰出的教育家李叔同,他认为李叔同在我国近代普及美育教育方面贡献很大,但一直没有得到充分的评价。他说李叔同后来成了弘一法师,当了和尚,但并不妨碍他曾经是一位了不起的音乐家、美术家、书法家。他说现在有些文学史评价某某人时总爱用"第一次"的字眼,有些真正称得上第一次,有些则因为编者无知而被误认为是第一次的。他说很需要有人多做些历史真实面貌的调查研究。我在《文汇月刊》发表了一篇《引进西方艺术的第一人——李叔同》,朱先生看后建议我为北大出版社的"美学丛书"写一本小册子,专门介绍李叔同在美学上的贡献。我答应试试。我还为此请教过叶圣老,他亦鼓励我完成这本书。朱先生这几年多次问起这件事。他说:"历史不该忘记任何一位不应被遗忘的人。"

朱先生虽然长期执教于高等学府,但他主张读书、研究不要脱离活泼生动的实际。他很欣赏朱熹的一首诗:"半亩方塘一鉴开,天光云影共徘徊。问渠哪得清如许,为有源头活水来。"他多次吟诵起这首诗。1981年我请朱先生为我写几句勉励的话,他录写的就是这首诗。他在递给我时说这首诗的末句写得好,意味无穷。有次他谈起读书的问题,他强调要活读书。他说现在出的书太多,连同过去出的,浩如烟海,一个人一生不干别的,光读书这一辈子也读不完。这里有个如何读和见效益的问题。他认为认真读书不等于死读书。要从自己的兴趣和研究范围出发，一般的书就一般浏览，重点的书或特别有价值的书就仔细读，解剖几本，基础就打牢了，二十多年前他曾建议我们至少将《柏拉图文艺对话集》读三遍。他举例说，黑格尔的《美学》是搞美学、文艺理论、评论的人必须钻研的一部名著。但三卷四册的读法也可以有区别，重头书里面还要抓重点，他说《美学》第 3 卷谈文学的部分就比其他部分更要下功夫读。搞文艺理论研究的人，必须对文学中某一样式有深入的了解和欣赏。他个人认为诗是最能体现文学特性的一种样式。他喜欢诗。他最早写的有关文学和美学欣赏的文字，多举诗词为例。新中国成立后，他为《中国青年》杂志写过一组赏析介绍中国古典诗词的文章。20 世纪 40 年代他在北大讲授《诗论》，先印讲义后出书，影响很大，1984 年三联书店又增订出版，他在《后记》中说："我在过去的写作中，自认为用功较多，比较有点独到见解的，还是这本《诗论》。我在这里试图用西方诗论来解释中国古典诗歌，用中国诗论来印证西方诗论；对中国诗的音律为什么后来走上律诗的道路，也作了探索分析。"他说我们研究文学可以以诗为突破口、为重点，也可以以小说、戏剧为重点。总之，必须对文学某一样式有较全面、历史的把握。否则，写文艺理论、文艺评论文章容易流于空泛。

这几年，每次看望朱先生，他都要谈起翻译维柯《新科学》的事。这是他晚年从事的一项浩繁的工程。他似乎认定，这部书非译不可，非由他来译不可。他毫无怨言地付出了晚年本来就不旺盛的精力。他是扑在《新科学》的封面上辞世的。他对启蒙运动时期重要的美学代表人物维柯评价甚高，早在《西方美学史》中就辟有专章介绍。他在 83 岁高龄时，动手翻译这部近四十万字的巨著。起先每天译一两千字，后因病情不断，每天只能译几百字，前后共三年。他考虑这部书涉及的知识既广又深，怕一般读者阅读困难，决定编写一份注释，待再版时附在书末。家人和朋友都劝他，这件事先放一放，或者委托给年轻得力的助手去做，他现在迫切需要的是休息，精力好了，抓紧写些

1981 年，吴泰昌（右）和朱光潜在北大未名湖畔

最需要他写的文章。他考虑过这个意见，最后还是坚持亲自编写。他说，换人接手，困难更多，不如累我一个人。有次在病中，他说希望尽快从《新科学》中解脱出来。他想去家乡有条件疗养休息的中等城市埋名隐姓，安静地住一段。但是，对事业的挚爱已系住了他的魂魄。在他最需要静静休息的时刻，他又在辛苦地工作。他逝世前三天，趁人不备，艰难地顺楼梯向二楼书房爬去，家人发现后急忙赶去搀扶，他喃喃着说："要赶在见上帝前把《新科学》注释编写完。"他在和生命抢时间。他在 1981 年 9 月 10 日写给我的信中说："现在仍续译维柯的《自传》，两三万字，不久即可付抄。接着想就将《新科学》的第一个草稿仔细校改一遍，设法解决原来搁下的一些疑难处，年老事多，工作效率极低，如明年能定稿，那就算是好事了。"花了整整三年，终于定稿了，是件叫人高兴的大事。我见过该书的原稿，满眼晃动的是密密麻麻、歪歪斜斜的字迹。

朱先生做事的认真，在一些本来可以不惊动他的杂事上也表现出来。这几年,他在悉心翻译《新科学》的同时,又为《大百科全书·外国文学卷》审稿。我在替他编选《艺文杂谈》时遇到的一些问题,他都一一及时口头或作书面答复。入集的文章,不管是旧作还是新作,他都重新看过,大到标题的另拟,小到印刷误排的改正,他都一丝不苟地去做。他1948年写过《游仙诗》一文,刊在他主编的《文学杂志》第3卷第4期上。他说这篇文章提出了一些见解,叫我有时间可以一读,同时又说写得较匆忙,材料引用有不确之处,他趁这次入集的机会,修改了一番。标题改为《楚辞和游仙诗》,删去了开头的一大段。他怕引诗有误,嘱我用新版本再核对一次。我在北大图书馆旧期刊里发现了一些连他本人也一时想不起来的文章,他每篇都看,有几篇他觉得意思浅,不同意再收入集子。他说,有些文章发表了,不一定有价值再扩大流传,纸张紧,还是多印些好文章。朱先生很讨厌盲目吹捧,包括别人对他的盲目吹捧。他希望读到有分析哪怕有尖锐批评的文章。香港《新晚报》曾发表曾澍基先生的《新美学掠影》一文,我看到了将剪报寄给朱先生看,不久他回信说该文“有见地,不是一味捧场,我觉得写得好”。他常谈到美学界出现的新人,说他们的文章有思想,有锋芒,有文采,他现在是写不出的。他感叹岁月无情,人老了,思维也渐渐迟钝了,文笔也渐渐滞板了,他说不承认这个事实是不行的。

朱先生的记忆力在去世前一两年明显有衰退。有几件小事弄得他自己啼笑皆非。有次他送书给画家黄苗子和郁风。分别给每人签名送一本。郁风开玩笑叫我捎信去:一本签两人名就行了。朱先生说原来晓得他们是一对,后来有点记不准,怕弄错了,不如每人送一本。过了一阵,他又出了一本书,还是给黄苗子、郁风每人一本,我又提醒他,他笑着说:“我忘了郁风是和黄苗子还是和黄永玉……拿不准,所以干脆一人一本。”小事上他闹出的笑话不止这一桩。但奇怪的是,谈起学问来,他的记忆力却不坏。许多事,只要稍稍提醒,就会想起,回答清楚。1983年秋天,他在楼前散步,躲地震时临时搭起的那间小木屋还没有拆除,他看看花草,又看看这间小屋,突然问我:最近忙不忙？我一时摸不清他的意思，没有回答。他说："如果你有时间，我们合作搞一个长篇对话。你提一百个问题，我有空就回答，对着录音机讲，你整理出来我抽空再改定。"我说安排一下可以，但不知问题如何提？他说，可以从他过去的文章里发掘出一批题目，再考虑一些有关美学、文艺欣赏、诗歌、文体等方面的问题。每个问题所谈可长可短，平均两千字一篇。他当场谈起上海同济大学陈从周教授写的有关园林艺术的专著，很有价值。他说，从园林艺术研究美学是一个角度。外国有两部美学辞典，关于"美"的条目就列举了中国圆明园艺术的例子。他答应空些时翻译出来给我看。那天，我还问起朱先生为什么写文艺评论，为什么随笔喜欢用对话体和书信体。他说："你这不就提了两个问题，你再提九十八个题目便成了。"他又说："你还问过我，亚里士多德的《诗学》和柏拉图的《文艺对话录》对后来的文艺发展究竟哪个的影响大？这又是一个题目。"他在一篇文章中说《红楼梦》是散文名篇，有人认为"散文名篇"应改为"著名小说"，他不同意，为什么？这里涉及中国古代散文的概念问题。他笑着说："题目不少，你好好清理一下，联系实际，想些新鲜活泼有趣的题目。"我们约好冬天开始，我一周去一次。后来由于他翻译维柯《新科学》没有间歇，我又忙于本职编辑工作，出一趟城也不容易，就这样一拖再拖，终于告吹。朱师母说，朱先生生前有两个未了的心愿，一是未见到《新科学》出书，一是未能践约春天去看望老友叶圣陶、沈从文。我想，这个闲谈记录未能实现，也该是朱先生又一桩未了的心愿吧！

2010 年

朱光潜与挚友朱自清

1980 年夏,有次去看望朱光潜老师,他兴奋地告我,最近在清理旧稿信件时,发现保存下来的朱自清在抗战时期写给他的一封信。他说佩弦(朱自清)先生给他的信不少,但几经波折能幸运留存下来一封真不容易。他希望《文艺报》能发表一下。当场他将信给我看了。他说,佩弦的这封信有实际内容,不是一般的应酬信,因为他最近手头事多,如发表,最好请一位了解该信内容的人写篇导读的短文。

我向主持《文艺报》编辑部工作的副主编唐因汇报了此事,他说很好,《文艺报》需要这方面的稿子,叫我物色一位合适的人来写。我考虑了一下,建议请叶至善写。唐因认为合适,叫我尽快去办一下。

不久,叶至善约我一起去看望朱先生。恰巧约定的那天我有会,我告诉他去时一定要看看朱自清先生给朱光潜先生的一封信,如他愿意,请他写篇阅读这封信的说明,他说看了信后再定。

朱自清给朱光潜的这封信,信末只注了"廿六日"。我在 1980 年 12 月 22日的日记中记载,叶圣陶先生明确地说该信是"1941 年 10 月 26 日"写的,"孟实那时在四川乐山武汉大学任教"。

1981 年第 1 期《文艺报》刊登了朱自清给朱光潜的这封信和叶至善写的跋。至善在给我稿子时说,在写跋过程中,为了弄清一些事实,他多次询问过

20 世纪 20 年代的朱自清。朱光潜与朱自清
1924 年在浙江春晖中学一起任教相识

他父亲叶圣陶。

朱自清的信——

孟实兄：

在乐山承兄带着游乌尤大佛，又看了蛮洞、龙泓寺。乌尤大佛固然久在梦想，但还不如蛮洞、龙泓寺的意味厚。那晚又诸多打扰。旅行中得着这么一个好东道主人，真是不容易，感谢之至！

我们十六日过干柏树，据说是匪窠，幸而平安过去。十九日到宜宾，街市繁华不亚于春熙路。十八日早过干碓窝，滩势很险。听了船夫的号子颇担心，幸而十几分钟也就过了。当日到纳溪县。第二天"赶黄鱼"上叙永。天下雨，车没到站因油尽打住。摸黑进城，走了十多里泥泞的石子路，相当狼狈。一住就是一礼拜，车子还没消息。亏得主人好，不觉得在做客。

兄批评《新理学》的文字，弟在船上已细看。除"势"那一个观念当时也有些怀疑是多余的以外，别的都是未曾见到的。读了兄的文字，真有豁然开朗之乐，佩服佩服。芝生兄回答似乎很费力（若我是他的话），但我渴想看看他的答文。无论如何，他给我的信说兄指出的地方只是他措辞欠斟酌，似乎说得太轻易了。到这儿遇见李广田兄了，他也早想看兄这篇文字，我就给他看了。

叙永是个边城。永宁河曲折从城中流过，蜿蜒多姿态。河上有上下两桥。站在桥上看，似乎颇旷远；而山高水深，更有一种幽味。东城长街十多里，都用石板铺就，很宽阔，有气象，西城是马路，石子却像刀尖似的，一下雨，到处泥浆，两城都不好走。

我的主人很好客，住的地方也不错。第一晚到这儿，因为船上蜷曲久了，伸直了睡，舒服得很。那几天吃得过饱，一夜尽做些梦。梦境记不清楚，但可以当得"娱目畅怀"一语。第二天写成一诗，抄奉一粲。夫人和小姐已到否？并念。祝好！

石荪、人楩二兄请致意。

弟自清顿首二十六日

好梦再叠何字韵

山阴道上一宵过，菜圃羊蹄乱睡魔。弱岁情怀偕日丽，承平风物殢人多。鱼龙曼衍欢无极，觉梦悬殊事有科。但恨此宵难再得，劳生敢计醒如何。

叶至善在跋中说：

1941年10月26日，朱自清致朱光潜信手迹

　　十月十一日，我去燕南园看望朱光潜先生。朱先生给我看朱自清先生给他的一封信，说是无意中保存下来的。信纸已经发黄，是四川夹江产的竹帘纸，字是娟秀的行书。署名下面只写日期，是二十六日，这是一九四一年的十月二十六日。

　　抗战时期，朱自清先生在昆明西南联大教书。从一九四○年夏天起，他有一年的休假期，就带着家眷到成都，把家安顿在望江楼对岸的宋公桥。一九四一年暑假后，他休假期满，十月八日搭木船顺岷江而下，十七日（原信作"十九日"，疑误）过宜宾，折入长江，次日到纳溪，再走公路到叙永。在叙永耽搁了十天，才搭上去昆明的汽车。他给朱光潜先生的这封信，就是在叙永写的。

　　看了这封信，才知道朱自清先生在过乐山的时候耽搁了一天，探望了几位在武汉大学教书的老朋友，朱光潜先生、叶石荪先生和杨人梗先

生。朱光潜先生还陪他游了乌尤寺、大佛寺(就是凌云寺),还有蛮洞和龙泓寺。所谓"蛮洞",据说是汉代人凿在石壁上的墓穴,乐山附近的山上都有,有的刻些图案和人物,不知道他们那天游的是哪个蛮洞。龙泓寺是一个石窟寺,规模很小。记得只有一排洞子,大多一人高,每个洞子里坐着一尊菩萨,只有一个洞子比较大,人可以进去。当时淹没在野草灌木之间,不知道现在整理了没有。

朱自清先生这次走水路一定有许多打算,一路上可以欣赏风景,过乐山可以看望老朋友;旅费可节省许多,在那个年头,大学教授也都学会了打算;还有个原因,就是乘长途汽车太麻烦,太辛苦。公路局的汽车少,车票还有人垄断,买不到票只好出高价跟司机商量。司机私下让搭的乘客有个外号,叫"黄鱼"。信上说的"赶黄鱼",就是这么回事。西南联大在叙永有个分校。朱先生说的那位好客的主人是李铁夫,有赠给李铁夫的几首诗。

当时,冯友兰(就是信上的"芝生兄")的所谓"贞元三书"之一的《新理学》已经问世。朱光潜先生写了一篇批评《新理学》的文章,刊登在《思想与时代》上,信的第三段说的就是这回事。

至于《好梦》那首诗,朱自清先生后来写过一则小序:"九月日夕,自成都抵叙永,甫得就榻酣眠。迩日饱饫肥甘,积食致梦,达旦不绝。梦境不能悉忆,只觉游目骋怀耳。"这里的"九月"可能是阴历。

朱自清先生的信,我看到的只有这一封。文笔清新,自不消说,读来感到亲切。凡是收信人朱光潜先生想要知道的事情,他只用了不到八百字,一件一件都说清楚了。为收信人着想,体会收信人的心思,是写好一封信的关键,朱自清先生的这封信是个好例子。

一九八〇年十月

朱光潜和朱自清是友谊至深的老友。

1948 年 8 月 12 日朱自清先生在北平病逝,朱光潜当月连续写了两篇怀念老友的文章。朱光潜先生在我替他编选《艺文杂谈》时,主动提出他的《记朱佩弦先生》和《敬悼朱佩弦先生》两篇中,可选《敬悼朱佩弦先生》这篇。他在文中说:

> 在文艺界的朋友中,我认识最早而且得益也最多的要算佩弦先生。那还是民国十三年夏季,吴淞中国公学中学部因江浙战事停顿。我在上海闲着,夏丏尊先生邀我到上虞春晖中学去教英文。当时佩弦先生正在那里教国文。学校范围不大,大家朝夕相处,宛如一家人。佩弦和丏尊、子恺诸人都爱好文艺,常以所作相传视。我于无形中受了他们的影响,开始学习写作。我的第一篇处女作《无言之美》,就是在丏尊、佩弦两位先生鼓励之下写成的。他们认为我可以作说理文,就劝我走这一条路。这二十余年来我始终抱着这一条路走,如果有些微的成绩,就不能不归功于他们两位的诱导。①

佩弦先生逝世的当月,朱光潜抓紧在自己任主编的《文学杂志》组织了《朱自清先生纪念特辑》,请北大、清华、燕京等大学的一些教授、学者撰写文章,他们多是佩弦先生的同事或学生,写得很积极,"特辑"中朱自清先生的遗像、遗墨和信札,除家属提供的,不少是佩弦先生的朋友主动提供的。翻阅《文学杂志》第 3 卷第 5 期《朱自清先生纪念特辑》目录,有浦江清的《朱自清先生传略》、朱光潜的《敬悼朱佩弦先生》、冯友兰的《回念朱佩弦先生与闻一多先生》、俞平伯的《忆白马湖宁波旧游》、川岛的《不应该死的又死了一个》、余冠英的《佩弦先生的性情嗜好和他的病》、李广田的《哀念朱佩弦先生》、马文珍的《挽歌辞》、杨振声的《为追悼朱自清先生讲到中国文学系》、林庚的

---

① 《朱光潜全集》第 9 卷,第 487 页。

《朱自清先生的诗》、王瑶的《邂逅斋说诗缀忆》；朱自清先生遗作有《犹贤博弈斋诗钞选录》、散文《关于〈月夜蝉声〉〈沉默〉〈松堂游记〉》，信札有《寄俞平伯》《寄杨晦》。在 1948 年 9 月出版的《文学杂志》第 3 卷第 4 期上，编者将这个"纪念特辑"的目录作了醒目的预告。

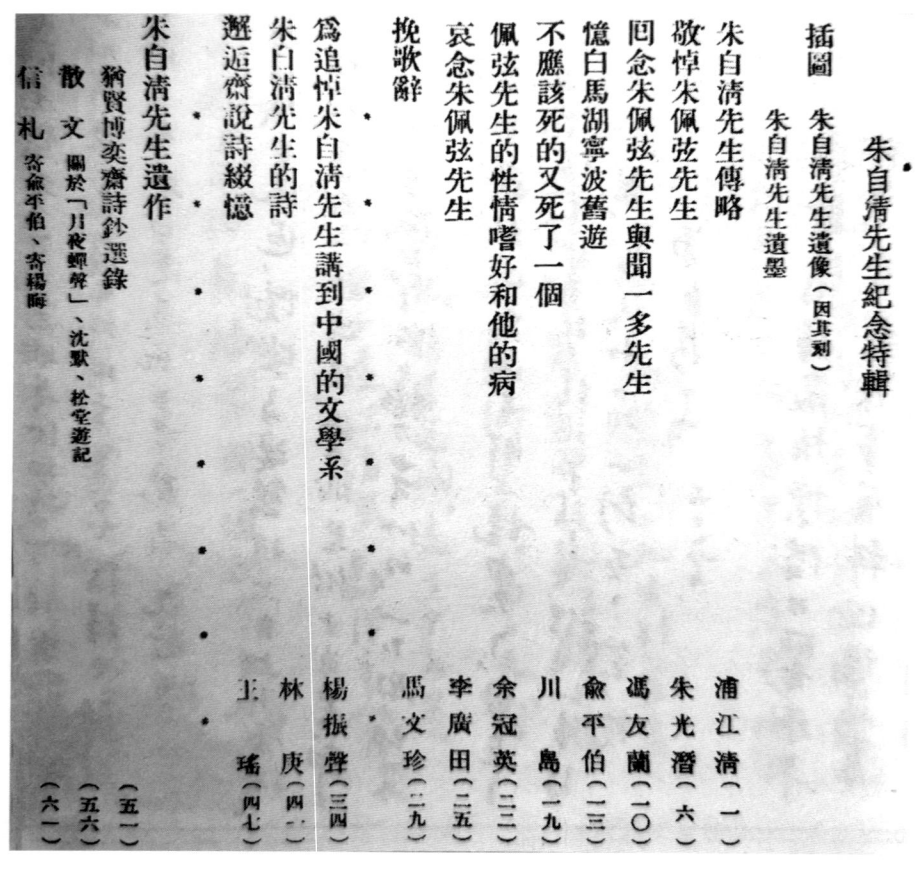

朱光潜主编的《文学杂志》第 3 卷第 5 期《朱自清先生纪念特辑》目录

朱光潜在主编《文学杂志》同时，1948 年 1 月起又主编天津《民国日报·文艺》副刊。《文艺》系周刊，周一版，半个版面。

《文艺》副刊有个编委会，朱自清先生是编委成员之一。朱自清在 1948 年 2 月 21 日的日记中记载："进城。访……从文等。至萃华楼参加《民国日报》的午餐会。"1948 年 5 月 17 日："上午读《民国日报》，下午开聘任委员会。"

《文艺》的固定作者阵容也可观，多为北平、天津一带的学者、教授，也有北方的青年作家，如胡适、沈从文、朱自清、俞平伯、废名、潘家洵、闻家驷、余冠英、常风、罗念生、程鹤西、林庚、袁可嘉、季羡林、汪曾祺、李瑛、马君玠、朱星、甘运衡、毕基初、冯健男等等。为纪念朱自清先生，《文艺》出了"追悼朱自清先生特刊"，刊有朱光潜的《记朱佩弦先生》、常风的《朱自清先生——作家、学者、教育家》、俞平伯的《佩弦兄挽辞》，还发表了少若的《〈诗言志辨〉——朱自清遗著》、萧望卿的《朱自清先生最近两年与文学》等纪念性的评论，评述朱自清对新文学的贡献，以及他的学术成就和完美人格。

朱光潜先生说，叶至善为朱自清这封信写的跋好，精确明白。他说书信也是值得关注的散文里的一个品种。

这期《文艺报》出来后，朱师母给我电话，说朱先生手头只有我们每期赠送他的一本，他想分送几位老朋友，到学校和海淀书店没买到，能不能再给或买几本。

我去送《文艺报》给朱先生那天下午，先生情绪甚好，他同我讲起他和朱自清先生的一些交往，此后多次，他又同我谈起过朱自清先生，他的所谈，多为我之前不知或知之不详的。

1983 年，湖南人民出版社将朱自清的《欧游杂记》和《伦敦杂记》两书合一出版，书名为《欧游杂记》(外一种)，系该出版社"现代中国人看世界丛书"一种，出版社约我在书的后面写了篇介绍性的短文：《朱自清的欧游二记》。书出来后，我去给朱光潜老师送一本，他笑着说他已有了，并问我怎么也喜欢佩弦先生的散文。他说，佩弦先生对新文学的贡献，除诗写得好，就算散文了。朱自清是现代散文一代大家，留下了不少名篇。他赞许朱自清散文的平淡质朴，至性至情，文字讲究。他说：

读过《背影》和《祭亡妻》那一类文章的人们，都会知道佩弦先生富于至性深情；可是这至性深情背后也隐藏着一种深沉的忧郁，压得他不能发扬踔厉。①

他还提到朱自清1929年写的《白马湖》，说有的段落他以前能背下来：

白马湖的春日自然最好。山是青得要滴下来，水是满满的、软软的。小马路的两边，一株间一株地种着小桃与杨柳。小桃上各缀着几朵重瓣的红花，像夜空的疏星。杨柳在暖风里不住地摇曳。在这路上走着，时而听见锐而长的火车的笛声是别有风味的。在春天，不论是晴是雨，是月夜是黑夜，白马湖都好。——雨中田里菜花的颜色最早鲜艳；黑夜虽什么不见，但可静静地受用春天的力量。夏夜也有好处，有月时可以在湖里划小船，四面满是青霭。船上望别的村庄，像是蜃楼海市，浮在水上，迷离惝恍的；有时听见人声或犬吠，大有世外之感。若没有月呢，便在田野里看萤火，那萤火不是一星半点的，如你们在城中所见；那是成千成百的萤火。一片儿飞出来，像金线网似的，又像耍着许多火绳似的。只有一层使我愤恨。那里水田多，蚊子太多，而且几乎全闪闪烁烁是疟蚊子。我们一家都染了疟疾，至今三四年了，还有未断根的。蚊子多足以减少露坐夜谈或划船夜游的兴致，这未免是美中不足了。②

朱光潜1924年在白马湖与朱自清一同生活、工作过几个月，他有这种经历，读起来就格外亲切，浮想联翩。他甚至对我说，没有白马湖那秀丽的景

---

① 《朱光潜全集》第9卷，第489页。
② 《朱自清全集》第4卷，江苏教育出版社1996年8月版，第285~286页。

色,没有那段与朱自清等友人宛如家人的相处,没有那种欢愉的环境和心境,他的《无言之美》是难以写出来的。朱光潜在《谈文学选本》文中说:"选某一时代文学作品就无异于对那时代文学加以批评,也就无异于替它写一部历史,同时,这也无异于选者替自己写一部精神生活的自传,叙述他自己与所选所弃的作品曾经发生过的因缘。"他说,如果我选一本朱自清的散文,肯定会将这篇《白马湖》收进去。

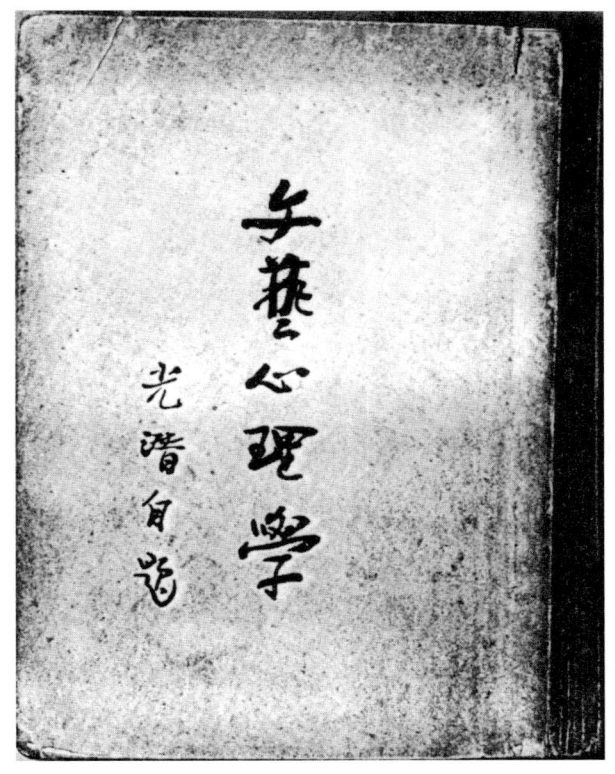

朱光潜《文艺心理学》封面(开明书店 1947 年 8 月版),朱自清作序

朱先生多次谈起,从白马湖时代至朱自清去世的二十多年里,在思想、学术和友谊方面,他得到过朱自清先生许多切实的帮助、鼓励和温暖。

他着重谈到《文艺心理学》和《谈美》的写作。1931 年 8 月至 1932 年 5

月,朱自清在英国伦敦游学期间,仔细看了朱光潜的《文艺心理学》和《谈美》两部书的原稿,提了很多建设性的意见,《文艺心理学》"第六章《美感与联想》就是因为朱自清对于原稿不满意而改作的"。朱自清还替这两部书作了两篇序,称《文艺心理学》是一部"介绍西洋近代美学的书",也是有作者特有的"主张"的书。他在《序》中说:

> 美学大约还得算是年轻的学问,给一般读者说法的书几乎没有;这可窘住了中国翻译介绍的人。据我所知,我们现在的几部关于艺术或美学的书,大抵以日文书为底本;往往薄得可怜,用语行文又太将就原作,像是西洋人说中国话,总不能够让我们十二分听进去。再则这类书里,只有哲学的话头,很少心理的解释,不用说生理的。像"高头讲章"一般,美学差不多变成了丑学了。奇怪的是"美育代宗教说"提倡在十来年前,到如今才有这部头头是道,醰醰有味的谈美的书。……这部《文艺心理学》写来自具一种"美",不是"高头讲章",不是教科书,不是咬文嚼字或繁征博引的推理与考据;它步步引你入胜,断不会教你索然释手。①

《谈美》写于 1932 年,是继《给青年的十二封信》之后的"第十三封信"。作者自称该书是"通俗叙述"《文艺心理学》的"缩写本"。但朱自清并不这么看,他在《序》中说:《谈美》并非《文艺心理学》的"节略","它自成一个完整的有机体;有些处是那部大书(《文艺心理学》)所不详的;有些是那里面没有的。——'人生的艺术化;一章是著名的例子;这是孟实先生自己最重要的理论"。当时美学观念模糊、美学理论贫弱、爱好文艺的青年常苦于无所适从的现状,朱自清说《谈美》"这部小书":

---

① 《朱光潜全集》第 1 卷,第 522 ~ 523 页。

便是帮助你走出这些迷路的。首先,它让你将那些杂牌军队改编为正式军队;裁汰冗弱,补充械弹,所谓"兵在精而不在多"。其次指给你一些简捷不绕弯的道路让你走上前去,不至于彷徨在大野里,也不至于彷徨在牛角尖里。最后它告诉你怎样在咱们的旧环境中应用新战术;它自然只能给你一两个例子看,让你可以举一反三。它矫正你的错误,针砭你的缺失,鼓励你走向前去。①

朱先生说,佩弦先生对他写作《文艺心理学》有多方面的帮助,他在初版《作者的自白》中说:

这部书的完成靠许多朋友的帮助。第一是朱佩弦先生,他在欧洲旅途匆忙中替我仔细看过原稿,作了序,还给我许多谨慎的批评。第六章《美感与联想》就是因为他对于原稿不满意而改作的。

朱先生说现在回想起来,也还有可以补充的。他曾对我讲,《文艺心理学》的内容主要是介绍西方美学流派的,为了便于国内的读者理解,他采用阐述名画、名诗词的方法加以印证。初稿列举名画、名诗,西方和中国的都有。佩弦先生想到书的读者主要是中国的读者,建议举例时更多地列举些中国名诗、名画。朱先生在修改定稿时,考虑过吸收佩弦先生这个意见。朱光潜先生的这点"回想",原来准备在《敬悼朱佩弦先生》一文收入《艺文杂谈》时补充进去,他想了下又说:这次不动,以后在合适的地方再写进去。

1933年朱光潜从欧洲留学回国,不久就任了北京大学教授,佩弦先生作为清华大学中文系主任,主动邀他去清华为中文系研究生讲授了近一年的《文艺心理学》。朱先生在法国留学时的老友徐悲鸿时任国立中央大学艺术

---

① 《朱光潜全集》第2卷,第99页。

系主任,得知了朱先生在清华讲授的效果,也主动邀请他去中央大学艺术系讲授《文艺心理学》,接着还有其他几所院校邀请他去授课。朱先生说与学生的直接交流,对修订出版《文艺心理学》多有受益。当时清华听朱先生讲文艺心理学的人除中文系的还有外语系的,北大吴组缃教授当年在清华研究院中文系研究班学习,1981 年 2 月 13 日,他在家中对我说:"朱光潜也是我的老师,我听过他讲的《文艺心理学》。"1986 年,北大季羡林教授在《他实现了生命的价值——悼念朱光潜先生》文中追忆在清华听朱光潜先生讲授《文艺心理学》时的情景:

> 五十多年前,我在清华大学西洋文学系念书。我那时是二十岁上下。孟实先生是北京大学的教授,在清华大学兼课,年龄三十四五岁吧,他只教一门《文艺心理学》,实际上就是美学,这是一门选修课。我选了这一门课,认真地听了一年。当时我就感觉到,这一门课非同凡响,是我最满意的一门课,比那些英、美、法、德等国来的外籍教授所开的课好到不能比的程度。朱先生不是那种口若悬河的人,他的口才并不好,讲一口带安徽味的蓝青官话,听起来并不"美"。看来他不是一个演说家,讲课从来不看学生,两只眼向上翻,看的好像是天花板上或者窗户上的某一块地方。然而却没有废话,每一句话都清清楚楚。他介绍西方各国流行的文艺理论,有时候举一些中国旧诗词作例子,并不牵强附会,我们一听就懂。对那些古里古怪的理论,他确实能讲出一个道理来,我听起来津津有味。我觉得,他是一个有学问的人,一个在学术上诚实的人,他不哗众取宠,他不用连自己都不懂的"洋玩意儿"去欺骗、吓唬年轻的中国学生。因此,在开课以后不久,我就爱上了这一门课,每周盼望上课,成为我的乐趣了。①

---

① 原载 1986 年 3 月 14 日《文汇报》。

朱先生说佩弦先生治学严谨,但又虚心,给过他许多指教,也乐于听取他的一些意见和建议,相互平等切磋,多在私下交谈,偶尔也公开见诸文字。朱自清在《文学杂志》第 1 卷第 2 期发表了散文《房东太太》。朱光潜在该期"编辑后记"中说:"朱佩弦先生的《房东太太》是一篇'画像'。他的风格朴质,清淡,简练,以亲切口吻道家常琐细,读之如见其人。"1940 年夏,朱自清在重庆与魏建功、黎锦熙等六位国学名宿编写大学国文教材。《大学国文选目》出来后,朱光潜在 1942 年发表了《就部颁〈大学国文选目〉论大学国文教材》,表示了一点不同意见,认为"大学国文不是中国学术思想史,也还不能等于中国文学,它主要是一种语文训练",而《大学国文选目》中"就大体说,两汉以前的文章选得太多,唐宋以后的文章选得太少",他主张"大学国文就应以训练读和写作两种能力为标准"。认为"就大体说,姚姬传的《古文辞类纂》所示路径是很纯正而且便于初学的"。佩弦先生看了朱光潜先生的这点"微词",写了《论大学国文选目》公开作答,表示了多方面的不同意见。他在文中说:

朱先生说:"大学国文不是中国学术思想,也还不能算是中国文学,它主要的是一种语文训练。"这句话代表大部分人对于大学国文的意见。作者却以为大学国文不但是一种语文训练,而且是一种文化训练。朱先生希望大学生的写作能够"辞明理达,文从字顺";"文从字顺"是语文训练的事,"辞明理达",便是文化训练的事。这似乎只将朱先生所谓语文训练分成两方面看,并无大不同处。但从此引申,我们的见解就颇为差异,所谓文化训练就是使学生对于物,对于我,对于今,更能明达,也就是朱先生所谓"深一层"的"立本"。这自然不是国文一科目的责任,但国文也该分担起这个责任。①

关于《大学国文选目》是重今还是重古，朱自清说：

> 朱先生主张多选近代文，以为"时代愈近，生活状况和思想形态愈与我们相同，愈易了解，也愈易引起兴趣"。据作者十余年担任大学国文的经验，这句话并不尽然。一般学生根本就不愿读古文；凡是古文，他们觉得隔着他们老远的，周秦如此，唐宋明清也一样。其中原因现在无暇讨论。作者曾见过抗战前国立山东大学的国文选目，入选的多是历代抗敌的文字，据说学生颇感兴趣。但这办法似乎太偏窄，而且其中文学古典太少。②

朱先生还谈起一个例子，他在 1948 年写的《朱佩弦先生的〈诗言志辨〉》中说：

> 前两年我写过一篇《陶渊明》就正于他，他回信说在大体上赞同我的看法，但是在一些枝节问题上他的结论不同，希望将来有机会详细说出，可是至今没有说出而就长辞人世了。这只是一个事例，他的像这样留着没有说出的话还不知凡几。③

《文学杂志》主编是朱光潜，朱先生说："实际上朱自清和沈从文、杨金甫（杨振声）、冯君培（冯至）诸人撑持的力量最多。"朱光潜在《文学杂志》创办

---

① 《朱自清全集》第 2 卷，第 18 页。
② 《朱自清全集》第 2 卷，第 21 ~ 22 页。
③ 《朱光潜全集》第 9 卷，第 493 页。

和复刊过程中同佩弦先生商谈过多次，或面谈或书信，佩弦先生不仅自己赐稿，也推举他人的稿件，为办好刊物出了不少主意，一起商定了不少事。1997年江苏教育出版社出版的《朱自清全集》第9卷、第10卷中所收的不甚齐全的日记中留存了一些记载。如，1937年1月26日："中午在朱光潜家午膳，商谈《文学月刊》事，朱提议常风任助理之职，余赞成之。"同年4月11日："朱先生来访并约写文章。"1946年冬，朱光潜从四川回到北京大学，酝酿《文学杂志》复刊，1947年3月14日："参加《文学月刊》宴会。"1947年6月《文学杂志》复刊至1948年11月停刊，这期间，朱光潜与朱自清先生在北京的往来较多，朱光潜说"在北平文艺界朋友聚会讨论，有他就必有我"。除见面外，书信也频繁。如1947年2月4日："孟实来访。"同年4月20日："复孟实信。"9月11日："复孟实信。"12月13日："归家后访树棠、孟实和从文，疲倦。"1948年1月17日："复孟实信。"同年2月9日："复孟实信。"3月15日："复平伯、孟实、从文信。"3月26日："复孟实信。"4月20日："复孟实信。"4月10日："复孟实信。"7月23日，也就是朱自清8月12日逝世前夕还"复孟实信"。

朱先生在谈起《文学杂志》的刊名时说，最早酝酿时，梁思成先生曾建议过叫"大都"，表明是在北平办的，后来又准备叫《文学月刊》，刊物快付梓时，商务印书馆考虑要有别于他们过去出的《小说月报》，刊名可以再考虑，他和沈从文意思不妨改叫"文学杂志"，他为此事特地去征询了佩弦先生的意见，佩弦同意，就这样定了下来。

朱先生还对我谈起过与朱自清有关的两件小事。

朱光潜在1948年9月4日《民国日报·文艺》副刊上，发表了《朱自清先生遗诗·怀平伯》。诗云：

> 思君直溯论交始，明圣湖边两少年。
>
> 刻意作诗新律吕，随时结伴小游仙。
>
> 桨声打彻秦淮水，浪影看浮瀛海船。

等是分襟今昔异，念家山破梦成烟。

延誉凭君列上庠，古槐书屋久彷徉。
斜阳远巷人踪少，夜语昏镫意絮长。
西郭移居邻有德，南园共食水相忘。
平生爱我君为最，不止津梁百一方。

忽看烽燧漫天开，如鲫群贤南渡来。
亲老一身娱定省，庭空三径掩莓苔。
终年兀兀仍孤诣，举世茫茫有百哀。
引领朔风知劲草，何当执手话沉灰。

不熟悉朱自清与俞平伯先生关系的人，难以读懂这首诗，朱光潜在发表这首诗时专门写了一段话：

朱佩弦先生在抗战期间写了不少旧诗，这篇诗是在昆明寄怀俞平伯先生的，我们得到平伯先生的同意借抄了在本刊发表。佩弦先生与平伯交谊最笃，二十年如一日，他们两位虽然同时在北大读书，同时为《新青年》和《新潮》写稿，在学生时代却无甚往来，直到毕业之后在杭州才熟识结了友谊。十四年胡适之先生介绍平伯先生到清华教书，平伯先生转介绍了佩弦先生，此诗第二首第一句即指此。古槐书屋是平伯先生家北平老君堂七十九号的书房，佩弦先生进城每下榻于此。大约是十九年平伯先生改就清华专任教授之聘，移居清华大学南院教员住宅，第二首南园即指南院，平伯先生文章中常说起的秋荔亭即在此。七七事变后佩弦先生偕眷属南行，平伯先生因亲老滞留北平，故第三首如是云云。

朱先生对我说:"这段话留下了一点真实的史料,你喜欢写艺文逸话,不妨找来一读。"这个"逸话"我尚未写,倒被叶至善派上了用场。至善为《文艺报》写了朱自清致朱光潜的信后,又连续写了俞平伯致叶圣陶的信、叶圣陶致夏丏尊的信。俞平伯致叶圣陶的信写于 1948 年 8 月 27 日,信的内容涉及朱自清的逝世,也涉及朱光潜悼念朱自清文章事。叶圣陶与俞平伯关系亲密,但叶圣陶其时不在北平,叶至善除了询问父亲,还得从朱光潜先生那里了解一些有关的情况。俞先生在信中云:"附去《民国日报》一纸,朱、常二文尚不劣,弟之挽联极难措辞,说此则必漏彼,故只可如此,望兄评之。来索稿者纷纷,以情怀抑郁,记忆迷茫,实无法应付。然亦写了两文,一付《中建》北平版第 4 期,一付商务之《文学月刊》。迟日谅可次第尘览,仍请教之。"俞先生信中说的他为《民国日报》写的挽联和给《文学月刊》(即《文学杂志》)的文章,都是朱光潜先生约的并经手发出的。我将在编选《艺文杂谈》时复印的资料提供给至善写跋时做参考。至善对我说,俞先生信中说朱光潜先生《记朱佩弦先生》一文"不劣",这个评价很不错了,俞先生是绝少轩轾别人文章的。

有次朱先生告诉我:"北大 1920 年前后的文科毕业生中出了几位有名的教授,一个朱自清,学哲学的;一个俞平伯,学中文的;一个杨晦,学哲学的,你的研究生导师。"他颇有点神秘地告诉我:"1948 年 3 月,北平学术界、文艺界庆贺杨晦五十寿辰,朱自清给杨晦写过一封贺信,在会上宣读了,杨晦很高兴,短信写得真切感人,对杨晦的个性和为文的成就有中肯的评价,可见佩弦先生重同窗之情,那时佩弦胃病加剧,拿到他的稿子不像以前那么容易,我将信抄录了下来并征得他的同意,《文学杂志》准备在适当时候刊出。"朱自清的信是这样写的:

慧修学兄大鉴:

　　这是您的一个同班老同学在给您写信,庆祝您的五十寿辰,庆祝您的创作和批评的成绩,庆祝您的进步!

我知道"杨晦"就是我的同班同学您,远在您成名之后,大概是抗战前的三四年罢,记不清是谁和我说的了。那时我很高兴,高兴的是同班里有了您,您这位同道的人!可惜的是自从毕业就没有见过面,也没有通过信——就是在我的大发现,发现您是我的同班,或我是您的同班之后!但是我直到现在还清清楚楚地记得您的脸,您的小坎肩儿,和您的沉默!

我喜欢您的创作,恬静而深刻,喜欢您的批评,明确而精细,早就想向您表示我的欣慰和敬佩,又可惜没有找到一个适宜的机会动笔。今天广田兄告诉我,说是您的五十寿辰,我真高兴,我能以赶上给您写这封祝寿的信!

敬祝

长寿多福!

弟朱自清,卅七年三月十九日北平清华园①

《文学杂志》正在安排版面刊出这封信时,佩弦先生过世,于是朱光潜先生决定将它移后,放在《纪念朱自清先生特辑》中。

朱先生有次笑眯眯地说,不少朋友说我和佩弦先生有些地方相像。他在《敬悼朱佩弦先生》中说:

佩弦先生和我同姓,年龄相差一岁,身材大小肥瘦相若,据公共的朋友们说,性格和兴趣也颇相似。这些偶合曾经引起了不少的误会,有人疑心他和我是兄弟,有一部国文教本附载作者小传,竟把我弄成浙江人;甚至有人以为他就是我,未谋面的青年朋友们写信给他误投给我,写信给我的误投给他,都已经不止一次。这对我是一种不应得的荣誉……

----

① 原载《文学杂志》第 3 卷,第 5 期。

光潜先生不止一次地说:佩弦先生在治学和做人方面,值得他永远学习,活着的人真该多做一点事情。他吧吧地吸着烟斗,沉浸在回忆中,沉默了一会,他说,佩弦先生走得过早了。

2010 年

朱光潜与知心朋友沈从文

朱光潜未了的一个心愿,是再进城去看望沈从文先生和叶圣陶先生,他带着这个遗憾走了。而从文先生却在朱先生人生的最后时刻去看望了他,在朱先生不省人事的弥留之际。

朱先生自 1985 年起,数次因脑病和腿病入院治疗,时危时安。1986 年 2 月我去看他时,他还开玩笑地对我说,马克思还不要我马上去报到,手头还有些事未了。朱师母说,大夫规定他"三不":不抽烟、不喝酒、不看书。前两个"不"朱先生勉强能做到,后一个"不"绝对做不到。我那天去时,他正在室外坐在藤椅上翻看一堆报纸、杂志。朱先生读了一辈子书,离开书他是活不了的。

1986 年 3 月 4 日晚,叶至善给我电话,说朱先生突然病危,不行了,叫我快去看一下,并告诉我朱先生住友谊医院高干病房 5 号。我即给中国作协党组书记唐达成去电话,因为朱先生是中国作协顾问,达成约我明天早上一同去。我和达成是上午 9 时到医院的,朱先生躺在病床上,他那双熟悉和蔼的大眼睛空睁着,散光而又无神,靠人工在呼吸。朱先生小女儿世乐的爱人在会客室告诉我们:前天上午 9 时朱先生大便出不来,头晕、呕吐,家人急忙去北大校医院请大夫,大夫说朱先生的医疗关系在友谊医院,11 时朱师母去校医院找到一位熟悉的大夫,来家里看了,叫快送友谊医院。打电话去校车队要车,定好下午2时来车,2时未来,后改用救护车,3时车才来,送到位于南城的友谊医院,即抢救,4时已用人工呼吸代替。从昨天下午至晚上,国家教委、中央统战部、全国政协、民盟中央、北大等单位不断来人看望。他说看来抢救没有希望了。现在只等朱先生在安徽的子女来见最后一面。朱师母整天在家里楼上,见人就哭,家里人不让她来医院。我们谈了约二十分钟,离开医院时,又去病房看了朱先生,心里很难受。我心里想,朱先生是全国政协常委、北大一级教授,按规定,他有事是完全可以用公车的。可多年来,朱先生自律,极少用公车,亲属更不用,进城时多打出租,或由师母搀扶着挤公共汽车。如果常用公车,养成习惯,这回抢救也许会更及时些。达成感慨地说:这么一位美学老人就这样要走了。

晚饭后,我给冰心老人打电话,告朱先生病危,她听了大吃一惊,说很难过。

3月6日晚,沈从文先生夫人兆和给我电话,说从文和她去见了朱先生最后一面,我说我也去医院了。她问起朱师母,我说今天上午我去了北大。我将正在写的日记中的一些情况告诉她:"朱先生的遗体现存放在医院太平间。朱师母躺在床上,精神极差,见了我紧紧抓住我的手,说早就给我打电话未通,本想叫我代通知朱先生一些朋友。她说这一年都是她在跑校医院要药,她也是老人了。说着说着就哭起来了。朱师母说,朱先生有两个心愿未了,一是没有看到你们和叶老,二是未见到《新科学》出版。"我在日记中还记道:朱师母说,这一年来朱先生治疗、休养得不错,大夫也这么说,发病前(星期日)还在燕南园里散步,还在练字,还在做事,大夫最后说朱先生得的不是脑血栓,是脑局部萎缩,脑子太累了。他偶尔也想抽点烟喝点酒,自以为还能再活几年。朱师母极其悲痛地说,朱先生死在不断地做事上。兆和问我,朱先生留下了什么话?后事怎样安排的?我告诉她,听朱先生家里人说,朱先生生前说过,他死后不开追悼会,遗体献给医院。兆和说他们过些时会去看朱师母。

新华社北京3月6日电 著名美学家、文艺理论家和教育家朱光潜教授,因病医治无效,于今天清晨二时三十分辞世,终年八十八岁。

朱光潜生前曾担任全国政协第二、三、四、五届委员、第六届常委,民盟第三、四、五届中央委员,中国美学学会名誉会长等职。他是北京大学英语语言文学系教授。

在朱光潜病重期间,邓颖超、习仲勋、胡乔木、叶圣陶、周绍铮、李锡铭、陆平、彭珮云、李伯康和沈从文、闻家驷、吴泰昌、鲍昌等同志,曾亲自或派代表前往医院看望,表示慰问。

朱光潜1897年生于安徽省桐城县,"五四"时期即成为具有进步思想的爱国知识分子。全国解放后,他积极拥护中国共产党的领导,满腔热情地为社会主义祖国服务。

朱光潜学术造诣很深。他在晚年,努力用马列主义观点指导自己的学术研究。他的全部论著和译著共约六百多万字,为我国美学和文艺理论的发展作出了重要贡献。

1986年3月7日《人民日报》刊发了朱光潜逝世的消息。

朱光潜临终前夕,沈从文前往医院向知己作了最后告别

3月7日清晨,我刚要出家门上班,接到《人民日报》文艺部主任袁鹰电话,他说朱光潜先生昨天凌晨走了,你前天去医院了,今天报上有消息。他看到的是当天《人民日报》上刊登的这条消息:

新华社北京3月6日电 著名美学家、文艺理论家和教育家朱光潜

教授,因病医治无效,于今天清晨二时三十分辞世,终年八十八岁。

朱光潜生前曾担任全国政协第二、三、四、五届委员,第六届常委,民盟第三、四、五届中央委员,中国美学学会名誉会长等职。他是北京大学英语语言文学系教授。

在朱光潜病重期间,邓颖超、习仲勋、胡乔木、叶圣陶、周绍铮、李锡铭、陆平、彭珮云、李伯康和沈从文、闻家驷、吴泰昌、鲍昌等同志,曾亲自或派代表前往医院看望,表示慰问。

朱光潜1897年生于安徽省桐城县,"五四"时期即成为具有进步思想的爱国知识分子。全国解放后,他积极拥护中国共产党的领导,满腔热情地为社会主义祖国服务。

朱光潜学术造诣很深。他在晚年,努力用马列主义观点指导自己的学术研究。他的全部论著和译著共六百多万字,为我国美学和文艺理论的发展做出了重要贡献。

朱光潜和沈从文是知心朋友,这不是什么秘密。

朱先生在文章中曾说:

我和沈从文相知已逾半个世纪,新中国成立前我们长期在一起生活和工作,我一直是他的知心朋友。①

在从文的最亲密的朋友中我也算得一个。……在解放前十几年中,我和从文过从颇密,有一段时期我们同住一个宿舍,朝夕生活在一起。②

沈夫人常说:"他们俩……"

---

① 《〈凤凰〉序》,《朱光潜全集》第 10 卷,第 614 页。
② 《朱光潜全集》第 10 卷,第 491 页。

朱先生对沈先生的创作是熟悉的。但越是熟悉的人评论文章越不好写，何况朱光潜和沈从文又被拴在一起被严加抨击过，1948 年他们同被一位权威人士在一篇文章中斥为"蓝色的"和"粉红色的""反动文人"。

朱先生写过一些文学评论文字，但自从他主要精力投入美学论著的写作和翻译后，文学评论就很少写了。然而，在他生命末期，在集中精力翻译维柯《新科学》时，他却连续写了两篇有关沈从文创作的评论：1980 年的《从沈从文先生的人格看他的文艺风格》，1983 年的《关于沈从文同志的文学成就历史将会重新评价》，前者是杂志社的特约稿，后者是沈先生为自己的《凤凰集》出书请他写的序文。

三四十年代朱光潜和沈从文同在北大执教，一个是西语系教授，一个是中文系教授。

1937 年在北平商务印书馆创办的《文学杂志》，朱光潜是主编，沈从文是编委之一，也是实际上支持最多的一位。《文学杂志》助理编辑常风曾回忆过这段情况：

> 沈先生有多年编辑刊物的经验，对杂志的筹划十分积极热情，朱先生更可依赖他。他除了负责审阅小说稿件，其他稿件朱先生也都请他看。只有他们两位是看过全部稿件的。每月在朱宅开一次编辑委员会，讨论稿件取舍，决定每期登什么稿件时，沈先生发言最热烈。组织稿件他更是积极，他还一贯注意发掘有希望的文学青年，吸引他们写稿子。①

沈从文除了帮助举荐青年作者的稿件，自己在《文学杂志》上也发表了若干篇小说。

沈从文在《文学杂志》上发表的小说，朱光潜在同期杂志的"编辑后记"

---

① 《留在我心中的记忆》，《逝水集》，辽宁教育出版社 1995 年 10 月版。

中均作了简略的评价。1937 年 5 月《文学杂志》创刊号上刊登了沈从文的小说《贵生》，朱先生在同期"编辑后记"中说：

> 沈从文先生在《贵生》里仍在开发那个层出不穷的宝藏——湖南边境的人情风俗。他描写一个人或一个情境，看来很细微而实在很简要；他不用修辞而文笔却很隽永；他所创造的世界是很真实的而同时也是很理想的。贵生是爱情方面"阶级斗争"的牺牲者。金凤的收场不难想象到。乡下小伙子和毛丫头逼死了一个两个，只是点滴落到厄运的大海，像莎翁所说的 The rest is silence（此外唯余沉默），沈从文先生的作品常留下这么一点悲剧意识。①

沈从文在 1937 年 6 月出版的《文学杂志》第 1 卷第 2 期上接着又发表了小说《大小阮》，朱光潜在同期"编辑后记"里又说：

> 沈从文先生在《大小阮》里描写五四前后青年中两种人物典型，一个伤人逃命，东奔西窜，神出鬼没煽动革命而终于丢掉脑袋的侄子，和一个讲究打香水，宿娼捧戏子，当小报编辑，成了名"作家"而回到母校当训育主任的叔父。每人都自信对人生有正确信仰而实在又同样地糊涂。世界成天在变。小阮成了"烈士"，大阮当了训育主任，而学校里当年提灯照他们爬墙的老更夫却依然在炖狗肉下烧酒。从题材、作风以及作者对于人物的态度看，《大小阮》在沈先生的作品中似显示转变的倾向。讽刺的成分似在逐渐侵入他素来所特有的广大的同情。正因为这层，他的观察比以前似更冷静深刻。②

---

① 《朱光潜全集》第 8 卷，第 530 页。
② 《朱光潜全集》第 8 卷，第 548 页。

1981 年湖南人民出版社出版的《沈从文小说选》中共收小说 22 篇,和
《边城》并列在一起的就有《贵生》,而这本选集是由出版社先挑选后经作者
本人过目同意的。在 1982 年花城出版社和香港三联书店出版的《沈从文文
集》中,作者也保留了《贵生》和《大小阮》。

朱光潜对沈从文的小说除单篇作过评价,还对他在小说上的成就有自己
的评价。他 1948 年 1 月在《文学杂志》第 2 卷第 8 期《现代中国文学》一文
中说:

> 小说的成绩似比较好,原因或许是小说多少还可以接得上中国的传
> 统。而近来所承受的外来影响大体上是写实主义,这多少需要实际人生
> 的了解和埋头苦干的功夫。鲁迅树了短篇讽刺的规模,沈从文、芦焚、沙
> 汀诸人都从事于地方色彩的渲染,茅盾揭开都市工商业生活的病态,巴
> 金发掘青年男女的理想和热情。这些人的作品至少有一部分在历史上
> 会留下痕迹的。①

因众所周知的原因,朱光潜先生对沈从文的创作缄口沉默了多年。1980
年,时年八十有三的他重拿起笔谈到了沈从文。他在《从沈从文先生的人格
看他的文艺风格》一文中说:

> 《花城》编辑同志远道过访,邀我写一篇短文谈沈从文先生的作品。
> 我对文学作品向来侧重诗,对小说素少研究,还配不上谈从文的小说创
> 作,好在能谈他的小说的人现在还很多。我素来坚信"风格即人格"这句
> 老话,研究从文的文艺风格,有必要研究一下他的人格。

---

① 《朱光潜全集》第 9 卷,第 328 页。

谈到从文的文章风格，那也可能受到他爱好民间手工艺那种审美敏感影响，特别在描绘细腻而深刻的方面，《翠翠》可以为例。这部中篇小说是在世界范围里已受到热烈欢迎的一部作品，它表现出受过长期压迫而又富于幻想和敏感的少数民族在心坎里那一股沉忧隐痛，《翠翠》似显出从文自己的这方面性格。他是一位好社交的热情人，可是在深心里却是一个孤独者。他不仅唱出了少数民族心声，也唱出了旧一代知识分子的心声，这就是他的深刻处。

沈从文先生是我崇敬的一位前辈作家。从 20 世纪 60 年代中期起，我和沈夫人张兆和同在中国作协工作，由于她的引见，我开始与沈先生有点接触。1978 年后，由于工作等原因与他接触稍多些。我每次见到沈先生和沈夫人，他们都问起朱先生的近况，身体怎样，又在写什么，译什么，而我每次见到朱先生，他也同样关心沈先生的近况。

朱先生出版了新著，怕邮寄丢失或损坏，几次嘱我代送给沈先生。有次他要我转送一本《诗论》给沈先生，我说前不久您送给他了，他说这本是新到的精装本。1982 年 4 月沈先生签名送了我一套《沈从文文集》，共十二卷，沈夫人请我将早已包装好题签了的一套转送给朱先生，她说，单本的我们寄了，这套太重，邮寄不方便，烦你辛苦一下。有时朱先生将签名送我的书寄到沈家，沈夫人再转寄给我。1983 年 2 月，人民文学出版社出版了朱先生由英文译成中文的半个世纪前写的旧著《悲剧心理学》。朱先生认为这部旧著"似已不合时宜"，但对了解他的美学思想、人生观和文艺界多年讨论的一些老问题多少有些意义，他说：

> 这不仅因为这部处女作是我的文艺思想的起点，是《文艺心理学》和《诗论》的萌芽；也不仅因为我见知于少数西方文艺批评家，主要靠这部外文著作；更重要的是我从此较清楚地认识到我本来的思想面貌，不仅

在美学方面,尤其在整个人生观方面。一般读者都认为我是克罗齐式的唯心主义信徒,现在我自己才认识到我实在是尼采式的唯心主义信徒。在我心灵里根植的倒不是克罗齐的《美学原理》中的直觉说,而是尼采的《悲剧的诞生》中的酒神精神和日神精神。那么,为什么我从1933年回国后,除掉发表在《文学杂志》的《看戏和演戏:两种人生观》那篇不长的论文以外,就少谈叔本华和尼采呢?这是由于我有顾忌,胆怯,不诚实。读过拙著《西方美学史》的朋友们往往责怪我竟忘了叔本华和尼采这样两位影响深远的美学家,这种责怪是罪有应得的。现在把这部处女作译出并交付出版,略可弥补,作为认罪的表示。我一面校阅这部中译本,一面也结合到我国文艺界当前的一些论争,感到这部处女作还不完全是"明日黄花",无论从正面看,还是从反面看,都还有可和一些文艺界的老问题挂上钩的地方。知我罪我,我都坚信读者群众的雪亮的眼睛。①

沈夫人张兆和将朱先生送我的《悲剧心理学》转寄给我,并附了一封短信:

泰昌同志:
　　昨收朱太太寄来朱先生赠书,特寄来。从文目前所患系小中风,已见好,特告。即致
　　敬礼

　　　　　　　　　　　　　　　　　　　　　　　　　兆和
　　　　　　　　　　　　　　　　　　　　　　　　　四月十一日

我知道沈夫人的心意,是让我见到朱先生时转告沈先生的病"已见好"。

––––––––––––––––––

① 《朱光潜全集》第2卷,第209~210页。

朱先生和沈先生就是这样相互牵挂。沈先生比朱先生小六岁。

20世纪80年代初，沈先生常在病中，虽然房门上贴了"遵医嘱谢绝会客"的字条，每次我去沈夫人都是欢迎的。1981年沈老为我写了张字，兆和来信叫我去取。那时沈先生还能清晰地言谈。我是下午3点去的，谈到4点多。兆和为我们准备了点心，沈老吃着吃着突然心脏病发作，坐在沙发上，吓慌了我们，兆和忙拿药，又用凉手巾敷在他的额上，等稳定后，我才悄声离去。第二天才知道，当天夜里沈老就住院了。从那之后，我就不大敢去看望他，有时去也是默默地坐一会就走。崇文门三居室比起东堂子胡同斗室来，总算有个狭小拥挤的客厅可以安定地坐下来，即使不谈话，也能从容地观察到沈老神情的变化。他常含微笑，但不总是微笑，有时沉默得有点气愤，有时激动得有点紧张。他虽多年自觉地躲离文坛，但文坛的干扰却

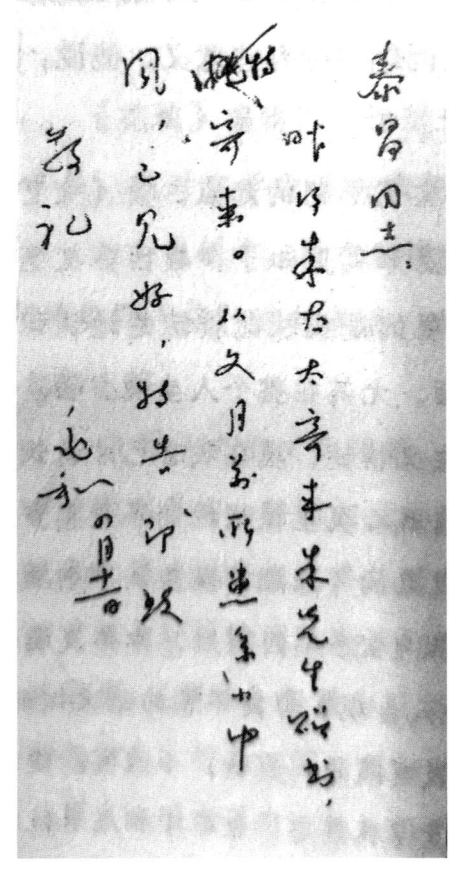

1983年4月11日，沈从文夫人张兆和转寄朱光潜赠吴泰昌《悲剧心理学》信

不断地烦扰他……1983年，湖南一家文学杂志以醒目的标题发表了朱光潜的《关于沈从文同志的文学成就历史将会重新评价》一文。湖南是沈老的家乡，沈从文的创作当时已在文学界重新估价中，发表这篇文章本是很平常的。但由于是朱光潜写的文章，出来后引起注意，有些不同意见，陆续汇拢到《文艺

报》来。加上当时文艺界气氛比较紧张，有人认为朱文代表一种思潮，否定现代革命文艺传统。我工作的单位《文艺报》当时就准备发表一篇文章，就这个问题表态。这个任务刚巧落到我头上，拖延了一阵后，我不得不认真考虑这篇文章如何去做。我去朱先生那里问了问该文的写作情况。朱先生说，1982年6月他和沈从文参加一次全国政协会议，同住一室，他说"不知谁把我和从文分到一个屋子里睡"，时间不短，前后有十天，这是个极难得的谈心机会，他俩好久好久没有这样愉快地交谈了。新中国成立前，沈先生全家曾在朱先生家住过，朝夕相处，聊的机会自然多。新中国成立后，沈先生离开北大，住得远了，各人有各人的事做，彼此又各有郁闷，亲密交谈的机会也就少了。朱先生告诉我，这次会余的时间，他俩基本都在房间里。湖南要给沈从文出本选集，从文希望他写篇序言。沈先生在给友人的一封信中也说："孟实兄（朱光潜先生）今年似八十过四，不久前同住一室约十天，一般说来还健好。"朱先生当时正在抓紧翻译维柯的《新科学》，身体又虚弱，但有数十年交情的老友提出这个要求，他绝不能谢绝。而且他长期感觉沈从文的文学成就很有必要重新评价，所以他草就了一篇短文，请沈先生看看是否合适，待沈先生看后，再斟酌定稿。当他拿到发表这篇文章的刊物后，重看了一遍，发觉文中个别提法（如全世界现在只公认沈从文和老舍）的确不妥。他说他写这篇文章的原意只是希望正确评价沈从文的文学成就，绝不是想否定或贬低其他作家的成就，这不符合他对中国现代文学的一贯看法，但他这样引述海外人士的意见，客观上容易造成这种印象，他为此深感不安。那段时间，我正在为他编选一本集子，交谈较多，他有时谈到一些作家的成就，如郁达夫、田汉的旧体诗词写得很好，巴金的《随想录》使他想起鲁迅的杂文，作用、价值不能低估。他笑着说，人老了，有时词不达意，文章拿出去之前要多看两遍，这是个教训。现在写作思想不像以前集中，写着写着就跑题了。他担心因为这篇文章给沈先生带来压力，他说可以写文章公开自我批评，但不希望影响对沈从文创作正常的评价。我说《文艺报》可能发表不同意见的文章，他说这很好。临走时，他又叮嘱我最近去看看沈先生。过了几天,我去看沈先生。关于朱文引起的反应他已听说了,他说这篇文章发表给朱先生带来了麻烦,他很不安。他有点激动,激动中有点紧张。兆和把我叫到另一间小屋,说湖南来人要稿子,拿走之前原说暂不发表的。她说沈先生听说报纸要发批评文章,觉得对不起朱先生。我告诉她,前些天我去看了朱先生,朱先生知道这事了,他欢迎有不同意见的文章,说给沈先生带来了麻烦,他不安。兆和叹道:"他们俩……"我向《文艺报》领导谈了自己的看法,同意从引用外国人士意见要慎重的角度,指出朱文的不足。我化名"张静"写了篇千字文作为"读者来信","来信"中并没点出朱光潜的名字。朱先生、沈先生都看了这封"读者来信",当时我没有向他们说明这是我写的。

20 世纪 70 年代末起,远离文坛三十年的沈从文作品的重版、评论、研究,成了一种热门。除报刊上的文章外,作家之间也多有谈论,甚至在一些接待外宾的场合,也有外国作家问起对沈从文创作的评价问题。1983 年 7 月 27 日上午,我和叶君健去国际俱乐部参加与阿根廷著名作家蒙拉特先生的座谈。叶君健主谈,我介绍了中国当前文学状况。下午 6 时半,中国作协副主席艾青在和平门烤鸭店宴请蒙拉特先生,阿根廷驻华使馆公使参加,中方参加的有陈荒煤、朱子奇、叶君健、我和陈明仙等。蒙拉特先生当年 76 岁,创作精力旺盛,写了一百二十四部电影剧本、三十三部文学作品集。席间,客人广泛地询问起中国文学,说《红楼梦》在拉美很有影响,他问起沈从文在中国目前文学界的地位,艾青请叶君健先生谈这个问题。君健先生说,他本人爱读沈从文的作品,沈从文的小说很有特色、影响大,但气势不够,是"大家"还是"名家",有不同的看法。艾青在叶君健说完后补充说,这只是叶先生个人的看法,沈从文的作品是有影响的,至于是什么"家",一个人说了不能算,让大家去说,历史去说。季羡林说沈从文是"著名的作家",他非常怀念"这一位可爱、可敬、淳朴、奇特的作家",他在 1988 年 11 月写的《悼念沈从文先生》文中说:

我认识沈先生已经五十年了。当我还是一个大学生的时候，我就喜欢读他的作品。我觉得，在所有的并世的作家中，文章有独立风格的人并不多见。除了鲁迅先生之外，就是从文先生。他的作品，只要读上几行，立刻就能辨认出来，决不含糊。……湘西如果没有像沈先生这样的大作家和像黄永玉先生这样的大画家，恐怕一直到今天还是一片充满了神秘的 terrain cognita（没有人了解的土地）。

　　有点讽刺意味的是，正当他手中的写小说的笔被"髻"掉的时候，从国外沸沸扬扬传来了消息，说国外一些人士想推选他做诺贝尔文学奖的候选人。……沈先生怎样想，我也不得而知。①

　　沈先生怎样想的呢？他认为自己的旧作重印"绝不宜寄托任何不符实际幻想"。常风在《留在我心中的记忆》文章中说：

　　　1982 年 9 月初我收到他寄赠的人民文学出版社出版的《从文自传》和《沈从文小说选集》。他收到我道谢的信后，于 9 月 23 日寄我一封信。他说："得信，知寄书收到。其实全部为四五十年前过去习作。半世纪来社会一切已显明起了基本变化，近年这些过时旧作复有重印机会亦绝不宜寄托任何不符实际幻想。至多不过起些点缀作用而已。今年预计可编成二十本（可能印出十本），分别在各处付印。估计在四川印行的五本，内容比较整齐。长沙所印二集，均为涉及家乡故事。家乡人感兴趣，亦有限度，因三十年来地方人事山水，均变化极大，三十岁青壮一代，只是对于家乡出了个沈××，近于奇迹，可不知奇迹中的种种经过，平凡而且痛苦为何如也。"

---

①　原载 1989 年 4 月 1 日上海《文汇报》。

朱光潜和沈从文对文艺、人生有着许多相同或相近的看法。许多人对新中国成立后沈从文放弃写小说，转向文物考古研究不理解，表示可惜，沈从文本人并不这么认为。1980 年 11 月 24 日，他在美国圣若望大学发表题为《从新文学转到历史文物》的讲演中说：

　　　　我借此想纠正一下外面的传说。那些传说也许是好意的，但不太正确，就是说我在新中国成立后，备受虐待、受压迫，不能自由写作，这是不正确的。实因为我不能适应新的要求，要求不同了，所以我就转到研究历史文物方面。从个人认识来说，觉得比写点小说还有意义。因为在新的要求下，写小说有的是新手，年轻、生活经验丰富、思想很好的少壮，能够填补这个空缺，写得肯定会比我更好。但是从文物研究来说，我所研究的问题多半是比较新的问题，是一般治历史、艺术史、作考古的、到现在为止还没有机会接触过的问题。我个人觉得：这个工作若做得基础好一点，会使中国文化研究有一个崭新的开端，对世界文化的研究也会有一定的贡献。①

　　朱光潜也持有类似的看法。他说："从文暂不写小说而专心文物考古，是迫于分工的需要，绝不是改行。"并认为从文"在历史文物考古方面的卓越成就，也只会提高而不会淹没或降低他的文学成就"。

　　新中国成立后，特别是"文革"以后，国外对朱光潜、沈从文的遭遇颇多关注，纷纷揣测。他们两人均以不同方式公开答复澄清。朱光潜 1974 年 1 月 19 日在香港《大公报》发表了《新春寄语台湾的朋友们》，坦率地写道："庆幸

---

　　①　《沈从文文集》第 10 卷，第 334～335 页。

当年未跟你们走","当年留下确有思想顾虑","新旧对比深切感到自豪",并告诉朋友们刚"译完黑格尔的三卷《美学》","希望老朋友们认清形势,为国家民族的利益,为你们自己个人的利益,为解放台湾,统一祖国大业做出自己的努力"。朱光潜最后写了首顺口溜:

> 大陆和台湾,盈盈一水隔。
> 本是一家人,胡为久离别?
> 祖国好河山,红日东方起。
> 是你弃了它,不是它弃你。
> 金瓯不许缺,八亿人公誓。
> 团结力量大,欢迎你归队。
> 爱国无先后,革命是同志。
> 翘首望南天,归帆何日至?[①]

朱光潜的《关于沈从文同志的文学成就历史将会重新评价》一文,发表在《湘江文学》1983 年第 1 期。为了说明问题,文章不长,不妨全文转录如下:

我和沈从文相知已逾半个世纪,解放前我们长期在一起生活和工作,我一直是他的学生和知心朋友。解放后他在城里搞文物考古工作,我一直留居乡下当教书先生,往来就很少。我一向惋惜他改了行,虽然他在文物考古方面取得了很卓越的成就,我总不免感到他"改行"对新文学是个可惋惜的损失。这次在四届文联全委会中我碰巧和他同房,促膝谈心的机会较多,他细谈了他最近在湖北江陵参观一座新发现的坟墓的发掘整理工作情形,和所发现的珍贵丝织刺绣文物,在文化史方面所具

---

① 《朱光潜全集》第 10 卷,第 427 页。

有的重要意义，那种激昂赞叹的心情仍不减当年，令我想起："道逢曲车口流涎"和"大人者不失其赤子之心"那些老话来，私幸他一定长寿，并且前途无量。我近几年因译维柯的《新科学》，在研究古代原始社会，过去这方面知识太差，处处都感到"捉襟见肘"，就向他提出一些关于古代社会的问题。他不但引证他自己在研究文物中所取得的收获和启发，作了令人信服的解答，而且还指导我去看我国最近社会科学工作者在这方面的新论著，取得的不同的新成就。我从中认识到研究文学和美学已不能画地为牢，闭关自守，考古和研究古代社会也还是分内事，从文暂不写小说而专心文物考古，是迫于分工的需要，绝不是改行。

　　散会回校后，我立即把从文送给我的《从文自传》(后附黄永玉画家的回忆录)读了一遍，对从文的文学成就稍有进一步的认识。他前半生一直在上学，受过严格的军事训练，小时是个相当顽皮的孩子，后逃学、打架、泅水、爬城墙，爱探听穷苦人民怎样过生活，工人们怎样造纸、造锅碗，小商贩们怎样做买卖。他总结自己写的散文说："我上许多课，仍然不放下那一本大书。"指的就是深入人民群众的实际生活，他在《边城》题记里说他"对于农民、手工艺人与兵士，怀了不可言说的温爱"，因为他一生都在和穷苦的人民同呼吸，共命运，他能苦中作乐，乐中也嚼出苦味来。他亲身经历过近代中国的几次大骚动和大改革，从清朝那些败家子的胡作非为，北洋军阀的混战，直到五四运动以及孙中山和毛主席在艰难岁月里进行的以民主与社会主义为目标的革命，终于解放了全中国，从文先以边城穷乡的一个苗族的"老战兵"和司书，后以北京和青岛两大学的文学教师和文学编辑，带着一副冷眼睛和热心肠，一直孜孜不倦地废寝忘食地把亲身见证和感受到的一切，用他那一管流利亲切的文笔记录下来，赢得了广大读者的爱戴和专业同道的器重，绝不是偶然的，他的刻苦习作的精神永远是青年作家的榜样。

　　当然，对从文不大满意的也大有人在，有人是出于私人恩怨，那就可

"卑之无甚高论"。也有人在"思想性"上进行挑剔,从文坦白地承认自己只要求"作者有本领把道理包含在现象中","接近人生时绝不是所谓道德君子的感情"。我自己也一向坚持这种看法,所以对从文难免阿其所好,因此我也很欣赏他明确说出的下列理想:

"这世界上或有想在沙基上或水面上建造崇楼杰阁的人,那可不是我,我只造希腊小庙,选山地作基础,用坚硬的石头堆砌它,精致,结实,匀称,形体虽小而不纤巧,是我理想的建筑。这神庙供奉的是'人性'。"我相信从文在他的工作范围内实现了这个理想,我特别看出他有勇气提出"人性"这个别扭倒霉的字眼,可能引起"批判",好在我们仍坚持"双百方针",就让仁者见仁,智者见智吧!在真理的长河中,是非就终究会弄明白的。

于今文学批评家们爱替作家们戴些空洞的帽子,这人是现实主义者,那人是浪漫主义者,这人是喜剧家,那人是悲剧家,如此等等,我感觉到这些相反的帽子安在从文头上都很合适,这种辩证的统一正足以证明从文不是一个平凡的作家,在世界文学史中终会有他的一席地。据我所接触到的世界文学情报,目前在全世界得到公认的中国新文学家也只有从文和老舍,我相信公是公非,因此有把握地预言从文的文学成就,历史将会重新评价,而他在历史文物考古方面的卓越成就,也只会提高而不会淹没或降低他的文学成就。

我化名"张静"写的《对外国学者的意见也要分析》的"读者来信",发表在《文艺报》1983年第2期:

编辑同志:

最近读了一篇《关于沈从文同志的文学成就历史将会重新评价》的文章,有些想法。首先,我觉得这篇文章提出这个问题很必要。由于受

"左"的思想影响,我国现代文学研究中长期存在着简单化的倾向,一些艺术上有特色有成就、创作倾向较为复杂作品往往被忽略、否定。沈从文确实受到了不公正的待遇。现在情况有所好转。只要我们坚持实事求是的学风,对沈从文以及类似情况的其他作家在中国新文学史上的地位,必将得出适当的评价。

但是,这篇文章在介绍国外学者的意见时,说到目前在全世界得到公认的中国新文学家只有沈从文和老舍。作者未必赞同这个意见,但我觉得这个意见偏颇,值得商榷。

我虽孤陋寡闻,对世界文学动态不甚了解,但也听说,许多国家公认已故的鲁迅、郭沫若、茅盾这几位大师在世界文学史中的地位。即如健在的巴金,1979年当他访法时,法国文学界就公开称赞他是当今世界上少有的几位伟大作家之一。去年意大利还授予他但丁文学奖。可见,我国被世界公认的新文学家绝非只有二人。

这里有个如何正确对待国外学者意见的问题。由于政治观点、艺术主张的不同,以及掌握第一手资料的局限,使他们往往难以客观地总结我国新文学发展的历史。比如,近年国外流行的美籍华人夏志清教授著的《中国现代小说史》,虽然掌握一定材料,对国内研究不够的某些作家、作品给予了评价(尽管评价的高低仍可讨论),多少弥补了我们研究中的一些不足。但是,这部小说史,由于著者的政治偏见,对以鲁迅为旗帜的新文学主潮的代表作家有意贬低,甚至有所嘲弄,而对张爱玲这样的作家却大加赞赏,这难道公平,难道符合中国新文学发展的历程?这种根本立场、态度,我们难道能接受?可见,某些国外的学者持有这样那样的见解,不值得奇怪,问题在我们自己如何对待。他们的研究成果只能是我们研究时的借鉴、参考,绝不能全然搬过来当作我们的结论。

以上意见不一定正确。目前现代文学研究相当活跃,观点也有分歧。我觉得《文艺报》应该在这方面发表点意见,不仅促进现代文学研究的健康发展,而且对当前文学创作也有助益。这两年贵刊发表这类文章太少太少了。

朱先生看过《文艺报》这封"读者来信"后,曾对我说:"你们的这个提醒我可以接受,文章可以做些删除,这本是为从文一个集子写的代序,我和从文商量过,已通知出版社出书时用我删改过的稿子。以后我自己集子也用删改过的。"但是,他坚持说,沈从文的文学成就历史会重新评价的。排名次、排座位没有必要,我和从文一直持反对态度,至于那些笔墨官司历史也会自有公断。

1993 年 2 月出版的《朱光潜全集》第 10 卷中未收《关于沈从文同志的文学成就历史将会重新评价》一文,《全集》编者注说"此文与此序文(指《凤凰》序)文字基本相同,故不收"。朱光潜将《关于沈从文同志的文学成就历史将会重新评价》作了如下的删略:

> ……这神庙供奉的是"人性"。……我特别看出他有勇气提出"人性"这个别扭倒霉的字眼,可能引起"批判",好在我们仍坚持"双百方针",就让仁者见仁,智者见智吧! 在真理的长河中,是非就终究会弄明白的。
>
> 据我所接触到的世界文学情报,目前在全世界得到公认的中国新文学家也只有从文和老舍……

1982 年 10 月 18 日,北京大学举办庆贺朱光潜教授从教 60 周年座谈会,沈先生因故没有出席。当时他就向朱先生表示祝贺。后来他曾对我说:"朱先生一辈子辛苦教书,做了许多事,学生记着,书里写着,朋友们清楚,我常挂念他,争取一起多活几年。"

如今,朱光潜先生、沈从文先生已作古,许多打笔墨官司的当事人也已作古,可以说"盖棺论定"。历史对他们各自对中华民族文化所做过的业绩都在加以历史的实事求是的不断检验和评判。2006 年 1 月人民文学出版社出版的朱光潜译的《歌德谈话录》封二上有则广告,标明教育部《普通高中语文课程标准》推荐书目高中部分中有沈从文的《边城》及朱光潜的《谈美书简》和朱光潜译的《歌德谈话录》两种。

这个例证,使我想起被朱光潜删去的《关于沈从文同志的文学成就历史将会重新评价》一文中的这句话:"在真理的长河中,是非就终究会弄明白的。"

2010 年

朱光潜扑在《新科学》上面

朱光潜是位不倦的爬山人,1980 年他已 83 岁高龄,他决心"走抵抗力最大的路"①,着手翻译 18 世纪启蒙运动著名学者维柯(Giovanni Battista Vico)的代表作《新科学》。1980 年 2 月 25 日他在给陈望衡的信中说:"我今后不招研究生,精力不够了。今年拟译维柯的《新科学》,也不写应酬文了。"②

《新科学》内容广泛而深奥,文字也极为难译。钱锺书得知朱光潜在译《新科学》时曾对我说:"朱先生很勤奋,近 90 的人了,还在翻译这样的著作,是很费精力的。"③朱光潜明知翻译《新科学》的巨大难度,他说:"我译的书以这部《新科学》为最吃力了。"

朱光潜为何要去啃这块最难啃的骨头呢? 这是因为,他越来越认识到《新科学》重要的历史价值。他说:"因为我的美学入门老师是意大利人克罗齐,而克罗齐是维柯的学生。克罗齐早已说过,美学的真正奠基人不是鲍姆嘉通,而是维柯。所以研究美学就不能不知道维柯。"④

朱光潜认为维柯比克罗齐更伟大。他说:"我学美学是从研究意大利人

① 《朱光潜全集》第 10 卷,第 725 页。
② 《朱光潜全集》第 10 卷,第 488 页。
③ 拙作《我认识的钱锺书》,上海文艺出版社 2005 年版,第 68 页。
④ 《朱光潜全集》第 10 卷,第 666 页。

1980 年，朱光潜 83 岁高龄开始翻译维柯《新科学》（桑祥森　摄）

克罗齐（Croce）的观点开始的。他是当时欧洲公认的美学大师，大家都在学他，所以我所读的其他美学家的书，有许多都受他的影响。后来，我对他的某些观点不大满意，在 30 年代时写了《克罗齐哲学评述》一书，其中就有阐述。以后，我又研究他的老师维柯的著作，发现克罗齐的美学观点和维柯的不完全一样，我认为维柯更伟大。我花了差不多三年时间，把维柯原著《新科学》翻译出来。"①

　　朱光潜之所以认为维柯"更伟大"，是因为维柯提出了美学的"实践观点"，"'实践观点'是维柯提出的。马克思也是'实践观点'，马克思是很佩服维柯的，他写给拉萨尔的一封信中说，你好像没读过维柯，维柯对你的问题不一定有多么大的帮助，但维柯看问题的思想方法，对你会有帮助。今天，我谈

---

① 《朱光潜全集》第 10 卷，第 652 页。

这段话的意思就是要坚持马克思所强调的'实践观点'"①。

朱光潜在《西方美学史》中有一章专门介绍维柯,但他自己认为"写得很片面,我很不满意","关于维柯最重要的是形象思维的一些精辟见解,是从具体的事物来想问题,再很好地把它表现到文艺作品中去。所以,到晚年,我还要深入地研究维柯。特别使我受益的就是关于人类思维发展的见解"。②

我和朱先生接触较多的时期,正是他翻译维柯《新科学》那段时间。他和我的交谈或给我的书信,几乎离不开维柯《新科学》的话题。我深切感受到他在为译好《新科学》与生命争分夺秒,他是全身心扑在《新科学》上面的。

1980年10月8日上午,朱先生为编选《艺文杂谈》事约我去北大,他在楼上小书房里同我谈了两个小时。他欣喜地告诉我,《新科学》已开始翻译了,还顺利。《新科学》原文本是意大利文,朱先生精通英、法、德文,但不懂意大利文和拉丁文,他翻译主要是靠英译本,再参考其他语种的译本。我见他的书桌上、椅子上堆满了西洋书,他说,已从北大图书馆借来了需要用的书,有些资料还要去西语系资料室临时查找翻阅。现在最怕的是开会或临时有不得不写的文章分心。他说:"你代上海《解放日报》约我写回忆上海立达学园和开明书店的文章,可以写得不长,但也得花几天时间去查资料,回想回想。现在人老了,不能同时做几件事,做完一件才能做下一件。《新科学》的翻译不时会临时中断。"

1981年4月21日,朱先生来信约我"23日或24日下午"在"敝寓小饮",朱先生高兴地对我说,《新科学》译稿已过半。他说,先译出一遍并不太难,关键是初译时遗留下来的一些问题,校改时要花很多时间,看来校改一遍不行,要校改几遍。他感到时间特别不够用,他已定当月27日去承德参加大百科全书编委会,约半个月后,才能接着译《新科学》。

---

① 《朱光潜全集》第10卷,第671页。
② 《朱光潜全集》第10卷,第671页。

1981 年 5 月21 日,朱先生在给我的信中说"近为《大百科全书·外国文学卷》审阅部分稿件,还是很忙乱",随信又寄回帮我阅看的《艺文杂谈》编后记,可见,他虽想要集中精力翻译《新科学》,"杂事"还是不断烦扰。

1981 年 8 月底,朱先生完成了《新科学》全书草译稿,紧接着又着手翻译维柯的《自传》。关于维柯的《自传》,家人和朋友曾建议他请别人代译,朱先生坚持还是自己译,他说,累就累一个人好了,别人也都有自己计划好了的事

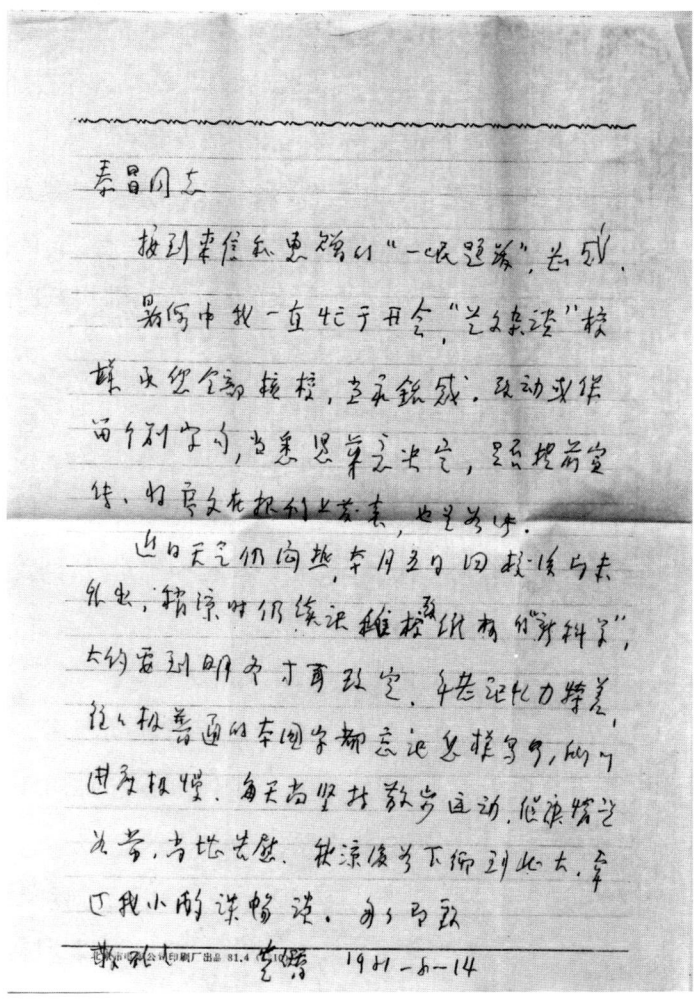

朱光潜在《新科学》翻译结束前给吴泰昌的信

要做。他在 1981 年 9 月 10 日给我的信中说:"现在仍续译《自传》,两三万字,不久即可付抄。接着就想将《新科学》的第一章草稿仔细校改一遍,设法解决原来搁下的一些疑难处,年老事多,工作效率低,如明年底能定稿,那就算是好事了。"

1981 年暑假朱先生因忙于参加多次会议,《新科学》的翻译不得不停顿下来。他在 8 月 14 日给我的信中说:"暑假中我一直忙于开会。……近日天气仍闷热,本月五日回校后即未外出,稍凉时仍续译校改维柯的《新科学》,大约要到明冬才可改定。年老记忆力特差,往往极普通的本国字都忘记怎样写了,所以进度极慢。……秋凉后如下乡到北大,幸过我小酌谋畅谈。"

1981 年 11 月初,我写信给朱先生,告诉他《艺文杂谈》安徽人民出版社已付印,下月能出版。11 月 9 日朱先生在给我的复信中说:"我的寓所正在大翻新中,全家八口都挤住在楼间半小房里,住于斯,饭于斯,睡于斯,实在很狼狈,所以很久没有给您写信……现校改《新科学》译稿已过半,大约明春可以付抄和付印。"我收到信的第二天去上海,回来后即去看望他。去时他正坐在室外藤椅上校改译稿,他说译稿校改得很凌乱,现在他写的字别人也很难识别,准备请在安庆师范学院中文系工作的侄儿朱式蓉来帮他付抄一遍,清楚的稿子责任编辑看起来方便。他叫我陪他在燕南园里走走,问我此次去上海的情况,突然他又叫我陪他回家,他说刚想起有一处译文要改动,要不马上记下来,容易忘了,连声说现在记忆太坏了。

朱先生用在校改《新科学》上的精力要比翻译时花费得多。1982 年 3 月,他已将《新科学》译稿校改了一遍,他在 4 月 3 日给我的信中说:"《新科学》译稿大致已校改一遍,仍不满意,想再校改一遍。"

朱先生在翻译《新科学》同时,将自己对《新科学》的进一步认识和理解以及有关资料陆续撰写和翻译成有关文章发表。1981 年 12 月在《外国文学》第 4 期发表了《维柯的〈新科学〉简介》和译作《〈新科学〉第 3 卷:发现真理的荷马》;1982 年 10 月出版的《中国大百科全书·外国文学》中收入朱光潜撰写的"维柯"和"启蒙运动"两个条目；1983年3月，朱光潜应香港中文大学新亚书院院长金耀基邀请，赴香港主持新亚书院第五届"钱宾四（钱穆）先生学术文化讲座"，发表了题为《维柯的〈新科学〉及其对中西美学的影响》的演讲。朱先生对这次赴港十分重视，这是他新中国成立后第一次离开内地做学术交流活动，充分准备了演讲稿。他在赴港前3月8日给我的信中说："本拟于3月10日启程赴港，至今护照尚未办妥，赴港或需延期。……赴港返京后再谋畅谈。"朱先生从香港返回北京后，感到疲劳，不久即住院检查、治疗，《新科学》译作有些收尾事也因此一再拖延下来。是年12月，他为译作《新科学》写了译后记。

朱光潜译完《新科学》后在家中小憩（吴泰昌　摄）

　　1984年3月31日下午，我去看望朱先生，平日他爱说自己"日渐衰老"，我还不怎么觉得，那天突然觉得他真的衰老了。他一再重复地告诉我《新科学》已全部译完，译稿已交人民文学出版社了，希望早点能见到书。他在签名送书给我时说，他过去很自信自己的记性，现在不行了，对眼下的一些人和事会突然想不起来，对过去的人和事还偶尔能想起。他庆幸在自己记性还清楚时将《新科学》译完了。

1984 年 9 月 30 日下午，我去看朱先生时，他还在睡觉。朱师母说朱先生住院刚回家，怕他上楼睡不方便，已改在楼下睡觉。十分钟后，朱先生由阿姨搀扶着从卧室到客厅坐在藤椅上，气色看上去还好，胖了些，就是反应、行动比过去明显迟钝，也不爱说话。师母说朱先生现在还整天在担心《新科学》译稿中还会存在不足之处，这次住院前，休息得还算不错，译《新科学》时借用的书已还校图书馆了，有次他借散步名义又偷偷地去图书馆借，书太重拎不动，图书馆的工作人员发现后帮他拎回家，朱先生想将后来补写的《关于〈新科学〉中一些中译词的说明》中的有些部分再仔细校看一遍。

1984 年 11 月 17 日，叶至善打电话告诉我，朱先生又住进友谊医院，朱师母说朱先生有时说点胡话，自言自语地说"维柯、《新科学》……"情绪稳定下来又正常了，记不得说过的话。朱师母说，朱先生希望自己能再活几年，等《新科学》出来后，就什么也不想干，彻底休息了。

1985 年 10 月 1 日上午，我给朱先生打电话，本想问候他的身体，朱师母接的电话，她高兴地说大夫告诉她，朱先生得的病不是脑血栓，是局部脑萎缩。朱先生知道自己真实的病情后也很高兴，说《新科学》译稿交出后，心里像放下了一块大石头。这次翻译比译黑格尔的《美学》三卷四本吃力，全身像脱了一层皮，稿子译完了，全身软了。

1985 年 11 月 18 日下午，我去看朱先生，朱先生又住院刚回家。这次原是去医院检查脑病的，临时发现腿脚有毛病被留下检查。朱师母说，在医院里朱先生还在一心惦记《新科学》出版的事，出版社原说二季度发稿，现在又推迟了。朱师母感慨地说：就是为翻译这本《新科学》，朱先生把身体搞垮了。

朱先生在临终前可数的日子里，一直焦急地翘盼能亲眼看到《新科学》的出版。在他逝世后两个月，这部近五十万字的译著终于出版了，朱师母含着泪说，朱先生未能亲眼见到书，这是他未了的最大心愿。

季羡林先生在悼念朱光潜先生时动情地说："在工作方面，他抓得非常

朱光潜逝世后两个月,人民文学出版社出版
了他翻译的《新科学》

紧,他确实达到了壮心不已的程度。他译完了黑格尔的《美学》,又翻译维柯
的著作。这些著作内容深奥,号称难治,能承担这种翻译工作的,在世没有第
二人,孟实先生以他渊博的学识和湛深的外语水平,兢兢业业,勤勤恳恳,争
分夺秒,锲而不舍,'焚膏油以继晷,恒兀兀以穷年',终于完成了这项艰巨的
工作,给我们留下了宝贵的财富,得到了学术界普遍的赞扬。"①

2010 年

---

① 《他实现了生命的价值——悼念朱光潜先生》,原载 1986 年 3 月 14 日《文汇报》。

朱光潜与叶圣陶长久的相处

1948 年朱自清先生在北平病逝时,朱光潜曾感伤地说:"回想起当年白马湖的一批朋友们,互生在抗战前就已过去,丏尊在抗战中过去,现在又短了佩弦,只有子恺、圣陶和我几个人还健在,而都已年过 50,渐就衰老。"①丰子恺 1975 年又走了,朱光潜和叶圣陶相处长久,但也均年逾 80 了。

说也奇怪,朱光潜和叶圣陶自 1949 年起同在北京居住,除书信、电话和在全国政协、全国文联会议上匆匆见面,像过往一样单独在一起的机会却并不多。

有一次,朱光潜同叶圣陶见面,虽短促,没有对酌,也没有倾谈,但给朱光潜留下的记忆难忘。朱先生说,那是在我最苦闷最需要朋友的时候,叶圣陶来看过我。抗战胜利后,叶圣陶回到上海,投身民主运动的前列,朱光潜也从四川重返北平,仍回北京大学执教,和沈从文、废名、冯至等同住在中老胡同北大教师宿舍。

北平解放前夕,朱光潜处在人生历史的关头。国民党政府采取利诱和威胁的手段,动员在北平的一些文化教育界的名人去台湾。朱光潜是北大教授,西方语言文学系主任,代理过文学院院长,又身为国民党中央监察委员②,

---

① 《朱光潜全集》第 9 卷,第 491～492 页。
② 《朱光潜全集》第 10 卷,第 644 页。

是国民党政府看中的一个重点对象。但朱光潜其时对国民党政府的认识已有很大转变,"国民党政府越弄越糟,逼得像我这样无心于政治的人也不得不焦虑忧惧"①,他不畏利诱威胁,断然拒乘国民党政府派来的专机去台湾,留在北平,与北平广大市民一道迎接北平解放。当时在北大任职的季羡林教授说:

> 1949 年北平解放前夕,按朱先生的地位,他完全有资格乘南京派来的专机离开中国大陆的。然而他没有这样做,他毅然留了下来,等待北平的解放。其中过程细节,我完全不清楚。然而这一件事却给我留下了深刻的印象:朱先生毕竟是经受住了考验,选择了一条唯一正确的道路。②

朱光潜当时承受了政治上和精神上的巨大压力,他相信共产党"爱国不分先后"和"尊重知识分子"的主张,但对共产党认识模糊,自己又有那个"身份",他想来想去,思想上经历着激烈的痛苦和彷徨,用他自己的话来说:"北平解放,我待在北大宿舍里怀着焦急的心情坐待处理。"③

也就是在这个时候,叶圣陶来看他。叶圣陶 1949 年 3 月 18 日从山东解放区来到北平,参加新中国的筹建工作,抵北平后工作繁忙,想看望的老友很多。他稍事安定,从所住的六国饭店外出访友,看望了朱光潜,他在 3 月 20 日的日记中记道:

> 二十日(星期日)早起见飘雪,地上屋上略有积雪。九时许,与墨访

---

① 《朱光潜全集》第 9 卷,第 536 页。
② 原载 1986 年 3 月 14 日《文汇报》。
③ 《朱光潜全集》第 10 卷,第 424 页。

平伯夫妇。多年不见，共叹老苍。……饭后偕铎兄访赵万里，由赵陪同访介泉于红楼，未晤。遂访孟实、从文。从文近来精神失常，意颇怜之。杂谈一切，五时始辞出。[①]

关于叶圣陶这次看望朱光潜具体"杂谈一切"了些什么，我没有听过朱先生谈起，也没有听过叶圣陶谈起，不敢妄加揣测。但叶圣陶此时此举本身，就说明了他对身处逆境的老友的关心，对朱光潜来说，这无疑是他终生铭记的友谊和精神上的莫大慰藉。

1980年9月12日晨7时半，我骑车到东四八条叶圣陶先生家，搭叶老的车去人民大会堂。中国文联主席周扬在这里举办茶话会，招待出席全国人大和全国政协会议的文艺界人士。叶圣陶和朱光潜出席了。我因工作关系也去了。近10时，在招待会将近结束时，叶老叫我把坐在另一边的朱先生请过来。那天两位老人衣着整齐，显得十分精神。他俩叙谈了一二十分钟，只听叶老起身时大声说："我们好久没有在一起喝老酒了，开春暖和些时我去北大看你。"叶老还叫我为他俩拍张照，留个纪念。我向在场的香港《新晚报》的朋友借了相机，"咔嚓"一声留下了这个镜头。

1981年冬天，叶圣陶有次在室内站着，凝思窗外。不知是外面刮的风，还是漫天飞舞的雪花，扰动了老人的心绪，他忽然想到了春天。他对身边的长子叶至善说：开春去北大看看孟实，喝杯老酒！至善微笑着应和。他懂得老人的心思，补充说：还有王力先生。至善请我代他们与朱先生联系，陪叶老一起去。

我将这个消息及时告诉了朱先生，他听了兴奋得有点激动。1981年春天他俩彼此有事均未约成。朱先生急切地打听叶老现在爱喝什么酒，牙齿怎样；叶老也打听朱先生是不是还只喝白酒、白兰地，他们家的阿姨会不会做

---

① 《叶圣陶集》第22卷，江苏教育出版社2004年11月版，第45页。

1980 年 9 月 12 日,朱光潜(右)与叶圣陶在中国文联招待茶会上

菜,叶老说自家阿姨做的酱鸭既香甜又烂糊,朱先生准爱吃。

冬天到春天,有多少个白天和黑夜。老年人心里有事总放不下,他们相互在焦急地期盼着这一天。

1982 年 3 月 13 日下午 3 时,我去看朱光潜先生,朱先生从二楼书房下来,他头一句话就说刚收到叶老来信说要来玩,说叶老的字写得比他硬朗。他拿信给我看,信中说:"孟实吾兄,我将偕泰昌、至善一道来玩。"朱先生让我转告叶老,最好在 4 月 15 日至 20 日左右,具体日子请叶老定。

两位老人的福气好,约定的日子,1982 年 4 月 23 日,没有一丝风,日头暖暖的。

当天下午 1 时半我骑车到叶家,叶老已衣履整齐、端端正正地坐在客厅的沙发上。至善说,父亲早上起床就惦记这事。车启动时,叶老还问至善,酱鸭带上了没有。

朱先生住在北大燕南园 66 号。燕南园里十六幢别墅先后住过众多"国宝"。作家宗璞,是哲学大家冯友兰先生的女儿,长期在燕南园居住。1986

年,为纪念朱光潜先生,她在《霞落燕园》中写着:

北京大学各住宅区,都有个好听的名字。朗润、蔚秀、镜春、畅春,无不引起满眼芳菲和意致疏远的联想。而燕南园只是个地理方位,说明在燕园南端而已。这个住宅区很小,共有十六栋房屋,约一半在 50 年代初已分隔供两家居住,"文革"前这里住户约二十家。63 号校长住宅自马寅初先生迁走后,很长时间都空着。西北角的小楼则是党委统战部办公室,据说还是冰心前辈举行"第一次宴会"的地方。有一个游戏场,设秋千、跷跷板、沙坑等物。不过那时这里的子女辈多已是青年,忙着工作和改造,很少有闲情逸致来游戏。

每栋房屋照原来设计各有特点,如 56 号遍植樱花,春来如雪。周培源先生在此居住多年,我曾戏称之为周家花园,以与樱桃沟争胜。54 号有大树桃花,从楼上倚窗而望,几乎可以伸手攀折,不过桃花映照的不是红颜,而是白发。61 号的藤萝架依房屋形式搭成斜坡,紫色的花朵逐渐高起,直上楼台。随着时光流逝,各种花木减了许多。藤萝架已毁,桃树已斫,樱花也稀落多了。这几年万物复苏,有余力的人家都注意绿化,种些植物,却总是不时被修理下水道、铺设暖气管等工程毁去。施工的沟成年累月不填,各种器械也成年累月堆放,高高低低,颇有些惊险味。①

五六十年代我在北大学习时,课余一度在《北大校刊》做过编辑记者工作,不时去燕南园,去过不少"国宝"级教授的家,至今还留着踏进燕南园时,那种穆静、崇敬的感觉。

车快到北大燕南园时,叶老招呼,先去王力先生家看看。由于同是语文专家,叶老与王力先生见面机会略多,但也多时没有这样走动了。王先生与

---

① 原载《中国作家》1986 年 4 月号。

1982 年 4 月 23 日,吴泰昌(中)随叶圣陶(左)看望朱光潜(右)

朱先生同住在燕南园,相隔几幢小楼。下午 2 时半左右,到了王先生家。至善搀扶叶老悄悄推门进去,怕影响王先生午休,岂知王先生早已在伏案工作,人走近了,听到了轻轻的脚步声,王先生才站起来,背转身猛见是叶老,高兴得拥抱起来。王力先生说:"怎么不事先告诉我?"他们很快用苏州话攀谈。王先生扶着叶老到客厅坐下。叶老在这里坐了约一小时,他站起来说要去看孟实,王先生说:"我送你去。"叶老说,不用了,车子能找到。王先生就在门口台阶上止步了。当车子绕出,上了路,从树隙里见王先生还站在那里。我刚一转头,见朱师母在马路上招手。车子停下,叶老未及下车,朱师母就对我说:朱先生等急了,怕你们路上出事。约好 2 点出城,这会儿快 4 点了,朱先生叫我打电话给你,你不在,又打到叶老家,说你们 2 点就出来了。后来见王先生家门口停有车子,估计你们先去王先生家了。说着说着,朱先生从王先生家那边连走带跑地过来了。他穿一身旧蓝布制服,一双旧布鞋很显眼。一见叶老,老远伸出手,与叶老紧握。分不清他俩谁扶谁,一起到客厅。在喝老酒之前的一个多小时里,叶老和朱先生并肩坐在沙发上闲聊。我和至善、朱先生大女儿世嘉的丈夫姚秀琛分别坐旁边。叶老和朱先生的谈话围绕 1925 年在上海创办立达学园的往事。朱先生说："原来我一直记得陈望道先生和我们一起创办了立达学园。前年我为准备写回忆立达学园的文章,问起胡愈老,也写信问过你,又查了一点资料,才确定是我记错了,误将陈望道当作胡愈之。"朱先生说："我同胡愈老差不多时间去欧洲留学,我在伦敦,他在巴黎,我因为在巴黎大学注册听课,从伦敦到法国只需过一个海峡,用不了几个小时,所以到巴黎听课之余常常看看胡愈老等几位朋友。胡愈老那时衣服大口袋里塞满杂志报纸。他很关心世界信息、动态,估计后来他研究世界语,并成为我国研究世界语的开拓者,就奠基在那个时期。"叶老因未出国留学过,对朱先生谈的胡愈老的这些情况很感兴趣,他几次微调自己的助听器。至善也多次大声重复朱先生的话,好让叶老听清楚。叶老说能知道胡愈老这些情况的人,现在少有,劝朱先生尽快将文章写出来。

1984 年朱先生写了《胡愈之同志早年活动的片断回忆》,回忆了他和胡愈老一生的交往,着重于他和胡愈老在国外留学时的一些交往。朱先生在文章中说："胡愈老从立达学园创建开始一直到现在,都是立达学园这一系列活动的大力支持者。胡愈老是我生平最敬佩的一位老友,我一直把他看作治学做人的榜样。他年纪比我还大一两岁,身体也比我稍差,可是工作头绪比我多几倍。他从容不迫地处理着多方面的繁重工作。我每逢想松劲偷懒时,一想到他的榜样,就提高了自己的勇气。"[1]1986 年 1 月 16 日胡愈老病逝,朱先生悲痛极了。他在身体极其衰弱的状态下,用颤抖的手吃力地写下了挽胡愈老的两句话:"以刻苦耐劳做了一世穷苦青年的楷模;以端方正直做了一代政治家的榜样。"[2]朱先生写这两句时,思想怎么也集中不起来,手脑不能并用,这两句挽词就是写不下来,不是把字写错了就是把字写漏了。朱师母告诉

---

① 《朱光潜全集》第 10 卷,第 724 页。
② 《朱光潜全集》第 10 卷,第 730 页。

我，后来商金林把住朱先生的手才一个字一个字地写下来。这两句话极可能是朱先生公开发表文字的绝笔。

朱先生深有感触地说，人的一生少不了朋友的帮助和支持。他说叶老在开明书店主持编辑工作时给了他很多鼓励和帮助，他永远感激。他在 1980 年写的《回忆上海立达学园与开明书店》一文中说：

> 就我个人来说，我应特别感谢开明书店对我的培育。我在夏丏尊、朱自清、叶圣陶几位老友的言教和身教下才开始放弃文言文，学写白话文。我在留学英法八年之中一直和开明维持着密切的联系。一到英国，我就不断地替《一般》和《中学生》写稿，后来由夏丏尊搜集并作序的《给青年的十二封信》这部处女作就是由开明印行的。这本小册子现在看来不免幼稚可笑，在当时却成了一部畅销的书。原因大概在我反映出当时一般青年小知识分子的心理状况，在彷徨失望中摸索出路。从此我和广大青年建立起了友好关系，也不再愁写出文章没有地方发表和没有人看了。我在外国当学生时代写的几部主要的著作（《文艺心理学》《谈美》《诗论》《变态心理学派别》）都是由开明书店印行的，所得到的稿费大大减轻了在官费经常扣发的情况下一个穷学生必然要面临的灾荒。所以想到立达学园和开明书店，我总是怀着感激的心情。①

朱先生瞪大眼睛对坐在一旁听他俩叙旧的我说："叶老不仅要审稿，还亲自为开明出的书写了许多广告词。我的那几本小书的广告词也是他写的。"

叶老在开明书店工作时，确实写过大量书的广告词，有各种门类的。出版并推荐过现代文学史上许多名家名著，如郭沫若的《屈原》，茅盾的《蚀》《幻灭》《子夜》《春蚕》《见闻杂记》《苏联见闻录》《速写随笔》《清明前后》

---

① 《朱光潜全集》第 10 卷，第 523 页。

《世界名著讲话》，巴金的《家》《巴金短篇小说集》《海底梦》，老舍的《老张的哲学》《赵子曰》，冰心的《冰心小说集》《冰心散文集》《冰心诗集》《关于女人》《寄小读者》和译作纪伯伦的《先知》，朱自清的《欧游杂记》《伦敦杂记》《诗言志辨》，俞平伯的《读词偶得》《燕知草》《杂拌儿》《杂拌儿之二》《清真词释》，丰子恺的《西洋趣味》《艺术名画巡礼》，朱光潜的《谈美》《我与文学及其他》《文艺心理学》及《近代英美散文选》（与人合编），沈从文的《春灯集》《黑凤集》《湘行散记》《湘西》《边城》《长河》《月下小景》《从文自传》，《闻一多全集》（朱自清、郭沫若、吴晗、叶圣陶编），夏衍的《心防》《法西斯细菌》，等等。

朱光潜的《谈美》，叶圣陶在 1934 年 4 月 1 日刊出的广告词中写道：

  本书是朱先生在《给青年的十二封信》后的第十三封信。朱先生对于美学颇多心得。他自己说："在这封信里，我就想把这一点心得介绍给你，假若你看过之后，看到一首诗，一幅画，或是一片自然风景时，比较从前更感到浓厚的趣味，懂得什么样的经验才是美感的，然后再以美感的态度推到人生世相方面去，我的心愿就算达到了。"他的态度亲切和谈话的风趣，是和《给青年的十二封信》一样的。

1943 年 7 月 5 日刊出的朱光潜著《我与文学及其他》广告词说：

  这个集子收集文学论文十四篇。说是论文，可不是搬弄理论，辑录成说的一类。作者谈他怎样跟文学打交道，经历怎样的甘苦，得到怎样的领悟，尝味怎样的愉悦；深广的学识，超脱的胸襟，浓厚的同情，融合而为亲切有味、引人入胜的文字，其中大部分涉及诗。一切好的文学跟艺术本来都是诗，当然从广义方面说，要在文学跟艺术的天地间回旋，从诗入手，植根更深。读者读这个集子，宛如跟作者促膝而坐，听他娓娓清谈，而跟随作者从诗的基点看文艺，所见必将更为深广。

又如朱光潜《文艺心理学》广告词：

　　这是专门研究文艺理论的书籍。作者丢开一切哲学的成见把文艺的创造和欣赏当作心理的事实去研究，从实事中归纳得许多可以适用于文艺批评的原理。它的对象是文艺的创造和欣赏，它的观点大致是心理学的，所以叫作《文艺心理学》。

再如朱光潜等编的《近代英美散文选》的广告词：

　　作者根据多年的教学经验，精选散文二十五篇，从哈代起到当代英美作家止：内容不限于文艺，政论、自然科学文字、社会科学文字都有。适合于大学和高中高年级英语教学之用。每篇之后附有作者小传和注释，对于教学自修，都极有帮助。①

　　朱先生说，广告词上的这些"实在"的话，是对我早年的几部拙著向社会宣传的最初的介绍文字。

　　恰巧当天《人民日报》发表了叶老纪念夏丏尊先生的一篇短文，他们顺此又谈起了立达学园时的一些老友。

　　叶老得知朱先生正在校阅新译的维柯《新科学》一书，说他还是这么勤奋，劝他多休息，别累着。朱先生兴致勃勃地向叶老介绍自己每天的活动表：晨 7 时前到未名湖一带散步，约一小时，早饭后工作；下午看书报或接待来访；5 时散步，三刻钟，回来晚饭；晚上看看电视，不工作。至善说，朱先生的

---

① 以上所引广告词均见《叶圣陶集》第 18 卷。

1982 年 4 月 23 日，朱光潜（左）与叶圣陶（右）喝酒

生活、工作一向有规律，老习惯，抗战时在四川时环境那么乱也生活有序，像钟摆一样。朱先生发现我随身带了相机，叫我替他们拍照。叶老说，他和孟实这么老的朋友了，合影的机会真不多，过去总以为来日方长，有的是机会，很多事就这么错过去了。

在朱师母准备晚餐收拾时，朱先生领叶老去门口自家小花圃里走走。旁边有座地震棚，朱先生告诉叶老，1976 年唐山大地震时，他在里面住了半个月。朱先生家住一楼，地震当晚亦被惊醒，但未受损伤。当即在户外空地搭棚居住，住了半个多月，他曾在给章道衡的一封信中说："住棚生活颇有少时在雨天搭夜行船风味，平静生活中偶有些小波澜亦难得也。"叶老告诉我们，朱先生和夫人地震前进城来看过他。叶老在 1976 年 2 月 9 日的日记中有记载："朱光潜和夫人奚今吾来访，特馈浙江某地之黄酒一瓶，其情可感。"

晚饭朱先生家准备了不少菜，朱师母忙上忙下，朱先生请叶老喝一种上好的桂花酒，朱先生、他的大女婿姚秀琛、至善和我喝英国白兰地。叶老带了一只自家做的酱鸭,他将大腿搛给朱先生,问他味道好不好,朱先生只是点头。朱先生突然告诉叶老,1979 年在四次文代会期间,黄源有次来看他,并叫他老师,他很感动。黄源是朱光潜在上海立达学园时的第一批学生,"关系甚好"。朱先生次年在一篇文章中说:"现在主持浙江省文联的黄源同志,他以研究鲁迅闻名,在文化界做过不少工作。黄源同志和我阔别几十年之后,去年在文代会上重逢,还亲热地称我为'老师',其实他自己也已七十六岁了,我比他还够不上'十年以长'。他叫我'老师',我既感到惭愧,又感到欢喜,这是一个老园丁的至上酬劳。"朱先生就此说到交友。他说,记不住别人对自己的帮助容易,一时记住别人的帮助不难,长久能记住却很难。我过去主张知己不止一个,现在想来古人说的"人生得一知己足矣"这句话也不是没有几分道理的。朱先生向至善敬酒,问:"满子今天怎么没来?"夏满子是夏丏尊的小女儿。至善说:"她想来看您,但腿脚不好,叫我代她向您问候。"朱先生说:"我们老了,你们也上了年纪。抗战期间,你和满子在四川乐山喜结良缘,我还是你们的证婚人,那天喝了不少,痛快。"问至善记得不记得,至善点点头说记得,并说:"那天恰巧是您四十二岁生日,我们也为庆贺您多喝了几杯。"

朱先生谈兴正浓,当晚比平日多喝了两杯,他端起空杯看看,还想喝,朱师母说不能喝了,将酒杯拿走。朱先生只好向叶老苦笑。叶老说:"没关系,明年春天再聚。来我家看海棠花。"

叶老在返途的车子上,嘱叶至善再查实一下开明出版的朱先生那几部书的广告词是否出于自己的手,他说记得是自己写的,但当时刊出时未署名,而同他在一起做编辑的徐调孚先生也写了许多。我知道叶老在这类事情上是极为认真的。1984 年我为《文汇报》写《书山偶涉》专栏,首篇《最早评价〈子夜〉的文章》中引用了《中学生》杂志上一则介绍茅盾《子夜》的广告词,文章说:"这很可能出自开明书店的主要编辑,也是《中学生》的主要编辑叶圣陶之手。"叶老看到这篇文章后,对我说:"《子夜》的广告词,不一定是我写的,很可能是徐调孚先生写的。"并叮嘱我,在写另篇文章时顺便说清楚这件事。

2004 年夏,我去看叶至善,他即将脱稿《父亲长长的一生》。至善办事犹如叶老一般认真,他告诉我,已经查实了,《子夜》的广告词确实是他父亲写的,朱光潜先生的《文艺心理学》《谈美》《文学及其他》等几部开明出的书稿广告词均是叶老写的。叶老为开明出的书写了几百条广告词,现已选择能确定的部分放在《叶圣陶集》中。

叶老很满意这次老友相聚。除在日记中加以记载,1982 年 5 月 20 日又作《酬了一》绝句两首:

> 常惜相逢唯握手,更欣促膝得倾谈。
> 赏心乐事当有记,重访燕园四二三。

> 尊嫂情殷宠锡加,星洲糖果日邦茶。
> 同堂四代分尝到,可想而知欢笑哗。①

叶老书录了这首诗,送我留作纪念,叫我记住"重访燕园四二三"这一天。

1983 年 10 月 28 日,朱光潜先生偕夫人奚今吾进城去向叶圣陶祝寿。我在 11 月 4 日的日记写道:"至善说,叶老很烦别人给他做寿。10 月 28 日,吕叔湘请了开明书店几位老人,王力、朱光潜都去了。"朱先生也曾高兴地告诉我:"叶老 10 月 28 日过生日,我们去了,还拍了照。"并拿出他和叶老的合影给我看。这是朱先生和叶老最后一次愉快的相聚。

明年、后年……永远的春天,在现实中,在企盼中。但今天的事,不一定明天再会发生。

朱先生最后还想再看望一次叶圣老。在叶家大院海棠树下,与叶老再促膝倾谈。岂知叶老几度住院。1984 年、1985 年,每当叶老家庭院里的海棠花

---

① 《叶圣陶集》第 8 卷,第 463 页。

盛开,叶老都不忘从医院里给朱先生捎信,表示歉意,说明年一定相聚。1985年腊月,曾约好朱先生出院后我陪他去看叶老,但他们的这次相见又没有如愿。人老多情,朱先生又在盼着明年的 4 月,叶老也在盼着。1986 年的春天来了,3 月之后就是 4 月,春风已吹起,可朱先生却在 3 月蓦地走了,怀揣着这个未了的心愿走了。1986 年 3 月 5 日朱先生临终时,叶老去医院对老友做了最后的告别。1986 年 6 月,叶老出任《朱光潜全集》顾问并题写了集名,这是他为相处长久的孟实最后做的一件事。

2010 年

朱光潜："年老记忆力特差"

　　一代美学大家朱光潜一生著译甚丰。除自著《文艺心理学》《诗论》《变态心理学》《西方美学史》等,还翻译了古希腊柏拉图《文艺对话集》、意大利克罗齐《美学原理》、德国黑格尔《美学》、德国莱辛《拉奥孔》和德国爱克曼的《歌德谈话录》等多部西方美学名著。

　　1980 年,也就是朱光潜八十三岁时,他开始翻译 18 世纪意大利近代社会科学创始人维柯的《新科学》。《新科学》全书中译本近五十万字。1986 年

美学老人朱光潜壮心不已,治学不倦

5 月《新科学》出版时,中译者没有能亲眼见到它,朱光潜在两个月前已与世长辞,这不能不说是他未了的一大心愿。朱光潜在他体衰多病的晚年日复一日,年复一年,认真地、艰难地译成了《新科学》。他认为,我国科学事业正在日益发展,新起的社会科学研究工作者很有必要阅读这部名著,需要有一个较好的中译本。《新科学》曾被马克思推崇过。这部科学著作讨论的是人类怎样从野蛮动物逐渐演变成文明社会的人,涉及神话、宗教、家族和社会、阶级斗争观点、历史发展观点、语言学与美学的一致性以及形象思维早于抽象思维等一系列重要问题,对近代西方文化和中国美学界有着巨大的影响。书译完后,为了便于读者阅读和理解,朱先生还亲自撰写了众多条注释。1981年夏天,朱先生感到很疲劳。他去江西庐山休息了几天,但他在"休息"时还不忘正在译中的《新科学》。他在 8 月 14 日给我的信中说:"近日天气仍闷热,本月五日回校后即未外出,稍凉时仍续译校改维柯的《新科学》,大约要到明冬才可改定。年老记忆力特差⋯⋯进度极慢。"朱光潜不仅是美学家,还是我国 20 世纪一位资深的教育家。他在 20 世纪 20 年代到欧洲留学。1933 年从法国归来,凭在学习时写的《诗论》一书,被北京大学文学院院长胡适看中,聘请他为北京大学西语系教授。除在北大讲课,他还应清华大学国文系主任朱自清邀请,去清华讲授。北大季羡林教授尊称朱先生为他的"业师",他深情怀念地说:"五十多年前,我在清华大学西洋文学系念书。我那时是二十岁上下。孟实先生是北京大学的教授,在清华大学兼课。年龄三十四五岁吧,他只教一门文艺心理学,实际上就是美学,这是一门选修课。我选了这一门课,认真地听了一年。当时我就感觉到,这一门课非同凡响,是我最满意的一门课。"

朱光潜晚年翻译维柯《新科学》这样内容深奥的著作,许多学者认为能承担起这项翻译工作的,在世没有第二人。朱先生以他渊博的学识和湛深的外语水平,兢兢业业,勤勤恳恳,争分夺秒,锲而不舍,反复校改,历经数载,在他临终前,终于完成了这项艰巨的工作,给后人学子又留下了一份宝贵的财富。

2005 年 12 月 16 日

朱光潜:"由我负责奉酬"

朱光潜是位不倦的爬山人,在翻译西方古典美学名著方面,他不遗余力。1980 年,他在八十三岁高龄之后,又决心翻译 18 世纪启蒙运动著名学者维柯的代表作《新科学》,1986 年辞世前译完。他是扑在《新科学》上而去的。

《新科学》内容广泛而深奥,文字也极为难译。比之他先已译过的柏拉图的《文艺对话集》、莱辛的《拉奥孔》、爱克曼的《歌德谈话录》、黑格尔的《美学》等,他说,翻译《新科学》是"最为吃力了"。钱锺书说:"朱先生很勤奋,年近九十的人了,还在翻译这样的著作,是很费精力的。"季羡林说朱光潜主动挑起翻译这些"号称难活"的著作,"在世没有第二人"。

朱光潜翻译《新科学》艰难,由于记忆力的减退和不时插入的"杂事",他只好断断续续、争分夺秒、锲而不舍、认真勤恳地去逐渐完成。1981 年 4 月23 日,他曾高兴地同我谈起《新科学》译稿已过半,但先译出的部分初译时遗留下来的一些问题,校改时要花很多时间,校改一遍不行,要校改几遍。而本月 27 日他要去承德参加大百科全书编委会,约半个月后,才能接着译《新科学》,他感到时间特别不够用。

朱先生刚着手翻译《新科学》时,就遇到了一次大的"干扰"。1980 年,安徽人民出版社拟出版几本家乡名家的散文随笔集,他们首先想到了朱光潜。朱先生说,自己"是在安徽文化传统和师友提携下哺育起来的",乡情难却,欣然允诺了。考虑到他的时间和精力,朱先生和出版社委托我去编选。朱先生对这个选本很重视,因为他"一直是写通俗文章和读者道家常谈心来的",新中国成立前他写的《给青年的十二封信》《谈美》等曾影响一时,新中国成立后他也写过大量的随笔短文,但从未汇集出版过。朱先生亲自考虑这个选本的篇目,重新校看,甚至连请画家丁聪设计的封面和人像速写也过目,他既写了序言,又看了我写的编后记。在《艺文杂谈》编选过程中,他多次写信约我去北大面谈,他常常是放下《新科学》的译稿,来和我谈。

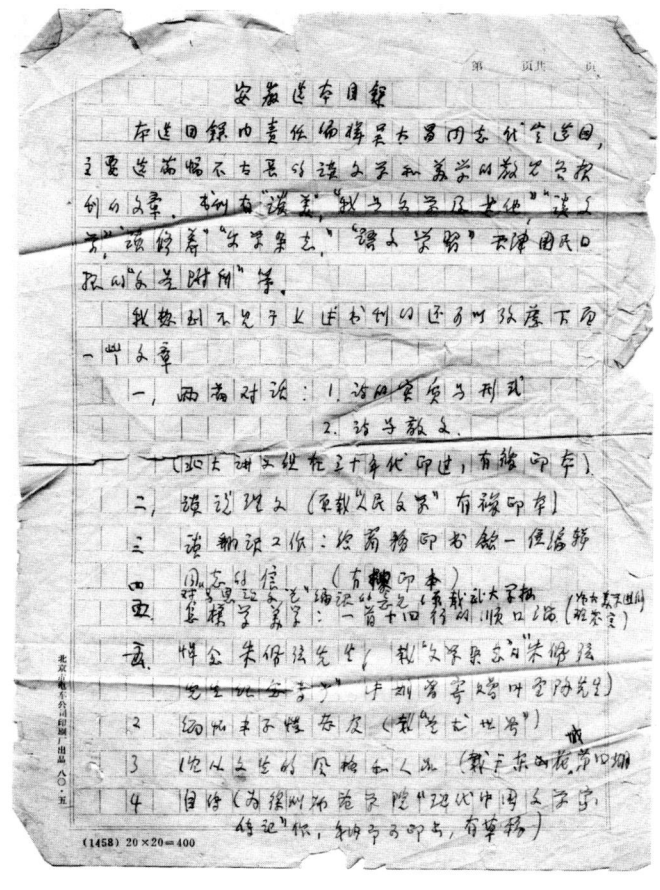

1980 年,朱光潜为《艺文杂谈》初拟的目录

1981 年 11 月初,我在去上海前写信给朱先生,告诉他《艺文杂谈》已付梓,下月可出版。不久我收到他 11 月 9 日给我的复信:"我的寓所正在大翻新中,全家八口都挤住在楼间半小房里,住于斯,饭于斯,睡于斯,实在很狼狈,所以很久没有给您写信……《艺文杂谈》劳您一手搜寻杂稿和负责编辑工作,才可这么快就付印,实铭感无暨,已函安徽人民出版社编辑曾石铃同志照例致酬,如果出版社无先例,那就由我负责奉酬,丁聪同志处也是如此。现校改《新科学》译稿已过半,大约明春可付抄和付印。允从回京后盼详谈。"

丁聪为朱光潜速写的肖像

朱光潜对《艺文杂谈》很满意。他在书的序言中说:"这部选集忠实地记录了我在文学和美学方面摸索道路的过程,不但见出我的思想发展,而且也描绘出我这个人的性格面貌。"他说丁聪设计的封面朴素大方,符合他的心意。看着放在扉页上丁聪速写的他的头像,直笑着说:"这个小丁,这个小丁⋯⋯"当我有次告诉丁聪,朱先生在翻修房子,住处狼狈时还惦记出版社如无先例给我们稿酬,就由他负责奉酬,丁聪听了哈哈大笑,连声说:"这位朱先生,搞了一辈子美学的朱先生⋯⋯"

2007 年 12 月 14 日

走进叶家大院

前不久,我们北大同学相聚,在西城一位同学家里,约定中午 11 时。大家陆续会齐,已近 13 时了,不是交通堵塞,而是他的居处周围新楼耸立,原来熟悉的小道也拓宽了。明明知道那小院在哪里,偏偏就是难以走近它。大家在刺骨的寒风中,深切地感到北京城市的快速变化。

但也有些城市角落变化的痕迹极小,还是我半个世纪前来京时的印象,就像东四一带那十几条胡同里一座座幽深的四合院。

东四八条,是我跑得较勤留下记忆较多的一条胡同。1975 年秋天,《人民文学》杂志复刊,我从河北调回北京,就是先到这家刊物工作,编辑部就在八条一幢小楼里。楼的对面,是一座大宅院。这座四合大院是东城区旧居保护单位,可想它的年头和它主人的名声。这些我从未探询过,至今也不明晰。我只知道 1958 年叶圣陶先生就住在这里。当时我们北大中文系 1955 级同学正在集体编著《中国文学史》《中国小说史》,我参加近现代部分的写作,曾冒昧地写信向叶老请教。叶老很快回了我一封信,约定了时间在东四八条 71 号接见我。后来因叶老临时有事取消了这次接见。但八条 71 号我却牢牢地记住了。当我第一天到人民文学杂志社上班时,自行车刚放下,转身就见到了门牌上的"71",我暗自欣喜。二十年后,我准会有机会见到他——我崇敬的叶老,准会有机会听取他的指教。

新中国成立后,叶老长期担任教育部副部长兼人民教育出版社社长。我有几位师弟在他手下做编辑工作,多次提醒我叶老对编辑出版工作要求极为严格,他的工作作风一贯是严谨、认真。

我带着这点心理准备登门去向叶老求稿了。中国作家协会所属的《文艺报》《人民文学》《诗刊》,在"文化大革命"初期就被迫停刊了。《人民文学》是最早复刊的,中国作协当时尚未恢复,刊物归出版局管辖。编辑人员多半是《人民文学》原班底的,我是原《文艺报》的,又外调了一些人员。在那个年代,在那个特殊的环境里,《人民文学》的复刊,给文艺界带来一些希望。刊物领导动员我们积极组织一些可以亮相的名人的稿件。副主编严文井一再催促我,赶快去向叶老求援。

我勇敢地敲开了大门,径直走向后院。我知道叶老有早起的习惯。最初我多选择清晨上班前去,经常见到的是,叶老戴耳机在听广播,至善在伏案工作。叶老几乎每次都满足我们的请求。我常常带着庭院里的那棵时而茂盛时而光秃的海棠树的印记兴冲冲地跑回编辑部。

1976 年 10 月 24 日,首都人民在天安门举行庆祝粉碎"四人帮"的盛会,我请叶老为刊物写首词。第三天上班时,我就收到他送来的大作,并附了一封给我的信:"泰昌同志:承嘱写稿,勉成《满江红》一阕,今送上请同志们审阅。排版时希望照此式样,校样来时,让我看一下,想都能办到。即请刻安。叶圣陶十月二十九日上午。收到时希来一电话,我处电话号码为四四二四八八。"

读着叶老的这封信,我既感动又不安。感动的是,德高望重的叶老字斟句酌之作,还要"请同志们审阅",足见他对晚辈编辑工作的尊重。"排版时希望照此式样,校样来时,让我看一下",足见叶老办事之认真,为人着想。作为一名合格的编辑,叶老这些要求,理应主动去做的,为什么叶老要强调说明他这些要求"想都能办到",就因为我们曾编发叶老大作时没有做到。

在此之前不久,叶老曾给我一封信,他在这信中说:"刚才接到《人民文学》九月号,看了目录,十页魏作,三十四页晓星作,五十八页拙作,题下都加括弧，内排'诗'字。这三题都标明词牌，是'词'而不是'诗'显然可知。现在看报上文章，听人口头说话，我从而知道有些人已经不分'诗'和'词'了。《人民文学》在目录里这样写，将会推进不分'诗'和'词'的趋势。这好不好，似乎可以考虑。我懒得去查以前各期，不知道以前在目录里对于'词'怎么处理的。还有，三十三页光未然之作是'诗'，目录里没有标明。叶圣陶　十月六日下午。"

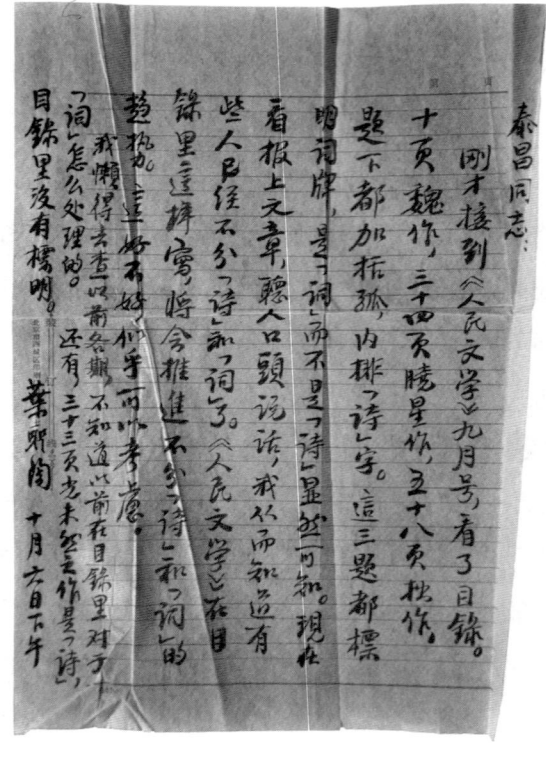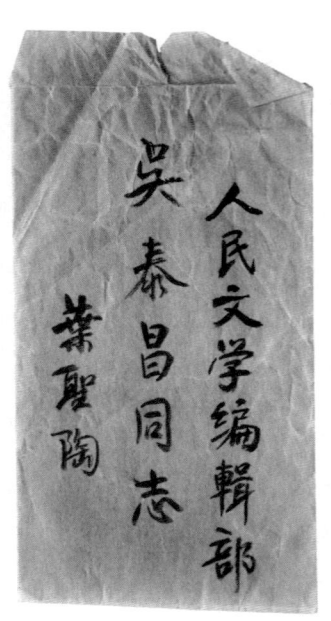

叶圣陶致吴泰昌信

说实话，如果不是我当时已感受叶老为人的大度宽容，对晚辈的爱护，读了他这封信后，我是绝没有脸面再去请他赐稿。叶老自己的作品发表前反复斟酌。1976 年 11 月 1 日上班时，我刚收到他家里人送来的一篇文章，不到一小时，又收到他送来给我的一封短信："拙稿匆促送上，经重新斟酌，有好几个字需要改动。因此，待排样送到时，务希交下，容我自己校毕。不胜盼祷。顺请刻安。叶圣陶　十一月一日上午。"我记住他常说的这句话，写作、编辑，为的就是读者。在日常交谈时，叶老的言语也是十分认真的。有次我听他谈文坛新发生的一些事，我前脚回办公室，刚沏上茶，就收到他派人送来的一封信，告我刚刚他谈的某个情况人名记错了，叫我别再外传。至善长期与叶老生活在一起，他的工作、写作、为人的严谨、认真，深受其父的影响。1983 年，至善、至诚兄弟编辑出版了《叶圣陶散文》(甲集)，校刊之精细不说，内容之丰富令人对散文大家叶老有了更充分新鲜的认识。编者花了很大工夫，查找到了叶老新中国成立前用各种笔名发表的散文有五十多万字，又经叶老本人和编者筛选，甲集里收录了近四十万字。江苏教育出版社出版的多卷本《叶圣陶集》，是叶至善、叶至美、叶至诚编选的，在我阅读近些年各地出版的诸多全集、文集中，我以为《叶圣陶集》至少在注释交代之翔实、说明扼要准确方面是突出的。

　　叶老是位非常念旧、重感情且爱憎分明的长者。他与长篇小说《风雷》的作者陈登科，估计没有太多的往来。但他知道陈登科在"文化大革命"中因《风雷》遭难，这个"难"还殃及该书责编江晓天，非常气愤。1978 年 5 月，登科从安徽来京，要我向叶老代求墨宝。叶老很快就写了《书赠陈登科》："诬指《风雷》是谤书，到今魑魅竟如何？料因皖境新献富，正喜挥毫绰有余。"叶老在当天的日记中点出"新献"系指万里同志。万里时任安徽省委书记。上海魏绍昌先生，是位对文艺史料痴迷的收藏家。20 世纪 70 年代后期，赵丹和白杨书画合作，为他搞了本《红楼梦咏菊诗意图》，赵丹画菊花，白杨录书中诸人之诗。魏先生请京沪文化界一些名人为该"图册"题诗词或跋文。1979 年 5 月，当"图册"传到叶老处，他很快题了诗：

　　　　舞台联璧群称久，文苑交辉我见初。

　　　　老眼晴窗沏一乐，赵丹画与白杨书。

《红楼》分咏菊花诗,诗与其人才性宜。

此是雪芹高手笔,不徒对话耐寻思。

1980年10月10日凌晨,人民艺术家赵丹同志病逝,为了纪念他,文化部、中国文联于10月20日下午在首都剧场举行悼念赵丹同志大会,请叶老出席。叶老时在病中,他执意要去。那天上午至善正好另有会议必须参加,因这个纪念大会也请了我,至善请我陪叶老去。会进行一半时,叶老发烧了,得赶快回家。上车前,叶老还嘱咐我同会议主持人说明,他请假先走了。

1984年,上海《文汇报》曾约我写《书山偶涉》专栏,第一篇我写了《最早评论〈子夜〉的文字》,说的是1933年1月出版的第31号《中学生》杂志的扉页上有一则介绍茅盾《子夜》的提要。我在文中说这则提要很可能出自同是出版《子夜》的开明书店和《中学生》杂志的主要编辑叶圣陶之手。叶老看了拙作后对我说,这则提要可能是徐调孚写的,如查实确是调孚先生写的,叫我以后有机会时更正一下。我告他有文章说他当年看重《子夜》,特意题签。叶老说:"看重是事实,题签也是事实,但特意就未必了,因为当年开明出版的不少书的书名都是我书写的。"

1978年《文艺报》复刊后,我又回到《文艺报》工作。办公地点离叶老家稍远,但骑自行车还顺路。复刊之后的《文艺报》,急需一些有分量的文学大评论。促使我想去请叶老写评论,是因为叶老写过大量的现代名著的评论。最直接的因素是,1962年我的北大同级同学孙幼军出版了童话《小布头奇遇记》,受到叶老赏识,并发表《谈谈〈小布头奇遇记〉》,我决心去试试。当时作家于敏刚出版了长篇小说《第一个回合》,是写新中国成立初期经济恢复时期,东北某个钢铁基地的故事,《文艺报》想评论一下。我向叶老提出这个请求,叶老说现在眼睛越来越不管用,看书报戴了老花眼镜还得加个放大镜。听了他的话,我顿然感到我这个请求太不近情理,虽然叶老当场并未拒绝。回报社谈起,大家都说太难为叶老了,别再催他了。此后我几次去叶家,都不再提及此事。5 月下旬,全国文联在西苑饭店开会,我在大会工作,突然收到叶老通过大会办公室转寄给我的信:"泰昌同志:我参加出外参观学习,未能出席文联的会。你嘱我写《第一个回合》的介绍,已经勉力写成,请驾临我寓取去。为陈登科同志写的字,可以同时取去。下月中旬末回来,届时希望来谈谈,即问近佳。叶圣陶 五月二十六日。"取回介绍《第一个回合》的文章,才知道叶老是从收音机里陆续听完这部小说的,一天半小时,听了三个来月,所以用的题目是《我听了〈第一个回合〉》。文章不短,数千言。叶老对小说中的情节、人物、描述均有细致的分析。可以想见,他每天听半小时,一边听,一边记。为何叶老那般有毅力有热情地评论这部小说呢?他在文中写道:"这部小说写的是国民经济恢复时期,题目叫《第一个回合》,也很有意思。现在,咱们正面临着一个前所未有的更大的回合,这就是实现四个现代化,把咱们中国建设成为伟大的社会主义强国。在这个时候,回顾一下新中国成立后'第一个回合',回顾一下'第一个回合'的胜利是怎么得来的,将会鼓舞咱们的斗志,坚定咱们的信心。所以我几乎逢人就介绍这部小说,现在写这篇文章的目的也在于此。"

叶圣陶寓所

1979 年《文艺报》约请一些作家写创作谈。江苏方之的短篇小说《内奸》荣获 1979 年中国作协评选出的全国优秀短篇小说奖。我清楚他和叶至诚志同道合、私交甚笃，写信给同在南京的至诚，请他们俩分别或联名为我们写一篇。第 10 期《文艺报》发表了方之、叶至诚的《也算经验》。不久，方之因病去世了。听到这个不幸的消息，编辑部叫我物色一位合适的作者写篇纪念文章，我想到了至诚。我写信给至诚，很快他就寄来了《方之的死》。他在随文章同寄给我的信中说："《方之的死》我也以为在《文艺报》上发表的好，与《也算经验》相响应，向读者交代 20 世纪 50 年代初露头角的一位有才华、有良心的青年作者的结局。写这篇短文，心中有一种愤慨，谁说'十七年的文艺路线'完全正确呢？把事实摆出来看看。"《方之的死》在 1980 年第 1 期的《文艺报》刊发后反映很好。这不仅是至诚散文创作中的佳作，也是 1980 年散文创作中的硕果。

　　有次我去叶老家，同他谈起至诚的这篇文章，他说，好文章不在长短，重要的是要有感而发。由此我联想起，叶老的挚友夏丏尊先生 1946 年怀着满腔忧愤去世，叶老写了三百多字的短文：《从此不再听见他的声音》。1988 年，叶老去世后，每当我走进 71 号大院，叶老那洪亮的声音依然在耳边回荡。

　　2014 年

吴泰昌在叶圣陶（左）寓所

记叶圣陶与巴金二三事

一

　　巴金初出茅庐,踏入文坛之时,还是一位不曾引人注目的青年。文学期刊的编辑适时地向他伸出了热情之手,使他顺利地充满信心地迈开了第一步。

　　1927年至1928年巴金旅居巴黎求学期间,写出了第一部长篇小说《灭亡》。1928年8月,巴金从法国一座小城沙多吉里把它寄回祖国,给当时在上海开明书店门市部工作的友人索非,征求他的意见。索非将这部稿子介绍到影响广泛的《小说月报》。其时,《小说月报》的编者郑振铎赴欧洲游学,临时由同是商务印书馆的编辑叶圣陶、徐调孚接替。叶圣陶和郑振铎同是文学研究会的主干、五四新文学运动时期的活跃人物,当叶圣陶接读《灭亡》原稿时,很为这位陌生的作者高兴,决定尽快刊发,连载四期。该刊1929年4月号(第20卷4月号)叶圣陶在以记者的名义所写的《最后的一页》中说:"巴金君的长篇创作《灭亡》已于本月号刊毕了,曾有好些人来信问巴金君是谁,这使我们也不能知道,他是一位完全不为人认识的作家,从前似也不曾写过小说,然这篇《灭亡》却是很可使我们注意的,其后半部写得尤为紧张。"同年

12 月号(第 20 卷 12 月号)编者又以记者名义写了《最后一页》,再次推荐这部小说,说本卷刊了两部长篇:巴金的《灭亡》和老舍的《二马》,"这两部长著在今年的文坛上很引起读者的注意,也极博得批评者的好感,他们将来当更有受到热烈的评赞的机会的"。

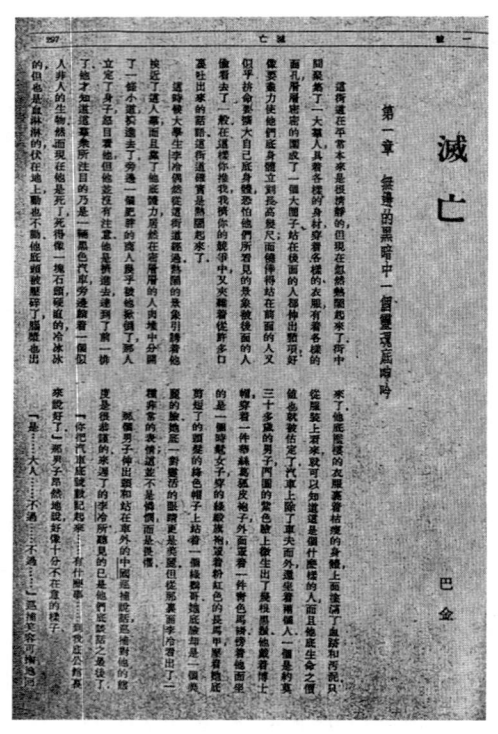

叶圣陶主编的《小说月报》发表了巴金
的第一部长篇小说《灭亡》

《灭亡》在 1929 年 1 月号至 4 月号的《小说月报》上连载了四期,同年 9 月,小说单行本由开明书店出版,二十四岁的巴金开始在文坛上大受瞩目。对此,巴金称"《小说月报》是当时的一种权威杂志,它给我开了路,让我这个不懂文学的人顺利地进入了文坛"(《巴金选集·代序》,四川人民出版社,1996 年)。而此时,据《随想录》中文本记载,巴金"并不认识叶圣老,也不曾跟他通过信"。后来,巴金和叶圣陶虽然见过面,也有过简短的交谈,但叶老说,因长期住在两个城市,见面的机会不多,叙话的机会更不多。叶圣陶现存有一封巴金给他的信,从信的内容推算,写信的时间大约是 1959 年,在信中巴金对叶老扶持之情表达了感激:

圣陶先生:读您的信感到特别亲切,我的旧作现在读起来,实在太不像样,我把它寄给您,不过表示一点感激之情,三十年前我那本拙劣的小说意外地转到您的手里,您过分宽容地看待它,使我能够走上文学的道路。虽然我始终未写出较好的作品来报答您的鼓励,但是我每次翻阅旧作,就想起我从您那里得到的那点温暖,我高兴今天能够向您表示我的感情。敬祝健康。 巴金 五月十三。(《叶圣陶画传》,人民教育出版社,2003 年)

1981 年巴金《致〈十月〉》一文发表,文中又表达了他对叶圣陶知遇之恩的感激:

我在一些不同的场合讲过了我怎样走上文学的道路,在这里,我只想表达我对叶圣陶同志的感激之情,倘使叶圣陶不曾发现我的作品,我可能不会走上文学的道路,做不了作家;也很有可能我早已在贫困中死亡。作为编辑,他发表了不少新作者的处女作,鼓励新人怀着勇气和信心进入文坛。

上文所提"不少新作者",除巴金外,还包括丁玲、胡也频、戴望舒、施蛰存等人,由此,叶圣陶与当年文坛新秀的故事经常为人称道。然而,叶圣陶本人对此并不居功,他在《记我编〈小说月报〉》一文中做了如下回应:

现在经常有人说那两年的《小说月报》影印出来了,大家翻一下目录就会发现,在那二十四期中,新出现的作者并不是很多,就只是人们经常提起的那几位,他们的名字能在读者的心里生根,由于他们开始就认真,以后又不懈地努力,怎么能归功于我呢?

我只是仔细阅读来稿,站在读者的立场上取舍而已。如果稿子可取,又感到有些可以弥补的不足之处,就坦率地提出来跟作者商量,这些是所有的编辑人员都能做到的。还有一点必须说明,那两年的编辑工作是徐调孚兄跟我一同做的。

二

1928 年回国后,巴金在上海定居下来,和索非住在一处,起初是写短篇或翻译向报刊投稿,后来,编辑们就主动向他索要文章了。1931 年,叶圣陶向索非要巴金的稿子,为主编的《妇女杂志》组稿。巴金写了《亚丽安娜》交给索非转过去,很快便又刊出。同年,叶圣陶离开商务印书馆,到开明书店编《中学生》月刊,巴金原是这杂志的撰稿人,也继续为它写稿,但很少有机会见到叶圣陶。1931 年至 1940 年期间,开明书店先后出版了巴金的"激流三部曲"、"爱情三部曲"、中篇小说《死去的太阳》、翻译作品《爱罗先珂童话集》等、散文集《点滴》等以及《巴金短篇小说集》前两集。其间,叶圣陶为《海底梦》《家》以及《巴金短篇小说集》第一、二集分别做了广告。巴金在《我的写作生涯》中这样写道:

> 我尊敬他为"先生",因为他不仅把我送进了文艺界,而且他经常注意我陆续发表的作品,关心我的言行。他不教训,只引路,树立榜样。

在《随想录》中,巴金也提及,回国一段时间后交友增多,约稿也增多,迫使自己常常用文字做应酬,在这个暑期叶圣陶托其朋友索非带口信给巴金,劝其慎重发表文章。《灭亡》出版不久,巴金又写了中篇小说《死去的太阳》投寄给《小说月报》,结果被退了稿。叶老有次谈起这件事,他说,有些研究巴金的著作,说《死去的太阳》是被《小说月报》编辑部退稿的,其实就是我决定退稿的,具体原因记不太清楚了,只觉得这个小说不如《灭亡》的生活内容多,所以退回去建议他加以充实修改。叶老说,当时他和巴金没有什么联系,都是通过他的朋友索非带话。索非说巴金对退稿没有意见,感谢提了这么多修改意见,后来经过巴金认真的较大修改还是由开明书店出版了。叶老说,巴金最初给他的印象就是谦虚。1949 年初北平解放后,叶圣陶辗转取道香港北上,其间还特意向友人打听巴金的消息,对此,巴金回忆如下:

> 1949 年初北平解放,叶圣老他们从香港到了北方,当时那边有人传说我去了台湾,他很着急,写信向黄裳打听,黄裳让我看了他的来信。几个月后我去北平出席第一次全国文代会,我紧紧握着他的手,我们谈得很高兴。

更令人感动的当属"文革"前后两人的相互关怀与鼓励。

"文革"期间,叶圣陶虽也遭难,但不如巴金受磨难多。他时常关心一些老朋友的近况。1973 年 5 月,他经中央统战部安排,去江南参观,要路过上海,想借机去看几位朋友。他听说巴金没问题了,已回家住,急切想去探望,结果还是被"四人帮"阻拦,叶老大为失望。

1977 年 5 月 25 日,《文汇报》发表了巴金的《一封信》,这是粉碎"四人帮"后巴金的第一篇文章,他诉述了自己的遭遇:

> 过去我只能在书中读到的或者听见人讲过的一些事,现在我都亲身经历了;有些事则是过去我想不会有的,而现在我的朋友终于遇到了的,如杀人灭口、借刀杀人之类。十年中间我没有写过一篇文章,只写了无

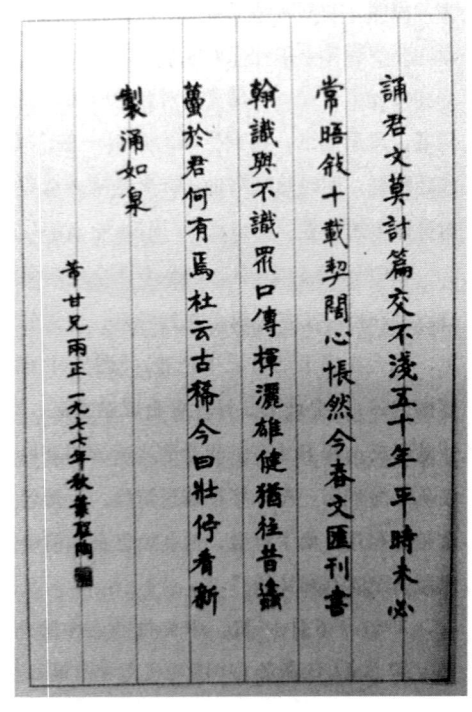

诵君文莫计篇交不浅五十年平时未必
常晤叙十载契阔心怅然今春文汇刊书
翰识与不识罪口传挥洒雄健犹往昔书
蓍于君何有焉杜云古稀今日壮伊看新
制涌如泉

芾甘兄雨正 一九七七年秋叶圣陶 【印】

1977年,叶圣陶书赠巴金古诗手迹

数的"思想汇报",稍微讲了一两句真话,就说你翻案。连在日记本上写了几句简单的记事,也感到十分困难。我常常改了又改,改了再改,而后终于扯去,因为害怕连累别人。我知道我只有隐姓埋名地过日子,让人们忘记,才可以躲开黑帮们的大砍刀。他们用种种的精神折磨和人身侮辱对付我,处心积虑要使我以后永远不能再拿起笔。

叶圣老看到这封信后,即从北京寄赠巴金一首诗,即《赠巴金同志》(又称《巴金兄索书作此赠之》):

诵君文,莫计篇;交不浅,五十年。平时未必常晤叙,十载契阔心怅然。今春《文汇》刊书翰,识与不识众口传:挥洒雄健犹往昔,蜂虿于君何有焉? 杜云古稀今日壮,伫看新制涌如泉。

巴金看到后深受鼓舞与感动,回信表达了内心的感激以及对叶圣陶的关心:

收到您给我写的字,十分感谢。看到您的工整的手迹,仿佛见到您本人;读到您的诗,想起五十年中得您不止一次的鼓励,感到温暖。我珍惜您的片纸只字,也牢记您的一言一语,这些都是对我的鞭策。我不会辜负您的期望,我要学到老,改造到老,写到生命的最后一息。

10 月初我参加上海代表团到京瞻仰主席遗容,但只在旅社住了一夜,而且全是集体行动,没有能去看望您,非常抱歉。

您的眼病大概好了吧,听人说您的听力有些衰退,请您多多保重。祝好!

这一年,叶圣陶 83 岁,巴金 73 岁。

1978 年,两人在人大会场上终于得以相见,巴金也终于如愿登门拜访叶圣陶,送上了一坛好酒。叶至善为两位老人在庭院海棠树旁摄影留念。叶老看着照片说,想不到巴金也满头白发了。

此后,两人见面虽不多,但保持信件往来并相互赠书。1983 年 1 月,巴金给叶圣陶寄赠了《真话集》,叶圣陶在收到书后给巴金写了回信:

巴兄惠鉴:昨日收到寄赠的《真话集》,签名处说明写于病床,观此手迹,遥念不已。七八年夏秋间,我以割胆结石卧床三个多月,以后起身,履地,举步,都像幼儿似的重新学习,渐渐恢复原有能力。此中亦有趣味,不觉得如何难堪。您用牵引法治疗,须卧床六周,想亦不以为甚烦

恼。见病床上能题字,且能撰发言稿,殊感欣慰。书此伸谢,并请 痊
安。叶圣陶 八三年一月六日。

1984 年叶圣陶胆病复发入院开刀,身在上海的巴金闻此特地托友人送花
表达慰问,之后,便有了叶圣陶《巴金托吴泰昌携花问疾作此赠之》,诗曰:

巴金闻我居病房,选赠鲜花烦泰昌;苍兰马蹄莲共囊,插瓶红装兼素
装。对花感深何日忘? 道谢莫表中心藏。知君五月飞扶桑,敬颂此行乐
且康。笔会群彦聚一堂,寿群八十尚南强。归来将降京机场,迎候高轩
蓬门旁。

这一年,叶圣陶 90 岁,已轻易不再动笔,但这首完整的七言专赠巴金。
巴金嘱我送鲜花给在医院的叶圣老时,告他 5 月去日本访问,回来如过北京,
定去看望,所以诗中有"知君五月飞扶桑,敬颂此行乐且康。……归来将降京
机场,迎候高轩蓬门旁"。巴金回国临时决定直接回沪,叶老知道这个讯息,
颇为失望。

1985 年 3 月,巴金到北京参加全国政协会议。巴金 1983 年在政协第六
届全国委员会上和叶圣陶一同当选为全国政协副主席,1983、1984 两年的全
国政协会他因身体原因请假未来京参加,而这次来京一定要先去探访叶圣陶
和冰心。此时,叶圣陶因病正住在北京医院。会议期间,巴金抽空去看望老
友。3 月 27 日上午,我陪巴老去看望了叶圣陶、周扬、沈从文。9 时去北京医
院北楼,先看叶圣老,我在《我亲历的巴金往事》(修订本)(三联书店,2010
年)书中对这两位老人最后一次相见时的场景有过描述:

三年没有进京了,巴金一下飞机刚住定,就说这次想去看看几位老
朋友。他特别提到去探访叶圣老和冰心。3 月 26 日晚,我去叶家告诉至

善巴老明天上午 10 时去北京医院看叶老。至善提前到医院。当巴金到达病房时,叶老已经焦急不安地坐在沙发上等候了。小林、小棠和我陪同。他俩紧紧地互握双手,喜不自禁地相视了好一会儿。巴老先打开话匣子:"叶老,您好! 我们都很想念您。"叶老深情地叮嘱:"您要多加保重!"他招呼巴老在沙发上坐下,然后把早就准备好的一本新近出版的《叶圣陶散文集》(甲集)送给巴金。巴金接过书,认真地翻看了封面和目次,很高兴地说:"叶老,这些年您写了这么多,您要多注意休息。"叶老听了,反而劝巴金:"我写不了什么了,您还年轻,注意身体,多写点。"在叶老眼中,巴老似乎是永远年轻的。至善、小林、小棠和我都坐在一旁,听二老如此亲切愉快地交谈,竟忘了这里原是间病房。

巴老很珍惜这次与叶老的见面,他在《我的责任编辑》中说:

> 愈之走了。叶老还健在,我去年上北京,他正住院,我去医院探望,闲谈间他笑得那样高兴。今天我仿佛还听见他的笑声。分别十几个月,我写字困难,心想他写字也一定困难,就不曾去信问候他。但是我对他的思念并未中断。我祝愿他健康长寿,也相信他一定健康长寿。五月十五日。

叶老晚年不时有病住院,他挂念着巴金的身体。这个时期,我常去上海出差,每次回京去看望叶老时,他总关切地问起巴金的近况,最关心的是巴金的身体,这些问候的细节在他的日记中多有记载。

三

倡议成立中国现代文学馆,是巴老晚年除写作《随想录》外,"最大一件

1981 年 4 月 13 日,巴金(右)探望叶圣陶。(叶至善　摄)

工作"和"最后一件工作"。倡议成立现代文学馆,他思考了很久。他在 1980
年 12 月写的《创作回忆录·关于〈寒夜〉》和《创作回忆录·后记》中透露了
这个想法。1981 年 3 月 12 日《人民日报》副刊发表《创作回忆录·关于〈寒
夜〉》,将他倡议成立中国现代文学馆的想法正式公开了出去。他说:

> 我建议中国作家协会负起责任来创办一所中国现代文学馆,让作家
> 们尽自己的力量帮助它发展。倘使我能够在北京看到这样一所资料馆,
> 这将是我晚年的莫大幸福,我愿意尽最大的努力促成它的出现,这个工
> 作比写五本、十本《创作回忆录》更有意义。……出版这本小书,我有一
> 个愿望:我的声音不论是微弱或者响亮,它是在替中国现代文学馆的出
> 现喝道。让这样一所资料馆早日建立起来!

巴金的这个倡议就如扔下了颗石子,在文坛激起了强烈的回响。病中的茅盾非常赞成这个建议,并表示要把他全部创作资料提供给文学馆。茅公说30年代初创作长篇小说《子夜》,原来的题目叫《夕阳》,讽喻国民党的日趋没落。本以为这部原稿已毁于上海"一·二八"的战火中,后来才发现《夕阳》原稿居然还保存了下来。这部写于半个世纪之前的原稿,还能幸存,他实在感到无限庆幸。他说,文学馆成立的时候,他将把自己全部著作的各种版本,包括《夕阳》在内的原稿,都送由文学馆保存。叶圣陶、冰心、夏衍等也热烈支持。

1981年6月16日,中央批准由中国作协负责建立中国现代文学馆,10月13日成立了中国现代文学馆筹备委员会。1982年4月,北京市批准将万寿寺西院移交给现代文学馆作为临时馆址。在文学馆馆址移交手续办理过程中,有天,筹备会主任孔罗荪找我,叫我为文学馆去办件事。罗荪当时又是《文艺报》主编。他说:"文学馆总算有了个地方,不管是不是临时的,具体事要一件一件抓紧做起来。巴老考虑周到,说请叶圣老题写馆名。这事你去办一下,向叶老说明这是巴金的意思。"罗荪叫我快办,我懂他的意思,叶老毕竟是80多岁高龄的老人了。我当晚去了叶家,向叶老转达了巴金的这个希望,叶老欣然同意。没过两天,叶老家里人打电话叫我去。我一到客厅,叶老说:"你的任务完成了。"他横竖写了两条中国现代文学馆馆名。次日,我将叶老写的馆名交给罗荪,罗荪看了很兴奋,并说当晚给巴老去电话。巴金在1982年8月写的《再说现代文学馆》中,又为尽快落实馆址呼吁,他说:"首先是房子,至今还没有落实,文学馆的招牌早已由88岁老人叶圣陶同志写好,就是找不到地方挂出来。"1985年3月26日,巴金去万寿寺出席中国现代文学馆开馆典礼,他抵达时,特意在文学馆大门口驻足仔细看了悬挂着的叶老题写的馆名。

现在的中国现代文学馆新馆,共ABC三座楼,B座上面悬挂着叶圣陶书写的中国现代文学馆馆名,C座上面悬挂着巴金书写的中国现代文学馆馆名,B与C紧连,中国现代两位文学大师永在!

四

1986 年,叶圣陶和巴金共同的老朋友胡愈之去世,巴金写下了《我的责任编辑》一文,其中详细记述了他与叶圣陶的浓厚友谊,更是表达了自己真挚的感激之情:

> 叶圣老还是我的老师。这样的老师我也有不止一位,而叶圣老还是我的头一本小说的责任编辑。我还说过他是我一生的责任编辑,我的意思是——写作和做人都包括在内。当然我的一切应当由我自己负责,但是我的一举一动、一言一行,我每向前走一步,总要想到我那些朋友,我那些老师,特别是我的"责任编辑",那就是叶圣老,因为他们关心我,我不愿使他们失望,我不能辜负他们对我的信任,我今天还是这样想,还是这样做,还是这样地回忆那些忘不了的往事。

1988 年 2 月 9 日,叶圣陶在北京医院辞世,而这一天恰是农历除夕。出于对巴老身体状况的担忧,不想让巴老过早知道这个消息,我和叶家商量中午特意给巴老拍去了贺节的电报,但巴金还是从新闻中得知了这一噩耗。悲痛之时,巴金听不进家人"该吃年夜饭了"的催促,稍事平静后,他在第一时间亲自与叶至善通话,表示慰问和哀悼。

2 月 18 日,巴金口授唁电如下:

> 病中惊悉叶圣老逝世,不胜哀悼。谨电吊唁,并致慰问。圣老是我一生最敬爱的老师,他以身作则,给我指出为文、为人的道路;他的正直、善良、诚恳的形象,永远活在我的心中。

在 1989 年所作的《怀念振铎》一文中,巴金再一次表达了对叶圣陶的感激与怀念,尤其是叶圣陶对他的影响:

> 今天,他已不在人间了,而我拿笔的机会也已不多,但每一执笔总觉得他在身后看我写些什么,我不敢不认真思考。

2005 年 10 月 17 日,巴金在上海逝世,享年 101 岁。今年恰逢叶老 120 岁诞辰,巴老 110 岁诞辰。

2014 年

叶圣陶:"为俞平伯平反可以更早些"

一

叶圣陶一生,结交众多,但挚友却也是可数的。古人说,人生得一知己足矣,叶老说,最后有几个也就很难得了。我和叶老接触期间,也就是他晚年时期,已八九十岁了,他的好友也多相继过世,甚至更早,如朱自清 1948 年就走了。

在我的印象中,俞平伯(1900~1990)是叶老最后一位重要的挚友。他们之间走动之勤、交谈之多是很多人想象不到的。叶老与俞平伯长期有通信的习惯,在叶老八九十岁期间,他们通信更频繁,叶老说犹如"乒乓之情",你来我往。叶老平日很少保存来信,看了,复了,信也就不留了。唯独对俞平伯的信函保存完整。用大画报纸将这些信及信封贴好或夹好,至善给我看过一本。叶老有次说,俞先生有学问,我爱写信向他讨教;另外俞先生的字写得好,这是我喜爱保存他的来信的另一个原因。

叶至善 2001 年在《叶圣陶集》第 10 卷卷首一张图片下说明:

朱自清逝世已逾二十五年,因俞平伯信上一句话,作者"顿然念之不

吴泰昌在俞平伯(左)三里河家中

可遏,必欲托之于辞以志永怀"。自知思之损眠,而又排之不去,如此者
七日,方得此阕《兰陵王》之初稿;即封寄俞平伯,恳请推敲改易,是为一
月三日。不意越四昼夜,即得俞复函,已于原稿上圈圈点点,一似严师所
批之课卷。如首句"猛悲切"加密点,批曰"笔真情,蓦然而起"。又如
"明灯座,杯劝互殷,君辄沉沉醉凝睇"句加密圈,批曰"可谓神似,昏灯
残酒,如见其人,然其人已千古矣,读竟泫然"。拟改词名则另列一表,供
作者酌取。如是书信来往一月有余,细微处一个字也不放过。如"击桨"
之改定,俞信中去:"'拨',弱;'打',显得粗些;当是'击'。'击桨'或
'击棹'均可,'击桨'与周词'拂水'正同。""周词"指周美成之《兰陵王·
柳》,"拂水"取之于"拂水飘绵送行色"句。作者填此阕所用四声,固以周
律为准则也。二月二日,两位老人家又相约详谈一次,最后又改动数字
方算定稿。共谓"伤逝之同悲,论文之深谊,于此交错,良可记也"。

叶老于1988年除夕上午病逝。晚饭时,至善叫我在他家和他、至诚等家

叶圣陶(左)与俞平伯

人商量叶老后事。至善叫我先别告诉俞先生,让他自然知悉,另《文艺报》绝不要去请他撰文。至善说,俞先生也在病中,经受不起这种刺激,他们之间有65年友情了。

二

1986 年 1 月 20 日,俞平伯所在单位——中国社会科学院文学研究所为纪念他从事学术活动 65 年,召开了庆祝活动。地点在中国社会科学院近代史研究所小礼堂,中国美术馆南对过。出席庆祝会的有俞先生的同事、朋友、学生等方面人士共两百余人。我有幸被邀请参加了。叶老身体不适,没有出席。至善叫我会后有空来家里,谈谈会议的情况。我到会场,在休息室首先见到了王力、吴组缃、王瑶几位北大教授。北大的来人是乘同一部车来的,吴组缃说,今天的会重要,肯定要对平伯老师 1954 年《红楼梦》研究观点遭受的非学术讨论方式的围攻和政治批判进行否定,不仅对他个人,对今后学术界如何真正贯彻"双百"方针都很重要。王瑶会后快上车时对我说,今天院里的讲话中,对俞平伯在现代学术上的贡献评价不足,应该是做出了重要的多方面的贡献。会议开始,俞平伯坐主席台中间,右侧坐的是中国社会科学院院长胡绳,左侧坐的是副院长钱锺书。俞平伯为出席这次会,发言不发言,要发言如何发,谈些什么,等等,可真有点犯难。最后决定把《一九八〇年五月二十六日国际〈红楼梦〉研讨会书》,加上一篇旧作《评〈好了歌〉》一起整理出来,冠以总题,叫作《旧时月色》,作为他的发言。他自己讲了三言两语,至为简单,也都还是写在了纸上在会上逐字宣讲的。《旧时月色》则由外孙韦奈代为宣读。

胡绳以中国社会科学院院长的身份,出席这次庆祝大会并讲话。胡绳话虽简,却颇有分量,也确实道出了正义的心声,故全文录下,供读者阅之:

我代表中国社会科学院祝贺俞平伯先生从事学术活动 65 周年。

俞平伯先生是一位有学术贡献的爱国者。他早年积极参加五四新文化运动,是白话新体诗最早的作者之一,也是有独特风格的散文家。他对中国古典文学的研究,包括对小说、戏曲、诗词的研究,都有许多有价值的、为学术界重视的成果。

俞平伯先生在全国解放前夕,积极参加进步的民主运动,从此,对党是一贯亲近和拥护的。他在全国解放前的二十八年和新中国成立那一年起的三十七年中,在任何环境里都孜孜不倦地从事对人民有益的学术活动和文艺活动,这种精神是值得钦佩的。

早在 20 年代初,俞平伯先生已开始对《红楼梦》进行研究,他在这个领域里的研究具有开拓性的意义。对于他研究的方法和观点,其他研究者提出不同的意见或批评本来是正常的事情。但是 1954 年下半年因《红楼梦》研究而对他进行政治性的围攻,是不正确的。这种做法不符合党对学术艺术所应采取的"双百"方针。《红楼梦》有多大程度的传记性的成分,怎样估价高鹗续写的后四十回,怎样对《红楼梦》作艺术评价,这些都是学术领域内的问题。这类问题只能由学术界自由讨论。我国宪法对这种自由是严格保护的。我们党坚持四项原则。按照四项原则中的人民民主专政原则,党对这类属于人民民主范围内的学术问题不需要,也不应该做出任何"裁决"。1954年的那种做法既在精神上伤害了俞平伯先生,也不利于学术和艺术的发展。接受这一类历史教训,我们要在学术界认真实行"双百"方针,提倡在正常的气氛下进行各种学术问题的自由讨论和辩论,团结一切爱国的、努力从事有益于人民的创造性工作的学术工作者,共同前进,共同追求真理。在纪念俞平伯先生从事学术活动65周年的时候,我想,说一下这个问题是必要的。

俞平伯先生从1953年起在中国科学院文学研究所,也就是现在的中国社会科学院文学研究所工作。他是我们全院同志所尊重的一位老学者。我相信我院和我国的文学研究工作者都会很好地吸收、利用和发展俞平伯先生的一切有价值的研究成果。

俞平伯(右)与叶圣陶在叶老家中关切交谈

敬祝俞平伯先生健康长寿,并且在学术研究上做出更多的贡献。

　　叶老知道了这次会议的大致情况,也知道了胡绳宣读的讲话内容,他没多说什么,只说:会开得是好的,对平伯学术上的评价高低意义不大,俞先生在学术上的成就是大的,历史会做出正确的评价。对他的长期的不公正,今天正式为他平反固然好,但可以更早些,这样做不仅对他个人,而且对整个学术界效果都会更好。这个历史教训不该再发生,相信不会再发生了。

2014 年

叶圣陶:"写得平常"

筹建中国现代文学馆,是巴金晚年最大的心愿。他为之呐喊,多方求援。1981 年 6 月 16 日,中央批准由中国作协负责建立中国现代文学馆,10 月 13 日成立了中国现代文学馆筹备委员会。1982 年 4 月,北京市批准将万寿寺西院移交给现代文学馆作为临时馆址。在文学馆馆址移交手续办理过程中,14 日,筹委会主任孔罗荪找我,叫我为文学馆办件事。罗荪 1978 年从上海市作协调京,任中国作协书记处书记,又同冯牧一起任《文艺报》主编。他说,"文学馆总算有了个地方,不管是不是临时的,具体事要一件一件抓紧做起来。巴老考虑周到,想请叶圣陶老人将馆名先题好。这事你去办一下,向叶圣老说明,这是巴金的意思。"罗荪叫我快办,我明白他的意思,叶老毕竟是八十八岁高龄的老人了。巴金请叶老题写馆名,十分自然。在当时文坛上,叶老是德高望重、年岁最长的五四新文学运动元老,巴金对他十分敬重,每次来京,都要抽空去看望,实在抽不出时间,也要电话问候。1988 年 2 月 18 日,巴金在致叶老亲属的唁电中说:"圣老是我一生最敬爱的老师,他以身作则,给我指出为文、为人的道路;他的正直、善良、诚恳的形象,永远活在我的心中。"

当晚,我去了叶家,向叶老转达了巴金的这个希望。叶老欣然同意,他谦虚地说:"我的字写得不好,挂在那上面行吗?"没过两天,叶老家人给我电话,说叶老把馆名写好了,叫我去取。也就在接到电话的同时,叶老给我的信也到了:"泰昌同志:足下走后,我就磨墨裁纸,把博物馆五个字写了。写得平常,尽不妨弃而不用。总之,我算是不负尊嘱,把这件事办了。即问 刻安 叶圣陶四月十五日午后。"

看了信,我心里一愣,"中国现代文学馆"明明是 7 个字,怎么写成 5 个字?"文学馆"怎么写成了"博物馆"? 4 月 17 日下班后,我去叶家,一进客厅,叶老就说"你的任务完成了"。他拿出横竖两张字给我看,原来并未写错,他叫我一起拿去让罗荪挑选。次日,我将叶老的题字交给罗荪,罗荪看了很兴奋,说当晚就给巴老去电话。巴金在 1982 年 8 月写的《再说现代文学馆》中,再次为尽快落实文学馆固定馆址呼吁。他说:"首先是房子,至今还没有落实,文学馆的招牌早已由八十八岁老人叶圣陶同志写好,就是找不到地方挂出来。"

1985 年 3 月 26 日,中国现代文学馆在万寿寺正式开馆。巴老上午 10 时许亲临文学馆,这是他第一次亲临文学馆。当他乘坐的车子抵达文学馆大门口时,他停下来特意仔细地端详悬挂着的叶老题写的馆名。

叶老题写定的馆名"中国现代文学馆",现高悬在新馆主楼西侧,我每次去馆里,或远或近地都要观看一下。

2005 年 6 月

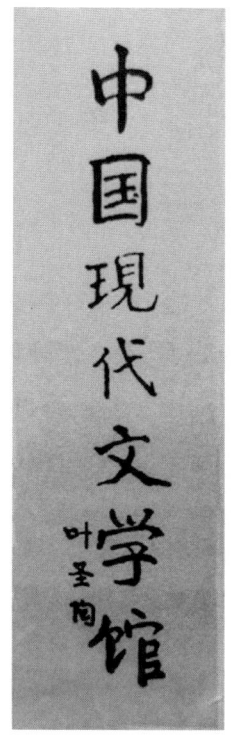

叶圣陶为中国现代文学馆题写的馆名

秋天里的钱锺书

　　我见到钱锺书先生很晚,但记住他的大名并不晚。20 世纪 50 年代中期进入北大中文系,常听到老师在闲谈时称赞他才学惊人,是个了不起的人物。我的老师中,有的是他的同学,有的还是他的师辈,都是成就卓著的名教授,平日是难得佩服他人的。老师们的这些话语,对一个刚刚踏入文学门槛的青年,烙下的印记自然是深深的。

　　对钱锺书先生有了点具体了解,还是在读了他的著作之后。60 年代初,我留校当研究生期间,阅读的选择自由度比本科时大多了。我从校图书馆借阅了钱先生 40 年代出版的几乎全部作品:散文集《写在人生边上》、短篇小说集《人·兽·鬼》、长篇小说《围城》、理论研究集《谈艺录》。1958 年人民文学出版社出版的《宋诗选注》和在 1962 年第 1 期《文学评论》上发表的《通感》,是朱光潜老师推荐给我的"不可不读之作"。记得朱先生说过,《通感》比《谈艺录》好读,只有钱锺书写得出。由于自己的学识阅历的关系,当时不可能深刻把握钱先生著作博大精深的内涵,甚至有时过文字关也颇费力。不过,对钱锺书先生的崇敬,由此在心底切实地升起。

　　我初次见到钱先生和他的夫人杨绛先生是在 1977 年。当时《文艺报》尚未复刊。我在《人民文学》杂志待了一段时间。为了支撑复刊不久的刊物,主编要我们千方百计多约些名家的稿子。我先去求叶圣陶先生。编辑部就在叶老家对面，上班或下班前后，不时去看望他，慢慢与他熟悉起来。我磨到了叶老好几篇大作，叶老还介绍我去向俞平伯先生求援。有一次叶老从开明书店出版的《谈艺录》谈到了钱先生。他问我为什么不去找钱锺书，还有杨绛。我说一直想去拜访他们，听说钱先生正潜心巨制，不愿为报刊赶写应时之作，去了怕碰钉子。叶老听了我的顾虑大笑着说：别怕碰钉子，他们待人很好，钱锺书有学问，人也健谈，拿不到稿子，听他们聊聊也长见识。经叶老的鼓气，我决定贸然去看望钱先生夫妇。

吴泰昌（右）与钱锺书（左）、杨绛夫妇（中）最后一张合影

　　在一个金色秋天的下午，我来到三里河南沙沟他们的新居。来开门的是杨先生，当自我介绍并说明来意后，她微笑着轻声叫我稍等，并很快将我引进客厅。只见客厅东头书桌有人在伏案写作，清瘦的脸，戴一副黑宽边眼镜，我知道这就是钱锺书先生。他抬头见我站立着，连忙起身走过来：欢迎，欢迎！我在客厅西头靠近杨先生书桌的一张沙发上坐下，杨先生给我一杯清茶，钱先生在我正对面的一张转椅上坐下了。客厅宽大、明亮，秋阳投照在一排深黄色的书橱上，色调和谐，给人以温馨的感觉。正当我端杯喝茶时，钱先生突

然起身摆着手大声地说：写文章事今天不谈。碰钉子我已有思想准备，但没想到碰得这么快，这么干脆。还是杨先生观察细腻，见我有点局促，茶杯在手中欲放不下，便主动岔开话题，问我最近到过哪些地方，知道我刚从上海回来，便急切地问：见到巴金先生、柯灵先生没有？他们身体好吗？我将所见所闻一一告知，气氛顿时活跃起来，钱先生的谈兴也上来了。我静心地听他谈，杨先生在一旁也听着，偶尔插话。钱先生关心地问起了阿英先生身后的状况。他那天所谈，主要是中外文学史上一些名著和中国近现代文坛的趣事。跟随他在书海遨游，他的饱学中西，使我大长见识，他的睿智、幽默、诙谐、风趣的谈话，使我获得少有的轻松和愉悦。当室内阳光渐渐黯淡时，我才意识到该告辞了。作为一名编辑，在钱先生面前，初次，不，之后多次，我都是个不称职者，我记不起从他和杨先生那里约到过哪篇大作，但是他们的谈话对我素质修养的提高大有教益，对我具体的编辑业务也有许多宝贵的提示。钱先生未必料到，初次听他谈话时，由于他多次忆及郑振铎先生，我才不忘次年郑先生因公遇难二十周年之际为《文艺报》约请冰心先生写了《追念振铎》一文。事隔多年，还得补谢钱先生、杨先生二位。

初见钱先生之后一年多，与他们没有联系。有时很想再去请教，想到他正忙于《管锥编》的写作，应酬也日益增多，不忍心打扰他们。没想到体衰多病的钱先生还在惦记我这个晚辈新朋友。1978 年 12 月，我突然接到钱先生的信，信中说："去秋承惠过快晤，后来，听说您身体不好，极念。我年老多病，渐渐体贴到生病的味道，不像年轻时缺乏切身境界，对朋友健康不甚关心。奉劝注意劳逸结合，虽然是句空话，心情是郑重的。"钱先生的这句"空话"，却沉甸甸地流入我心底。虽然读到他的信时我已康愈，但这迟到的问候却给了我持久的温暖。钱先生和杨先生，平日极少交游，却笃于情谊。每次见到他们，总询问一些老友的安康，连小字辈也不放过，李健吾先生幼女和我在同一单位，她的工作、生活近况，时时是他们问起的话题。今春以来，我身体一直不好，可能钱先生他们又听说了。有次与杨先生通话，请她代向钱先生致候,正要放电话时,杨先生却说:"锺书要和你说话。"钱先生在电话中关照我:"注意身体,别丢了笔。"我只说了声:"谢谢!"还能说些什么呢!钱先生和杨先生性格各异,杨先生对人的亲切,初识就能明显感受到,而钱先生待人的亲切初识也不难细心体验到,他们挂念着许多前辈、同辈、晚辈朋友,他们也为许多前辈、同辈、晚辈朋友挂念着。

十多年来,我同钱先生夫妇有着不间断的往来。不频繁,也不稀疏。或书信,或电话,或登门,在春天,在夏天,在秋天,在冬天。最初想去看他们,都

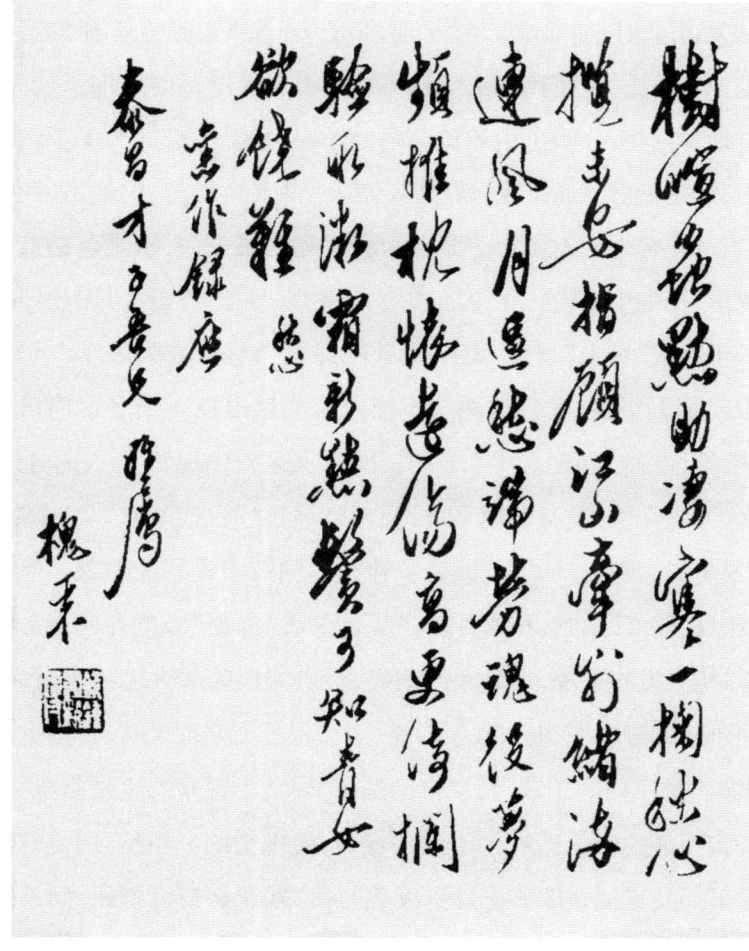

1980 年,吴泰昌喜获钱锺书墨宝

是先写信预约。记得 1979 年 5 月,钱先生访美归来,我写信去,没几天就收到他的回信,告正集中"总结","暂勿枉驾,以免相左"。之后,每次去看钱先生,都是电话同杨先生约,有时也有突然造访的。时间一般在他们午休之后,有次我去西城开会,想起钱先生正在病中,午饭后去看望他。上楼时,发现才下午 2 点,他们还在休息,便冒雨转身返回报社了。

仅有一次,我是明知钱先生不情愿而硬着头皮前往的。1985 年,当时任中国新闻社香港分社记者的林湄小姐来北京,很想采访钱先生。林小姐在香港和北京采访过大陆不少文坛名将,唯独没有机会见钱先生。她知道钱先生不愿接受记者采访,便托我帮忙。我将她的希望在电话中转告了钱先生,钱先生警觉地说:这不分明是引蛇出洞吗? 谢谢她的好意,这次免了。林小姐见难而上,非见不可。逼得我只好建议她采用"突然袭击"的战术,我怕钱先生生气,当场让客人下不了台。原以为会先见到杨先生,求她疏通疏通。在我的印象里,杨先生比钱先生更随和更好通融。偏不巧,开门先见到的是钱先生。关于这次"突击",林小姐以《"瓮中捉鳖"记》为题发表了专访。不妨抄录一段:"那天下午,我们这两个不速之客突然出现在钱老家门口。一见面,钱老哈哈地说:'泰昌,你没有引蛇出洞,又来瓮中捉鳖了……' 他见我是个陌生人,又是女性,没有再说下去,便客气地招呼我们就座。说来奇怪,一见之下,钱老的这两句,一下了改变了他在我脑海中设想的形象。他并非那样冷傲,相反是如此幽默,和蔼可亲。"我是这场"捉鳖"戏的目睹者。林小姐单刀直入,抢先发起进攻,平时大声谈笑、旁若无人的钱先生用沉默来抵挡,在林小姐不断的进攻下,他出现了窘态,最后只好无奈而又认真地一一回答。关于《围城》,林小姐问:"钱老,您自己是留学生,小说写的也是留学生,那么小说里一定有您的影子!"钱先生说:"没有,是虚构的。当然,那要看你对虚构做何理解。我在另一部书里曾引康德的话'知识必自经验始,而不尽自经验出',说那句话也可以应用在文艺创作想象上。我认为这应该是评论家的常识。"《围城》中主人公读过叔本华的著作,林记者借此又问:"钱老,您对哲学有精深研究，您认为叔本华的悲观论可取吗？"钱先生微笑中又带几分严肃地回答："人既然活着，就本能地要活得更好，更有意义。从这点说，悲观也不完全可取。但是，懂得悲观的人，至少可以说他是对生活有感受、发出疑问的人。有人混混沌沌，嘻嘻哈哈，也许还意识不到人生有可悲的方面呢。"

这台"捉鳖"戏演了近一小时，此外还有不少精彩的答问。告别时，钱先生关照林小姐，若要发表他的所谈，务必先寄给他看看。据知，林小姐写的这篇专访，是在钱先生过目认可后才发表的。事后我也没有听到过钱先生对这次被"捉"的任何不快的话。这次采访的顺利，给我触动不少，使我加深了对钱先生为人的了解，更多地看到了他通情达理的一面。

其实，钱先生待人和蔼可亲，处事通情达理，我是早有实际感受的。1980年，我陪香港书评专栏作家黄俊东先生去看望钱先生，记得黄先生也是临时有空，来不及事先与他们相约。也许黄先生的木讷寡言，引起了钱先生的同情，我们一出现在钱宅门口，就受到了钱氏夫妇的礼遇招待。黄先生写过有关钱先生的文章，但他那天纯粹是对仰慕已久的一位大名人的拜望，没有问及任何写作上的问题。彼此心情是松弛的，交谈也是轻松的。临了黄先生提出，想替钱先生夫妇拍照，钱先生欣然同意，并主动提出与在场的人合影留念。这使我感到有点意外。钱先生平素是很不情愿朋友们尤其是新闻界为他拍照的，常开玩笑说，人长得又不好看，有什么可拍的？我当时认识他有两三年了，也才是第一次有机会和他们合影。稍后几年，也就是在他的客厅里，我听他在电话中多次拒绝国内外报纸想为他拍照的请求："人都老了，有什么可照的！"日常生活中的钱先生，在待人接物时，往往呈现出的正是这样不甚和谐的状态：有诚诚恳恳、客客气气的推却，有似乎不近情理的拒绝，有勉强同意的接待，有热情的、兴致勃勃的交谈。不同的人，不同的场合，同一人，在不同的事情上，会受到他不同的接待，自然人们对钱锺书也会产生各种不同的印象。

钱锺书是一位淡漠誉毁的人，古人云："誉不喜而毁不怒。"钱锺书也是人，他不可能对誉毁全然无动于衷。他的人生哲学反对的只是自己不应得到的"过誉""过福"。他常说："福过灾生，誉过谤至——这是辩证法的规律。"适度的称赞他不仅能接受，往往还会引出他的几分得意的微笑。据我对钱先生的粗疏了解，坦率地说，我不认为他能做到"誉不喜而毁不怒"，但至少可以说他做到了"誉不大喜而毁不甚怒"，钱锺书能有毅力地甚或带有某种自我抑制地去坚持这样做，并不比他写出《围城》《谈艺录》等巨著容易。

十三年前，我初次见到钱先生和杨先生，是在金色的秋天。此后几次记忆深刻的交往也多在金色的秋天。我曾请钱先生题词，他为我书写了一首题为《秋心》的旧作律诗，内有一联是："劳魂役梦频推枕，怀远伤高更倚栏。"友人托我请钱先生在画上题字，他写了有关秋菊的两句古语。我发现钱先生对秋天怀有特殊的喜爱。钱先生留给我的高洁而亲切的印象与我对秋天的感觉又那么吻合。我难忘在金色秋天里的钱锺书夫妇。

1990 年 12 月

钱锺书先生的书房

　　从 1977 年起，我每次去三里河看望钱先生，常见到钱先生在客厅里，坐在书桌前伏案工作，或坐在沙发上，与杨先生闲聊。有时杨先生先安顿我，再从里屋叫来钱先生。客厅里除一张大书桌、一副沙发，和杨先生专用的一张小书桌外，还有少量几个书橱里陈放了一些中外辞典一类的工具书。我总以为，钱先生的书房在里屋，有一堆堆中西文、古现代的图书……

　　1980 年 6 月 24 日上午，一个偶然的机会，钱先生引我参观了他的寓所各处，使我目睹了这位大学者的书房。

　　这天早上 8 时，我赶到北京市委党校，听市委领导传达报告。会议场所离钱先生家很近，约 10 点会议休息期间，我偷偷去了钱家。钱先生和杨先生都在，我这位不速之客的到来，使他们有点意外。杨先生急切地问我，从哪里来的，怎么事先也不打个招呼！钱先生笑嘻嘻地说：幸亏我们都在家，本来上午是要出去的，否则你枉驾一趟。

　　平日我去看望他们，多是在下午 3 时以后，若在上午，也是 9 点左右到，11 点以前告辞。这天来时已 10 时半了。钱先生询问了一些我最近的工作情况，是否还吃安眠药，又到什么地方去开会了。他说不久会送我一本新出的旧著。我知道是指人民文学出版社重印的《围城》。前两年，这家出版社就数次来与钱先生洽谈重印《围城》的事，均被他婉言谢绝了。今年年初，钱先生

20 世纪 80 年代，钱锺书在家中

才同意了重印。钱先生说，《围城》自 1947 年初版，1949 年三版后，在国内就没有再印过了。这些年境外盗版颇多，而国内许多读者想看却难以找到。初版时，由于校读草率，留下了不少字句和标点的脱误，趁这次重印的机会，重新校看了一遍，在某些章节也适当地做了一些文字上的修改。钱先生说，这部小说本来他就不很满意，出版后别人的评价他也不甚在意。事隔三十年，海内外居然有不少人想看它，国外一些汉学家翻译了它，有的正在翻译，与其让排印有错讹的本子再被盗印、被翻译流传，不如自己重新校看一遍，重新排印出来，供大家看。想到这点，他还是高兴的。

那天贸然去看钱先生，我还怀有一点私心。赵丹在"文革"期间以《红楼梦》中的人物画了十二幅咏菊图，白杨以诗相配，他们将这本诗画册赠送给了上海书画收藏家魏绍昌先生。绍昌先生在沪请了一些文化名人为这本诗画册题词，他又诚恳地拜托我在北京替他请一些文化名人关照。为此事白杨女士来京开会时又专门约我谈过。我在当时所能求助的前辈中，自然想到了钱先生。早听说钱先生平素不大愿意为人写字题词，我已做好遭拒绝的思想准备。我还有一点私心，也想趁这个机会开口请钱先生为我写几句勉励的话。我带上了绍昌先生留给我的按一定规格制作好的宣纸，和我自己备用的一张日本出的画卡。

我发现时针已过了 11 点。钱先生和杨先生低声说了几句，杨先生就去了厨房。我十分不自信地向钱先生开口，我想如果他不当场拒绝，就将纸留下，先告辞。岂料钱先生听了我的请求后叫我别着急，再坐坐，他说：今天留你吃个便饭，季康去安排了，我们再聊聊。他将宣纸和画卡放在书桌上，即刻在我的画卡上书写了一首 1961 年写的旧诗《秋心》："树喧虫默助凄寒，一掬秋心揽未安。指顾江山牵别绪，流连风月逗忧端。劳魂役梦频推枕，怀远伤高更倚栏。验取微霜新点鬓，可知青女欲饶难。"我接到钱先生为我写的墨宝，非常高兴，连声说谢谢！钱先生说，那张今天不写了，纸先留在这儿。在杨先生叫我们吃饭前一会儿，我胆怯地向钱先生提出希望参观一下他的书房，钱先生愣了一下，看了看他书桌后的两个书柜，笑笑说：好，今天让你开开眼，看看我的书房。他领我去里屋，看了他的卧室、女儿钱瑗的房间，还有一间作为餐室的小房间。每个房间都堆放了一些书，但并不多。十之七八是外文新书，据说大部分是外国友人赠送的，小部分是钱先生和杨先生在香港《广角镜》月刊发表了作品，托该社用稿费在香港订购的。在钱先生的卧室里，有一小堆刚出版的《旧文四篇》，想是准备送人用的。

钱锺书学贯中西，会通古今，博闻强记，他在著作中挥洒自如地旁征博引。据研究者考证，初版《谈艺录》中就引用了上千名文人的话，在《管锥编》中引用了几千名文人的话，提到近万篇作品。一般人都以为他藏书丰厚，今天我实地参观了他的书房，才具体清晰地感受到他惊人的记忆力。在与钱先生杨先生用餐时，我说："别人都说你过目不忘。"钱先生摆摆手，他说："怎么可能做到过目不忘呢？我只是没有藏书的习惯，看了书尽可能将有用的东西用脑子记下来，用手抄下来，万一需要时再去重查。我对自己的著作不断修改，除改正误排的、补充新发现的材料外，也有改正自己发现或别人指出的误

1985 年，钱锺书伏案题写

引或不恰当引用的。"我说："过目不忘你不认可，那说过目难忘总还可以吧。"他还是摆摆手，不做回答。钱先生一生爱读书，读书是他的日常生活，他和夫人杨绛从 1935 年以来共同生活，经历了半个多世纪的悠长岁月，杨先生最了解钱先生的读书生活。她在《干校六记》中曾有过一段生动的描述：

默存过菜园，我指着窝棚说："给咱们这样一个棚，咱们就住下，行吗？"默存认真想了一下说："没有书。"真的，什么物质享受，全都罢得；没有书却不好过日子。他箱子里只有字典、笔记本、碑帖等等。

钱锺书从小就爱书，广泛涉猎，而且十分懂得"书非借不能读也"的道理。钱先生所在单位社科院文学所几位朋友同我谈起，钱先生从所图书室里借得多，还得快。钱先生一直保持着读书做笔记的习惯，杨先生曾对人说过："钱先生有书就赶紧读，读了总做笔记，无数的书在我家流进流出，存留的多是笔记，所以我家没有大量藏书。"

"没有书却不好过日子"——这是杨先生也是钱先生的肺腑之言。

钱锺书在一篇文章里曾写道:"我不喜欢藏书,不断地处理书,虽然经常把看完的书送人,还是堆积得太多了。"

杨先生曾同我谈起钱先生的饮食习惯。她说:"锺书吃食简单素净,但爱吃点虾,小的对虾,每次吃二三段。晚上喝粥吃菜。"而她自己爱吃素食。他们留我午餐那天餐桌上有两样肉蛋之类的菜,杨先生一边替钱先生剥虾,一边指着其中一盘说,多吃点,这是为你做的。几天后,我收到钱先生一封信,他在信中风趣地将留我吃的那顿精致可口的午餐比作吃忆苦饭:"过谈甚畅,而以吃忆苦饭结束,未免扫兴。歉甚,歉甚!"

2017 年

钱锺书："现实社会里的事都是带些缺陷的"

钱锺书是位智慧的学人。一些晚辈在与他的接触中,时时能强烈地感受到他巨大的精神魅力,不仅治学上,思想上、做人上也能获得诸多的开导和启迪。

部队文学评论家陆文虎,长时间怀有热情地从事钱锺书著作的研究,他有过较多机会向钱先生当面求益,他在《谈钱锺书先生的人格与风格》一文中,以自己亲身的经历和感受回忆起钱锺书的人格魅力和道德风范。有次他同我谈起这方面他有过的一次深刻体验,他说,他曾发现有人写了一篇文章讽刺自己,语极刻薄,他想到学术界目前少有批评与争鸣的空气,就将其文收入他当时正在编的一本书中。钱先生知道后很高兴,鼓励他说,欢迎批评的人是有力量的人,一是有实力,批不倒;二是有胸怀,经得起。

1981 年,全国纪念辛亥革命 70 周年之际,我为《人民日报》写了一个小专栏《辛亥文谈》,千把字一篇。想不到这组短文,竟引起了钱先生的关注。他同年 12 月 20 日在给我的信中鼓励我多写些这类文字,"少说套话,多讲实话。"南方一家出版社见到我这组文章,约我再写些,出一本集子。柯灵先生也多次鼓励我多写些此类文字,并为这本尚待续写的集子提前赶写了一篇序文。前辈们的一番心意,增添了我的压力。平日编辑事务就杂,静下心看书写作的时间可数,好在当年还算年轻,常常开夜车赶稿。钱先生早就劝我生

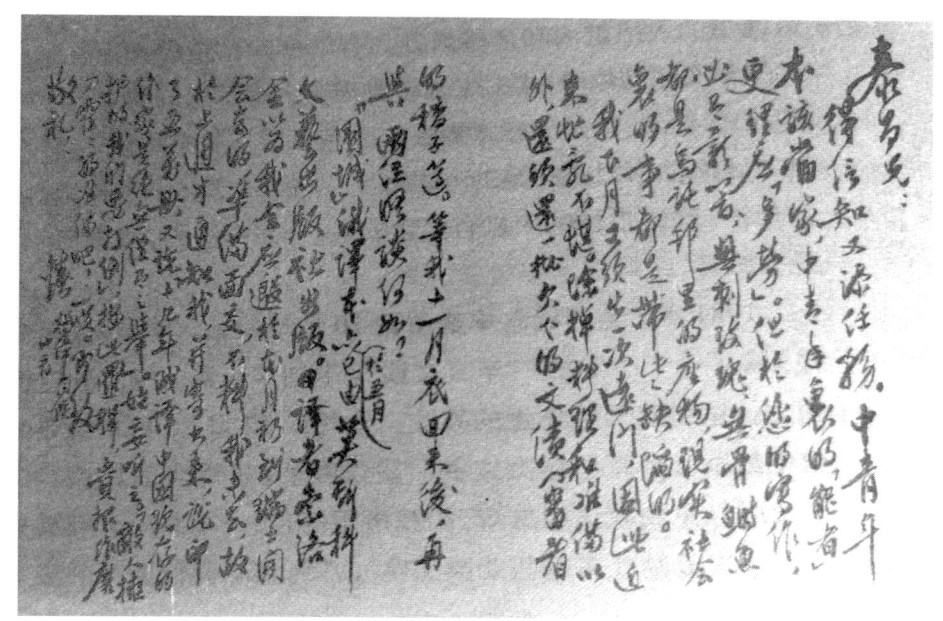

活要有规律,注意劳逸结合。1980 年起,我在单位的工作有点变动,担子比以往加重了,写作的精力和时间更有限,我写信将自己少有时间写作的苦恼告诉了钱先生。很快收到他的回信:

泰昌兄:

　　得信知又添任务。中青年本该当家,中青年里的"能者"更理应"多劳"。但于您的写作,必有影响,无刺玫瑰,无骨鲥鱼都是乌托邦里的产物,现实社会里的事都是带些缺陷的。

……

　　即致

　　敬礼

　　　　　　　　　　　　　钱锺书　杨绛同候　廿三日

我反复阅读揣摩钱先生在信中说的这番带哲理性的话,想起了钱先生自己的一段经历。新中国成立后至 50 年代中期,钱先生先在清华大学外文系任教,后在北京大学文学研究所从事研究,生活安定,精力旺盛,本该是他学术研究和创作丰收的时期,可偏偏这期间他研究、写作成果甚少。为何出现这般状况? 钱先生在 1955 年自填的中国作家协会会员登记表中,在回答“近三年来有何新作”栏目时有过说明:“自 1950 年 7 月起至去年 2 月皆全部从事《毛泽东选集》英译工作(现在尚部分从事此项工作),故无暇爰其他活动。”从这段说明里,我们得知,钱先生在把全部精力投入一项有巨大社会意义和历史价值的工作时,暂时放缓了自己的研究和写作。钱先生的这段过往,使我对他在信中说的这番话有了更深切的理解,明白了不少人生道理,心里也开朗踏实了许多。

2005 年 4 月

周扬书橱中的一本书

1998 年,在周扬同志逝世 8 年之后,王蒙、袁鹰主编出版了《忆周扬》一书。编者分别送了我一本。我断断续续读完了五六十篇关于周扬这位党的思想文化领域的领导人、杰出的马克思主义文艺理论家诸多方面的回忆,增加了我对周扬的敬重与了解,同时,也引起了我与周扬有限接触中的一些回忆。特别是 20 世纪 50 年代末周扬着手修订 1944 年选编出版的《马克思主义与文艺》直至 1984 年才得以出版一事,至今不曾被人忆起,有关他的著作年谱中也不曾提及,作为参与此事全过程者之一,几位朋友劝我应该记下这段史实。

1959 年,北大中文系 55 级同学集体编著《中国文学史》《中国小说史稿》等书将完成时,系主任杨晦教授有一天突然布置给陈素琰和我、赖林嵩等同学一项任务,协助周扬修订 1944 年延安解放社出版的《马克思主义与文艺》一书。周扬当时是中宣部主管文化的副部长,离我们很远,至少我没有和他有过单独的接触,只在 1958 年他来北大作《建立中国自己的马克思主义文艺理论与批评》报告时目睹过他的风采。那天他从上午一直讲到下午,中午饭我们都没吃,所以印象极深。《马克思主义与文艺》是一部较早系统介绍马克思主义文艺基本观点的选本,对我国开展普及马克思主义文艺理论的学习、研究,有开创意义,是我们"文艺概论"课程开列的主要参考书之一,我读过,反复读过。杨晦老师交代，这项任务要认真完成，抓紧安排，有事与周扬的秘书谭小邢直接联系。

不久，周扬在沙滩中宣部他的办公室约见了我们。他详细谈了修订此书的设想。据回忆，有几点是很明确的：一、全书五辑，即意识形态的文艺；文艺的特质；文艺与阶级；无产阶级文艺；作家、批评家。在选辑马克思、恩格斯、普列汉诺夫、列宁、斯大林、高尔基、鲁迅、毛泽东有关论述之前，每一辑写个千把字的提要。他当时举例谈了提要如何写。二、译文和原文从中共中央编译局、人民出版社和人民文学出版社的新版本中选取。三、译文方面有问题，可找中共中央编译局姜椿芳，中国社科院外国文学所陈冰夷、叶水夫。

回来后，由陈素琰负责，我们分工写提要，查找替换新版译文和新版文字。到1960年春天，我们即将毕业分配前夕，大体弄好，将稿子送交给周扬的秘书。毕业分配后，原先参与此事的几位，除陈素琰和我留校，其余的都离开学校了。陈素琰从王瑶教授做现代文学史研究生，我从杨晦教授做文艺理论研究生，这样有关这本书稿的事被指定由我来承担了。记得谭小邢在1960年冬天曾约我去，叫我们把提要再斟酌修改，译文再补充些最新出版的，何时送来等通知。中文系办公室突然通知我，下午3时将书稿送到中宣部周扬处。书稿送出后，我们原以为经周扬看后，很快会出书。岂知，从此没有下文，至今我尚不明白其中的原因。

再见到周扬是在1977年12月25日。《人民文学》杂志社决定28日召开"在京文学工作者座谈会"，主旨是向"文艺黑线专政论"开火。编辑部派我去向周扬汇报此次座谈会的筹备情况，并请他出席讲话。我去万寿路中组部招待所他的住处看望他。他显然有些衰老，谈吐持重，不像1958年初次见到他时那般神采奕奕，口若悬河。他逐一问了请了哪些人出席，当得知有100多位，他笑着说，哪是个座谈会，是个大会。听说会议要开几天，他表示开幕式他不出席，中间安排个时间去，讲不讲再定。30日上午，会议进行第三天，周扬来了，并做了长篇发言。这是周扬1975年恢复自由后第一次在文艺界公开露面,很为社会和文艺界关注。他一开始就说今天能参加这个座谈会,见到这么多老同志老朋友,觉得很幸福,感慨万端。他系统地讲了三个问题:一、怎样评价 30 年代文艺;二、怎样正确评价"17 年的文艺";三、要文化革命,还是要毁灭文化。会后我们加班加点将他的发言记录整理并打印出来,请他改定尽快在刊物上发表。为此我又去了他家。他见着厚厚的一沓打印稿,翻了一下,说:"我那天讲了这么多?"他说是否马上发表,待看了后再说。那天他同我闲谈中,提起《马克思主义与文艺》修订稿事,他还关切地询问起当年参与此事的几位同学的现况,他说:这本书总会有机会出版的。他的这篇发言稿虽经编辑部多次催促,最终周扬决定不发表,他请秘书写信给我,当即我向刊物领导做了汇报。

1978 年,中国作家协会恢复工作后,作家出版社的恢复提到议事日程上来。中国作协秘书长张僖兼任社长,中国文联书记处书记江晓天兼任总编辑,组织上曾一度想将我从《文艺报》社调去任副总编辑,所以我偶有机会参与他们商议近期出书的选题,有次我向江晓天谈起周扬的这本《马克思主义与文艺》修订本,并告他当年就是作家出版社准备出版的,并指定了责编袁榴庄,请他以出版社的名义正式征询周扬的意见。不久江晓天告我周扬同意了,叫我负责此事并直接找他面谈。这样,我又去周扬后来居住的西城一座四合院。

那天周扬情绪很好,他说,他查了,"原来你们整理的书稿'文革'中已损失,这次只好麻烦你重起炉灶。"关于书的修订,他讲了几点:一、每辑的提要不写了;二、译文要用权威出版社的,《毛泽东选集》《鲁迅全集》要用最近出版的;三、封面可以重新设计;四、修订本他不准备重写序言,用原来的,文字他再看一下,内容不动。他强调说,这本书是根据毛泽东同志《在延安文艺座谈会上的讲话》的精神编纂的,毛主席看后肯定过。事隔几年,我才得知毛主席在看了这篇序言后给周扬的信中所说:"你把文艺理论上几个主要问题作了一个简明的历史叙述,借以证明我们今天的文艺方针是正确的,这点很有益处。"①至于序言中提到的人，他说有的后来政治上有了很大的变化，也不动了，那是历史，历史是不能任意改动的。

1983年秋冬，因《文艺报》不放我去作家出版社，我只能在本单位工作之余来完成这本书的修订工作。1984年春节过后，我将代出版社拟的出版说明并书的封面送给周扬审定。他当场看了出版说明，改动了个别字句，封面他认可了，并将1944年初版书上的序言作了个别词语改动的一份复印稿给我。他叮嘱我校对一定要仔细，并告我他很快要去广东参观访问。

《马克思主义与文艺》初版本

1984年10月，样书出来了，第一次印了12000册。我将样书送给正在北京医院住院的周扬，他匆匆翻到了书的版权页，颇有感触地说："这个修订本磨难多年，终于出来了，印数还不少，谢谢你们。"

---

① 《毛泽东书信选集》第228页。

我最后去医院看望周扬是 1985 年 3 月。巴金来京出席全国政协会议，会议期间的一个上午，巴金去北京医院看望周扬和叶圣陶老人。周扬仰躺在病床上，言语吃力，巴老向他问好，他俩紧紧握着手，我替他俩还有李小林拍了一张照片，巴老告辞前，我走近周扬身边，祝他安康，他抓住我的手，轻声嗫嚅地说："谢谢你。"

1989 年 7 月 31 日，周扬离我们而去。次日上午我去他家，为《文艺报》采写新闻，当周扬的女儿周蜜领我走进周扬的书房，我看到在书橱中陈列的一排《马克思主义与文艺》多种版本的图书中，最后一本就是作家出版社1984 年出版的修订本。人去书在，感慨油生。

2000 年

拜见张恨水先生

记忆时而活跃时而沉睡,在某种特定的环境里,受某种因素的挑拨,活跃的记忆会更活跃,沉睡的记忆会苏醒活跃起来。我有这种人生体验。

去年10月,"迎驾文学笔会"安排我们在潜山县停留了两天。除天柱山外,作家同行们话题最多的就是关于通俗小说作家张恨水了。

至于张恨水先生,我曾拜见过一次。虽然已隔40多年,但至今记忆犹新。1958年,北大中文系三年级学生在集体编写《中国文学史》的同时,又着手编写《中国小说史稿》《中国现代文学史》,这几项活动我都参加了。由于写作上的需要,我设法打听到了张老家的住址,并且获知他自1949年中风休养后已逐渐恢复,并开始动笔了。近中午,我从学校坐公共汽车到动物园,步行到西四,四处打听找到砖塔胡同他家那座小四合院,已近3点。好在当年年轻体健,不感觉劳累。张老安静地坐在一张椅子上闭目养神,对贸然造访的不速之客,他没有明显的反应,只睁开眼睛示意请我坐下。我说明来意,想听取他关于章回小说和他自己几部通俗小说的看法,他沉默不语。我以为他在思考,像老师准备给学生讲课一样,但等了长久,他仍是不开口。当我告他我很喜欢读他的《啼笑因缘》,他开口了,他摇摇手说:随意写的东西,不值得你花时间去看。那天在他家待了近两个小时,时光在寂寞中流逝。回到学校,同学问我此行的收获如何,我无言相告,脑子里留存的只是他的沉默和院落的冷清。前些年,我在成都向我的大学同学、戏剧评论家张羽军提到这次拜见恨水先生的事,他笑着说,主要不是因身体不好,他是有顾虑。由此我想到,北京其时正在创办一份普及文学知识的杂志,编辑约我写稿,我曾想写篇谈《啼笑因缘》主题社会意义的文章,编辑说等向领导汇报后再定这个选题,从此未有答复,不了了之。现在回想起来,姜还是老的辣。张恨水毕竟久经沙场,谙知气候的冷暖,什么时候该开口,可动笔;什么时候可开口,该动笔,他心中有数。看来我唯一一次见到张老时他的沉默不语,正赶上不该开口的气候,他有顾虑是正常的。羽军是他的亲侄,对他的了解自然是深刻的。

1958 年,张恨水(右二)与家人在北京寓所

1988 年,第一次张恨水创作研讨会在潜山县召开。我编发的会议综述在《文艺报》发表时,发现学术界对张恨水这位创作数量惊人、社会影响广泛的通俗小说大师的评价正在趋向公允。我想是张老该开口的时候了,遗憾的是,1967 年他早已凄凉辞世。

1994 年我去安庆参加一个会议,应黄梅戏新秀韩再芬的邀请,去她的老家潜山县玩了一天。当地主人热情地陪我去参观刚刚落成的张恨水纪念馆。他们说:天柱山下次再去,这次先去看看张老的纪念馆。这正合我的心意。当时馆藏还不够丰富,但能让人比较全面地了解张恨水创作的一生,观赏到昔日他创作的辉煌。2000 年 10 月再去参观时,馆藏内容就丰富充实多了。老舍对张恨水的评价:"恨水兄就是最重气节、最富正义感、最爱惜羽毛的人。所以,我称为真正的文人。"令人对张恨水先生倍加敬重。在展出的一张照片上,在张恨水的衣服上画了一个箭头,说明:"张恨水身上穿的呢料上衣是毛泽东主席所赠。"据知,这是抗日战争胜利后不久张恨水在重庆时的事。毛泽东托周恩来送给张恨水一件延安自制的蓝呢上衣,同时还送了红枣、小米,张恨水新中国成立后曾穿过这件上衣外出开会。说实话,看到这张照片,联想起我见到张恨水时的情景,油然而生的是欲哭不能的心酸。

人生如潮汐,起起伏伏。有过的辉煌或活跃或沉睡在人们的记忆中。这是我体验到的人生百味中的一"味"。

2001 年

值得怀念的阿英

如果阿英活到今天,他该是跨世纪的文坛百岁老人了。他 77 岁离去,略微早了些。

1938 年 9 月,阿英(右二)在"孤岛"上海
与戏剧家于伶(左一)合影

阿英,即钱杏邨,原名钱德富。阿英是他常用的笔名。他在中国现代文坛活动了半个多世纪。除写作、编著外,他还参与组织过革命文艺发展的许多重要事件,他所做的种种努力是很值得人们记住和怀念的。1942 年 7 月 14 日,阿英举家从上海抵达苏北新四军军部,陈毅军长初次晤见阿英时就高兴地说:"我 10 年前就读你的批评诸著。"1977 年 6 月 28 日,郭沫若抱病参加阿英追悼会,这极可能是郭老最后一次参加文艺界老友的追悼会,在前往八

宝山途中成诗："你是'臭老九'，我是'臭老九'。两个'臭老九'，天长地又久。"

听说在阿英诞辰百年之际，安徽教育出版社将开始出版《阿英全集》。阿英写作兴趣广泛，成果颇丰，除编著翻译外，其创作部分，还有理论批评、诗歌、小说、话剧剧本、电影剧本、日记、杂文、散文、晚清文学和中国美术史研究专著等。《全集》的出版，是极有价值的事，至少为文艺史研究者全面了解评价阿英提供了便利。

夏衍1978年在《忆阿英同志》一文中说："杏邨同志是一个对人和蔼、律己谨严的人。他平易近人，热情诚恳。他善于在各种不同的处境中团结朋友，打击敌人。因此，不论在上海，在江淮、盐阜，在烟台，在大连，在天津，都有一大批文艺、新闻、出版界的朋友团结在他的周围，共同战斗。也正由于他善于团结人，乐于帮助人，凡是和他接近过的人，都把他看作最可信赖的朋友。"夏公和阿英有着半个世纪的友谊。1927年秋，夏衍从日本回到上海，被编入中共上海闸北区第三街道支部，参加的那个小组组长就是钱杏邨。1930年左翼作家联盟成立，鲁迅、钱杏邨、夏衍又同被选为执委会三人常委。不久夏衍和阿英又被党派到上海电影界，成立党的电影领导小组。1937年抗日战争爆发，郭沫若、夏衍、阿英在上海共同创办了《救亡日报》。夏衍对阿英的为人是深知的。

阿英是1926年入党的老党员，在1927年大革命失败后正式投入革命文艺事业洪流。之前，他在家乡安徽芜湖从事党领导的实际革命工作。李克农将军就是和他从小在一起、早年一起参加革命的亲密伙伴之一。1962年李克农病逝后，《人民日报》约请阿英写了《哀悼李克农同志》一文，人们才知道，这位我们党在隐蔽战线上的卓越领导人早年原来也是一位文学青年，在中学时代就写过一篇以鸭子场为背景的短篇小说，发表在上海的刊物上。1928年，李克农还与阿英同在上海革命文学团体太阳社党的支部过着党的生活。阿英署名寒星于1928年出版的1927年日记《流离》中就有当时化名稼轩的李克农的不少记载。

作为长期从事党的文艺工作的组织者,阿英接触过不少圈内圈外的人,他待人热情诚恳,有知识又尊重知识,使他与一些交往过的人结下了深厚的友谊。他和柳亚子先生关系的建立,主要是因为他们对南明历史有同好。上海成为"孤岛"后,阿英以"魏如晦"的笔名编写了历史剧《碧血花》《海国英雄》《杨娥传》等。柳亚子看了一次戏,提出了一些建议和意见,他们便成了几乎每天有信件往来的朋友。1949 年北平解放后,柳亚子到了北平,知道阿英在天津,常来北平,从此两人书信相约频繁。1956 年阿英找回柳亚子 1940 年亲手抄写赠他的一本《左袒集》。《左袒集》是柳亚子 1929～1932 年诗作的一部分,都是怀念共产党人和左翼作家的篇什,当时没有可能发表。时柳亚子先生年高多病,不能提笔。阿英代他选若干首,并作必要的按语,在《新观察》上发表。

阿英和梅兰芳真正的接触是在 1949 年首次中华全国文学艺术工作者代表大会召开之际。梅先生从上海来北平,他俩一见如故。据阿英 7 月 30 日日记:"齐燕铭同志来电话,谈梅先生问题,周副主席要其留下。"齐燕铭当时在周恩来副主席身边工作。周副主席想要梅兰芳不要回上海,留在北平。阿英将周副主席的意思转告了梅先生。8 月 8 日阿英送梅兰芳、周信芳回上海。梅先生 8 月 17 日从上海写信给已回天津的阿英(阿英时任天津市军管会文艺处处长)。阿英后来回想起这件事笑着说:"梅先生给我寄来一个大信袋,有七八封托我转交。除'周恩来先生'一函外,尚有郭沫若、茅盾、周扬、欧阳予倩、田汉、洪深等。"当时周副主席等都在北平,阿英只好一一设法转致。1951 年阿英调到北京,梅先生亦从上海到北京,从此往来不断。阿英成了梅家的好朋友。梅先生的秘书许姬传整理的《梅兰芳舞台艺术生活四十年》一书,成稿前的每章阿英都看过。1961 年梅先生过世后,阿英为中央新闻纪录电影制片厂传记片《梅兰芳》写了剧本。阿英在"文革"逆境中,梅夫人福芝芳给他关心、帮助,尤其在 1975 年冬阿英被发现患晚期肺癌治疗期间。1976

年春节,梅夫人及子女还到阿英临时住处来祝贺生日。1977 年《一代宗师梅兰芳》大型纪念画册出版后,梅先生的家属深为遗憾地说:"梅先生与阿英没有留下一张合影。"

1949 年 11 月,梅兰芳题赠阿英近照

阿英是我国现代著名藏书家。他的所藏以中国近现代文学书籍及报刊最为珍稀。新中国成立后郭老不时到阿英家里来看书、查找资料,或信函托代查找。新中国成立后李一氓长期在国外出任大使,他收藏的词集,其中相当部分是托阿英在北京和各地旧书店收集的。连著名藏书家郑振铎在借资料上与阿英也有来有往。1937 年商务印书馆出版阿英的《晚清小说史》,有着郑振铎的助力。同年上海生活书店出版郑振铎的《晚清文选》,编者在自序中说:"阿英先生和吴文祺先生的帮助,我永远不会忘记。阿英先生收藏晚清的作品最多。很难得的《民报》全份、《国闻报汇编》《黄帝魂》等等,都是从他家里搬来的。"郑振铎建议阿英编辑《晚清戏曲录》,成书出版时又为该书写了长序。阿英对同辈热情相助,对后辈亦然。1958 年北京大学中文系三年级学生集体编著《中国文学史》,系主任杨晦亲自写信介绍我们去看望正在养病的阿英先生。阿英是中国近代文学资料搜集与研究的拓荒者,阿英先生不仅同我们谈了研究近代文学应注意些什么,还送了我们他编的刚出版的有关近代文学的资料集,特别感激的是,他主动将郑振铎送他的《晚清文选》长时间借给我们。杨晦老师后来说,藏书家愿意将这么宝贵的书外借,真没想到。

阿英爱书,眼勤手疾。从他留下的几部日记里可以看出,不管在何种险恶的境遇里,在何种郁闷的时刻,公务再忙,他都坚持看书、读报刊,有用的就抄录下来。保存积累资料、史料,成为他日常的生活习惯。他的这种有心,往往为后人留下了片段的历史真实。1928 年,高尔基曾准备写一部关于中国白色恐怖的书,1960 年苏联高尔基研究机构因在本国找不到这一件事情的档案,托人向阿英打听这个资料的出处。阿英根据 1928 年中国济难会代表从苏联回到上海,在中国济难会传达晤见高尔基谈话时自己的记录加以证实。阿英当时和郁达夫正在为济难会编辑一本公开的文艺性半月刊——《白桦》,所以知道这件事。阿英在 1929 年 12 月 5 日写的故事《高尔基与受难者》中就写了这一段。阿英在《敌后日记》(1941 ~ 1947)中记载了新四军陈毅、粟裕、黄克诚、叶飞、张爱萍、曾山等关心重视文化工作的言行。在《津京日记》(1949)里,记载了新中国成立前夕召开的中华全国文学艺术工作者代表大会筹备、召开过程中,毛泽东、周恩来等党的领导同志对会师的两支文艺大军的高度重视和对文艺界人士的关心等许多感人的场景。

阿英在保存刊印革命文献方面的贡献也是突出的。上海沦陷后,他不顾刀丛的胁迫,受党组织委托,积极传播和保存了毛泽东同志的著作和党的重要革命文献(如方志敏的遗稿等)。1938 年以《西行漫画》(现改名《长征画集》)为书名刊印了黄镇将军(原刊作者误为萧华将军)在长征途中创作的速写二十四幅,这是当时唯一一部亲身参加者创作的反映伟大长征斗争生活的美术作品集。在瞿秋白英勇就义四周年后,1939 年阿英为亡友编撰《瞿秋白全集》共 10 卷,后因时局变故未能问世。但编者搜集瞿秋白遗稿之全为以后编辑出版瞿秋白全集奠定了良好的基础。茅盾 1949 年 12 月 20 日在给阿英的信中说:"最初编制秋白遗作目录实为兄。"

阿英大脑里储存着丰富的有价值的记忆,可惜其生前未能从容地回忆、录记。20 世纪 50 年代后期,电影史家程季华编写《中国电影发展史》,曾多次约请阿英写有关 20 世纪 30 年代党领导电影事业的文字,他因记忆久远一时难以查找史实,怕作为当事人之一的他因回忆有误影响事实真相,所以一直拖延未写。阿英逝世后,1978 年他的老友于伶在《默对遗篇吊阿英》一文中说,从 1927 年 1 月 31 日上海出版的我国第一本电影年鉴《中华影业年鉴》的记载中,他知道"阿英可能是中国共产党人中第一个搞电影的同志了"。

20世纪60年代初，阿英在北京寓所

　　在纪念阿英百年诞辰之际，在回眸他为我国文艺事业做出的多方面业绩之时，我们也为他未能留下一部关于他所经历、所熟悉、所了解的五四新文化运动以来的人与事的较完整回忆录而深为遗憾。

2000 年 1 月

赵朴初:"妙愿圆满"

　　狗年临近了。在辞旧迎新之际,朋友之间忙着通过各种方式相互问候、祝愿。我忆起了赵朴初先生曾给我写的一句祝福的话。

　　赵朴老身居要职,又是著名的文化人,在佛学界、诗歌界、书法界德高望重,我开始同他接触,纯属一种机缘。1978 年,赵朴老出版了《片石集》,这是作者近 30 年来诗词曲创作的一个齐全的集子。中央一家报纸约我写一篇评论文章。文章见报不久,在一次座谈会上,赵朴老见到我,叫我过去,他说:"你文章中提的意见我也正在考虑,诗中用典与如何让读者理解,是需要认真结合好的问题。"他平和谦逊的话语,使我感到很不安,他浓重的安徽乡音使我感到亲近。1977 年 9 月,赵朴老曾书写了一首缅怀周恩来总理的条幅给我。他写道:"1974 年国庆前夕,周总理出席国宴。时总理久病,中外悬念,致辞时声音洪亮,满座宾朋,掌声雷动,经久不息。西园寺公一喜泪盈眶云:总理恢复健康了。又云像这样伟大的总理,世界历史上是少有的。并嘱余即景赋诗。是夕适值中秋,因拈此调为赠:掌声如海如潮涌,翘首听轩音。灯辉国庆月圆寿,万象欣欣。倾杯吐臆,良朋喜泪,成我衷情。愿君长健,观山观海,不厌高深。"1990 年以后,赵朴老身体一直不太好,经常住在医院里,他对同在病中的老友不时挂念。李一氓和他同在一所医院,1990 年岁末一氓老去世后,他得知一氓老生前托我为江苏美术出版社编辑《李一氓藏画选》,曾数次表示关心。1992 年书出版后,出版社在北京人民大会堂举行首发式,赵朴老抱病前往,并热情讲话。他对这位 20 世纪 30 年代相识于上海的老友在诸多方面的业绩是熟知的,但他尤对一氓同志历经艰难为国家保存众多珍贵文物的贡献大为称赏。他说,现在如不及时抢救,保存历史文物,就谈不上继承发扬中华民族文化传统,对子孙后代是没法交代的。当他得知《李一氓藏画选》中录用的数十幅石涛精品一氓老生前已捐给故宫博物院时,就放心了。《李一氓藏画选》中部分佳作一氓老生前又捐赠给了家乡成都博物馆,赵朴老笑着对我说:一氓的乡情很重!

1992 年,赵朴初(右)出席《李一氓藏画选》首发式

赵朴老是位重情义的长者,他的亲情、友情、乡情都很浓。他是书法大家,许多单位和个人求他墨宝,他都尽量满足。就我所知,安徽省马鞍山市当涂县是李白归终之地,青山太白墓、采石太白楼和全椒县吴敬梓纪念馆恳请他题词,他都一一题写了。

作为晚辈,我与他相处能时时领受他的关爱。为不打扰他,多年来,每当岁末我都给他寄贺卡,敬祝他和夫人安康。而每年他都给我寄自制的铅印贺卡,上面还亲笔写几句话,或抄写一首诗近作。1993 年,我给他的贺卡寄迟了,却先收到他的贺卡,他在贺卡上写道:"泰昌同志:新年祝福德日增,妙愿圆满。"

过年时,每人对新的一年多少都各有些"妙愿"的企盼。赵朴老的这句吉言祝自己,也祝惦念中的朋友们。

2006 年 1 月 24 日

赵朴初在我心中

2000 年 5 月 21 日，北京入夏以来难得的晴朗天气。然而，下午 5 时，赵朴初老人却满带着阳光走了！

朴老果真走了？不，他永远活着，在亿万民众心里，在中华民族历史的长河中。

1979 年，赵朴初在北京寓所

我认识朴老，不断受教于他，大约是在 20 世纪 70 年代后期。1978 年，朴老出版了《片石集》，这是作者近三十年来诗词曲创作的一个较齐全的集子。中央一家报纸约我写一篇评论。文章见报不久，在《文艺报》召开的一次座谈会上，我见到他，他叫我走过去，对我说："你提的意见我也正在考虑，诗中用典与如何让读者理解，是需要认真结合好的问题。"他平和谦逊的话语，使我感到很不安，他浓重的安徽乡音使我感到亲近。

在粉碎"四人帮"，拨乱反正的年月，朴老诗兴勃发，佳作迭出，当时发表的似乎不多，相当部分在朋友间流传。有件事我是知晓的。1977 年 8 月，在邓小平被"四人帮"诬蔑后再度复出之际，安徽老画家赖少其精心创作了一幅《万松图》。画家的用意明确，画面是万棵松，其中一棵屹立挺拔，苍劲雄遒，像擎天柱。少其同志想请朴老在画上题诗，托老友彭炎、阮波夫妇将原画送给朴老。心有灵犀一点通，朴老不仅欣赏画作的构思新奇、笔力雄健，而且画面所深含的意蕴，正符合朴老的愿望，于是欣然给该画题诗："着意画万松，天娇如群龙。千山动鳞甲，万壑酬笙钟。中有一松世莫比，似柳三眠复三起。眠压冬云八表昏，起舞春风亿民喜。喧天爆竹是心声，共助松涛争一鸣。枝抒氛霾光觥觥，骨傲霜雪铁铮铮。为梁为栋才难得，老不图安身许国。日月光华华岳高，愿松长葆参天色。"朴老爱用旧体诗形式，但诗意却充溢着鲜活的现实意义和犀利锋芒，具有诗史的价值。1977 年 9 月朴老曾书写了一首他缅怀周总理的条幅给我。他写道："1974 年国庆前夕，周总理出席国宴。时总理久病，中外悬念，致辞时声音洪亮，满座宾朋，掌声雷动，经久不息。西园寺公一喜泪盈眶云：总理恢复健康了。又云：像这样伟大的总理，世界历史上是少有的。并嘱余即景赋诗。是夕适值中秋，因拈此调为赠：掌声如海如潮涌，翘首听雷音。灯辉国庆月圆人寿，万象欣欣。倾杯吐臆，良朋喜泪，成我衷情。愿君长健，观山观海，不厌高深。"

1979 年秋范曾送我一副《梦蝶》。这是画家满意之作。有次我去和平门南小栓胡同看望朴老，将《梦蝶》带去。我不便明说请朴老在画上题诗，但朴老知道我的心思，笑着说：把画留下吧！没几天，朴老秘书电话约我去。一进门朴老夫人陈邦织同志就大声对我说："给你题了，快去看。"画已挂在客厅里，只见朴老在画左上角写了几行清秀的字："方其梦也不知梦，复于梦中占其梦。周欤蝶欤两不知,画者观者皆入梦。入梦为蝶蝶恋花,蝶梦为人恋乌纱。恋花但惜一枝折,若恋乌纱害万家。泰昌同志嘱题戏为绝句二首,一九七七年十一月赵朴初。"当我诵读最末二句时,联想到当时国内政治形势,不禁赞叹朴老"戏为"之妙,"戏为"之绝。

1990 年以后,朴老身体一直不太好,经常住在医院,但他对同在病中的老友不时挂念。李一氓和他同在一所医院,1990 年岁末一氓老去世后,他得知一氓老生前同意我为江苏美术出版社编辑《李一氓藏画选》,曾数次表示关心。1992 年书出版后出版社在北京人民大会堂开首发式,朴老抱病前往,并热情讲话。他对这位 20 世纪 30 年代相识于上海的老友诸多方面业绩是熟知的,但他尤对一氓同志历尽艰难为国家保存众多珍贵文物的贡献大为称赏。他说,现在如不及时抢救,保存历史文物,谈不上继承发扬中华民族文化传统,对子孙后代是没法交代的。当他得知《画选》中录用的数十幅石涛精品一氓生前已捐赠给故宫博物院时,说:"这就放心了。"《画选》中部分佳作一氓生前捐赠给了家乡成都博物馆,朴老笑着对我说:"一氓的乡情很重!"

是的,人情、乡情本是一个善良的人所应具有的感情。没有人情,谈何乡

1996 年初,赵朴初(左)出席一次纪念会,悄悄地
对吴泰昌说:"安徽老家天柱山值得去看看!"

情。其实，赵朴老本身就是一位人情、乡情极厚重的长者。他是书法大家，许多单位和个人求他墨宝，他都尽量满足。安徽省马鞍山市当涂县是李白归终之地，青山太白墓、采石太白楼和全椒县吴敬梓纪念馆恳请他题词，他都一一应允了。

赵朴老身居要职，在宗教界、文化界德高望重。作为晚辈与他相处时能领受到他的关爱。为不打扰他，多年来，每年岁末我都只是寄贺卡，敬祝他和夫人健康。而每年他都给我寄自制的铅印贺卡，上面还亲笔写上几句话，或抄写一首近作。1993 年，给他的贺卡迟寄了，却先收到他的贺卡，他在贺卡上写道："泰昌同志：新年祝福德日增，妙愿圆满。"托他的福，这些年我虽有负于他的祝愿，但还健康地活着。而他，却"福德日增，妙愿圆满"地走了。

朴老没走，在我心中。

2000 年 5 月 22 日

含泪送别沈从文

沈从文先生的遗体告别仪式是我这些年参加过的同类活动中最简单不过的。没有要员,文艺官员也少见,都是他的学生和亲友。每人挑选一枝白色的或紫红色的鲜花轻轻地献在沈老的身旁。沈老生前爱听的外国古典名曲柴可夫斯基《悲怆》的旋律舒缓地在回响。许多人的眼睛里都含有泪珠,但没有人放声大哭。沈夫人张兆和十分冷静,当我走到她的身边,一位亲属抑制不住低声哭泣了,只听她刚毅地说:"别哭,他是不喜欢人哭的。"

兆和是最了解沈老的。也许湘西苗族人生来就讨厌哭泣,也许沈老长年在内心哭泣,眼泪流尽了。当人永远辞世时,他的意愿是应当受到生者充分尊重的。我望了望在鲜花丛中沈老那副安详的面容,紧紧地含住了眼中的泪。

在众多的文学后辈中,我谈不上和沈老熟悉。我知道这位大作家的名字很早,读到和欣赏他的作品也很早,但见到他却很晚,去看望他并随意地进行交谈,更是近十年的事。作为读者,我也不是一个忠实的读者。1983年他送我一套十二卷文集,我珍惜地放在书橱里,其中部分作品至今我尚未拜读。

我满以为能当上沈老的学生,听他讲授中国小说史。我的一位中学语文老师是老北大的,他常讲起北大中文系有沈从文、杨振声、冯文炳几位教授。当1955年我真的成为北大中文系的学生,才知道沈先生和另外两位已离开学校,这很使我失望。记得在初中时读过沈老写水上文学的一篇文章,谈家乡的河流如何启迪了他的文学幻想,我曾多次傍晚落日未尽时去城边姑溪河畔散步,也想河水给自己的心田滋润些灵感。事后多年,当听到汪曾祺得意地谈起在西南联大时如何幸运地听沈老的课,我真有点羡慕甚至忌妒他。

严文井是不轻易开口称赞作家同行的,虽然他是一位正直忠厚的人。不管什么年月,他谈起沈老,都怀着深深的敬意。他特别称赞沈老作品的语言文笔和情调,他常开玩笑颇有几分得意地说:"我虽说不上是沈从文的嫡传弟子,但我开始写小说是受了他很大的影响。"文井责怪我说:"既然你想听沈先生的课,为什么那么老实,不去主动上门求教? 20 世纪 50 年代沈老很寂寞,有时间,单独面谈,比听大课受益多。"

20 世纪 50 年代的中国,还不是信息的社会。大学几年我就不知道打电话,更不习惯于毛遂自荐拜望名人。大学快毕业时,才知道沈老在历史博物馆工作,住在东城一条胡同里。不知从哪里来的印象,我想象他的住宅庭院里准有株高大的槐树。

1963 年,本来有可能见到沈老。那时我已认识了阿英先生,他知道我崇敬沈老。有次我刚踏进他家门,他就乐呵呵地说:"过几天沈从文先生要来看我,你也来,我介绍你认识。"那时阿英先生在故宫筹备纪念曹雪芹逝世 200 周年展览会,文物服饰方面有一些问题要请教沈先生。沈先生正在做中国古代服饰研究,有些资料也要请阿英帮忙,他俩时有来往。我那时住西郊,临时通知困难,我没能赶上在阿英先生家里见到沈先生。不过,我却意外地得到一帧沈先生的墨迹。阿英先生递给我一张小纸片,他笑着说:"这是沈先生前些天留下的便条,你留着吧!"这是一封用毛笔写的短束:"阿英先生,昨托傅杨同志一达,拟特来拜访。顷因得通知,本星期将为突击一新陈列而忙,一连七天,恐都得在馆中库房和陈列室工作,因特来一致歉意。俟将突击工作完成后,当再谋一访请教也。沈从文八日下午二时。"当时我还不懂珍藏名人的手迹。因想见沈老久久不能如愿,看了他的墨迹,觉得和他似乎也亲近了一

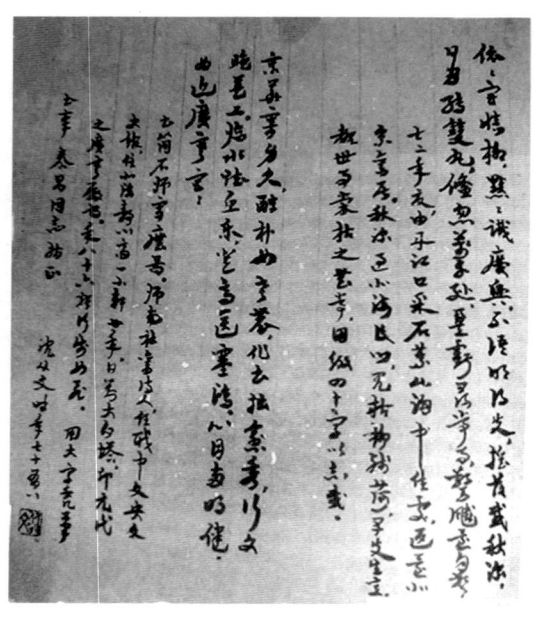

些。我高兴地将它夹入阿英先生送我的一本《晚清文学丛钞》中,想不到,几经波折,前两年居然在书堆中找出了这本书,沈老的信也居然还安然无恙地躺在里面。

我第一次见到沈老,介绍人是沈夫人。1964年春天,我到《文艺报》工作,已听说沈夫人张兆和在《人民文学》杂志社,和我在同一幢大楼里。我认识她,她并不认识我。1965年,我去京郊参加社会主义教育运动,同兆和在一个生产队,开始有了接触。她知道我是安徽老乡,又是北大的,渐渐交谈起来。因工作关系,个把月我能回趟北京。有一次,我正走出村口,她在后面叫我,匆匆地递给我一封信,请我去她家,看望一下沈先生,捎回来一点茶叶。看了信封上的地址,心里一愣,原来沈先生家离我住处很近。当天晚上,在浴室里洗了个痛快澡,就去东堂子胡同沈老家。原以为是座独居的四合院,找到门牌,进了狭窄的小门,才知道是座大杂院。一排排小平房,问了几家,走了很长一段才进了沈老的家。

开门的是一位年轻的姑娘，非常漂亮的姑娘，至今我还弄不清是沈老的外甥女还是侄女，看样子她在陪伴着沈老。沈老看完信后，才想起请我坐。一间不超过 15 平方米的房子，地上堆满了书刊。沈老问我们的伙食怎样，兆和的牙病犯了没有，他说郊区晚上比城里凉，劝我晚上要加件衣服。他知道我也是安徽人后，微笑着说："你们安徽人就是离不了茶。"他说明天去买茶，送给我。我说后天走，走前我来取。在近大半年里，我为了给兆和捎茶叶，去看望沈老两三次。每次他送我到房门口，那位留着长辫子的姑娘送我到大门口。那时我还没有喝茶的习惯，否则我准向兆和要点茶，品尝品尝沈老给她准备的茶叶。那个年代，文艺界已开始明显不安宁了。沈老完全超脱于文坛，我也无心向他请教关于文学的事。我能记住的只是一位和蔼宁静老人略带微笑的面容。

近 10 年我见到沈老的次数比以前多一些。其中一个重要原因，是我尊敬的几位文学前辈和沈老都有着深厚的情谊，他们对沈老的惦念和关切时时感染着我。

1979 年，巴老来北京。一天晚上他先去老诗人臧克家家里，后来从赵堂子胡同 15 号走到附近的小羊宜宾胡同 3 号中国作家协会一所集体住宅看望沈老。院子很深，巴老上台阶，下台阶，跨了两道门槛，在昏暗中走进一间东厢房。事先没约，沈老外出了，沈夫人连声抱歉地说："真不巧，从文晚上很少出去。"房间很小，布满了东西，一个稍宽敞的坐处也没有。巴老同兆和谈了一会儿。从这之后，就常听到巴老对沈老住房情况的询问。

每次见到朱光潜老师，他都要问起沈先生的近况。朱先生出版了新著，怕邮寄丢失或损坏，几次嘱我送给沈先生。有次他要我转送一本《诗论》给沈先生，我说"前不久您送给他了"，他说这本是新到的精装本。这些年，沈先生几乎都在病中，虽然房门上贴了"遵医嘱谢绝会客"的字条，每次我去沈夫人都是欢迎的。大约 5 年前，沈老为我写了一张条幅，兆和来信叫我去取。那时沈老不像后来那样,还能清晰地言谈。我是下午 3 时去的,谈到 4 点多,兆和为我们准备了点心,沈老吃着吃着突然心脏病发作,坐在沙发上,吓慌了我们。兆和忙拿药,又用凉手巾敷在他的额上,等稳定后,我才悄声离去。第二天才知道,当天夜里沈老就住院了。从那之后,我就不大敢去看望他,有时去也是默默地坐一会就走。崇文门三居室比起东堂子胡同斗室来,总算有个狭小拥挤多功能的客厅可以安定地坐下来,即便不谈话,也能从容地观察到沈老神情的变化,他仍然常含微笑,但不总是微笑,有时沉默得有点气愤,有时激动得有点紧张。他虽多年自觉地躲离文坛,但文坛的干扰却不断地烦扰他。

1980 年,一天上午,当时的《诗刊》副主编邵燕祥来电话给我,我顺便谈起马上要去看沈老。燕祥说,正好,请我转告沈老,《诗刊》最近发表了一篇文章,其中谈到沈老解放前写的《记丁玲》一书不真实等等(至今我还不曾拜读过这篇文章)。他说,他们已听到一些反映,请我代他们作点解释。沈老有不

1983 年,吴泰昌(左)前往家中拜访沈从文

同意见请写文章给《诗刊》。我见到沈老，就转告了燕祥的口信。我估计沈老和兆和已看过这篇文章了。沈老沉默不语，神情严肃，严肃中带有几分压抑。这是我从来没有见过的。兆和在一旁连忙激动地说："没有什么好说，没有什么好写。"在这压抑的氛围里，我坐了10分钟。到我自己也感到异常压抑时，我忘了礼貌，也忘了谈事先想请教的问题，突然起身开门离去。我没乘电梯，从5楼急促促地跑下来。

　　1983年，湖南一家文学杂志以醒目的标题发表了朱光潜的《关于沈从文同志的文学成就历史将会重新评价》一文。湖南是沈老的家乡，沈从文的创作当时已在研究界重新估价，发表这篇文章本是很平常的。但由于作者本人的特殊身份，文章中个别提法确有片面之处，文章流传后引起注意，有些不同意见。加上当时文艺界气氛比较紧张，有人认为朱文代表一种思潮，否定现代革命文艺传统。我工作的单位当时就准备发表一篇批评文章，这个任务恰恰落到我的头上，拖延了一阵后，我不得不认真考虑这篇文章如何做。我去朱先生那里问了问该文的写作情况。据朱先生说，是在一次全国政协会上，沈先生说一家出版社要出他一本选集，希望朱先生写篇序。朱先生当时正集中精力翻译维科的《新科学》，身体又不好，但数十年交情的老友提出的这个要求，他绝不能谢绝。而且他长期感觉沈从文的文学成就很有必要重新评价，所以他草就了一篇短文，请沈先生看看是否合适。待沈先生看后，再斟酌定稿。他拿到那期刊物后，重看一遍，发觉个别提法（如海外现在只认定沈从文和老舍）的确不妥。他说他只是希望正确评价沈从文的文学地位，绝不想否定或贬低其他作家的地位，这不符合他对中国现代文学的一贯看法，但他这样引述海外人士的意见，客观上容易造成这种印象，他为此深感不安。那段时间，我在为他编选一本集子，交谈较多，他常常谈到一些作家的成就，如郁达夫、田汉的旧体诗词写得很好，巴金的《随想录》使他想起鲁迅的杂文，作用、价值不能低估。他笑着说："人老了，有时词不达意，文章拿出去之前要多看两遍，这是个教训。"他写的一篇自传，前后有矛盾的地方，我告诉他。他说现在写作思想不像以前集中,写着写着就跑题了。那天谈话,他最关心的是不要因为这篇文章给沈先生带来压力,他说他可以写文章公开自我批评,但不希望影响对沈从文创作正常的评价。我说《文艺报》可能发表不同意见的文章,他说这很好。临走时,他又叮嘱我最近去看望沈先生。过了几天,我去看沈先生。关于朱文的反响他可能已听说了,坐定不久,他就说这篇文章发表给朱先生带来了麻烦,他很不安。他有点激动,激动中有点紧张。兆和把我叫到另一间小屋,说湖南来人要稿子,拿去之前原说暂不发表的。她说沈先生听说报纸要发文章批评,觉得对不起朱先生。我说前些天我去看了朱先生,朱先生知道这事了,他欢迎有不同意见的文章,说给沈先生带来了麻烦,他不安。兆和叹道:"他们俩……"之后,我向《文艺报》领导谈了自己的看法,同意从引用海外人士意见要慎重的角度,指出朱文的不足。我化名写了篇千字文。朱先生、沈先生都看了,不过当时我并没说明是我写的。

1985 年 3 月,巴老来北京参加全国政协会议。刚在北京饭店住定,和冰心通了一次电话,就急切地提出要安排去看望叶圣老、周扬和沈从文。叶圣老和周扬同在北京医院住院。沈老家当时没有电话,我只好先去和兆和打个招呼。兆和听说巴老要到家里来很高兴,沈老言语已不太清楚,他说了句什么,向我点了点头,招了招手。

巴老上午 9 时多离开饭店,正赶上四五级大风,巴老全副武装:黑呢大衣、花格子呢帽子和围巾。车子在宿舍楼大门口停下,小林扶着行动不便的巴老顶着风走了一二百米路。兆和已在楼门口等候,乘电梯到 5 楼。巴老是头一次到沈老新居,他进屋后直奔在客厅等候的沈老。沈老从沙发上站起来,紧紧地握着巴老的手,脸上泛起微笑,舒展的微笑。巴老连声说:"你好,你好!"沈老吐词不清地说:"好,你好!"兆和准备了好几样点心,她一直在忙着招待,一直挂着笑容。两位老友面对面地开始了交谈。巴老说了些问候的话,由于沈老说话不便,嘴唇很吃力地颤动。巴老突然沉默了。在场的人都为两位老友难得相见又不能随意倾谈难受,兆和只好代沈老说了许多话,巴

1988 年 11 月 5 里，沈从文病逝。巴金委托李小林（左一）专程从上海来京向沈先生遗体告别（陈钢　摄）

老仔细地问了沈老饮食健康近况。巴老怕影响沈老休息，待了一个多小时，告别时，他们又紧紧握手，巴老说："下次再来看你，多多保重！"巴老走出房门时，沈老还在招手。兆和送巴老下电梯，汽车开动之后她还顶风站在那里招手。在回住处的途中，巴老说沈老身体、精神都不错，比他想象的要好。

多么希望如巴老所祝愿的那样，沈老的身心愈来愈好。有多少话等待他说，有多少文章等待他写。他却突然走了。望着他安详的遗容，内心震荡的却是长久的不平静。

1988 年 11 月

含笑的艾青

一

1996年5月3日,我见了艾青最后一面。

近中午,艾老夫人高瑛,请人打电话找到我。我知道艾老近日病情严重,急忙买了一束鲜花,赶去北京协和医院。

高瑛大姐疲倦地坐在休息厅的沙发上,她冷静地对我说:"大夫担心他今天熬不过去了。叫你来,最后看一次吧!"护理人员怕引起病人的病情恶化,不同意探视,经高瑛磨口舌,最后准许我在床边站一会儿。

艾老在昏睡,他的心在急速地跳动,如海潮在大起大落。

中午,我陪高瑛大姐在医院对面一家上海饭店用餐。她已多日饮食不正常了。她说艾青生命力顽强,今天准能挺过去。我相信高瑛的话。艾老患冠心病多年,不时住院。前几年有次病危,我从病房看望他出来,被一家电视台拉去采访,颇有点准备后事的架势。不久艾老又缓过来了,又健康地活了几年。1995年3月27日,众多亲朋好友聚集在他家里,为他过了85岁生日,我们举杯祝他长寿,他却笑着说:"你们说了不算,该走的时候就走了。"

5月5日凌晨,电话铃声将我从熟睡中唤醒,我预感到是艾老家里来的:

艾老,凌晨4时15分走了,一个伟大的诗人走了。

我展阅着1991年在北京召开的"艾青作品国际研讨会"期间,他签名送我的一套精装《艾青全集》,凝视着每册卷首张得蒂为他所做的那幅雕像:艾青含着微笑。我在心底里默诵着他在《我爱这土地》这首献给祖国的名篇中写下的诗句:"为什么我的眼里常含着泪水?因为我对这土地爱得深沉!"

艾老很喜欢这句格言:"时间顺流而下,生活逆水行舟。"我见过几位向他求墨宝,他书写的就是这句。联想起艾老坎坷的一生,数次起落的风雨经历,永远乐观的博大胸怀,我明白了这句话的深长意味。

艾老曾赐给我两张墨宝,一张是我求的,另一张是他主动给我写的。两张内容都是这句格言。

1982年,我去苏州参加一个会议,朋友送给我几袋当地名产太仓肉松。回京后我去看望艾老,分送了一些给他。过了一阵,我再去看他,临别时,他说为我写了一幅字。字体依然较大,潇洒遒劲,内容还是那句格言。我欣喜地展阅,发现他把我的名字写成"太仓"。我正发愣时,他风趣地说:"谁叫你让我品尝了美味的太仓肉松!"我明白,他是以这种方式再次提醒我要牢记这句格言的真谛。

艾老话语不多,简短的话语中充满了智慧幽默。有次一位境外记者采访他,要为他拍照,记者正要摁快门时,艾老招招手,叫我过去,让我去问照相人,相机里有没有胶卷。我去问时,弄得这位记者莫名其妙,连声说,胶卷是刚装的,是柯达的好胶卷。事后我才了解,这位记者采访过艾老数次,每次拍照都说回去后寄来,但都没有下文。看来艾老是不喜欢做事有头无尾的作风。

艾青晚年腿脚不便,必须外出参加活动时,他都坐在轮椅上。有次他去北京图书馆出席一位老作家创作生平事迹图片展览开幕式,他的轮椅出现时,人群蜂至,向他问候,拍照的闪光灯交相辉映。艾老叫我们赶快将他转移到一个僻静处,他说:"今天我不是主角,不该这么热闹,人最怕站了不该站的位置。"

1988 年 7 月 12 日,吴泰昌与艾青(前)
出席"冰心文学创作生涯七十年展览"

二

我第一次见到艾老,大约在 20 世纪 70 年代末,他全家住在北京东城区史家胡同一座不大的宅院内,那时我已回到刚刚复刊的《文艺报》工作。

艾老在新疆石河子待了 19 年。回京后,1978 年 4 月 30 日上海《文汇报》发表了他的诗作《红旗》,这是他复出后在报刊上发表的第一篇作品。

艾老家里的客人渐渐多了。除了文学界的,特别是写诗的,美术界的老画家也不少,艾老自己说过:"我在美术界的确有一些交好的朋友。"

艾老是学美术出身的,从小爱好绘画,18 岁考入杭州国立西湖美术学院绘画系，次年经院长林风眠动员去法国学绘画，1932 年 1 月回国。1932 年 5 月在上海参加中国左翼美术家联盟，7 月被捕，在狱中失去了绘画创作条件，开始"借诗思考，回忆，控诉，抗争"。他在牢狱里写了许多诗，名篇《大堰河——我的保姆》就是 1933 年 1 月他在狱中写成的，1934 年第一次以"艾青"为笔名发表的。此后，艾青登上诗坛，他的精神活动主要是写诗。

艾老第二次与美术界发生密切联系，是 1949 年春北平解放之后。他被北京市军事管制委员会下属的文化接管委员会作为军代表派到中央美术学院做接管工作。

当时美院院长是徐悲鸿，院内拥有齐白石等一批名教授，同年 5 月，艾青又参加了第一次中华全国文学艺术工作者代表大会的筹备工作。现在人们只注意到艾青在第一次全国文代会上当选为中华全国文学艺术界联合会全国委员会委员、中华全国文学工作者协会（现在的中国作协）全国委员会委员、中华全国美术工作者协会（现在的中国美协）全国委员会委员，其实，艾青在大会的筹备、召开期间作为美术界的代表人士做了大量的组织、联络工作。他是大会主席团成员，大会诗歌组委员，美术组委员，艺术展览委员会委员，提案委员会委员。1949 年 10 月，新中国成立，《人民文学》创刊，茅盾任主编，他任副主编，从工作上说，他又回到了文学界。

在与美术界朋友的交往中，艾青对齐白石印象是深的。1953 年，他就在《文艺报》上发表了优秀的散文《白石老人》，30 年后他又发表了《忆白石老人》。他在 1980 年发表的散文《母鸡为什么下鸭蛋》中说："我特别高兴的是我有机会欣赏齐白石的画，我从心眼里赞叹他的艺术。"他细致地描述了初见白石老人时的情景："我曾约了沙可夫同志和江丰同志去拜访齐白石。他开始用疑惑的眼光看这几位穿军装戴蓝色袖章的来访者，我为清除他的不安，向他做了自我介绍：'我从 18 岁起就喜欢你的画。''你在哪儿看过我的画？''西湖艺术学院，那时我们的教室里挂着几件你画的册页。''院长是谁？''林风眠。'他才恍然大悟地说：'他喜欢我的画。'他才相信来访者不会找他的麻烦,而且不经要求,就主动地一连画了3张画,送给我们3个人。应该说,给我的是最好的。从此之后,我和他有了友谊。"1980年初,艾老曾一度住在南城北纬饭店,我有一次去看他,他突然问我,喜欢谁的画?我不及回答,他抢着说:"白石老人的画我就是喜欢。"1999年,我在编辑《文艺报创刊50周年图集》时,去向高瑛大姐借艾青与白石老人的合影,在《图集》中,除了选用了艾老与文学界朋友的合影外,特别刊用了他与白石老人的合影,并配有《白石老人》文章的书影,还有艾老夫妇与吴作人夫妇的合影,高瑛见到《图集》后对我说:"这样安排很合艾老的心意,他若见到,会高兴的。"

20世纪50年代,艾青(右)与齐白石合影

三

1987年5月,霍英东先生邀请以萧军为团长的中国作家代表团访问香

港,这是我初次去香港,之后,应马万祺先生的邀请,代表团又访问了澳门,澳门也是我初访。抵达澳门的当天,《澳门日报》友人告诉我,艾青夫妇正在澳门,他们是应澳门文化学会邀请的。好不容易与高瑛联系上了,他们住在新开张的五星级东方酒店,距我们下榻的葡京大酒店有些路程。高瑛说他们很快要回北京,约我次日下午去。

艾老精神很好,忙碌几天,他在静静地休息,眺望着窗外的大海。当时许多国家邀请他去,他均以身体不好为由婉谢了,但他单单选择了到澳门,他说:"我今年 77 岁,属于我的时间不多了,在有生之年,看看澳门这块将要回归祖国的土地。"他说,"你都高兴来,我更该来了。"

艾老在澳门一周,轰动了澳门这个美丽的小岛。媒体天天以显著的位置在介绍他。艾老此行最满意的一件事是《艾青选集》中葡文对照本出版,发行仪式非常隆重,他当场签名了六七十本。他感动地说:"我的诗集,已有法、英、意、瑞典、日、俄、马来西亚、尼泊尔、泰国、朝鲜、世界语等文字的翻译,但是没有像今天这样隆重地举行过仪式,这是第一次。"

高瑛说:"你没有口福,艾老前两天在就餐的一家百年老字号饭店点了一份德国烧猪蹄,极可口,一大盘,足够三四个人吃,你没赶上。"艾老接着说:"你住在葡京大酒店,能观赏这个东方最大的赌场,我们这次没有这个机会了,有点遗憾。"不过,他说,"我有口福,你有眼福,人生有得有失,总是会有遗憾的,谁好事不能都占了。"

四

1992 年,文艺报为纪念"中国左翼作家联盟"成立 50 周年,约请几位老同志写文章,我去艾老家时,已近中午了,当我说明来意,他笑着说:"你怎么找到我? 当年我是'左联'的普通年轻成员。"经我再三恳求,我甚至说:"您是中国作协的副主席,领导能不支持自己的报纸?"他松口了:"不过,现在活着的，我也算老的了。"高瑛说："你别走了，今天陪艾老吃顿便饭，你们饭桌上再聊。"在艾老家我吃过多次饭，不过每次人员不少，今天高瑛只安排艾老和我，她在忙着照料，不时也来。艾老爱吃的家乡金华火腿，自然缺不了，还有熟食凤爪，艾老也挺爱吃。我们喝着黄酒，艾老谈兴渐渐浓起来。艾老说："如果我不参加左翼美联，就不会被捕入狱，没有牢狱生活，就不会写诗，就不会从习画改作诗，成为一个写诗的人，一个老诗人。"他说，绘画对他写诗很有好处，绘画是彩色的诗，诗是文字的绘画，他劝我，在搞文学的同时，也要喜欢点其他艺术形式。他说，我写了一本《诗论》，是从创作实验角度谈的，朱光潜也有一本《诗论》，主要是从学术研究角度谈的，看来，你的这位老师，不仅对中外诗歌有研究，对绘画、音乐等艺术也很有研究。第二天，高瑛给我电话，告诉我艾老文章已经写好，叫我们去取。高瑛特别对我说，艾老大清早为你们赶出来的。

五

艾老晚年常在病中，海内有许多朋友在惦念他，他也在惦念、怀念着朋友们。

1988 年 5 月中旬，我去上海，艾老对我说："若见到巴金，代我问候他，叫他保重身体。"巴老托我带《随想录》赠艾青，巴老在签名的扉页上写道："我长期患病，几年不见您了，请多保重！"

1985 年，艾青失去了两个朋友，6 月胡风逝世，8 月田间也走了。岁末，我去他家，他还沉浸在对老友的思念之中。他说，他正在为《人民日报》写篇怀念他们的文章，田间还不足 70，去得太早了。

艾青 1936 年在上海结识田间。又通过田间结识了胡风。诗情使他们联在一起，成了多年的朋友。20 世纪 70 年代中期，我曾在河北省《河北文艺》杂志工作，田间是我的领导，省革委会文艺组组长，由于我们同是从中国作协出来的,又都是安徽人,他对我各方面关照,相处也随和亲近,他对我谈起过与艾青半个世纪的友谊。

1983年,艾青与诗友合影。前排左起:严辰、冯至、艾青、臧克家、公木。后排左起:白航、晓雪、朱子奇、李瑛、邵燕祥(高瑛 供图)

田间虽在河北工作,1980年后他常在北京家中居住,他曾要我陪他去拜访艾青,约过几次,不是他有事,就是我有事。田间逝世前不久,艾青夫妇曾去友谊医院看望他和同住一个医院的胡风。在路上从司机小霍口中才得知,胡风已于前一天去世了,只见到了田间。事后我去看田间时,他高兴地告我,艾青来过了,艾老在《人民日报》发表的《思念胡风和田间》一文结尾时沉痛地说:"可怕的癌症又夺走了我的两个朋友。"

六

去年夏天,高瑛大姐约我和几位文艺界人士去金华参加一项活动。浙江我去过多处地方,金华没去过。之所以乐意去看这座浙江的历史名城,主要是因为想去艾老家乡,去瞻仰艾老纪念馆。

我去过不少文化名人的家乡,但像艾青在金华那般深入人心的是罕见的。

金华人以家乡出了艾青自豪,在市少年宫举办的纪念活动上,数百名中学生朗诵着艾青的诗。我去参观艾青纪念馆前,先去参观太平天国一处纪念馆,在那里,我突然感到中暑了。陪行人员急忙为我去找药,有人出主意用当地土治法刮痧,说这样见效快。一位中年妇女,知道我是从北京来的,马上又要去参观艾青纪念馆,主动替我刮,疼是疼,但确实立竿见影,人很快轻松起来。我想表示感谢,她却摇摇手说:"不用了,精神好了,赶快去看艾青纪念馆吧!"

我没去过石河子艾青纪念馆,金华的这座纪念馆,规模很大。在宽敞的大厅里,陈列着主要由家属提供的众多珍贵的实物和图片资料,从这里,可以清晰地看到艾青,从这块热土走向全国,走向世界,成为 20 世纪中国乃至世界一位伟大诗人的艰难历程。

参观后,馆长问我有何感想,我本来有点儿话想说,但当我凝视着艾青雕像时,我感到没有什么可说,含笑的艾青永远在诉说……

2001 年

忆念中的诗人郭小川

我的职业,使我有机会浪迹祖国许多地方,大到闻名世界的名山名城,小到地图上不见标记的山湾和村落。有些地方,第一次踏上去也许就成了最后一次的告别。我买过一本地图,喜欢在上面用红笔点出我的足迹。旅行乘火车我爱倚在窗口,面对疾疾掠过眼帘的山峦、绿丛、田野、茅舍……凝思遐想,说不定哪一天我会突然闯入这点点之中。

去上海的火车,过天津西站就拐弯南去了。而这段行程多半是傍晚或夜间通过。远处,一片夺目的火光,把那如墨的夜的空气都烧红了。听说,那片天际下有个大油田,天然气成天白白地在燃烧。每当我接近或远远眺望那块天地时,我的心底总会亮起一片红红的火光。

说不上那个年月是否真有火在燃烧。1975 年 9 月的一天下午,当我从天津乘长途汽车来到叫作团泊洼的地方,已经临近黄昏了。尘土被车轮扰得扬起,与夕阳的余晖混成金色朦胧的一片。

我是在两年之前,从中央文化部湖北咸宁干校,被安排到河北省一家文艺杂志社工作的。荒疏了多年的业务重新上手,我好不积极。这次去秦皇岛组稿,路过天津,一股强烈的看望他的冲动,驱使我跳上了去静海干校的长途汽车。

咸宁干校,1974 年合并到河北省静海文化部另一干校,那里尚有不少待分配的学友。当我走进这座散落在荒滩上的校舍时，一路遇见不少熟人故旧，招呼不断。我出其不意的到来，给地处偏僻的干校冷清的生活带来一点欢愉。我犹如一个冒失的游人，闯进偏远而与世隔绝的山寨，给那些被生活遗忘了的地方，透进了一点生活的气息。

简单地用过晚饭，我便和几位故旧在院子里纳凉，相互之间问候一番，很快感到凉意了。这里离海近，空旷得很，海风无阻地一直吹拂过来。

我是专程来看望他的，他正在接受中央专案组的审查，我已经知道此刻对面那间闪着光亮的屋子里就住着他。

还是一位和我相处较深的熟人摸着了我的心思，快 9 点了，他凑到我身边悄悄地说："去看小川吧，他在，没关系，我们都同他说话。"

被人猜透心思是何等愉快啊！

我高兴即将见到他，快一年不见了，他好吗？我和他——诗人郭小川不能说很熟，我来《文艺报》工作时，他早已离开作协去《人民日报》了。"文革"初期，他被揪回作协机关。1969 年秋天，我们同下干校。一点小小的媒介，使我们没少接近。那就是，他爱下象棋，我也爱。每天下湖劳动往返一二十里地，收工走回连队营房，腿部发僵，晚饭后听完训话，高唱"样板戏"和革命歌曲，不少人便早早躺在床上闲聊，没有消遣的娱乐活动，下棋还得被默许。这个场合，领导与群众，有名与无名的界限就模糊不清了，谁赢谁就是好汉。小川未动棋之前，总说他学会下棋时，我还穿开裆裤，他在《人民日报》胜过多少人，但每次战绩并不佳，却又从不服输。有时他明明输得够惨，却还要说这是有意让我的，或说话走神走错了一步，而又不愿悔棋，否则准赢我。他说得那么认真，逗得在一旁观战的人个个抿嘴直乐。他就是这么一位童心不泯的人，有人说他是一位十八岁的老革命，与他共事多年的人说，他这种性格，在复杂的文艺界使他没少吃苦头。1971 年国庆节前夕，连里一位领导提高了嗓门在叫，越是放假越要绷紧阶级斗争这根弦。早午饭后，雨愈下愈大。小川光着头从前排宿舍跑来找我，一进门就说今天要好好教训我，给我点厉害看看。我们从早午饭后一直下到吃早晚饭，结果他又吹炸了，气鼓鼓地走了，临了还说："今天过节，让你高兴高兴。"我还没来得及高兴，晚上连队点名会上，这事就被当作新动向提出来了。会后，我下山坡去厕所，想在那里蹲蹲，平静一下情绪。小川跟着也来了，他是否也想寻点安静？路滑，我差点摔跤。小川走近了，他小声说："你别怕，我向连里说了，是我找你的，与你没关系。"停了一会儿，他回头又说，"下棋算犯法？什么事！"

1972年秋，郭小川在干校咸宁县城中转站写作

不久他回北京，情况渐好，也开始发表作品了。这在当时寂寞的文苑里很引起人们的注目。大家都为他高兴。他也没忘向阳湖畔的一些学友。我到河北工作后还收到过他几封信，有次在信末还附笔问我是否仍下棋。好景不长，江青蓄意整他，不久宣布第二次专案审查他。他又被带到湖北干校，干校迁徙河北静海时，他路过北京，也不准他停留，可见当时对他的问题，是看得很重的。

眼下，我就要见到他。我推门进屋，他正就着台灯在看书，桌上摊开了新出版的四卷《马恩选集》。猛一见面,他神情有点局促,他已听说我来了,正等我来看他,或许在琢磨我是否有胆量来看他。他见我第一句话就是:这些年没有认真读马列,最近系统地看了一些,大有收获。他从桌边洗脸盆里拿给我一块切得极不规则的西瓜,我吃西瓜时,他点上了一支烟,气氛松弛了下来。听说,这次审查的材料,他早已写完了。好几个月没事,就这么待着。最初因不知道底细,周围的人对他有点距离,慢慢地私下也往来交谈了。当时,在同志们心目中,他依然是名诗人、老干部。他劈头告诉我,他正准备马列辅导课,无非是叫我宽心。他叮嘱我,要好好读马列原著,问我《反杜林论》读过没有。我望着他不回答,心里好笑,我在大学八九年,这种书还少读过?至于是否真正读懂,就难说了。

夜深了,附近屋子里的灯渐次熄灭。后期干校,纪律松散,常在的人不多,一排屋子,没有几间有人,安静得很。秋草丛里虫鸣不已,也许这种过于静谧的气氛,使我们的谈话深入起来。他微笑着,亲切地希望我开诚布公地谈点什么。他已听说毛主席关于电影《创业》有个批示,但知道得不具体,也不准确。我把前几天在北京听到的,尽可能原原本本地告诉了他,还有文艺界新近的一些情况。他有点激动,大胆地流露了对江青的不满。他对江青可能不再管文艺这一消息,抱有乐观的希望。

他谈起了使他再次罹祸的那首长诗《万里长江横渡》的写作发表情况,我耐心地听着。他有时激动得站起来,猛吸香烟。他不住地说,还是鲁迅看得深刻,青年人未必都可信。他希望我理解他的意思。我深深地同情他——他是一位值得信赖而又容易轻信的人。我离开他时,已是半夜了。他吃了几粒安眠药,我祝他睡好。他紧握我的手说,再过几小时天就亮了,他要送我。

第二天早晨,我还未醒过来,他已站在我的床前,请我去他房里用早点。他用饭盒冲了奶粉,水大概是隔夜的,奶粉冲不开,浮在上面的一层,聚成一小团一小团的。真情厚意使他把糖放得太多了,甜得有点发腻。他笑着说:"凑合着吃,反正营养全在里面。"

灰暗的天色。我始终感觉,在离这儿不远处,有成天燃烧着的天然气。也许有了这点感觉,在我的眼中,灰暗的天幕也似乎抹上了一层亮色。正下着浸润的细雨,轻尘不能恣意飞扬了。他出去了一会儿,回来高兴地对我说:"算你有运气,有辆吉普车去廊坊,我和政委说好了,捎你到天津。"他一直陪我到开车,挥着手说:"北京见!"

在"四人帮"刚刚垮台,激动和欢乐还只是暗暗地在一部分人中传递的那段日子里,我在《人民文学》工作,从上海出差回来,在小川的挚友冯牧同志家里,读到他刚刚从河南林县寄来的一封信。从信的字里行间看,他已经嗅到这场伟大胜利的讯息了。他自信,很快就能回到北京。那天也是阴雨天,室内和窗外同样昏暗。主人激动喜悦的心绪感染了我,使我想起了一年前小川的话:"北京见!"也是在这个斗室里,我才得知,由于小川把上次我们在团泊洼的谈话内容告诉了他人,结果被添油加醋上纲上线地端了出来。要不是"四人帮"及时垮台,小川注定要第三次接受审查,后果更难以设想。现在好了,他可以抒发自己的情感和表达自己的意愿了。我迫切地盼望着能在北京早日见到他。然而不久他竟猝然死亡了!我从上海出差赶回来参加小川追悼会。那天到的老同志很多,我伫立在他的遗像前,说不出在崇敬与悲伤中,是否还夹有一丝对他性格中某些弱点不可原宥的抱怨。

1983 年 4 月 20 日

夏衍谈报告文学

　　夏衍同志是文艺界高龄的老人了。一天下午,当我带着北方冬日的寒气,来到医院拜望他时,他正在伏案工作。由于衣着单薄,显得愈加瘦弱。他就着台灯,正在专注地阅改校样。前些天,他的感冒基本好转,于是就忙着为《人民日报》赶写一篇纪念亡友潘汉年同志的文章。也许由于室内暖气过热,给人以冬天里的春天的感觉,我似乎也被感染得年轻了许多。他放下了校样,半晌没说话,面颊微红,流露出激动的神情。

晚年的夏衍

　　今天是约好来请教他有关报告文学创作问题的。近一年来,每当我提出这个要求时,他总是笑着摆摆手谦虚地说,没什么好说的,《包身工》是几十年前写的,也讲得不少了,现在的报告文学创作情况我了解得不多,以后有想法时再说吧!他太忙,对目前报告文学创作情况不如对电影那么熟悉,可能是事实,但说他对报告文学现状毫无了解,那也不是事实。实际上,这几年他戴着老花眼镜,看过不少有影响的报告文学作品。有次谈起报告文学作者,他一口气提到徐迟、刘宾雁、黄宗英、柯岩、理山、陈祖芬等一串名字。有天清晨,我见他坐在床上,在看《人民文学》上发表的黄宗英的《橘》。他说,《橘》中写的那位柑橘专家是他同乡,见过一面,想不到为了社会主义祖国的科学事业,还会遇到这么大的阻力!

今天他再也无法用笑来打发我了。1936 年,生活书店请傅东华编了一本《文学百题》,目录中有《什么是报告文学?》一题,编者注明:阙,作者沈端先。我跟夏公开玩笑说,这笔债你欠了四十多年,该还了。他说,那篇文章本来是打算写的,而且答应了这个编者,后来事情一忙,忘记了,于是编者就在目录上写上了一个"阙"字。写《包身工》之前,他只写过几篇"类似"报告文学的报道、速写之类,现在,是想写也心有余而力不足了。他说:"写报告文学,要花脑力劳动,还要花体力劳动,要跑现场,一次,两次,三次,要听,要看,要问,要核对,你看我的身体还行吗?"他对报告文学创作的一些想法,零星地散见在他的《〈包身工〉余话》和新中国成立后《包身工》新版序文中。他说,这几年的报告文学形势很好,和小说、戏剧一样,有突进的发展,引起他有时也思考报告文学创作中的一些问题。去年十一月,在《文艺报》召开的一次散文创作座谈会上,他曾即兴地对有争论的报告文学的真实性问题发表了意见。

报告文学最基本要求有两个:一是真实,一是立场——也就是倾向性。夏公打着手势重复说了两次。

他说,报告文学一词,是 30 年代通过日本转译过来的,在日本,意思是经过调查研究的文学。报告文学实质上就是比新闻报道更富有一点文采的报告。因此,报告文学严格要求真实性。新闻报道反对"客里空",报告文学更要反对"客里空"。报告文学必须忠实于事实,忠实于实际生活,一点也不能造假,否则不能取信于读者,也就取消了报告文学的特殊作用。他不同意某些同志的意见,认为报告文学可以虚构,甚至可以小说化。他说,报告文学就是要写真人真事,这是报告文学区别于小说等其他文学样式最显著、最本质的特点。

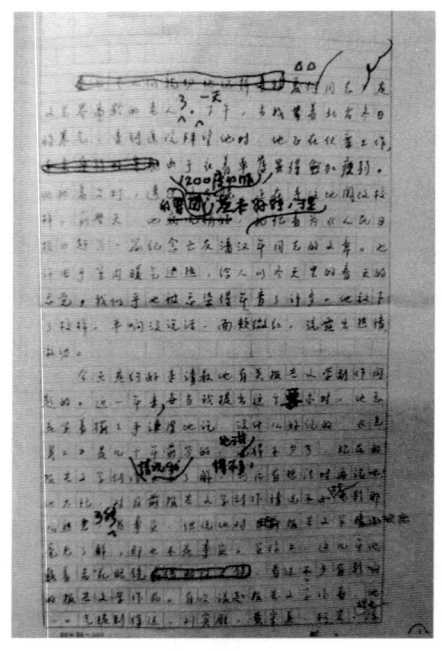

夏衍修订吴泰昌《夏衍谈报告文学》原稿墨迹(之一)

但是,报告文学又不是普通的新闻报道,它是文学的一种。他认为,报告文学的文学性,主要不表现在如写小说那样地安排情节、结构,而是在经过亲自调查研究能确知的事实基础上,既不夸张,又不掩饰地将事实告诉读者。他说:"我办过报,我最讨厌旧时代新闻记者常用的'云云'之类的文体。'云云'就是'据说',就是'人家这样说',我记下来,我不负是真是假的责任。报告文学是要负责任的,对事实负责,对人民负责。有事实,有感情,又有一点文采,这样才能使人看了感动。使人动感情,作者先要有感情,对真善美的崇敬,对假恶丑的愤怒。感情也要是真的,装腔作势不行。"他说,这就涉及作家的立场、倾向性的问题,作家不可能纯客观地报道某一事件、某个人物,不可避免地会有自己的爱憎、好恶。

夏公以《包身工》创作为例加以说明。《包身工》发表于1936年6月出版的《光明》创刊号上,但他对包身工这个罪恶社会制度的了解,却早在1927年在上海做工会工作时就开始了。当时只是听人讲,也觉得气愤、不平,但不深、不实,也就是说没有真情实感。直到1935年,上海党组织遭到一次大的破坏,几位同志被捕,组织上决定将他暂时隐蔽起来。他利用这个机会,开始亲自进行调查,一件一件地搜集有关包身工的材料。当年上海包身工至少有四五千人,多的时候,可能有一万人,当你亲自看了她们牛马不如的悲

1938年离骚出版社出版的《包身工》

惨生活之后,连铁石心肠的人也会心酸流泪的。由于包身工失去了与外界接触的机会,她们的遭遇、处境,极少为人真实了解。他说:"为了揭露、控诉帝国主义反动派的罪恶,我就不自禁地有了一股气,非把它写出来公之于世不可。原来,我是打算以包身工为题材写篇小说,但由于实际的限制,你不仅不能和她们直接谈话,连间接传话都不可能,于是就遇到了写情节、写人物性格上的不可逾越的困难。我决心写她们这一群的总体,以事为主,以人为辅,这样,就不必去'芦柴棒'的家乡了解她的身世了。说报告文学易,易在可以少考虑故事结构;说难,就难在不能有一点假。"他不同意有的研究者,将《包身工》算作"非真人真事"的作品。他说:"《包身工》中所写的人和事完全是真

实的，我跑了几个月夜路，来来回回看她们上班下班几十次，这不是假的。她们吃的、穿的、住的，我也都是'冒着险'亲自去看过的。新中国成立后，我在上海遇到过好几个当时的包身工，叫人把我写的念给她们听了，结果是她们说，还要苦得多，你们外面人不知道。"他又说，"作品写得好不好是一回事，真不真又是一回事。我是力求把真实情况告诉读者的。"

夏衍说："三中全会以后，我们党已恢复了马克思主义实事求是的思想路线，十二大提出了全面开创社会主义现代化建设新局面的战斗任务，我认为报告文学应该为'翻两番'出把力，为三个'根本好转'出把力。当然，我们要用真实的激动人心的新人新事来教育人民、鼓舞人民，但是也一定要遵守历史唯物主义、辩证唯物主义的原则，真实地写出当前这个特定环境下的特定人物。我们知识分子容易激动，容易轻信，也容易'先入为主'，这些都是写报告文学时应该时时提防的。我们国家前途如锦，但也不要以为前途风平浪静。前些时候，上海林放同志写了一篇杂文《江东子弟今犹在》，就有人恐吓他，这件事就说明：'三种人'或'五种人'还未心死，还有能量，因此，我们前进道路上还是有矛盾，甚至斗争的。又如，报上常常报道'骗案'，足见骗子还不少，而且还有人轻易受骗，对此，我觉得调查一件事，'轻信'是危险的。因此，我还是建议不要偏听，一定要兼听。一般说来，'多疑'是个贬词，但写报告文学时，特别是在调查研究时，我认为'疑'一下有好处，当今这个世上，私以为'深信不疑'的东西是不多的，'可信'之中，也会有'水分'。"当我和他谈及他看过的一些报告文学，他说："也许我多疑，我有种感觉，报道一件好事情时，总觉得一帆风顺，太容易了，于是我心里不太相信。"夏衍又说，"我看过一篇报告文学，讲的是一个小厂厂长被伯乐发现了，当了副省长。这件事是真的，一点不假，我也听说过，但这篇作品把'过程'写得太平坦了，太容易了，也就是说把中间经过的矛盾、阻挠、斗争、反斗争……避免了。这篇报告是写得很好的，他避开，也许有理由，但这样写，我个人认为还是削弱了报告文学的真实性。在现在这样一个'拨乱反正'的时期中，当司马迁是不易的。但是无论如何,讲真话总不至于挨批受整了吧?背后骂,会有;写信上告,也会有;甚至打官司,也不是没有可能。但我总相信,年轻的报告文学作者是会顶住这股一定要被消灭的歪风的。话扯远了,就讲到这儿为止吧!"

吴泰昌(左)与夏衍在一起

1982 年 11 月 23 日

孙犁是这样回答的

　　最初接触孙犁的作品，是 50 年代的一个秋天。那时在家乡皖南一座古城上中学。清晨，我坐在护城河畔的草地上，诵读老师刚讲解的课文《荷花淀》。不知怎的，眼前常见的河面、稻田和远处据说有李白墓的青山，突然变得明亮起来。

　　50 年代中叶，我来到北京求学。孙犁的作品愈来愈引起我的喜爱。短篇集《白洋淀纪事》、长篇《风云初记》一出版我就读了。有些地方还没有读懂。记得中篇《铁木前传》就是在参加京郊秋收那天的午休时候一气读完的。

　　孙犁被誉为有卓见、懂艺术、知识渊博、修养高深的老作家。他的作品，哪怕是一个短篇，一篇散文，里面也不乏动人的情愫。他写有大量的文学短论，有许多闪光的艺术思想。凡是读过他这类文章的人，都会发觉，他的作品之所以富有诗意，有魅力，正是因为他在艺术上执着追求的结果。

　　我曾盼望有机会静静地坐下来，听他海阔天空地漫谈。接近他的人告诉我，他沉默寡言，尤其不爱谈论自己，更何况 1956 年重病之后，体衰力弱，几乎搁笔。谁还忍心去惊动一位自己崇敬的长者呢？

　　1974 年夏天，在石家庄，我意外地见到他。文如其人，啊！这就是孙犁。是位慈祥宁静的老人，但比我想象中的他显得衰老。我坐在一旁，听他和两位同行老友叙旧，两三个小时，似乎没有怎么谈到文学。那个年月，创作对绝大多数作家来说,是飘在太空的气泡,早从人们心里飞走了。

　　可庆幸的是,孙犁在十年浩劫中,虽屡遭摧残,居然能死里逃生活下来,而且身体、精神反较前健旺。近几年,报刊上常见他写的文学随笔和散文札记。三月末,经他的同意,我所在的单位派我去天津对他做了一次采访,有三个上午,听他漫谈自己的创作感受,这就是《文艺报》六、七期连载的他的那篇长文:《文学和生活的路——同〈文艺报〉记者谈话》。那次谈话,有些问题没有谈到,有些问题谈得过于简略,于是我又向他请教。他不久前晕倒一次,尚在恢复中,出于对读者的热爱,他依然认真地回答了我的所问。这次不是对谈,而是用笔,在深秋的夜里。

1980 年 3 月,孙犁(左)正在接受吴泰昌专访(张朝玺　摄)

　　问:孙犁同志,请谈谈您的生长环境和您的经历,是否影响您成为一名作家,它在您的创作上又留下了怎样的印记?

　　答:你从我写的自传和一些回忆散文中,可以知道,我的家庭、我的少年经历,都是很平凡的。有一段时间,虽也有志于文学,但所得实在有限,不足以糊口,所以知难而退,到乡村教书去了。但是,从 1937 年的抗日战争开始,我经历了我们国家不同寻常的时代,这可以说是一个伟大的时代,我有幸当一名不太出色的战士和作家。这一时代,在我微薄的作品收获中,占了非常突出的地位。

问:"当我写第一篇小说的时候"——这个题目您有兴趣谈谈吗?

答:我写的第一篇小说,发表在保定市育德中学的校刊《育德月刊》上,时间大概是1929年。那确实是一篇小说,因为这个月刊的文艺编辑是我的国文老师谢采江先生,他对文体要求很严。记得一次他讲评我另一篇作文,我问他是否可以发表,他说月刊上只登短篇小说,这是一篇散文,不好用。但是那篇小说的题目我忘记了,记得内容是写一家盲人的不幸。我的作品,从同情和怜悯开始,这是值得自己纪念的。第二篇发表的是写一个女戏子的小说,也是写她的不幸的。

问:您在《文学和生活的路——同〈文艺报〉记者谈话》一文中说,伟大的作家都是伟大的人道主义者,如果把人道主义从文学中抽掉,那文学就没有什么东西了。请您更详细具体地谈谈文学与人道主义的关系,您理解的人道主义包含哪些内容,是否有一种普遍的属于人类本性的人道主义?

答:所谓人性、人道,对于人类来说,应当说是泛指的,是一种共性。人道主义,是一种广泛的道德观念。它是人类生活、人类文明,进化到一定阶段的产物。人类,由于共同生活的需要来产生和发展它的道德、伦理观念。这种观念在现实生活中的长久实施,以及牢固地存在于人类头脑之中,似乎可以形成一种有遗传能力的"染色体"。即使是幼小的孩童,从他们对善恶的判断和反应之中,可以看出这种观念的先天性。人道观念和其他道德观念一样,可以因后天的环境、教育、外界影响,得到丰富、加强并发扬光大;反之,也可以遭到破坏,减损,甚至消失。中国古代哲学家,从人类的进化和完善着眼,一贯把性善作为人的本性,肯定地提出。

事实是,决定人类道德观念的,是人类的社会组织、经济生活、政治宗教、法制教育。经济生活占主导地位。经济生活的破产,常常使道德沦丧。此外,异族统治、社会动乱、反动政治,也可以使道德低落。经济生活的富裕,文化教育的提高,则可以提高人类的道德。当然,这只是就其大体而言,道德之演进,如大江之行,回旋起伏,激浊扬清,终归于进步,如反动统治,固使一部分人道德下降,但也激励另一部分人,使之上升。

文学艺术,除去给人美的感受外,还是人类社会的一种教育手段,即为了加强和发展人类的道德观念而存在。文学作品不只反映现实,还要改善人类的道德观念,发扬一种理想。所以说,凡是伟大的作家,都是伟大的人道主义者。例如《红楼梦》,就是一部伟大的人道主义作品。它的主题,就是批判人性,解放人性,发扬人性之美,详见我写的《〈红楼梦〉杂说》。

问:文学与自传的关系历来看法不一,很想听听您的意见。

答:当然,有很多文学作品,含有作者自传的性质,但不能说,一切作品都是作家的自传。作家创作方法的不同,也能区别自传成分的多寡。我的作品单薄,自传的成分多。

问:孙犁同志,您的小说,总是写得那么短,那么单纯,那么明净,能告诉我其中的奥秘吗?

答:在我开始写作的那些艰苦的战争年月里,纸张缺乏,墨水也不容易得到,杂志和报纸的篇幅又那么小。生活又紧张,除了生产劳动以外,还要进行各种政治运动,人们没有充裕的时间看长篇文章。因此,写东西就非得尽量压缩、写得短、写得简洁不可,这样就逐渐养成了一种习惯。自然,重要的还是观察和构思的方法。要看一个事物的最重要的部分,最特殊的部分和整个故事内容、故事发展最有关的部分,强调它,突出它,更多地提出它,用重笔调写它,使它鲜明起来,突现出来,发射光亮,照人眼目。这样就能达到质朴、单纯和完整的统一,即使写的只是生活中的一个小小环节,但是读者也可以通过这样一个鲜亮的环节,抓住整条环链,看到全面的生活。可是我不知道我是否曾经做到这一点。

问:"孙犁派"(或称"荷花淀派")是公认的中国当代文学园地里一个有影响、有成就的文学流派,河北、天津、北京一带许多作者的创作受您的影响,有意学习甚至模仿您的风格,但成功的似乎不多,这是为什么? 还请您顺便谈谈风格流派形成的要素与学习、创新等问题。

答:记者同志,你知道,我不会狂妄到,以我那么浅薄的作品,这么一点点成绩,就大言不惭地承认有了一个什么派。我一贯是反对"派性"的,当然这是学术。一些热情的同行,愿意活跃一下学术空气,愿意爱好相同的朋友聚在一起热闹热闹。确实,我们冷清了很多年,也应该热闹热闹了。

朋友们提出这样一个问题的心情,我是理解的。在"文化大革命"以前,有人提出这个问题时,我极力制止过。现在情况不同了,我不愿给朋友们泼冷水。但是,依我看,这个所谓流派,至少是目前还没有形成。将来能不能形成? 我看希望也不会很大的。

在中国的文学史上,以某一个人形成一个流派的史实很少。即使像李白、杜甫那样名垂千古的大作家,在当时也没有流派之说。唐诗无流派,而名家辈出,风格多样,诗坛繁荣。散文方面,唐宋八家,也是各自为战,未立门墙。五四以后,鲁迅先生及其他几位大作家,都是星斗悬天,风靡一代,也没听说哪一个曾有流派产生。虽也有时集会结社,但多为期不长,即行分化。在文学史上,当然有以地区命名的江西诗派,公安、竟陵以及桐城,这些流派,是以文学上的共同主张,文学上的共同习尚相标榜。它们的出现,对于当时文学发展,是向前推进呢,还是阻碍其前进? 起扩张作用,还是起局限作用? 如果只是形成一种类似的文体、文风,则其价值就有限了。唐无流派,而诗的成就那样大;明清多流派,而文章越来越烦琐卑弱。看来,中国人,不习惯流派,我们封建观念重,一有流派,即被认为是门户,而门户对内是局限,对外是隔阂。

至于说学习、影响,那是另一回事,与流派无关。任何事业,年轻的一代,总是要受前人的影响,或因为爱好,向某一位老的同行学习。文学究竟不同于演剧、绘画,即使是演剧、绘画,也要在同一流派之中,不断推陈出新,才能发展进步。在文学上,以一人之藩篱,囿自己之身手,虽中人不取,况作家乎?

风格的形成,包括两大要素,即时代的特征和作家的特征。时代特征的细节是:时代的思想主潮,时代的生活样式,时代的观念形态。作家特征的细节是:个人的生活经历,个人性格的特征,个人的艺术师承爱好。以上种种,都不能强求一致,每个人都会有所不同的,所以说风格是不能模仿的。如只求其貌似,那只能对创作起束缚的作用。

文学的模仿,也是不可避免的,这只能说是学习阶段,应该很快从这种幼稚状态摆脱出来,发挥自己的特点,形成自己的风格。因此,我对一些初期好像学习我,后来离开我,另辟宽广途径的青年人,总是抱鼓励的态度,并衷心感到高兴。任何事情,不能死心眼,抱住一个人或一种作品不放。我总是鼓励一些青年朋友从我这里跳得更高一点,走得更远一点。这样才能使他们自己的作品,获得更多的生命的活力。

如果说流派,是只能遵从上面的原则,才能形成。我对流派,也不抱虚无的态度。如果在我菲薄的才能之后,出现大材;如果在小溪之前,出现大流,而此大流,不忘涓涓之细,我就更感到高兴了。

我以为文人宜散不宜聚。一集中,一结为团体,就必然分去很多精力,影响写作。散兵作战,深山野处,反倒容易出成果,这是历史充分证明过的。

问:您最初接触的是哪个作家的作品?喜欢阅读中外哪些作家的作品?它们对您的艺术风格有无影响?

答:我第一次读到的五四以后的新文学作品,是一本灰色封面,题名《隔膜》的短篇小说集。这是文学研究会的文学丛书之一,1922年商务印书馆出版,作者叶绍钧(圣陶)。这一本书,使我知道了中国新的短篇小说的样式。

中外作家之中,我喜爱的太多了。举其对我的作品有明显影响者:短篇小说有普希金、契诃夫、鲁迅。长篇小说有曹雪芹、果戈里、屠格涅夫。

问:您最喜爱自己的哪篇作品?为什么?

答:现在想来,我最喜欢一篇题名《光荣》(1948)的小说。在这篇作品中,充满我童年时代的欢乐和幻想。对于我,如果说也有幸福的年代,那就是在农村度过的童年岁月。

问：您的长篇《风云初记》、中篇《铁木前传》普遍受到称赞，可惜都是未完成之作，为什么会造成这种情况？当初写《初记》《前传》时，是否准备续写《后记》《后传》？人们关心您是否打算写出《铁木后传》？

答：已经忘记，在写这两本书之前，是否有雄心壮志，要写几部。但确实因为没有全部完成，所以只好标题为《初记》和《前传》。实事求是地说，《风云初记》没有写完，是因为我才情有限，生活经验不足。你看这部作品的后面，不是越写越散了吗？我也缺乏驾驭长篇的经验。《铁木前传》则是因为当我写到第十九节时，跌了一跤，随即得了一场大病，住疗养院两三年。在病中只补写了简短的第二十节，草草结束了事。

在"文化大革命"期间，我家前后被抄六次，其中至少有三次，是借口查抄《铁木后传》的。造反派如此器重这部莫须有的文稿，使我一家人百口莫辩。直到现在，我书柜的抽屉还留有被铁器撬开的裂痕。这些人是为了判决我的罪名来找这部文稿的。在当时，一本《前传》，已经迫使我几乎丧生，全家惶惶。我想，如果我真的写出了《后传》，完成了它，得到了创作的满足，虽死无怨，早已经双手献出，何劳兴师动众呢？

现在大家关心这部《后传》，情况当然不同。但还是没有。对于热心的读者，这很可能要成为我终身的憾事了。

问：你现在为什么不能把它写出来呢？

答：我的想法是，在中国，写小说常常是青年时代的事。人在青年，对待生活，充满热情、憧憬、幻想，他们所苦苦追求的，是没有实现的事物。就像男女初恋时一样，是执着的，是如胶如漆的、赴汤蹈火的。待到晚年，艰辛历尽，风尘压身，回头一望，则常常对自己有云散雪消、花残月落之感。我说得可能消极低沉了一些。缺乏热情，缺乏献身的追求精神，就写不成小说。与其写不好，就不如不写。

我现在经常写一些散文、杂文。我认为这是一种老年人的文体，不需要过多情感，靠理智就可以写成。青年人爱好文学，老年人爱好哲学。

近日开始写作的题目有三：一、《耕堂读书记》，已发七节。二、《乡里旧闻》，已发四节。三、《读作品记》，已发一节。

问：平日写作之暇，您做何消遣？

答："文化大革命"期间，我听过无数次对我的批判，都是不实或隔靴搔痒之词，很少能令人心服。唯有后期的一次会上，机关的革委会主任王君说："这么多年，你生活上，花鸟虫鱼；作品里面，风花雪月。"

我当时听了，确实为之一惊。这算触及灵魂了吧？王君虽"主任"这一机关的"革命"，但我想他不一定有这种概括能力，恐怕是他手下人替他总结出来的。

这是有踪影的判词。进城以后，街上繁华、混乱、嘈杂，我很少出门，就养些花儿草儿。病了以后，我的老伴，又陪我到鸟市，买了一个鸟笼，两只玉鸟。蝈蝈也养过，鱼也养过，也钓过。但所养的花，"文革"一开始，就都被别人搬走，鸟也不知去向，虫死鱼亡，几与主人共命。

我养什么也没有常性，也不钻研养法，也不吸取别人经验，又舍不得花很多钱，到终了什么也弄不出名堂来。

其实，写作本身，对我来说，就是最大的最有效的消遣，我常常在感到寂寞、痛苦、空虚的时刻，进行创作。我的很多作品，是在春节、假日、深夜写出来的。新写出来的文字，对我是一种安慰、同情和补偿。每当我诵读一篇稿件时，常常流出感激的热泪。确实是这样，在创作中，我倾诉了心中的郁积，倾注了真诚的感情，说了真心的话。在过去的漫长岁月中，烽火遍地，严寒酷暑，出生入死，跋涉攀登之时，创作都曾给我以帮助、鼓励、信心和动力。只有动乱的十年，我才彻底失去了这一消遣的可能，所以我多次轻生欲死。

修补旧书，擦摩小玩意，也是我平日的一种消遣方法。

我不会养生之道，也不相信，单凭养而可以长生，按照我的身体素质，我已经活得够长了。我现在不大愿意回顾我年轻时代写的作品，偶然阅读一

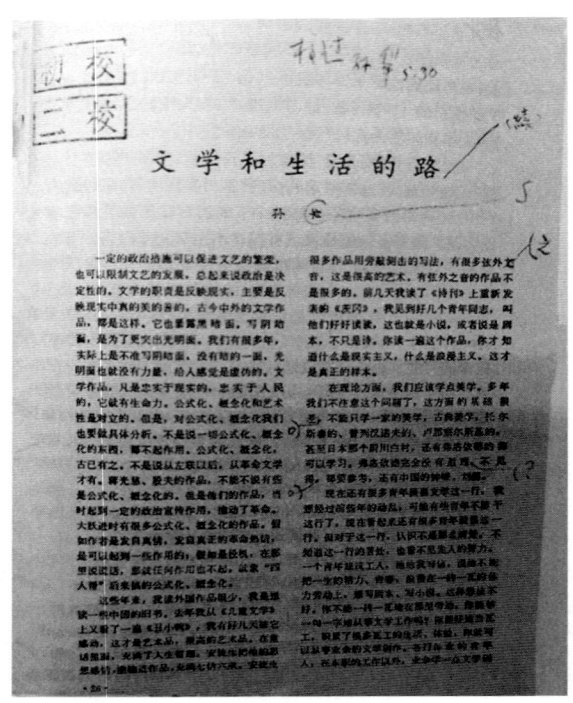

孙犁改定的《文学和生活的路》清样(之一)

些,我常常感到害羞。在年轻时代,我说了多少过分热情的,过分坦率的,不易为人了解的,有些近于痴想梦呓的话语啊!

1980 年 10 月

听孙犁长谈前后

我与孙犁有一次长谈,当时我是作为《文艺报》记者专程前往天津专访孙犁的。这次谈话的结果,就是《文艺报》1980 年第六、七期连载的孙犁长篇创作谈《文学和生活的路同——〈文艺报〉记者谈话》。

1980 年春节期间,在与《文艺报》副主编唐因的一次交谈中,我向他提出专访孙犁的想法,我说了几点理由:一是孙犁创作有生命力,许多读者喜欢;二是孙犁既是创作家又是创作理论家,写过创作理论专著和大量有关文学理论的短文;三是孙犁自 1965 年大病后,虽经"文革"磨难,现在身心均好,已开始恢复写作。唐因很支持我的这个想法,他说,现在文艺创作上许多问题急需拨乱反正,既需有文艺理论家出面谈,也需有经验、有胆识的作家出面谈,他提醒我,要做好准备,寻找一个孙犁愿意谈的话题,请他敞开地谈。

唐因这个提醒很重要,我有过一次对孙犁采访不顺利的教训。在此稍前,我计划请几位老作家谈写作长篇小说的经验。第一个对象就是孙犁。当我写信向他提出这个请求时,他很快给我回信,他在信中说:"关于长篇小说,我经验太少,且不成功,很难谈出什么中肯的意见。近来,我有一个想法。我们的评论家,多研究作品成功之处,这当然是主要的。但如果除此之外,研究一下我们几十年来,在长篇小说的创作上,一些失败的经验,即其失败的原因,或者说在当时好像是成功了,经过一段时间,又证明并非成功——其原因何在,其失败之点,有无共同之处,有无思想上的或生活上的原因,有无一条规律,可作借鉴? 我想,如切实研究,排除成见,前事不忘,后事之师,对于初学者是会很有用处的,不知你以为如何?"我以为孙犁这个看法有道理,但当时要总结创作教训,时机又不太成熟,我这次采访便戛然终止了。

这次,我给孙犁写了两封信,又请天津其他几位熟悉的编辑朋友促进,孙犁终于同意了《文艺报》对他进行采访,用他的话说,不叫采访,是与《文艺报》的同志做一次对话。孙犁自 1949 年后,长期主持《天津日报》文艺副刊工作,他布置过无数次对文艺界人士的采访,但他本人并不乐于也不习惯接受报刊的采访,他多次婉谢过新闻媒体。这回不同,他同意并约定了时间,我对这次采访的收获抱有信心。

1980 年 3 月 27 日下午 2 时半,百花文艺出版社一位编辑陪我准时来到孙犁的寓所。我与孙犁不熟,只见过一次面。大约是 1974 年夏天,当时我从文化部五七干校被借调到石家庄《河北文艺》杂志社工作。有一天,田间派人叫我去他的办公室,原来是孙犁从天津回河北老家,顺路到石家庄,他俩,还有李满天正在聊天。田间向孙犁介绍我,他是《文艺报》的,也是我的安徽小老乡。我坐在一旁,听他们老友叙旧,记得孙犁曾风趣地说,有人说我有出世思想,搁笔不写了,简直是笑话,我入世还不够,还要写,多写。孙犁记性好,又善于调节气氛,这天他一见我就说,北京虽好,咱河北也不赖吧!

孙犁早做好准备在门口等候我们。方桌上放了几张谈话提纲,一碟水果糖,一盒天津出产的恒大牌香烟,他递给我一粒糖,对话就这样开始了。半年后,他在为我的散文集《艺文轶话》写的序言中,曾具体地记述了这次对话的细节:"我是很不善谈的,特别不习惯于录音。泰昌同志带来一台录音机,放在我们对面的方桌上,我对他说:'不要录音。你记录吧,要不然,你们两位记。'泰昌同志不说话微笑着,把录音机往后拉了拉。等我一开讲,他就慢慢往前推一推。这样反复几次,我也就习惯了,他也终于完成了任务。"没有对话,68 岁高龄的孙犁一人,没用提纲,有条不紊地一口气谈了 3 个小时。这次采访的直接结果,就是《文艺报》1980年第六、第七期连载的孙犁《文学和生活的路——同〈文艺报〉记者谈话》。我们根据录音整理后的稿件送他改定,他细心地改了几处。《文学和生活的路》(下简称《文学和生活的路》)长达一万多字,作者结合自己的创作、阅读,从中到外,从古到今,就文学与生活、文学如何艺术地反映生活,文学与政治、文学体裁、主题、题材、创作的艺术准备、风格流派的形成,文学与人道主义等方面,发表了许多深刻、切实、有卓见的意见。孙犁对《文学和生活的路》比较满意,事后他在不同场合数次谈起,这篇文章是他自己阐述创作理论比较充实、表达比较充分的一篇。

《文学和生活的路》标题是孙犁拟定的,副标题原是"同《文艺报》吴泰昌谈话",在付印时,我向编辑部提出,略去我的名字,改为发表时的"同《文艺报》记者谈话",这种改动,事先并未征求孙犁的意见。想不到,在半年之后他为我的散文集《艺文轶话》写的序文中,却详细地写出了我与他这次采访谈话的情景。《艺文轶话》1981年出版,有些报刊有心的编者因此知道我与孙犁有联系,托我向孙犁求稿。

我对孙犁的第二次采访,也在1980年,是秋天。上海《文汇月刊》编者发现孙犁在《文学和生活的路》中涉及了人道主义这个当时十分敏感的问题,孙犁在文章中说:"凡是伟大的作家,都是伟大的人道主义者,毫无例外的。他们是富于人情的,富于理想的。他们的作品,反映了他们对于现实生活的这种态度。把人道主义从文学中拉出去,那文学就没有什么东西了。"

《文汇月刊》委托我请孙犁就这个问题进一步展开谈。这次委托,使我有点为难。我知道孙犁是不愿多谈的人,他在《文学和生活的路》发表后给我的一封信中曾说:"老谈不好。也要注意多言多失之诫。"但禁不住《文汇月报》的诚意,孙犁表示可以考虑,但所谈不要局限在人道主义问题上,他要我事先列出所提问题,等看了所问,再定是否能谈愿谈。我依据《文汇月刊》的要求和自己有限的水平,提了12个问题寄给他,半个月没有音讯。9月末,突然接到他寄来厚厚的一封信,工工整整或繁或简地回答了我提出的11个问题。

他对人道主义、人性、人情等问题做了比《文学和生活的路》更进一步的论述。

《文汇月刊》发表时,编者加了正标题,突出了人道主义、人情、人性问题,将孙犁拟定的标题"答吴泰昌问"作副标题。文章刊出后,责编请我向孙犁解释一下他们对标题做的调整。孙犁回答说,编者在标题处理上有权在不违背文章内容的基础上,做某些方面的强调,作者与编者应该相互理解和尊重,愿望只有一个,"拿出好作品"。但孙犁在 1982 年百花文艺出版社出版的《孙犁文集》中,将此文的标题又恢复为《答吴泰昌问》。孙犁在"答问"中,对长篇小说《风云初记》、中篇小说《铁木前传》为何未能写完,为什么造成这种情况,首次做了坦率的回答。他说:"实事求是地说,《风云初记》没有写完,是因为我才情有限、生活不足。你看这部作品的后面,不是越写越散了吗?我也缺乏驾驭长篇的经验。《铁木前传》则是因为当我写到第十九节时,跌了一跤,随即得了一场大病,住疗养院二三年。在病中只补写了简短的第二十节,草草结束了事。

"现在大家关心这部'后传',情况当然不同。但还是没有。对于热心的读者,很可能要成为我终身的憾事了。

"'你现在为什么不能把它写出来呢?'或许有人问。

"我的想法是:在中国,写小说常常是青年时代的事。人在青年,对待生活,充满热情、憧憬、幻想,他们所苦苦追求的,是没有实现的事物。就像男女初恋时一样,是执着的,是如胶似漆的、赴汤蹈火的。待到晚年,艰辛历尽,风尘压身,回头一望,则常常对自己有云散雪消、花残月落之感。我说得可能消极低沉了一些。缺乏热情,缺乏献身的追求精神,就写不成小说。

"与其写不好,就不如不写。所以,《铁木后传》一书,是写不出来了。"

我以为,孙犁的上述回答,不仅对了解他的创作活动,而且对长篇、中篇小说创作的经验、教训总结都具有重要价值。

1981 年 3 月,复刊不久的大型文学双月刊《收获》,在京召开过一次办好刊物的座谈会,主编巴金出席并讲了话。那天与会的中青年作家居多,老作家也不少,如沙汀、陈荒煤、周而复、孔罗荪、朱子奇、冯牧、吴祖光、韦君宜、秦兆阳等。会上,《收获》在希望中青年作家大力支持的同时,也恳请刚恢复写作的老作家多关心、多赐大作。他们很自然地想到在天津的孙犁,并请我代向孙犁求助。

孙犁的中篇小说《铁木前传》,1957 年由天津人民出版社出版,天津百花文艺出版社 1978 年再版,也许与再版有关,当时文坛传说孙犁正在写《铁木后传》,所以《收获》首先希望发表这个"后传"。《收获》编辑李小林,1980 年8 月 23 日在给我的信中说:"听说孙犁同志要写《铁木后传》,不知写了没有?希望能给我们。"

我去天津,当面向孙犁转达了《收获》的想法。他摆摆手说,没有"后传",当初写"前传"时,想过写"后传",现在看来完不成了。继而《收获》又想让孙犁给他们写点散文,我又向孙犁转达了他们的这个意思。孙犁说,写篇散文不难,但我的散文短小,《收获》是大型文学刊物,怕分量不够。当时,他正准备写一组"小说杂谈",他曾考虑过是否将这组文章给《收获》,但他又说《收获》主要是发作品的,给他们理论文章使人为难。他嘱我转告《收获》,文章一定写,写什么内容由他考虑再定。

1981 年 1 月 7 日,《收获》副主编萧岱来信给我,说已收到孙犁交给他的小说,他们将在 3 月 15 日出版的第二期上刊用。2 月 7 日孙犁来函告我,共给《收获》小说 5 篇。这 5 篇小说孙犁冠以《芸斋小说》总题,分别是《鸡缸》《女相士》《高桥能手》《言戒》《三马》,每篇一二千字,最长的不超过 3000 字,从写作时间上看,是 1981 年 11 月~1982 年 1 月初赶写的,作者署名"孙芸夫"。孙犁原名孙树勋,孙犁是他长期固定的笔名,孙芸夫也是时用的笔名。

孙犁晚年经常写散文、杂文,他认为"这是一种老年人的文体,不需要过多情感,靠理智就可以写成"。孙犁对我诙谐地说,《芸斋小说》是被逼出来的! 自《收获》首发《芸斋小说》5 篇后,孙犁 1981 ~ 1991 年期间,又陆续写了30 多篇。《芸斋小说》最初 5 篇,收入 1982 年 12 月天津百花文艺出版社出版的孙犁《尺泽集》中,并排在卷首,可见作者本人对这组小说的看重。1990 年人民日报出版社出版了孙犁《芸斋小说》的绝大部分。

《芸斋小说》是孙犁晚年创作硕果中一个重要的部分。关于这组小说与孙犁以前的如《荷花淀》等短篇小说,在内容上、艺术上有何特殊,不少研究者有过较细致的评说。我想提供一点情况,或许对深入了解作者写作《芸斋小说》的初衷有所助益。

一是,作者本人认为《芸斋小说》"严格地说应该叫作小品"(1981 年 2 月 27 日孙犁给作者信)。

二是,《芸斋小说》在《收获》发表后,1983 年,孙犁在寓所同我谈过这组小说的特点,为何发表时不标短篇小说,而是标《芸斋小说》。他的这个意思,1984 年在《读小说札记》第 5 段谈汪曾祺小说《故里三陈》中有准确的表述:"我晚年所作小说,多用真人真事,真见闻,真感情。平铺直叙,从无意编故事,造情节。我这种小说,却是纪事,不是小说。强加小说之名,为的是避免无谓的纠纷。"孙犁一向主张所写的内容是要作家亲历感受的,写作的文体、表达方式要适应内容的需要,我想,从这个角度看,《芸斋小说》是孙犁对小说文体创新的一次有益尝试。

三是,我想介绍《收获》编辑部在阅读了《芸斋小说》原稿后的反应,资深编辑家、作家萧岱 1981 年 1 月 7 日在给我的信中说:"孙犁小说文极短,具有特色,我们决定第二期刊用。他用《芸斋小说》为总题,每篇末端有芸斋主人评语,颇似《聊斋》写法。……希望这类小说专给我们。我们想辟专栏。叫小林说,已将此事和您谈过,便中望去信时提及一下。拜托,拜托!"孙犁告诉我:《芸斋小说》作为专栏,在《收获》上集中刊发,太招眼,还是分散在一些报刊上发为好。最后一次听孙犁谈话,是在北京三联书店的撮合下。20 世纪 80 年代初,北京三联书店先后出版了一些谈"读书""藏书"的名家著作,内中有陈原的《书林漫步》、唐弢的《晦庵书话》、黄裳的《榆下说书》、郑振铎的《西谛书话》、李一氓的《一氓题跋》、冯亦代的《龙套集》等。其时我刚编完《一氓题跋》，三联要出孙犁一本，委托我联系，孙犁同意，他和书店又托我和该店董秀玉同志编选。这就是 1983 年出版的孙犁《书林秋草》。

在编选《书林秋草》过程中，孙犁的认真、细心、谦虚和对编辑的尊重给我的印象非常深刻。

他意不为该书作序了，嘱我写篇后记。我去天津，当面将后记原稿、封面设计、篇目送他审定，他让我在客厅里喝茶、抽烟，自己回书房去了。1 个多小时，他从书房出来，笑嘻嘻地对我说，篇目就这样定了，封面也好了，书名就定这个（他拟了两个：《书林秋草》和《陋巷书语》）。

在后记中，我写了两处有点拿不准，一处说"孙犁不是一位藏书家，他也不想当一名藏书家。他是 20 世纪 40 年代在解放区成长起来的作家。他之好读书，好收藏书，完全是从写作、喜爱出发的。他不同于郑振铎、阿英等老一辈的作家兼藏书家。他的这一经历，决定了在他的有关书的文章里，较少版本知识和书人书事的趣闻逸话。他过眼的书多是常见的普通书，他的特点在于，结合自己的创作体验和人生阅历，用心地读，认真地咀嚼，在普通的书里尝出自己的滋味来。可以说，他的这本'书话'是一位诚实的有独到见解的作家读书的实感。"另一处说"孙犁对作品有自己的看法。他坚持从作品出发，力求用正确的观点做具体分析。因而常有深刻精辟的见解。例如，孙犁的《〈红楼梦〉的现实主义成就》一文，虽写于 1954 年，今天重读，使人觉得比当年影响一时的某些文章内容扎实有见解得多。当然，这并不是说，孙犁对他所谈及的全部作品都有正确的认识，偏颇甚或个别不够正确之处总是难免的，有谁会做这样不近人情的要求呢？"孙犁说后记他没有意见，不必改动，他特别叮嘱上面两处说他的不足处不要删去。

我最后一次听孙犁的谈话是在电话中。1996 年 12 月 16 日，全国第五次作家代表大会在京召开，不少老作家因身体原因不能出席，《文艺报》临时决定在大会开幕当天出版的报纸上开设"文坛前辈寄语五次作代会"专版。

孙犁在天津，本该去看望他，因时间紧迫，只好违反他平日不接电话的规矩贸然闯关了。当我向孙犁家人说明意图后,在病中的孙犁接过电话说,请你们代我表达对大会的一点祝愿:"希望大家同心协力拿出好作品。"

我爱听孙犁的谈话,记住孙犁的所谈,长远!

2003 年 6 月 22 日

孙犁:"《芸斋小说》是被逼出来的"

  孙犁晚年经常写散文、杂文,他认为"这是一种老年人的文体,不需要过多情感,靠理智就可以写成"。孙犁对我诙谐地说,《芸斋小说》是被逼出来的! 孙犁用词精确,他说《芸斋小说》是被逼出来的,实情确实如此。一是《收获》萧岱、李小林或书信或电话托我一定要拿到孙犁的稿子。他们先听说孙犁 1957 年出版了中篇小说《铁木前传》之后,又继写了《铁木后传》,希望《后传》能给《收获》发表,我问了孙犁,孙犁明确告诉我,这是讹传,他根本没有写《后传》。《收获》又提出要他的一组短散文,孙犁说,《收获》是巴金主编的最有影响的大型文学刊物,几篇短散文,分量似乎较轻,于是,他才想起为他们写一组小说。孙犁是他常用的笔名,孙芸夫的笔名也用过,所以这组小说题名为《芸斋小说》。关于《芸斋小说》,他在 1981 年 2 月 27 日给我的信中有过自己的解释:"拙作小说,严格地说应该叫作小品。"

  《芸斋小说》是孙犁晚年创作硕果中一个重要的部分。关于这组小说与孙犁以前的如《荷花淀》等短篇小说,在内容上、艺术上有何特殊,不少研究者有过较细致的评说。我想提供一点情况,或许对深切了解作者写作《芸斋小说》的初衷有所助益。一是,作者本人就认为《芸斋小说》"严格地说应该叫作小品"。二是,《芸斋小说》在《收获》发表后,1983 年,孙犁在寓所同我谈过这组小说的特点,为何发表时不标短篇小说,而是标芸斋小说。他的这个意思,1984 年在《读小说札记》第五段谈汪曾祺小说《故里三陈》中有准确的表述:"我晚年所作小说,多用真人真事,真见闻,真感情。平铺直叙,从无意编故事,造情节。我这种小说,却是纪事,不是小说。强加小说之名,为的是避免无谓的纠纷。"孙犁一向主张所写的内容要是作家亲历感受的,写作的文体、表达方式要适应内容的需要,我想,从这个角度看,《芸斋小说》是孙犁对小说文体创新的一次有意尝试。三是,我想介绍《收获》编辑部在阅读了《芸斋小说》原稿后的反映:资深编辑、作家萧岱 1981 年 1 月 7 日在给我的信中说,孙犁小说"文极短,具有特色,我们决定第二期刊用。他用《芸斋小说》为总题,每篇末端有芸斋主人评语,颇似《聊斋》写法……希望这类小说专给我们。我们想辟专栏。听小林说,已将此事和您谈过,便中望去信时提及一下。拜托,拜托!"孙犁告诉我:《芸斋小说》作为专栏,在《收获》上集中刊发,太招眼,还是分散在一些报刊上发为好。《收获》首发《芸斋小说》后,孙犁在 1981 年至 1991 年期间,又陆续写了 30 多篇。芸斋小说最初 5 篇,收入 1982 年 12 月天津百花文艺出版社出版的孙犁《尺泽集》中,并排在卷首,可见作者本人对这组小说的看重。1990 年人民日报出版社出版了孙犁《芸斋小说》。

1980 年,孙犁(中)为吴泰昌(右)散文集《艺文轶话》作完序后

2005 年 9 月 27 日

琐忆任继愈老师

　　7 月的北京,高温持续多日,11 日天空罩上了一层迷蒙的雨雾,给难熬中的人们带来了一丝清凉。7 时半左右,突然接到友人电话,告任继愈先生凌晨 4 时 30 分走了,心头猛然一震。我急忙与几位平素与任先生有交往的朋友联系,约定下午分头去三里河南沙沟任先生家。不料,11 时许又得悉季羡林先生上午 9 时也走了。一日之内,我国学术界痛失了两位泰斗级的人物,我在沉重的悲痛中,竟埋怨起老天爷不该如此无情。我和任继愈先生认识较早,接触也多一些,在长达半个多世纪的岁月中,有不曾间断的联系。我 1955 年冬认识任先生,是因他的爱人、中文系冯钟芸老师的引荐。冯老师对我和同学殷晋培热情关心,休息天不时请我俩去中关园她家里玩。我们闲谈时,任先生都在书房伏案工作,常常是他出来招呼一下又回书房了。

　　20 世纪 50 年代中期,任先生曾被派往东欧一个国家大学讲学。冯老师假期时去探望过。有次冯老师刚从外回来,约我们去她家度周末,请我们吃带回来的巧克力,她说任先生在那里很好,也记着我们,希望我们多跑图书馆,说北大图书馆的藏书丰富众多,要静下心来,勤看,勤记。由于这是我平生头一次吃巧克力,记忆新鲜深刻。我本科学习期间,听过季羡林先生讲授东方文学的课,听任继愈先生的课则稍晚。1960 年本科毕业后,我留校做文艺理论研究生,导师中文系主任杨晦教授要我们在学习《文心雕龙》时,增加些有关佛学方面的知识，我去选听了任先生在哲学系开设的这方面内容的课，我还当面向他讨教过。任先生说，《文心雕龙》中的用语涉及佛教界的许多术语，首先要弄懂原词原义，不要用现代人的理解去望文生义，并建议我去看范文澜先生二十世纪二三十年代出版的《文心雕龙注》，他说范注在校勘、征引、释义等方面多有建树。此书现在市面上难找，但北大图书馆一定有。

任先生在学术上的造诣，受到学者、专家的普遍尊重。20 世纪 80 年代曾任国务院古籍规划整理领导小组组长的李一氓同志经常咨询的极少几位学者中就有任先生。著名文艺理论家张光年用了 40 年的工夫，于 2000 年完成了《骈体语译〈文心雕龙〉》一书，光年同志遇到一些佛学方面的疑难问题时，讨教过少数专家，如在上海的著名文艺理论家王元化同志，在京的赵朴初先生、任继愈先生。任先生曾给我一封信，要我速电告光年同志家的地址，我在回复他的电话时，他补充说：光年同志提的有些问题，电话、写信难讲清楚，准备去看他，当面交换一下意见。

吴泰昌（右）与任继愈老师合影

1987 年,任先生从中国社科院宗教研究所所长调任北京图书馆馆长（现国家图书馆）,馆址也迁至西郊白石桥一带。1988 年 7 月 12 日,北京图书馆和中国现代文学馆联合主办的"冰心文学创作生涯七十年展览"在北图新馆大厅隆重开幕。88 岁高龄的冰心坐着轮椅来了,数百位老中青作家和读者,有被邀请的,有闻讯赶来的,蜂拥而至,川流不息……任馆长站在大厅入口处,忙迎接招呼,他一见我,就兴奋地说:"这是北图新馆开放以来最热闹的一次展览活动,图书馆要为社会、读者做好服务,文学界和社会、读者有着广泛密切的联系。"

任先生的爱人冯钟芸教授早走了几年。我在八宝山参加她的遗体告别仪式时,任先生叫我过两天到家里去一下。他告诉我冯老师走得很突然,很安静,但没有什么痛苦,他悲痛地说她这些年为审定全国中小学语文教材太累了。他说,人上了年纪,特别要注意身体,身体健康,精神健康,才能多做点于国家于人民有益的事。当时我正在将一批自己的藏书捐给家乡安徽马鞍山市图书馆,他支持我这个做法,他说:书是让人阅读的,有用,不是埋藏在图书馆和个人书房里,阅读的人多了,图书的实际作用就发挥越大。2005 年 8 月,马鞍山市图书馆决定设立吴泰昌捐书阁。我请任老题写了"吴泰昌捐书阁"阁名。他在交给我原件时对我说:"给贵家乡留个纪念,也给你留个纪念吧。"他叮嘱我,若要介绍他的身份时,注意别弄错了,他现在已不是国家图书馆馆长,是荣誉馆长,已有新的馆长接班,年轻的一代比我们会干得好,他开玩笑地说:"我都不感觉自己太老,正在做和计划做的事怕做不完,老年人有老年人的优势,多做点事,为年轻人多提供点方便。"他还记得他过 80 岁生日时我送给他的一尊生肖木雕,他微笑着说:"我 90 岁、100 岁生日时还想见到你!"

新世纪以来,任老的身体不如以前,但他的心依然牵挂着古籍整理工作,每天还是早上四五点钟起来工作,把大部分时间都扑在《中华大典》和《中华大藏经》的继编大型出版工程上。

任继愈先生走了,我牢记最后一次见他时他说的话:觉着自己的精力还能做点事就想多做点,这样的生命才充实,才有价值。

2009 年 7 月 17 日

"学昭同志"

一

近读阎纲发表在《文艺报》上的一篇标题醒目的文章:《光年同志》,很拨动我的记忆。光年同志是我踏上工作岗位的直接领导、《文艺报》主编,阎纲则是我共事多年的兄长,称谓张光年同志为"光年同志",最早也是经他提示的。

我在北大学习时,对人的称呼简单,同学直呼其名,老师就叫老师。被我称作老师的并非全然是年长的教授,与我几乎同龄的只要辅导过我的,也都以老师相称。如袁行霈教授,我 1955 年入学时,他刚留校做助教,跟林庚教授辅导过我们隋唐文学史,我就叫他袁老师。这种称呼,有时也带来尴尬。按班级分,严家炎本是与我同出自杨晦教授门下的研究生,我叫他师兄,但他1958 年转行现代文学教研室任教,辅导过我,我即改口叫他严老师,弄得他不好意思,直摆手,说:"还是叫我家炎吧!"

1964 年 5 月,我被分配到《文艺报》工作,报到后,回学校清理行装,在海淀镇巧遇《文艺报》的阎纲。《文艺报》有个专写文学评论的阎纲,我知道他,他也知道将要与我共事。他拉我在一家专售羊杂碎的回民小馆共餐。当他向我介绍《文艺报》领导时，我留意他的称呼，张光年他称"光年同志"，侯金镜他称"金镜同志"，冯牧他称"冯牧同志"。"同志"，我记住了，我要在多年习惯地称谓"老师"的同时，养成叫"同志"的习惯。我上班没几天，一个上午，我所在理论组副组长谢永旺突然告我，光年同志来看你了，没等我从座椅上站起，光年同志就推门直入，他大步冲我走来，我还没来得及叫他"光年同志"，他就大声豪爽地说："欢迎你，泰昌同志！"从此我见单位的人或外出约稿，"同志"不离口。有一次，使我突然醒悟到，"同志"也不是随意可叫的。我工作后，编辑部不断分派我写作任务，我写作上有个算不上好也说不上不好的习惯，稿子写成后，总想请人先看一遍，再交出。我的办公室隔壁，是中国作协研究室，所谓"室"，平日只有唐达成一人在，我常去他那里串门，他总在翻阅文学新著和期刊。他是《文艺报》的老人，写作编辑经验丰富，我不时将原稿请他过目，起先他客气不愿提意见，慢慢就比较率直了。他建议我评论文章一定要注意用语的分寸感，几次修改意见都提得很中肯。有天中午，我正要下楼去食堂吃饭，在过道里我叫他："达成同志一起走。"不巧，正好碰上一位好心的管干部的同志。事后他悄悄地提醒我，唐达成是摘帽右派，公开场合称呼要注意。我明白他的意思。从此我将"达成同志"改成"达成"，他听了并不介意，反倒高兴，20世纪80年代他先后任《文艺报》副总编、中国作协党组书记，我对他的称呼始终是"达成"。

真正感到称呼上的为难是在浩劫的十年。1969年秋天下湖北干校后，与那些尚在接受审查的领导、名作家同在一个连队，同住、同吃、同劳动，朝夕相处，时时相遇。有时在公开场合，有时在单独场合。好在当时我做采购员、伙房挑夫，单独与人接触的机会较多。叫声"同志"，"同志"的声音消失在山村旷野，只有他或她能听到。侯金镜当时是"现行反革命"，他常托我替他买香烟点心，我悄悄递给他，叫他"金镜同志"，他告诫我，有人时千万别这样叫，就叫我侯金镜。我平生只叫过冰心老人一次"同志"，她在看菜地，我每天要给她送一次开水，我叫她"冰心同志"，她惊奇地睁大眼睛看着我。事隔多年后，她还记着这事,有一次她幽默地对我说,现在你怎么不叫我"冰心同志"了?一次连里召开批判大会,一位与被批判的对象私交甚笃的人,被指定出来揭发批判,他在一篇写成文字的发言稿中虚张声势不着边际地大批一通,最后正告这位名诗人必须彻底交代罪行,才有出路时,居然冒出了一句"××同志",弄得全场愕然。好在主持会议的连领导颇富阶级斗争经验,在小结会议时撂下一句:"看来我们这场斗争相当复杂艰巨,有的人本来就同走资派是一丘之貉!"吓得这位"批判者"魂不附体。会后他在昏暗中对我说"稿子上明明写的是×××,怎么发言时变成了'××同志'"。我小声对他说:"你忘了,昨天晚上,我们三人同上厕所时,我两不都是叫他'××同志'吗?"他忙解释说,那是私下。

我逐渐加深了对"同志"这个称呼内涵与使用的理解与重视。冯牧同志在接受审查前,送过我两张他在昆明军区身着军装的照片,什么字也没写,1972 年他结束审查后回到北京又送了我一张近照,背面写着"泰昌同志,存念"。我和老诗人臧克家在干校有过合影,平时我就叫他克家。1972 年 9 月,他结束审查回京,签名送我一张与夫人郑曼在寓所庭院的合影,背面也写了"泰昌同志",可见,在那个特殊的年代,巧妙地运用"同志"这个词对谁都要费一番心思的。

《光年同志》一文勾起了我那么多关于"同志"的记忆。上面提到这些"同志"都是我工作部门的领导和前辈。由此联想到的她,是位令人尊敬的文学前辈,自我 1979 年初次见到她此后十余年,或当面,或书信,她都叫我"同志",我也称她"同志"。1980 年她在给我的一封信中说,"泰昌同志:您已收到我的信了吗? 没有您的消息,也没有小林同志的消息,我想您和她都是忙人!"称呼我这个初识的文学后辈为"同志"属正常,称她的老友巴金的女儿李小林为"同志",并非正常,可见她对"同志"称谓有特殊感情与在意。

二

陈学昭，是五四新文学时期涌现的女作家群星中的一个亮点。她比冰心、陈衡哲、凌叔华等年岁略小，在文坛出名也稍后，自她早期出版的小说集《南风的梦》和散文集《倦旅》之后，就奠定了在新文学史上的地位，她的作品当时颇受文坛注视，大多以自身体验和见闻实感为主，文章细腻委婉，让人读来感到亲切自然。自传体长篇小说《工作着是美丽的》影响一时，使她在文学史上的地位更显著。

学昭同志本来就是"同志""老同志"。她长期追求革命，亲自领受过鲁迅、瞿秋白、茅盾等作家的教诲与鼓励。1938 年到延安，在一片"同志"声中，她满怀热情投入延安新天地的大量采访工作，如实地采写了一批关于毛泽东、朱德等党的一批领导同志的文章，1945 年她成为党内一位优秀的作家。

新中国成立后不久，她回到家乡浙江工作。她是浙江省文联主席。我见到过一张照片，1951 年，丁玲同志陪苏联作家爱伦堡到杭州，陈学昭以主人的身份陪同游览西湖。

习惯了在"同志"声中工作、生活、写作的学昭同志，突然在 1957 年失去

1983 年，吴泰昌（左）在杭州看望陈学昭

了给予和承受"同志"的信任、温暖的权利。虽然 1962 年她已摘除了右派分子的帽子,1980 年见她时组织上已对她做出了改正右派的决定,但长期被社会另眼相视,对这位个性倔强的老人,精神上留下的创痕一时难以抹去。她在 1980 年 11 月给我的信中谈起:"人们(有的)还在悄悄议论'改正右派'这个名字,去年在杭州曾行过。"正是在这种压抑的痛楚中,她既希望人们对她这位"同志"有如实的了解,又不情愿让人们对她这位"同志"有更多的了解,她常常处于这种矛盾心态之中。1979 年《文艺报》复刊后,曾开辟《我怎样走上文学之路》专栏,约请了一批知名作家撰写,学昭同志原是同意写的,后来她又失约,她在一封给我的信中说:"如果写这些,好像有点发牢骚,又好像有点自吹自擂,影响不好,烦你帮助我向《文艺报》编辑部同志说一声,请求他们宽恕我!"

学昭同志晚年疾病缠身,除老病冠心病,又增添了糖尿病和腰脊全部增生,她每天只能坐两小时,在长年与多种病魔的搏斗中,完成小说《春茶》《工作着是美丽的》的续写和回忆性散文《天涯归客》的写作。

三

20 世纪 80 年代以来,我去过杭州不下 10 次。几乎每次都要去看望她。她的住宿条件得到改善,从最初的杭州大学河东一宿舍 201 一间小室搬到龙游路四号一座旧式小楼上。她谈起自己的创作,最动情的就是长篇小说《工作着是美丽的》。

我很早就读过她的这部小说,我很喜欢小说的名字。工作着是美丽的,即使我在工作中碰到自己并非感到美丽的事时,我也愿将它想象成美丽的。这种感觉,犹如寒冬,北京户外的树叶全已凋零,但我总以为那一株株光秃的树木上面还飘动着片片西山的红叶。

学昭同志同我多次谈起写作《工作着是美丽的》的构想。她在 1981 年给我的信中说:"我写的不是烈士,不是英雄,而是在我们这个国家不受重视的'臭知识分子'怎样走上革命道路,在思想改造和求得进步中,受到了些什么困难。"

这部小说 1946 年开始创作,1949 年 3 月由大连新华书店出版。在当时文艺界片面强调写"工农兵"的氛围里,学昭同志能以"知识分子"为主角,应该说是有相当的胆识。小说出版后,在读者中影响不小,但在评介上不够被重视或受到某种冷落,这一情形不难想象。我读过不少中国现当代文学史,就有这种印象。这种不太公正的印象至今我还留有。作者本人也感到这种不公正,偶尔也流露些许愤愤不平。她在 1981 年说过:"报纸上曾介绍、评论这本书那本书,但没有提到过我这本东西。"我曾劝她要相信历史的公正。她说,她的一生就是坚信历史最终会如实。1979 年 10 月浙江人民出版社将她晚年续写的这部小说第二集与早先出版的合在一起出版,其反响之大给她带来喜悦。她在信中对我说:"《工作着是美丽的》出版后,销路是很广,上海《收获》和上海《青年报》都曾要我写过一点东西,已发表过,我收到很多读者来信。"关于这部小说,她说,第二集"写得简略些"。1980 年她正在续写小说的第三集,并准备 1981 年小说再版时放进去,不知她的这个设想后来是否如愿?

四

晚年的学昭同志面对人生的坚强给我留下的印象尤深。她对友人,无论年长年幼、官职大小、成就高低,均诚挚悉心以待,令人感动。

她居然对我的一些作品也过目、关注,并一再长辈般地加以鼓励。1981年,我将抽集《艺文轶话》奉寄给她求教,很快收到她的信:"谢谢您赠我《艺文轶话》,当即翻阅,读了《阿英的最后十年》和《寸心耿耿红如丹》,我心情非常激动、难过,很久不能平静! 十年浩劫,这样惨痛的历史,不能,永远不能也不该重演了！您写的是真实的事迹,特别感动人！"后来她又在来信中说:"读到您很多文章——有发表在香港《新晚报》上的……您写的文章有感情、思想、内容,文字也好!"我在给她的一封信中说,我很爱读她的作品,尤其是《天涯归客》,真实、质朴、生活化的洁净,是我想学而难以学到的。

1990 年秋天去杭州,是我最后一次见到她。她忍受坐骨神经痛的阵阵发作,仍在不停地写回忆录,她说,往事如烟,趁自己的记忆还好赶快写出来,她郑重地对我说:"泰昌同志,以前我是为活,为生存而写,现在我是为写,为责任而写。"我告别她走到楼下,她叫女儿亚男又将我叫回,说已准备好了送我一盒青春宝,叮嘱我千万注意身体! 她还托我送一盒给于若木同志。营养学专家于若木同志是陈云同志的夫人。她叫我按她写的北京信箱地址先去封信。回京后,我给于若木同志去了信,说待她回音,我送去。有一天下班回家,孩子说下午一位奶奶来家里将东西取走了。晚上我电话告学昭同志,她在电话中急促地说:"我正要告你,才发现送你和若木同志的两盒青春宝拿错了,是过期的,你别吃,明天一定要去信给若木同志说明,拜托! 拜托!"

1991 年 10 月 8 日我从北京直飞宁波,参加一个会议。行前已听说学昭同志 9 月 20 日突然病倒住院,计划会议结束后去杭州看望她。10 日下午会议进行中间,会议主持人递给我一张字条:学昭同志不幸今日凌晨辞世! 会议 12 日结束,下午匆匆赶到杭州,才知道她的遗体当天已火化。亚男告我,妈妈生前遗嘱,生后不开追悼会,不举行告别仪式。我来到学昭同志书房里,向她的遗像深深鞠躬,回想起她坎坷的一生,心里不禁默叫起"学昭同志"。当晚给《文艺报》值班同志电话,请他们编发这则消息时,务必注意这位五四新文学时期成长起来的著名女作家陈学昭后面勿漏"同志"两字。

2001 年 9 月

陈学昭："人是生活在希望里的"

前不久，我率领中国作家代表团访问加拿大，去温哥华参加"演变中的移民文学"研讨会。会上会下，见到不少久疏联系现生活在海外的华裔作家、学者，闲谈时，至少有两位问起陈学昭的情况，他们的意思是在五四新文学最初十年，陈学昭是一位优秀的散文作家。1925 年她就出版了第一部散文集《倦旅》，不到四年又相继出版了《寸草心》《烟霞伴侣》《忆巴黎》三部散文集。但可惜文学史家对她的关注不够。他们的这些无心的话语触动了我，我亦同

晚年的陈学昭在杭州家中

感,因为我在学昭同志晚年与她有不稀疏的接触,对她1957年之后的遭遇有些许了解。这个触动就不是一时能过去的。若从作家的革命热情来说,陈学昭在同时代作家中算得上一个。延安成为革命圣地后,她从欧洲回来,曾两次去延安工作、写作,写下了《延安访问记》等名篇佳作。特别是,1946年她出版了反映知识分子在革命洪流中思想历程的长篇小说《工作着是美丽的》。新中国成立初,众多知识青年抢着买过这部小说,我在上初中时曾读过。1957年,在受到不公正待遇后,她渐渐远离了文坛。1977年,我第一次去看望她,她住在杭州大学一个简陋的宿舍里,她当时编制在杭州大学图书馆。我为《人民文学》向她约稿,她有点惊奇地望着我,点点头答应了。学昭同志晚年身体一直不好,受多种疾病困扰。但她毅力坚强,拖病完成了《工作着是美丽的》余集,又写了文学回忆录《天涯归客》等多部散文集。1983年1月26日,她在给我的复信中说:"入冬以来,我的坐骨神经痛因天冷常不大舒服,其他的病总算控制着。我是一个真正的幸存者。……对于文艺界的情况我现在一点不理解,我还是写自己真实的体会、思想和感情,写得不好,有待指正!……杭州现在是冷的,南方人习惯于冷,室内都没保暖,不过再过两个月,春天就来了,希望春天早点来,人是生活在希望里的,对吗?"

1991年,我去宁波参加巴人学术研讨会,已联系好返京时去杭州看望她,她当时病重住院,嘱家人转告我,她很快会康复出院,并告我她的又一本散文集《心声奇语》近期会出版。岂料,在会上听到她逝世的噩讯。会议尚未结束,我提前赶到杭州,在她的遗像前伫立,心里默默地对她说:"你说得对!人是生活在希望里的。"

2005 年 9 月 17 日

情深意切的臧克家

"与鸡共三人"

我与老诗人臧克家相识、交往乃至有了忘年交的友谊,完全得益于那个特殊年代里一个偶然的机缘。1969 年 10 月,中国作家协会工作人员全部被下放到湖北咸宁文化部干校。我与克家老在一个连队。连队住在向阳湖边一个山村。他是大诗人,我是小编辑,但我们同是受审查、被改造的对象,唯一的区别,就是年龄的差异,他是位父辈般的慈祥长者。

在下干校前,我是克家诗作的读者,从工作上说,他是令我们敬重的作者。1965 年春天,我来《文艺报》社不久,有一次午后去向克家求稿,他正在休息,我只好怅怅地离开赵堂子胡同。想不到几年后,我俩会住在一家农舍的小土屋里。与我们同眠的,还有鸡笼里囚着的一只爱啼叫的公鸡。

当时克家已逾花甲之年,他和年轻人一样下湖垦田,风雨不歇。下工后他还兼管连队阅览室,他将稀少的书刊整理得井井有条。我当时在伙房,除下湖送饭、挑水,还常去贺胜桥、汀泗桥一带买菜,不时给他捎些点心。北伐时期,他曾在叶挺部队,在这两个小镇打过仗,他常常回忆起青年时那段从戎的岁月。

他的爱人郑曼在干校另一个连队,相距二三十里,小女苏伊在县城上小学。克家有时请我去看看她们,捎点他省下来的咸鸭蛋。每次郑曼都叮嘱我提醒克家自己照顾好自己。

克家有早睡早起的习惯。为了不影响他,我也慢慢习惯了早睡。有天晚上,十点钟左右,我刚进入梦乡,就被浑浊的声音弄醒。我打开灯,只见克家面部神情极度紧张痛苦,他的手紧紧捂在胸口上,吃力地对我说:心脏病犯了,快去帮我找大夫。我顾不得穿好衣服,急忙摸黑去找来连队里的医生。医生给他吃了救急药。连里医务室药品设备简陋,怕万一,我又去五六里地外的校部医院找值班大夫。经校医院大夫仔细检查、治疗,他的病情才渐渐稳定下来,安详地入睡了。这时,黎明已悄悄到来。事后才知道,他平日心脏就不好,这次突发,是由长时期的劳累引发的。

这是卅多年前一个夜晚发生的事。我已渐渐淡忘了,克家却一直挂在心上。1994 年 6 月 23 日,我收到克家托人带给我的一封信。信是 22 日写的,并附有 22 日写的一首赠我的诗作手抄稿,他在诗的附记中说:"午梦泰昌,醒

吴泰昌(左)与臧克家合影

后即兴草成十六句以赠。"《赠泰昌》不久在《诗刊》发表,作者后又将其收入了他的一本诗词选集中。一年后,文艺界隆重庆贺克家九十华诞之际,他又特意将这首诗书写了赠我。诗的前八句是忆旧,后八句是对我的鼓励与期望:"老来常忆旧,江南联床亲。土屋天地窄,与鸡共三人。夜深心病发,赖君报急音。转危蒙天相,健在九十春。饷食十里外,一挑二百斤。扁担压弓腰,吱呦作呻吟。五年六万里,磨难炼真身。双肩成钢铁,于今当大任。"诗人在条幅上还题注:"俚句抒真情,往事两心知。"

与毛主席谈诗

克家老在中国现代文坛活跃了半个多世纪,他的文学生涯中有着许多有趣的故事。同毛泽东主席谈诗,是他最珍惜最爱忆及的一段美好回忆。

1956 年,臧克家调任中国作家协会书记处书记后,负责筹办《诗刊》。10 月,副主编徐迟倡议,给毛主席写信,把他们搜集到的 8 首毛主席诗词送上,请他校订后交第二年 1 月创刊的《诗刊》发表,臧克家和全体编委及全编辑部的同志都举双手赞成。大家静静地等待着毛主席的回音。1957 年 1 月 12 日,臧克家收到毛主席写给他和《诗刊》编委诸同志的亲笔信,以及经他亲自校订过的 8 首,另加上 10 首,共 18 首旧体诗词。毛主席在信中说:"《诗刊》出版,很好,祝它成长发展。"并自谦地说:"这些东西,我历来不愿意正式发表,因为是旧体,怕谬种流传,贻误青年,再则诗味不多,没有什么特色。"毛主席的信和十八首诗词在《诗刊》创刊号上发表的喜讯,到处哄传,创刊号一出版,热情的读者排长队争购,一时传为佳话。

1957 年 1 月 14 日上午 11 点,毛主席约见臧克家等人。毛主席安详和蔼地同他们握手,让座,自自然然地从烟盒里抽出支香烟让臧克家,克家说:"我不会吸。"主席笑着问:"诗人不会吸烟?"并以赞许的口吻说:"你在《中国青年报》上评论我的咏雪词的文章,我读过了。"臧克家趁机问:"词中'原驰腊象'的'腊'字怎么解释?"主席反问:"你看应该怎样?"臧克家说:"改成'蜡'字比较好,可以与上面'山舞银蛇'的'银'字相对。"毛主席说:"好,你就替我改过来吧。"

毛主席每有新作,常先送一份给臧克家。《词六首》在《人民文学》发表之前,送到臧克家手,臧克家改动了一点点,马上收到毛主席1962年4月24日的回信,其中有这么几句:"你细心给我改的几处,改得好,完全同意。还有什么可改之处没有? 请费心斟酌赐教为盼。""还有什么可改之处没有,"一句,下面还画了重点符号。主席先后给臧克家七封信,1961年11月30日来信,想约臧克家和郭沫若同志去谈诗。无奈他太忙,抽不出时间,未能实现。

1963年《毛主席诗词》正式出版前,先印了少数征求意见,送了克家一本。不久,在钓鱼台召开了一次座谈会,克家带去了23条意见,《毛主席诗词》正式出版时,毛主席采纳了他13条意见,例如:《七律·登庐山》中的"热风吹雨洒江天"一句,"热风吹雨"原作"热肤挥汗",是毛主席接受克家的建议修改的。臧克家说,毛主席是诗人,品格高,重感情,虚怀若谷,不耻下问,每当他回想起和毛主席谈诗的这些交往时,他感觉他和毛主席"更近"了。

1970年,吴泰昌(左)与臧克家在湖北咸宁文化

部五七干校向阳湖农场

热情于"杂事"

克家老在不大的一间卧室兼书房里的显眼处放着一份日历牌。他勤奋地看书,在书上密密麻麻地写了读后的心得,他勤奋地写作,晚年多写散文,每天收到的大批新老朋友寄赠的新著,和一大堆新到的邮件,他没有写日记的习惯,他想到的事和相约的事都会随时记在当天的日历牌上。克家老晚年常头晕,心脏又欠佳,他却一直怀着巨大的热情诚挚地去处理这些"杂事"。

1979 年 1 月中旬,我去看望臧克家,他兴冲冲地朗诵一首旧体诗《赠巴金同志》给我听,原来是他有感于刚收到巴老从上海寄赠给他的新版的《家》,诗云:"四十六年见故家,可怜人已老天涯。闻道纷纷还原职,为问如何复韶华?"作者附记说明:"巴金同志以新版见赠,距写作时已 46 年矣,不禁感慨系之! 非绝非古,即兴成句以赠。1979 年 1 月 11 日凌晨灯下。"这首诗克家初收《友声集》中。

克家晚年,写了大批怀念文化界友人的文字。这些篇章不仅情深意切,还葆有丰富的文献史料价值。

1983 年,杨晦教授病逝。上海文艺出版社邀请我主编《杨晦选集》。我请了克家和冯至先生写序。克家当时身体不好,但他满口答应了。他说,杨先生是我中学时期的老师,他为新文艺事业做过不少事,现在许多年轻人都不太了解了,我要好好地写他。他一写就写了数千字,初稿出来后,又仔细改订。克家在文中除了详细地回忆了他们的交往,还对杨晦为人为文做了中肯的评价,他说:"杨先生对文艺问题,对文艺创作,常有个人的独立见解,不苟同于别人。"

1988 年,我参加中国文艺期刊代表团访问苏联。到达莫斯科的当天没有休息,就去红场参观,晚餐又喝了不少伏特加烈性酒,深夜心脏突然早搏,吓得团长吴强和大夫忙了一阵。这是我头一次感到自己一向以为很好的心脏

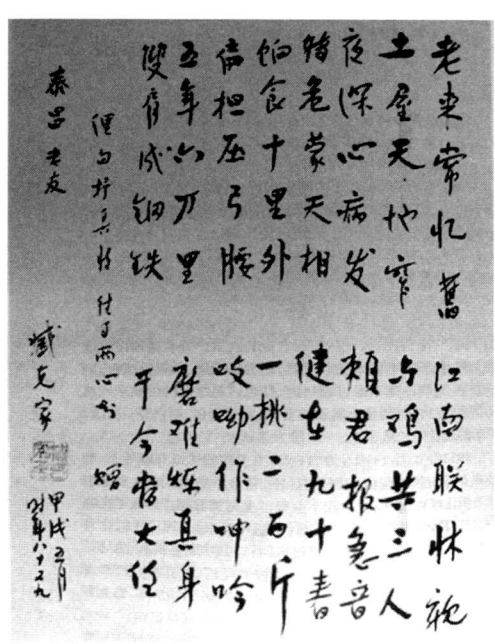

臧克家致吴泰昌信

居然也有了点问题。回国后，不知克家从哪里听说，专门约我去他家，他劝我，要调整好自己的生活规律，他一再叮嘱我，少喝酒，不抽烟。要珍惜健康，生命不只是属于自己的。

2003 年 12 月

臧克家看重散文创作

臧克家无疑是我国现代文坛上的大诗人。但他很看重自己的散文创作，有人甚至认为他晚年散文的数量、质量"胜于诗"。克家在1986年写的一篇文章中说："近七八年来，我的大部分精力倾倒于散文的写作上。"他透露，1925年他第一次在全国性大刊物《语丝》上发表的处女作就是散文作品。他曾著文阐述对散文的看法，他认为写好散文，必须具备几个条件："生活厚，印象深"，"写景的文章，也必须首先有情"，"写人物，要注意细节，即小事，见精神"。

我爱读、爱写散文，每当读到克家散文新作，总爱电话告诉他我的欣喜；"道物有情""情真意切"是我对克家散文的总体印象，也许是克家诗名过大，他也期望有更多的人了解他在散文上的经营与劳绩。1988年，他在给我的信中说："我想，别人写了，评了；总觉你应该要言不烦写出个人的意见，这样会起较好较大的影响的。因为，我们是数年的老友，三四年来我发一篇散文你总在电话上给予鼓励，给我增加创作热情，记得我发了《书的故事》《我爱雨天》以及《我爱孩子》《炉火》等等之后，你都来过电话。你本身是散文、论文家，笔下快，不到半日即可成2000字左右的短文——短而有力，有卓见，同时使读者感到亲切，这么写更能动人，你觉得如何？"

克家一直以为，文学史家往往将作家单一划类，他说，其实有不少作家

吴泰昌(右)与臧克家合影

的写作是多方面的,是随着自己的境遇、题材、年岁等情况的变化而舒展的。他对孙犁晚年大量写随笔、散文颇留意。他认为孙犁说散文是老年人的文体不无道理。记得他明确对我说过:"巴金的起家是长篇小说,但他晚年再创辉煌却是散文集《随想录》。"

抱憾的是,克家希望我著文评论他的散文,至今我未曾动笔。原因有二,一是他诗名太大;二是,他的散文创作与诗歌创作位置如何轩轾,我始终拿不准。另外,更重要的是,我同前辈克家太熟悉了,有时熟人的文章更不好写。

2005 年 11 月 27 日

忆 柯 灵

老作家柯灵,晚年写作的最庞大计划就是准备创作一部反映上海百年变化的长篇小说,零碎时间多花在为友人写序和写些回忆性的散文上。但《钱锺书创作浅尝》却是他用心写的一篇文学评论。他曾告诉我,为写这篇文章,他用了两三个月时间。

《读书》杂志1983年1月号刊登了这篇长文。文章的副题是"读《围城》《人·兽·鬼》《写在人生边上》",他是就钱锺书这三部作品进行研究探讨的。柯灵看重这篇文章,在《读书》杂志刊登的同时,又在1983年1月12日香港《星岛日报》加以刊载。

作者对这三部作品作了综合性的评价,他说:

《写在人生边上》是散文集,篇幅不多,而方寸之间别有洞天,言人所未言,见人所未见。《人·兽·鬼》是短篇小说集,收《上帝的梦》《猫》《灵感》《纪念》四篇。如集名所提示,这里写了人,写了兽,写了鬼,还写了上帝,但"目送归鸿,手挥五弦",归根到底是写人。《围城》却是人物辐辏、场景开阔、布局繁复的巨幅写真,腕底春秋,展示出某一时代某一社会的横断面和纵剖面。

散文也罢,小说也罢,共同的特点是玉想琼思,宏观博识,妙喻珠联,警句泉涌,谐谑天生,涉笔成趣。这是一棵人生道旁历尽春秋、枝繁叶茂的智慧树,钟灵毓秀,满树的玄想之花,心灵之果,任人随喜观赏,止息乘荫。只要你不是闭目塞听,深闭固拒,总会欣然有得——深者得其深,浅者得其浅。

柯灵认为钱锺书创作的基调是讽刺。他说:社会、人生、心理、道德的病态,都逃不出他敏锐的观察力。他那支魔杖般的笔,又犀利,又机智,又俏皮,汩汩地流泻出无穷无尽的笑料和幽默,皮里阳秋,包藏着可悲可恨可鄙的内核,冷中有热,热中有冷,喜剧性和悲剧性难分难解,嬉笑怒骂,"道是无情却有情"。

柯灵写作这篇文章的想法,他曾在一封给我的信中有所透露。1983 年 1 月,也就是刊登柯灵散文的《读书》杂志刚出版时,他在 10 日从上海写给我的信中说:"《读书》1 月号刊拙作谈钱锺书一文,盼抽暇一读,告以尊见。如听到什么反映,也烦见告。现代文学史视钱氏作品如无物,现在也谈得少,只承认《围城》艺术成就,而以'政治性'为由排斥之。我想发点不同的声音,不知有同感否?"

吴泰昌(左)与柯灵夫妇留影

收到柯灵这封信时，这期《读书》刚刚到手。柯灵老的文章我爱读，又是如此认真地谈钱老的创作，更促使我尽快地拜读。其时报刊上评钱锺书的文章正逐渐多起来，我很想听听柯灵老发的"不同声音"。

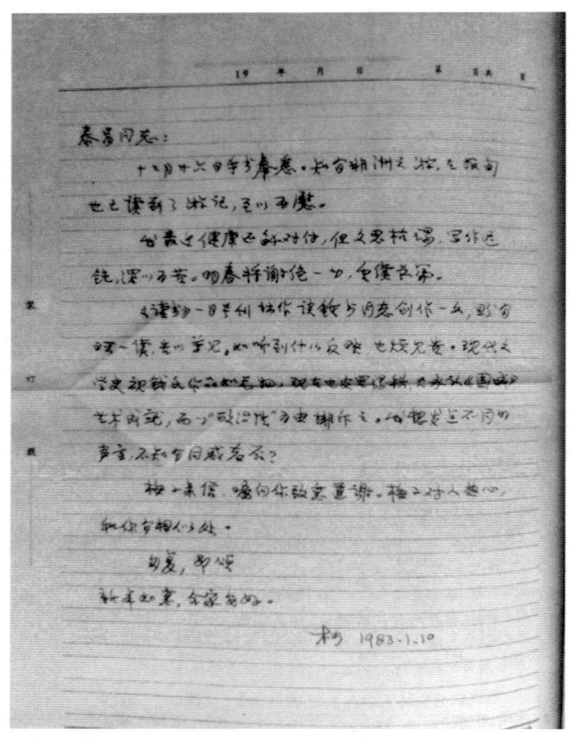

柯灵致吴泰昌信

文章第四节有段文字特别吸引我，作者是有感而发的。一位正直的作家在为一位同样正直的作家的优秀作品长期被忽视、受到不公平对待，说些真话。他说：

《围城》问世以来，有种种不同的评论。因为《围城》不是"一览而见的大字幼稚园读本"，轻松中有凝重，精巧中有厚实，笑谑中有隽永，粼粼的微波下潜伏着汹涌的暗浪。咸酸异味，不同的食性，可以有不同的品评。但是从来华丽的褒义词无助于作品的寿命,苛刻的贬义词和轻佻的限制词也无损于作品的价值,《围城》在长期弃置和众说纷纭中,无可置疑地验证了自己强韧的拉力和抵抗力。

钱锺书的散文和小说创作,特别是《围城》,在中国新文学史上应占有什么地位,可以有种种不同的看法,但是谁也无法改变它们在读者心里的分量。对锺书创作的存在假装没有看见是不难的,我们迄今为止的现代文学史已经毫不费力地做到了这一点。但抹杀客观事实,最后必将受事实的调侃。有一种意见,以为海外评论家盛赞《围城》,乃是有意和国内评论闹别扭,这种说法当然有很巧妙的战略意义。有些海外评论家有政治偏见是无可否认的,但以偏见对偏见,却正好证明,在这一点上倒是"五百年前共一家"。麻烦的是海内外的广大读者,特别是外国读者,对艺术虽可以有偏嗜,却不会有偏见。评论家自以为掌握着裁判员的哨子,拥有优势地位,但是和作品角力的结果,反而使自己处于下风,是常有的事。托尔斯泰对莎士比亚吹毛求疵,丝毫无损于莎氏。如果说这也无损于托翁,那因为他毕竟是托尔斯泰的缘故。而且托尔斯泰并不自居于评论家,除了发表自己的见解外,也毫不夹着任何外加的因素。

在文学创作中,比喻手法的运用自如,是天才的鲜明标志。因为文学的工具只是文字符号,以形象化手段而论,这正是文学区别于其他艺术而独有的秘密武器。钱锺书作品中万花筒一般闪烁变化、无穷无尽、富有魅力的比喻,我们在新文学作品中还很少看到。而这种能力并不是从天而降的。其深厚的基础是对人情世态、人物心理的熟知深察,知识、艺术涵养的充裕储备,加上丰富的想象力,思想和哲理的闪光。

阿班纳史(J. W. Abenenthy)在《美国文学》中说,没有一个人读华盛顿·欧文的书而不感到欢乐的。锺书的作品,至少同样地使人欢乐——当然不仅仅是欢乐。

我正想给柯灵老写信,告诉他我读了这篇文章后的真实感受,也准备告诉他我听到的一些反映时,收到了他的来信,说即将来京出席民进中央的一个会议,他希望会议期间找个机会面谈。

柯灵与钱锺书、杨绛夫妇 20 世纪 40 年代在上海交往甚密。《围城》在《文艺复兴》连载时,每期去钱家取稿的员工是柯灵的亲戚,《文艺复兴》与柯灵主编的《周报》又在同一处出版,故柯灵在《围城》连载发表前,常常能提前读到。他曾神秘地对我说:健吾以为他是第一个读者,其实我常有机会比他先读到《围城》的原稿。1991 年,柯灵老在上海寓所对我讲,他以"向勤"的化名在 1946 年 12 月 8 日《文汇报·浮世绘》副刊上发表了《钱锺书与杨绛》一文,文中谈到《围城》连载时,"风魔了读者,尤其是在学校里",《围城》"其趣味之浓郁,描写之生动,与其写作技巧上的成就之高,在国产新小说中显然就是一个异数"。钱锺书在《谈艺录》《围城》初版序文中,都曾对柯灵关心、帮助这两部书的出版表示过感谢。

我阅读有限,就我所知,在《钱锺书创作浅尝》之后,柯灵还写过几篇有关钱锺书的文章,如 1987 年《谈〈谈艺录〉》,1989 年的《促膝闲话锺书君》,1990 年的《浅论钱锺书》《从小说到电视剧——柯灵谈〈围城〉》。

钱先生和杨先生十分惦念柯灵。我每次从上海回来,他们总关切地问起柯灵的近况,特别关心他准备多年的长篇小说的进展情况。在钱先生和柯灵先后辞世后,有次杨先生较多地谈到她对柯灵这位老友的印象。

2001 年,浙江绍兴县电视台为了纪念家乡出来的柯灵这位大名人,拍摄了一部《插入梦乡》的专题片。

两位年轻编辑来到北京,他们采访了我后,恳切地希望能拜望杨绛先生。杨先生和钱先生一样,从不愿接受媒体采访,经我向杨先生再三说明,她这才终于同意了。据采访者后来告诉我,杨先生对他们很热情,对采访很支持。下面引用的是据录音整理出来的谈话。

记者：您对柯灵先生印象比较深的有哪些？

杨绛：他是自学成才的，他很用功，他是一个勤奋好学的人，他不太喜欢出头露面的，虽然他做的许多事情是出头露面的，但是，他是一个很谦虚的人，有时候受到委屈就委屈了，胸怀比较宽的。

记者：您能谈一下柯灵先生的文风吗？

杨绛：我给他写过一篇序文，他曾经叫我写他散文的一篇序，那序文里就说到他的文风了。他反映事情，文笔清楚，就是像自己说的那样。他不但创作，他还是编辑，他是能鼓励人，能提拔人的。而且他不是一个关着门写作的人，他创作电影、搞报业、编杂志等等，我弄不清楚他是什么"官"，反正做很多很多事情，锺书知道得清楚。

记者：钱先生生前和柯灵先生交往特别多吗？

杨绛：也不是特别多，因为钱先生和我都是躲在家里的人，不太出来，除非去上班。钱先生和柯灵说话说得上，大家谈得来。我们到了北京以后，见面和聊天的时候就不多了。不过他总是每年当作一件事情，他一定来北京看我们一次。另外，他俩也通通信。

我送柯灵老去过钱家一次。1983 年，就是柯灵老约我面谈《钱锺书创作浅尝》那次，柯灵在京开会的住处离钱先生家很近，是个下午，我将他送到钱家楼下，他上楼后我才离开，我们约好晚上我从北大回来时再去他住处。那天柯灵与钱锺书、杨绛促膝畅谈的内容我不清楚。晚上我去看柯老时，他不无感慨地对我说，他之所以写了这篇关于钱锺书文学创作的文章，直率地发表了自己的一些看法，并不是全然出于同作者的友谊，他认为《围城》是五四以来长篇小说名著之一，他写作此文的目的是想对现代文学史家们提出一个建议，要客观地对在社会上有过影响的作家、作品，加以公平的研究、给予公正的评价。他说，为何《围城》重印后，引起海内外的《围城》热，虽然钱锺书自己对这部小说并不很满意，也不希望有这个"热"，但为什么会出现这种热闹的反响,这就需要仔细研究。

1991 年,我去上海,有次和柯灵老谈到林默涵同志最近在《人民日报》《文艺报》上发表的文章中谈到对小说《围城》的评价,林说他很早就看过这部小说,认为《围城》是一部"很好的作品",一部"批判现实主义的杰作"。柯灵说,1948 年香港发表了几篇批判《围城》的文章,默涵同志时在香港,虽然事隔近半个世纪,今天他对小说《围城》能有这样的评价,恰恰说明了好的文学作品是禁得起历史风雨检验的。

2005 年 4 月

"鸭倌"陈白尘

一

1964 年我被分配到《文艺报》工作，一直工作至 1975 年，这期间中国作协机关先后安排我在北京四处居住。虽然条件难说好，但都与一些名作家在一处。对学文学的青年人来讲，平日只能从作品中了解作者，一下变成有机会在日常生活中接触他们，也够幸运。最初我住在贡院西街 1 号，一栋小洋房，20 世纪 50 年代初丁玲主编《文艺报》时的社址。一楼是诗人阮章竞，二楼是翻译家陈冰夷。冰夷一家人待人随和，有时叫我去坐坐。他很爱喝酒，我在三层阁楼里，没处烧开水，冰夷岳母叫我把竹壳暖瓶放在她家门口，晚上回来给我装满。第二次搬到大佛寺 13 号一座大四合院，当年没有考证，准是一位王爷或富商的旧宅。北屋一排主人是赵树理，我住在一间紧靠厕所的厢房里。赵树理当时因小说《卖烟叶》正在被批判中，他很少谈话，晚饭后爱在庭院里独自散步，不断吸烟。1964 年底他回山西去了，他的住处主人后来换成张天翼。第三次住处有所改善，在和平里一栋新楼，有厨房、厕所。就我所住的那栋楼里，就有诗人李季、散文家丁宁，还有一位颇带神秘色彩的老人，20 世纪 30 年代著名女作家白薇，她与世隔绝，足不出户，我只见过她一次，那是机关要我带包邮件给她,敲了半天门,她才开,好奇地注视着我,问明白了来意之后,才请我进去。印象最深的是她的卧室里摆放了一棵常青树,相信不是假的,是有生命的树。

我第四次搬到北京东城区顶银胡同 15 号,是一座小四合院。说小是相比而言,北屋一排也还阔气。我住在南房一间小屋。那是 1973 年,我从湖北咸宁文化部五七干校被借调到河北省一家杂志社工作。北屋的主人长期是老剧作家陈白尘,南屋主人长期是文学组织工作者张僖,不过我搬进去时,白尘早已不是这座四合院的主人了。他新中国成立初期从上海来北京,陆续担任中国作协秘书长、《人民文学》杂志副主编,十几年间,都住在这里,讲起在北京的白尘就会想到顶银胡同 15 号。与这所院子一墙之隔的就是东总布胡同 46 号那座深邃的大宅。前进小院是严文井住,中进是刘白羽,后进是张光年。光年当年是《文艺报》主编,有时我去他那里,光年告诉我,墙那边住的是白尘,并说白尘夫人金玲会做一手地道的淮扬菜。那个年头不兴开后门,如果开个小门,光年与白尘家相距就几步之遥了。

我到《文艺报》之后,很少见到白尘。“文化大革命”前夕,文艺界紧张的空气,别说老作家、老领导了,就连我们这些从学校初来的也感到有点压抑。我接触白尘两次都是偶然的。第一次是在作协党组召开的一次批判“写中间人物论”会上,虽然主要是帮助赵树理,与白尘关系不大,但他靠边坐着,毫无喜剧大家那副悠然的神情,烟一根接一根地抽。散会下楼梯时,我去搀扶了他,他问我从哪里来的,在哪个刊物工作,哪里人。他知道后,说我的老师吴组缃是他的老朋友。第二次见到他,是在邵荃麟家里。荃麟当时是中国作协党组书记,因“大连会议”处境很不妙。我去他家,是《文艺报》副主编侯金镜叫我取回一篇关于美学论争的送审稿子。荃麟和夫人——剧作家葛琴,是江苏宜兴一带人,说话有浓重的乡音。荃麟的女儿邵济安是我北大不同系的同学,因同在学生会工作比较熟,就在我得知自己研究生毕业后被分到《文艺报》的消息后,有次在一个舞会上,她告诉我她要去《文艺报》。我并不知道她爸爸就是我将要去的单位的头头。葛琴待人很热情,我还未坐定,就给我倒了一杯茶,是绿茶。荃麟烟瘾和白尘一样,一根接一根,不同的是白尘是抽烟,荃麟是烧烟,他习惯地点上一根,说话时烟放在烟缸上,烧到半支就用手掐灭,再烧一支。白尘抽什么牌子的烟我没注意,他是从口袋里摸一根抽一根,荃麟抽的是大中华,满装的、空盒的散放在茶几上。在干校与白尘闲聊时,他颇有感慨地说:"文艺界朋友之间的人情,变动无常,足够写一部多幕闹剧。"他说荃麟一天抽好几包好烟,三年困难时期烟从哪里来?除了每月特供的两条外,其余都是老朋友将自己的特供烟让给他了。后来这些人批判他时,用词下语之凶狠,使人难以想象他们之间曾有过的友情。荃麟正同我谈文章修改意见时,白尘来了,叼着一支烟,估计他是常客。我猜领导之间可能有话谈,便自觉地匆忙告辞。我只听荃麟说:"我帮你考虑了,还是回老家江苏好。"白尘1964年秋去山东曲阜参加"四清"运动,1966年春节前,他就离京回宁了。

1949年7月,白尘从上海来北平参加第一次全国文代会。他是南方代表第二团第一副团长,团长是冯雪峰,另一位副团长是孔罗荪,团员中有巴金、吴组缃、陈望道、靳以等。他们抵达北平火车站时受到的欢迎之热烈有文记载。可1965年他离京,是带着郁闷的心境。他全家不可能坐飞机,火车又不像现在K65次那般舒适、快速,我很难想象他这一天一夜的旅途生活是怎么熬过来的,我想他会一支接一支地抽烟,凝视窗外远近的村落。我甚至暗地为他高兴,叶落归根,漂泊了几十年,风风雨雨,能够回老家安居写作,饱享乡情,真正吃上可口的淮扬菜了,吃上家乡淮阴的土菜了。

二

万没料到,十年之后,再次见到白尘,是在湖北干校。我俩在一个连队。他被从江苏省文联揪回审查。

应该说，军宣队对他似乎不太了解，安排他去放鸭子，看管明显不严。白尘是写戏的高手，他不断变换场景，鸭群放在这里又赶到那里，他喜欢离群独处。我因在伙房做挑夫，送水送饭，知道他的行踪。他还是那般凶地抽烟，也喝点酒，也吃点零食，托我进县城购买。有次他幽默地说："我真感谢把我揪回，否则在江苏文艺界，我要成为头号靶子。在这里同类太多，目标不大，落得个清静。"

好景不长。这位年过花甲的老人并未被人真的淡忘。军宣队虽然对他不甚了解，但连排级干部中，不少人熟知他。有天白尘突然成为连里的头号靶子、大红人。起因是金玲给他寄来一包扬州酱菜，白尘又好客，不时分送给一些人。连里抓住了这个阶级斗争的动向，先点名，又展览。多年后从深知内情的人口中得悉。白尘因与攻击林彪的侯金镜交往过密，而金镜是被盯得最严的。我为金镜采购，给他时也是偷偷的。金镜1954年来《文艺报》，他与白尘本是两个路子汇进当代文坛的。白尘从国统区来，金镜从华北解放区来，而且长期在部队从事文艺领导工作。有一个命运他们相同。"文革"前夕，在白尘调回江苏的同时，也已安排了金镜全家调往广东省作协。白尘有次说，如果金镜那时走了，也不至于有后来的厄运。他说金镜这个人根子好，政治上过于自信，没有经历那么多的沧桑。白尘对金镜的怀念是十分诚挚的。1978年《文艺报》复刊后，他多次提醒《文艺报》要发表纪念金镜的文章。1978年12月27日他在给我的信中说："光年兄等为金镜同志写悼念文章，这才像话！只登那么一首诗，我是很生气的，都已自己准备动手写了。如此，我也心安了！我也可以放下笔。"1981年，他在青岛休息时，写了纪念金镜的文章。他在8月20日给我的信中说："我对金镜同志负疚至深，写了篇文章纪念他逝世十周年。他不是大人物，怕别处不肯要"，"《文艺报》如不用，也请你替我随便塞给什么报刊，或者退还给我"。白尘是实在人，说金镜同志不是"大人物"是真话，按资历影响讲，金镜是白尘这些知名老作家的晚辈，但白尘对金镜的为人正直，敢于发表自己见解，热情扶植年轻作家特别赞赏。他说过,茹志鹃小说有争议时,金镜有胆识有力量地支持了她。我知道他指的是金镜1961年3月在《文艺报》发表的《创作个性和艺术特色——读茹志鹃小说有感》一文。金镜从不同意"题材决定论"的角度充分肯定了茹志鹃小说的价值。其实,金镜与茹志鹃并不熟悉。1977年人民文学杂志社召开全国短篇小说座谈会,这是沉寂了多年的文学界的首次聚会。茅盾亲自参加。我去火车站接茹志鹃,她一到住处就详细问我金镜同志去世的经过,一再谈金镜同志当年对她的支持一直使她不忘。后来我将茹志鹃对金镜的怀念之情告诉白尘,白尘说:人就应该这样。

1971年"9·13"事件后,干校连队的紧张空气突然松弛下来。军宣队撤走,连里的干部也先行一步纷纷回北京等地。新上任的连指导员竟然是一直被审查的严文井。白尘要回江苏了,我也为照顾爱人而被借调河北。在与白尘分手时,白尘风趣地说:"我这个老'反革命'自由了,你这个小'反革命'也自由了,有机会去南京,你还没尝过金玲的手艺呢。"

三

白尘晚年,就其创作而言,话剧《大风歌》和长篇回忆录《云梦断忆》是其最重要的收获了,而这两部大著的问世,多少与我都有点干系。

1977年酷暑,白尘完成了历史剧《大风歌》。那时我在复刊不久的人民文学杂志社工作。他签名送了我一本打印稿。我看后很兴奋,极力向编辑部推荐。结果却使我失望,迟迟不见答复。有次我去找一位副主编,也是白尘的老友,他沉吟了半天,对我说篇幅太长了!《人民文学》编辑人员多数以上是白尘20世纪60年代任副主编时的人马。他只给我寄了一本,我颇纳闷。不少他当年的部下对这个本子的态度更使我纳闷。我不便向白尘说明内情,他也再没过问。1979年这个本子荣获新中国成立三十周年献礼剧目一等奖,他来北京,我向他表示了这个歉意。他说:"这怎么能怪你? 你当年只是个普通编辑，我这个文艺'黑线'上的人物在文艺'黑线'尚未得到彻底清算时，我的作品在《人民文学》上发表别说你定不了，就连我的老友你的领导也不愿去冒这个风险。"他又说："其实，当时《人民文学》许多是我的熟人，之所以寄给你，投石问路而已。"

20世纪80年代中期，白尘致力完成了反映干校的长篇散文《云梦断忆》，其中部分篇章在刊物上率先披露，影响瞩目，也带来了些争议。我看了尤为亲切、兴奋。他在给我的一封信中说："写了篇干校的《断忆》（《收获》第三期），颇引起波澜，××甚至怀疑我骂他，冤哉！不知你

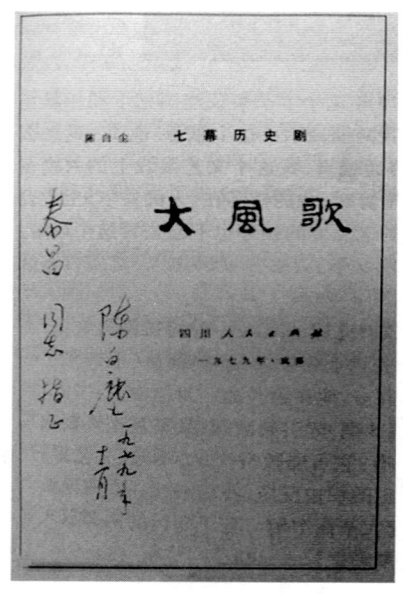

1979年，陈白尘题赠吴泰昌七幕历史剧《大风歌》初版本

读过没有？它可能毁誉交加，不知《文艺报》有无反应！"《文艺报》有肯定的积极反应。我后来在一次座谈会上发表意见，认为反映"文化大革命"中知识分子命运的两部散文最为珍贵，一是白尘的《云梦断忆》，一是杨绛的《干校六记》。1989年中国作家协会举办1976～1988年全国优秀散文集评奖，这两部作品都名列前茅。白尘在电话中感谢我对这部作品的看重与关照。我向他说明这次评奖与我毫无关系。因为我也有《艺文轶话》参评并也获此项殊荣，为回避，我没有参加评委。白尘说："看来，人们对真实的东西还是感兴趣的。"

四

20世纪70年代中后期至80年代中期，白尘居住在南京大庆路高云岭。我每次去南京，都去看他。

1978年他受聘为南京大学教授兼中文系主任,似乎也不太忙,每次他知道我来,都尽快约我去家里玩。

1981年,陈白尘在吴泰昌(左)北京寓所谈话剧《大风歌》

　　我在他家里吃过多顿饭。有一次简直是奇宴。我从上海到南京,看望了正在病中的老母,行装简单,中午下了火车就直奔白尘家。他问我上海之行收获如何,我说只看了老母,安排了一下。这突然的袭击使金玲措手不及。白尘说泰昌不是外人,弄点新鲜的菜蔬,吃个便饭吧! 金玲忙着去他们的小菜园摘茄子、丝瓜、青菜、辣椒……我们在喝啤酒,一道道素菜上来,极为新鲜可口。白尘说:"今天请你吃素,也许你以后再也吃不到这样的素餐。"我回北京后,多次向我上小学的儿子说起在南京吃的这顿素食。前些年,他去南京,在吃足盐水鸭、沙河鱼头之余,居然来电话问我,那年我吃的素餐饭馆在哪里,弄得我开怀大笑,我说是在白尘爷爷家吃的。他记性好,记住了有年白尘曾来我家吃火腿炖老母鸡,他说,爷爷并不吃素,荤菜吃得并不少。其时,白尘刚过世一年。我想起他说的"以后再也吃不到这样的素餐"。人世就是这样无情严酷,逝去了的就逝去了,能留在人们记忆中的片刻只是悠悠岁月浪击冲刷的斑痕。

2000 年

难 忘 一 泯

　　就我的记忆,第一次见到李一泯同志是在 1965 年秋天。阿英同志带我去北京建国门内北牌坊一泯同志家。是所颇大的宅院,但结构不像常见的四合院,很有点洋气。庭院里有个亭子,放着竹椅和茶几。两位老友就在这里交谈,我在一旁听着。当时虽然文艺界的空气已日趋紧张,但他们全然不涉及这方面内容,一泯同志一见阿英就问他最近搜到什么好东西没有,阿英从随身携带的一个布袋里取出几本古书,一泯翻看了说,这几本还可以,但不是顶好的。他操着浓重的四川口音说,现在在北京要找到好书越来越难了,苏北、皖南一带估计还有,那得要有时间去搜寻,这种机会看来不会多了。一泯同志请阿英去书房看看。早听说一泯收藏的古书中以词集最多最精。阿英后来告诉我,一泯藏书的习惯,不管什么版本,只要到手,他都喜欢重新装修,在书上加盖图章,或题或跋。

　　第二次见到一泯同志是"文化大革命"风暴刮得最猛烈时。我陪阿英幼女钱小云去看他。早上 8 点多,他正要去国务院外办上班。其时阿英已被审查批斗,收藏被查封,全家被赶到一处斗室居住。那天一泯同志的话不多,记得他说了几句:"要相信党,能活下来就好,我们这些人的收藏本来就是为国家的,不管在谁手里,不散失就好了。"他随即从皮夹克口袋里掏出一盒三五牌香烟给小云,急促上车走了。再次见到一泯同志已是 1973 年。有次我在电车上巧遇一氓夫人王仪同志，知道上次见面后不久一氓就被逮捕，关在秦城监狱。一氓同志蒙冤关了 6 年，无罪释放后，他住在外交部招待所。我在他那里待了一个多小时，他不说也不问，给我印象最深的是他那滞重的目光。

1974 年至 1982 年，一氓同志在中共中央对外联络部主持工作。他又搬回到旧居，工作忙，又频繁出国，但我感觉，这一期间，他有感而发，诗兴大作，笔头也勤，每次去他处，都能有幸拜读到他的新作。

1978 年，有次他送我一首用钢笔抄写的《无题》诗，短短的四句："电闪雷鸣五十春，空谈瑶瑟韵难成。湘灵已自无消息，何处相寻倩女魂。"我问他是写谁的，他说，无题就是有题，怀念一位老朋友。一氓之作，不少是不想发表的，特别是诗，多是在朋友间抄写流传。过了一阵，他突然叫我将这首《无题》，在上海找家报纸发表。当时我正在为《解放日报》写专栏，同他们比较熟悉，就将《无题》重抄一遍寄去。他告诉我这首诗是为谁写的，叮嘱我先别同报社说，否则使他们为难。很快《无题》就发表了。1982 年，潘汉年同志冤案彻底平反。一氓同志在《纪念潘汉年同志》一文开头引用并点明了这首《无题》诗的"题"："此仿李商隐题，虽属无题，实可解说：第一句指 1926 年汉年同志参加革命到 1977 年逝世；第二句指工作虽有成绩而今成空了；第三句指死在湖南不为人所知；第四句指其妻小董亦早已去世。"1985 年他在整理自己的诗词集《击楫集》时，才补记这首《无题》是"为潘汉年同志作"。一氓同志与潘汉年同志是老朋友好朋友，这是公开的。1955 年突发的"潘杨事件"还牵连着他。当年他在世界和平理事会书记处任中国书记，回国休假，正要返回维也纳时，突然通知他先不要走。过了几个月，有天周恩来总理请他吃饭，饭桌上叫他即刻返回维也纳，一氓同志事后说，原来这几个月是在审查他。

1980 年初夏，他在书房里给我看了一篇短文，要我转给《人民日报》。题目是《记巴尔底山》，是记鲁迅 1930 年在上海如何支持他主编的左翼作家创办的刊物《巴尔底山》。我当场按原稿重抄了一遍。报纸出来后，才发现我将原稿中鲁迅拿出一百元供作印刷费的"供"，错写成"借"。我问他是否要更正一下，他笑着说，能借就算不错了，以后出书时再改过来。他说，他写这件小事的用意，就是想提醒一些鲁迅研究专家：鲁迅和党内一些作家的关系并不全是那么僵。他还谈起，1948 年，他考虑到大连当时的印刷能力，曾主动将上海复社编印的《鲁迅全集》翻印出版，并付给了许广平稿酬。

1982 年，李一氓（左）约吴泰昌在北京东城北牌坊甲 15 号庭院中央小亭子里聊天（于烈　摄）

　　一氓同志曾主动给《文艺报》一篇杂感，文中列举了在拨乱反正期间，报刊上出现的一些"左"的提法。文章至今我都不清楚为何没能采用，大约与文艺界当时复杂的情况有关吧！这可真使我为难了。文章没用，他不问我，不催我，权当没有这件事。有次他写信给我，将一向对我的称谓"同志"，改作"编辑大人"，并说编辑有权处理任何来稿。我想他的意思是让我不必为此事介意。他当时给的是原稿，他也没有将此文再给其他报刊，也没见到他出版的自著中加以收录。他没有因此事对《文艺报》有意见。1982 年，他还主动花工夫为《文艺报》写了长文《一九八一年的文艺成就》。

　　1981 年北京三联书店出版了《一氓题跋》。三联书店经理范用同志是位资深的编辑，爱书如命。当我向他提出这个选题建议时，他当场拍板定了。

一氓老对出书并不在意，范用和我去动员他，才勉强同意。辑录这些散在各处书中的题跋的任务落在我的头上。一氓老藏书甚富，大多在"文革"期间已上缴国库。按照他的提示，我多次去北京图书馆善本室借书抄录。书出版后，一氓老寄给我一份勘误表，指出书中有多处错字。我向他说明，责任在我。他却亲切地说："你花了那么多时间，怎么能怪你呢？我在书上写的那些话，是随手写的，本来就没有考虑发表，字又难辨，有机会再版时改过来就行了。"他还谦虚地说："哪有多少人看我这本小书？内行人看出错字也没什么，我的本职工作并不是搞古籍，业余爱好而已，弄错了，版本目录学专家可以理解原谅。"我想多余地说一句，这位生前立下遗嘱，不要任何其他称谓，只称"一个共产党人"的李一氓同志，其时是中顾委常委、国务院古籍整理出版规划小组组长。

　　一氓老生命的最后几年，写作精力主要集中在撰写回忆录《模糊的荧屏》上。该书时间跨度从童年，1925 年投笔从戎参加革命至 1949 年新中国成立。一氓同志有丰富的革命经历，长期从事党的地下工作、军队工作、宣传工作、财经工作、文化工作和外事工作，担任过各级领导职务。大约从 1983 年动笔，全书共十章，其中部分是他亲自写的，有几章是他口述经人整理后再改定的。他先写记忆清晰的篇章。如最后第十章《过眼云烟》，是回忆他收藏古籍的经历，就是 1985 年写就的。有次他将原稿给我看，我建议他可以独立先发表，他同意，我拿到我参与编辑的《散文世界》月刊用了，当时题目是《过眼烟云》，后来出书时他改成《过眼云烟》。

　　一氓老极少谈起自己的过去。我逐渐了解他不平凡的一生，很多是从他提前让我看回忆录原稿后知道的。如 1936 年红军到达陕北后，在他担任陕甘省委宣传部长前，他曾担任过不满两个月的毛泽东的秘书。这件事他不回忆出来，知道的人大概就很少了。

　　《模糊的荧屏》书名是一氓老反复考虑决定的。他曾多次谈起对写回忆录的看法，他认为写回忆录必须持诚实的态度，写真实发生的事，由于时间久远,资料保存有限,仅凭个人的记忆过于详细地忆起是很困难的。为了对历史负责,不讹传历史,他只能回忆出他所经历的事实轮廓。书的自序是 1990年立秋写定的,可惜 1992 年人民出版社出书时,作者已辞世。本来作者是想签名送给一些老战友的。

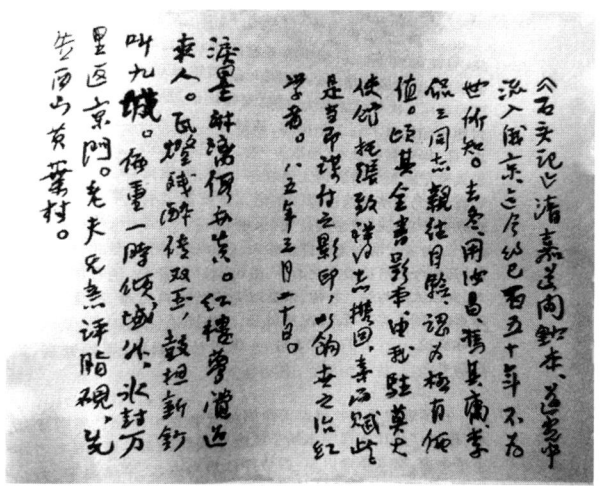

1984 年引回列藏本《石头记》,李一氓题诗手迹

　　新中国成立后的经历一氓老并没有准备回忆写出。我问过他,他说,他之所以写 1949 年前那段,主要考虑当年许多历史经历者已先后不在了,他有责任将自己经历过的一段历史留存下来。

　　《李一氓藏画选》是 1992 年江苏美术出版社出版的。我知道一氓老有将自己收藏的绘画珍品选择出版的意愿。比如,他收藏较多的石涛画精品。他的收藏,绘画部分,大都捐赠给了故宫博物院。由于操作起来遇到了麻烦,他的这种想法渐渐冷了下来。1990 年我在杭州偶然与江苏美术出版社的负责人谈起此事,他们很快答应出版《李一氓藏画选》。一氓老时在北京医院住院,回京后我先同王仪同志谈起此事,并请她征求一氓老的意见。王仪同志很快将一氓老同意并委托我编选的意见在电话中告诉我,并约好过些日子去医院面谈。

1990 年 11 月底,我应邀去苏北连云港市参加在赣榆县举行的徐福节。12 月 5 日,在返京的前一天,从广播中得知一氓老辞世的消息。回到家里,儿子告诉我一氓爷爷家来了电话。

我感到更有责任将一氓老嘱托我编选的这本藏画选编好。由于王仪同志及其子女朋友的大力支持和出版社的努力,《画选》得以顺利出版。赵朴初在该书出版座谈会上激动地说:"千万别忘了一氓为国家抢救保存文化遗产的特殊贡献。"

2004 年

点滴忆曹禺

对爱书的人来说，如果著者能在扉页上签名，或再写上几句，就愈显得珍贵。我珍存了许多名家签名题词本，每一本都有一段难忘的故事。9 月 24 日是曹禺先生 118 周岁诞辰，恰逢中秋佳节，此刻，我找出曹禺先生的著作和照片，在这个特殊的日子，和先生说说话——

在旧书库淘到《日出》初版本

我有淘书的喜好，平时有暇常去逛北京书店。到上海淘点旧书，一直是我的一个心愿。

1983 年，有个好机会，我在上海书店长乐路一个书库里，从上午一直淘到下午。这座小楼里的书库，看来多年没有启用，四处是厚厚的尘土。我挑选了几十本初版本现代文学名著，有些扉页上还有作者的签名，我抱着这些书出来结账时已变成了一个灰人。

回到北京，有天我去看望病中的曹禺先生。他问起上海之行的种种情况，当我提起买到一些好书时，他笑着说："你又发财了！"我从提包里拿出他的《日出》初版本，他接过去，眼睛直直地盯着全黑的书皮，急促地翻着，又忙问我从哪里买的。我说："送给您。"他连声说谢谢。他将书拿到书房里去

1983 年，曹禺在北京木樨地寓所与吴泰昌（右）交谈

了，叫我先坐坐。已有段时日没来看望他了，见他今天开心，我也高兴，特别是他刚刚出院回来。不一会儿，他抱了几本书回到客厅，说感谢我的一片好意，送我三本重印的书，手里仍拿着我送给他的 1936 年巴金主编的文学丛刊编印的《日出》初版本。他站在我面前说："这本书对我当然宝贵，但你是爱书人，还是你保存好。我还为你写了几句话……"我小心地翻开发黄的、已见破碎的扉页，上面写着几行秀丽的毛笔字——

　　泰昌：你喜欢在浩若烟海的旧书中寻觅版本，居然找到巴金和我的旧书，这自然是你的。

曹禺

83.6.16

　　他还在扉页的右下角认真地盖了一方印章。他从书架上找了一个大信袋，看着我将新书旧书都装好。

寄贺卡惊喜收到曹禺先生回信

　　每逢新年、春节前夕,友人之间相互寄赠一张贺卡,写上几句祝愿的话,或发送一条信息,本是我们朋友之间友谊传递的常举。每年我都寄赠,也陆续收到别人的寄赠。1986 年元旦前夕,我给远在上海的曹禺先生和夫人李玉茹寄赠了一张贺卡,却收到了一封曹禺先生亲笔写的回信,至今我仍珍藏着。

　　信中写道:"人总是怕朋友忘记,一张纸竟会使我们如此愉快,连自己也是想不到的。"

　　幽默夸张是戏剧语言的一个耀眼特点。曹禺是戏剧大师,我寄赠他的一张普通的贺卡竟会引起他在信中说"如此愉快",我想只能如是看,但戏剧名

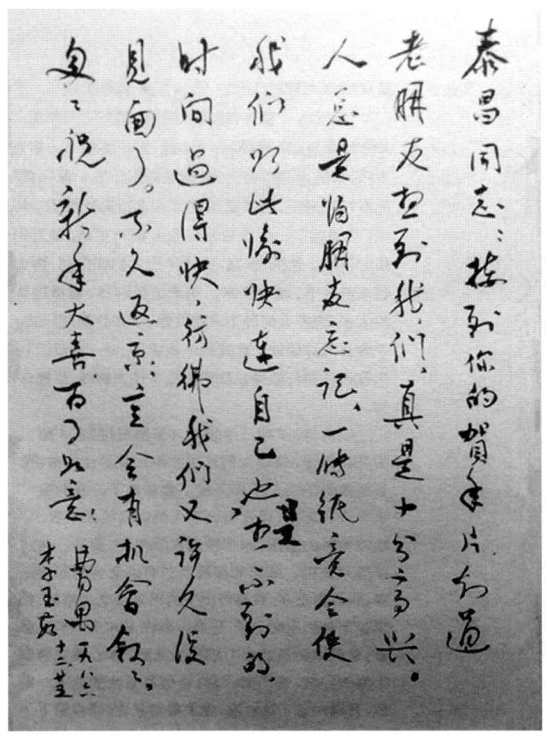

曹禺致吴泰昌信

著里是短缺不了连珠的人生妙语警句的,"人总是怕朋友忘记",难道不是一句感悟人生的妙语警句?

日常生活中的曹禺,是很愿与朋友交谈叙说的,无论是大朋友、小朋友,大名人还是普通人。我见过他在北京或上海与巴金打趣闲谈,也感受过他与晚辈后生们的随意叙谈。自20世纪70年代末起,我与曹禺有过一些接触。难忘的一次是在上海。1984年,为纪念老舍八十五周年诞辰,老舍的家人希望巴金再写篇文章。巴金正在住院治疗,中国作协领导派我去上海为巴老写这篇文章做点辅助工作。巴老在病榻上同我谈了一个上午。星期六一整天,我将巴老所谈整理好,想第二天送他审定,如果顺利,星期一就可回京了。事也凑巧,曹禺当时也在上海,就住在附近的一家宾馆。他得知我来了,约我和他夫妇一起吃晚饭。席间,他谈起自己也答应写纪念老舍的文章,但近日精力不济。他说:"泰昌,完成了巴金的任务后,再为我辛苦一下,晚两天走。明天是星期日,看望巴老的人多,他不大能静下来改文章,不如你星期一去,今晚我同你谈谈。"曹禺是个夜猫子,他一谈就谈到午夜,告别时,他建议我明天找个地方转转,休整休整。

就这样,星期日早饭后,《解放日报》友人陪我去郊县嘉定,傍晚回到宾馆才得知我的住房被窃,我随身带的一个手提包被小偷偷走了。我的手提包里没有现金,也没有公安人员询问的如手表、相机等值钱的东西,除了换洗衣服外,主要是一些文字图片资料,如巴老与我谈的有关老舍的原始记录,约有两千字;我整理出来的巴老谈老舍原稿;曹禺谈老舍的原始记录;还有一卷尚未冲洗的柯达底片,是我来沪前替冰心拍的生活照。冰心嘱我带到上海去冲洗,送巴老一套。事后,曹禺知道了这件事,他笑着对我说:"怪我留下了你,害得巴老抱病亲自上阵赶写,你又损失了那么多宝贝。"

巴老赠书,我为曹禺当"快递员"

1989年,我去上海。巴金老人送了我人民文学出版社出版的八卷《巴金全集》。回京阅读时我才发现,第六卷扉页上是巴老签名赠给曹禺、李玉茹夫妇的。我到北京医院看望曹禺,将这本《巴金全集》给他,我说可能是巴老错拿了。曹禺摆摆手风趣地说:"这是老巴怕你背不动,又想让我早收到,让我高兴,只好先让你带有签名的这本来,其余的,以后到上海去拿,真不行,配齐也方便,反正是北京出版的。"

1987年,曹禺(左)在巴金家中,右为巴金外孙女端端(李小林 供图)

1993年6月11日,曹禺在京突然写信约我去他家"闲谈"。原以为他有什么事要吩咐交代,闲聊了近两个小时,告别时,他才问我,最近有没有发现什么有特色有风味的馆子。他说:"不久上海要来几位朋友,请他们一起聚聚。我们这些上了年纪的人,聚一次少一次,朋友都是相互惦记着的。"

曹禺在去上海前就答应了参加老舍纪念会,并在会上做个发言。由于我那个"意外",未能协助曹禺完成发言稿。我回京不久,突然知悉曹禺因病住院,老舍的纪念会不可能参加了。他在给我的一封信中说:"最近我患急性肠胃炎,心脏也不大好,已住华东医院,进行治疗。老舍先生八十五周年诞辰纪念会,我极想参加,但身体不行,行动困难。十五日前飞京,大约是不可能了,务请转告老舍夫人胡絜青大姐。"信末又及:"我十分不安,未能参加纪念会,请她原谅!"胡絜青老人表示,曹禺心意到了,愿他早日康复,北京见!

此刻,一轮明月高悬,央视的中秋晚会气氛正浓。今晚举杯,和曹禺先生一起,聊天,赏月。

2018 年 9 月 27 日

吴组缃：不倦的爬山人

1994 年元旦不久，我在京西宾馆参加一个会议。孩子电话告我，吴组缃爷爷家来电话，说吴爷爷快不行了，很想见我一面。

1 月 8 日，组缃老师临终前三天，我闯进病房，他在安详地躺着。他的女婿叫醒他，大声说泰昌来了。他微微地睁开眼，缓缓地抓着我的手，一个多小时，想说什么又没说出什么。他卧床时间不短，屁股上长了不少褥疮。我和他女婿给他翻身擦洗后，他又昏睡了。

1955 年我来北大上学，在授业的老师中我最爱听他的课，交往也感到最亲近。他讲授明清小说，开设《红楼梦》讲座，观点之深刻独创，对情节人物剖析之入微，赢得了学生的普遍赞誉。也许是一种家乡情结，很早我就成了他家的小客人。他使我染上爱喝安徽茶的习惯，师母让我品尝了诸如臭鳜鱼一类的真正徽菜。

我特别爱听在课堂上听不到的他那风趣的谈话。他常谈起他对山的特殊记忆。他老家是泾县，他说："我小时候就不知道有平原。山的一边是山，山的另一边还是山。那时有个愿望，想爬到山头看看另一边是怎样的。有一次跟姐姐、嫂嫂跑到山上去采果子，跑到山头处，一看，哈！还是山！那时根本不知道有平原，我以为世界就是山。" 1928 年，刚满 20 岁，他从家乡的山，攀登到另一座山——文学之山，他以优异成绩，考入清华大学中文系。

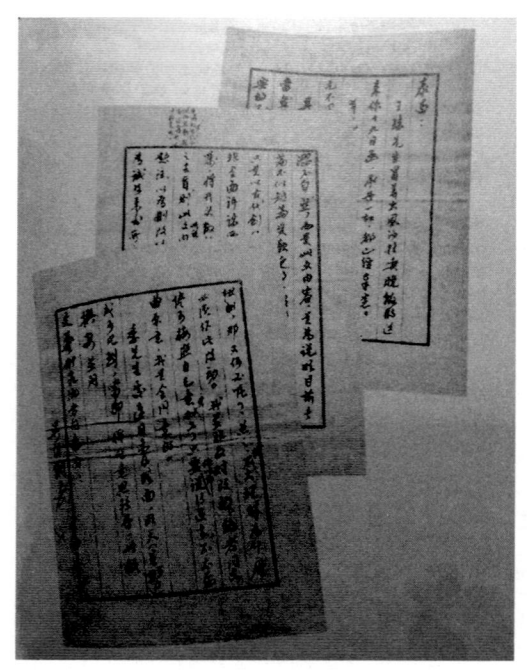

吴组缃关于《山洪》给吴泰昌的信

组缃老师自幼爱读书,少年时就勤于写作,大胆投稿。上大学后,他泉涌般地发表小说、散文,很快引起文坛重视。茅盾及时著文称赞他作品的精致。他的名篇《一千八百担》《绿竹山房》《鸭嘴涝》(后改名《山洪》)等早已载入中国现代文学史。

在创作中,长期在大学的讲授中,他对文学有自己执着的主张。他认为,搞创作要有两个要素:第一是作家要有真实感情;第二是作家对客观的现实情况有实实在在的感受,不等于就能写出好作品,作品是需要通过技巧和文学语言来表现完成的。在对艺术的追求上他偏爱质朴、自然的风格。1987年,他为我的散文集《梦的记忆》作序,他在文中说:"我喜欢这样的散文,它们的特色,是随随便便的、毫不作态的称心而道,注重日常生活和人情事理的描述,读来非常真切、明白,又非常自然而有意味,正如一碗淡淡的清汤,上面浮着几粒碧绿的葱花和透明的油味。喝着，满口爽快，觉得很有味道。"

经过十年浩劫磨难之后，20世纪80年代前后，他精神振奋，写作兴致骤浓。他在给我的一封信中说："我想做的事：把几门讲过的课的讲稿整理出来——宋元明清文学史、中国古代小说论要、《红楼梦》及其他几部长篇小说评论、现代作品选评、鲁迅小说研究。这是一方面。另一方面，想多写些回忆的文章，其中包括散文及小说形式。"他尽力地在做。

吴泰昌（右）听吴组缃老师在寓所闲谈

组缃师有些心愿未能实现，留下了事业上的多项遗憾。我确切知道的至少有两个项目，是他最挂在心头上的。其一是撰写回忆冯玉祥先生的文章。吴组缃老师1935年曾任皖籍著名将领冯玉祥的国文老师，与冯朝夕相处，无话不谈，对冯的思想性格、为人处世态度了解剔透。这篇文章未能写出，是非常非常遗憾的。他最后想完成《〈红楼梦〉批注》。1949年9月，他任清华大学中文系教授和系主任。1952年院校调整后，他来北大中文系任教授，文学创作还在抽空进行，但主要精力放在对宋元明清文学史的教学和研究上，特别在对中国古典小说的教学和研究上，成就卓著。他在《红楼梦》的研究、教授上成就、影响尤为突出。他的《论贾宝玉典型形象》，被公认为是一篇高水平的学术论文。他的《〈红楼梦〉批注》未能完成,是无法弥补的一大憾事。

作家兼学者的吴组缃,成就卓著。这是他一生不倦爬山的辛劳成果。他晚年多次对我说,具体的山,再高,只要有毅力,最终能攀登到顶峰,而事业之山,对于任何一个人来说,只是个爬山者。

2018 年 4 月 12 日

吴组缃:"最怕开空头支票"

　　20 世纪 80 年代初,文坛在沉寂了多年之后呈现一派活跃景象。大批中青年作家涌出,老作家也不甘示弱。《文艺报》1981 年开设了一个栏目《作家近况》,广泛报道读者关注的一些老作家的写作动向。记者在采访吴组缃教授之前,我曾给他打过一个电话,告诉编辑部此举的意图,不料很快收到他如此内容的一信:"泰昌:电话里说的话,我还不甚了了。说是要在刊物上,报道我的工作,尤不免有些顾虑。最怕开空头支票,尤不愿造成客观压力。我主观上想多做些事,但总是力不从心。我单打一搞惯了,头绪一多,手忙脚乱,什么都搞不成。自 1978 年病发,好好坏坏,不时发作,主要是胃肠溃疡、慢性胃炎、胃痉挛、支气管炎及心脏衰弱。眼睛(左眼)有病,似此,日间各种客人时间不能保证,夜间不能工作。写点东西,一曝十寒。记忆力坏到极点,工作一经打断,多少时候接续不起来。目前文债堆积,顾此失彼,已经得罪了许多人,心里真着急。……我的顾虑不少,尤不明此举的意图。最好请取消此一项目,至盼至感! 祝撰安! 吴组缃,六月一日。"读了他这封言辞恳切的信,为了不给他增添客观的压力,这次对他的采访只好作罢。

　　组缃先生是我北大的业师,平日接触也较多。我知道他写这封信的时候,正为一篇必须完成而又迟迟未完成的文稿长久在焦急着。湖南人民出版社其时要出《老舍幽默文集》,老舍夫人胡絜青请他为这本集子写序,并在给他的信上说:"你写这篇序再合适不过的。"组缃先生和老舍先生友谊笃厚。组缃先生自言"从抗战时期直到新中国成立以后,我是老舍很亲密的友人之中的一个。尤其在重庆的一段时期,我们同做涸辙之鲋,常常一处同吃、同住、同工作、同游散,无话不谈。老舍比我大九岁,资历方面也是我的前辈,我本来称呼他'老舍先生',他多次反对,说:'这不行,多生分!'他要我叫他'舍予兄'"。

吴泰昌(右)拜访吴组缃

组缃先生工作、写作习惯于单打一,了结了一项,再开始新的一项。1981年,自允诺为老舍集子写序,他就放下了手头的其他事。书是编好了的,只等序文付梓,可组缃先生近一年没交卷,老舍家里人多次催询,也托我去催问。有次组缃先生发急地拿出一沓散乱的稿子给我看,并说:"这篇序看似好写,其实很难写。幽默是老舍作品的基调,他又是幽默文学大师,我再说三道四,凑上几句好话,没有意思。我开了几次头,自己不满意,就这样拖了下来。"1982年6月底,有次他约我去他家,一进门他就如释重负地笑着对我说:那序写好了,放了几天,再看时觉得还好,今天可以轻松聊聊。他说:"人们常说

'文如其人''人格即风格',我在这长篇序里写了一些日常生活中老舍的幽默趣事,读者了解了这些再去看他的作品,不是能多少增加对作品的了解,增添阅读时的兴趣吗?"事后知道,老舍家人对这篇认真写出的序文甚感满意。

　　吴组缃既是学者,又是作家,是现代文坛两者结合得尚好的显著的一位。他长期执教于清华、北大,主要讲授中国古典小说,他对《红楼梦》等名著的研究和剖析,渗透了一位成熟作家独有的眼光和细致的分析。晚年他心里计划做的事很多,他在给我的信中曾透露:"我想做的事:把几门讲过的课的讲稿整理出来——宋元明清文学史、中国古代小说论要、《红楼梦》及其他几部长篇小说评论、现代作品选评、鲁迅小说研究。这是一方面。另一方面,想多写些回忆的文章,其中包括散文及小说形式。"他一再叮嘱我,不要将他的这些想法公布,他说:"人不想做点事生活没有意思,但心想的事,有些能做成,有些未必能做成,做成了的事才是事。"

2005 年 6 月

诗 人 田 间

　　我与田间有接触,大约在 20 世纪 70 年代中期,他刚恢复工作,在河北省革委会文艺组任组长,我在他手下一家文艺期刊做编辑。他家在北京,一人在石家庄住一间平房,办公室兼卧室。我的办公室就在他的前排,住处离他也就百来米。上班或晚上,我常去他那里坐坐。他的烟瘾很大,几乎是一根接一根。那是个特殊的年代,人们之间不大交谈什么自己的事业与志愿,文学更怕谈。由于我们都是从中国作家协会出来的,他比我早十几年来到河北,我才从湖北咸宁文化部干校过来,他的一些朋友,不少是我的领导,他有时问起他们的近况。他对郭小川的处境关心,当知道我曾与老诗人臧克家同住一户农家斗室,臧老和年轻人一样每天下湖劳动时,他惊奇地说:"克家居然熬过来了,是奇迹!"另一个使我与他相处感到亲近的缘由是,我们是同乡。虽然他到北方的时间比我长,但乡音比我重。他的饮食习惯细微处也没有多大改变。他爱吃咸肉,北方没有,他就用火腿代替,有时他自己回北京带来,有时我回北京叫我代买一些带来。他房间里用报纸包的火腿很少缺货。他吃火腿,也不像浙江人的吃法,切成薄片蒸,而是大块大块地煮,用手撕了吃。他也想吃他老家的特产卤鸭,当地根本没有,他就常叫我代买烧鸡。看得出,他的思乡之情是浓厚的。

　　田间 1933 年生,17 岁从家乡安徽无为县来到上海,开始写诗,同年参加中国左翼作家联盟后,又编辑《新诗歌》《文学丛报》,1936年底,他就有两本诗集问世了。艾青1986年在一篇文章中回忆道:"一天,一个穿西装的青年来访,看样子不会超过20岁,捧了两本诗集,一本《中国牧歌》,一本《中国农村的故事》,在书的第一页上写着'海澄哥教我',使我很感动。这个青年就是田间,光华大学的学生,当时已是出名的诗人,而我虽然发表诗文已三四年了,却还没有出版过诗集。"1936年5月,田间回故乡,深感农民生活的艰苦,写了《中国农村的故事》。

1938年,田间就到了延安,出版了《给战斗者》《她也要杀人》等诗集,成为这个时期很有影响的诗人,被闻一多誉为"时代的鼓手"。抗日战争后期和解放战争时期,他创作了《抗战诗抄》,长诗《戎冠秀》、《赶车传》(第一部)等,在创作风格上有了新的积极的探索。《赶车传》曾被译成德文和捷克文,艾青认为是"巨著",曾写信鼓励过他。

1984年,田间(左)与艾青(中)、魏巍(右)在全国第四次作家代表大会上(高瑛 供图)

1949年7月第一次文代会在北平召开,他是华北代表团第一副团长,团长是老诗人萧三。中华全国文学工作者协会成立后,他和赵树理负责创作部,后又协助丁玲负责中央文学讲习所。

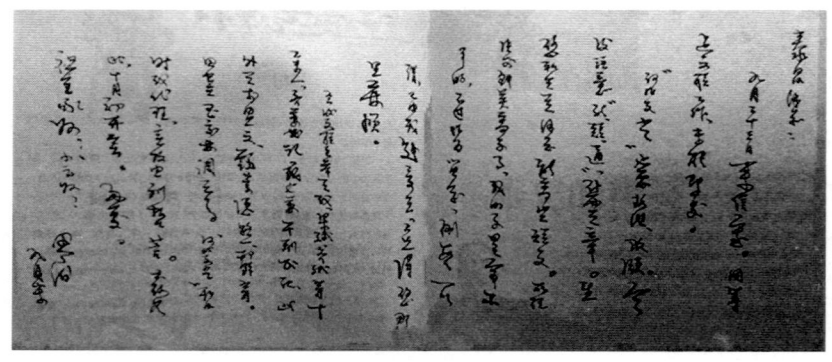

1976 年田间致吴泰昌信

　　田间不爱说自己光彩的过去。有次我问他,还继续写诗吗,他笑着说,东西总是要写的。20 世纪 80 年代初,他回到北京家中。有时我去看他。他给我写过几封信,都是因为《文艺报》处理他的稿子的事。其中一封,我记忆特别深,他在寄出信的当天,又给我打电话,情绪颇为激动。他在信中说:"我外出一个多月,到洛阳、华山、三门峡、西安以及延安,筋疲力尽,准备休息一下。这里,望代我查问一件事,即《文艺报》年前约我写的一稿,至今不发(还有照片一张),未知何故? 不发也可,我的稿子也该给我寄回。我看原因很简单,不过看法不同罢了。《文艺报》这样的刊物,若要看法完全一致的,那恕我直言,就可办可不办了。尤其对于诗,按说你们应该本着党的方针,努力宣传这一方面,这何待我言! 当然我那文章,也许有什么要改的,那倒应该提醒我参考,也不必压得这么久。1982 年 5 月。"由于他的这篇约稿不是我经手的,我见到信后即刻向副主编唐因汇报,唐因同志做了妥善处理。我最后一次去医院看望田间,是 1985 年 8 月 30 日他逝世前不久,他高兴地告诉我,艾青来看他了,艾青还提起 1936 年田间帮他发诗作的往事。田间说做编辑,对作者,不管是不是名人,大名人,小名人,普通作者,都要一视同仁,热情负责。一向对人热忱的他,病重时的这番话我至今没有忘记。

2001 年 4 月

难忘张天翼的微笑

　　电视连续剧《红楼梦》的播放，在我们国家广阔的社会生活中掀起了一股红学热浪。不管读过没读过《红楼梦》的人，都在议论这部小说。想看《红楼梦》的人越来越多。报载，曾一度滞销的《红楼梦》已经脱销。这毫不奇怪。我上小学五年级的儿子，平时是个武侠小说迷，今年放暑假的头一天，就急着想看《红楼梦》了。我手头有多种版本的《红楼梦》，可惜是繁体字，他看不懂；有一部前些年出版的，是半简化字的，他连看带猜，读得吃力。他提出要一部彻底简化字的。我跑了几家书店，又去机关图书室，都没有结果，看来只有把希望寄托在印刷机的转动上了。

　　读过《红楼梦》和熟读过《红楼梦》的人，就喜欢借着电视剧的改编发表自己的高见了。10天前，我和几位作家应邀去大连金州金石滩旅游区小憩。我们从北京出发，花了几乎两天的时间到达这个新开设的度假村，当踏进日本式的小楼"绿色别墅"时，野外已大雨瓢泼起来。一行七八人自然地聚集在一间屋子里，靠近老作家吴组缃教授坐下。话题很快就落到小说《红楼梦》上。吴先生说，这部书很不好读，要读进去也不容易。他信口举了几个细节，问我们怎么理解。宗璞勇敢地发表自己的意见，并不时主动出击，提一些问题请吴先生讲解。从一答一问里，我发觉宗璞对《红楼梦》也十分熟悉。我50年代在大学里听过吴先生讲授的《红楼梦》专题课，他对书中人物性格乃至细节剥花生似的入微剖析，至今还令我记忆深刻。听说他多年讲课的讲稿，正在整理，准备出书，我心里莫名其妙地突然想起吴先生的老朋友——已故名作家张天翼。他十几年前曾经对我说过，他想写一本关于《红楼梦》艺术分析的书，也是在一个窗外大雨滂沱的夏日里。

1983 年，吴泰昌（右）看望大病初愈的张天翼（左），中为张天翼夫人沈承宽

读天翼同志的作品自然较早，见到他却是在 1958 年。当时《人民文学》杂志发表了宗璞的小说《红豆》，很引起争议，编辑部来北大在我们班开了一个座谈会，主编张天翼和小说作者都来了。天翼同志清瘦，多少给人有点病态的感觉。他讲话有条不紊，十分简练，幽默诙谐。那天我特别兴奋，我几分钟莽撞的发言，天翼同志竟看着我点过两次头。几年后我到《文艺报》，天翼同志爱人和我在一起工作，见到天翼的机会自然渐渐多起来。他话不多，我记不起当时他对我说过什么。我见他老爱在院子里和胡同里散步，带着微笑散步，周围的人似乎都不在他的眼里。看着他这副样子，我总觉得他正在酝酿、构思一部大作品。他的冷静、沉着使我暗自钦佩。"文革"初期他住的院子里挂满了大字报，他常站着看大字报，不带任何表情地看大字报。有次我站在他身旁，见他在专注地看一张揭发他反×××的大字报，他猛然发现了我，依然是微微一笑，又仰首走到另一张大字报前……

70年代初,天翼同志在湖北干校时,他和大家一同吃苦受累。他和冰心一起看过菜地,冰心是坐在田头吆喝着赶鸡,天翼却是散着步去赶鸡,带着微笑散步……我能常见到他的这番动作,便想起了他的小说的幽默尖刻,莫名其妙地感觉他正在酝酿、构思什么大作品。他吃饭很认真,牙齿不好,吃什么都慢慢咀嚼。有次我从县城替他买回一个大猪肉罐头,他吃了很多天,吃得很细致,将吸吮得干干净净的骨头放在一张纸上。他是位老病号,许多人担心他身体吃不消,他居然能熬了过来。他在批判他的会上,收起了微笑,但他那从容的神态使人担心会随时蹦出个微笑来。侯金镜脑溢血去世后,他阴沉了好些天,他说金镜性子太急了! 天翼因病回北京可惊动了连队。我们上车的地方是广州至北京中间的一个三等站,买不到卧铺(不是软卧),以天翼的身体、年龄,站两天两夜,到不了北京肯定会垮台。当年买火车卧铺要证明,请这个三等站打长途电话,到长沙预订卧铺更要讲规格! 天翼当时有什么身份? 他还是戴着老右派、老修正主义分子帽子尚未解除审查的人。结果只好抬出他是上届全国人大代表的头衔,站长听了也一怔。这位站长通过长途电话,就是用有一位全国人大代表的名义让长沙站留下了一个卧铺。天翼离开干校时的这点派头,引起了一些人的惊奇。虽然我明知他是怎么坐上卧铺的,看他上车后从车窗里投过来的那一抹微笑,我也糊涂起来,真以为天翼回北京说不定有什么重任,写《红楼梦》? 写《人间喜剧》式的作品? 他准能写好。

待我半年之后回北京见到他时,他已在大佛寺一座大四合院的北屋住下了。我也住在这座院子里,东厢房的一小间。这个院子早些年是赵树理住的。我和天翼成了邻居。他比在干校时显得悠闲些,他请回了多年的老保姆,也想起吃点湖南口味的菜了。他有次在院子天井里散步,突然过来敲我门,叫我去他家吃中饭。吃饭时我问他在做什么,他微笑地说,他在翻《红楼梦》。当时全国都在宣传《红楼梦》,宣传"梦"里的"纲",他重温《红楼梦》不奇怪,奇怪的是他告诉我,想写一组《红楼梦》的文章,谈艺术方面的问题,他说:这是一部很了不起的小说,从各个方面可评论,有谈不完的问题。那天他讲了《红楼梦》结构安排的匠心。他说《红楼梦》里的对话尤其值得回味⋯⋯他高兴地说了许多。我望着他的微笑,觉得他很机智,一时写不了《红楼梦》式的作品,就先来评论这部作品。人家在大谈阶级斗争这个纲,他却偏偏去谈艺术造诣。他丝毫没有考虑发表、出版的问题。他叫我帮他搜集一点有关《红楼梦》的资料。当时不少单位搜集印刷了这方面的材料,我陆续替他找到了一些。有许多是重复的文章,他翻翻就扔在一边了。他说,重要的还是看小说本身。我对天翼的这个计划抱有很大的期望。我读过他发表的谈中国古典小说的文章,谈《红楼梦》的,谈《西游记》的,这些文章里都有作家的流盼,有作家的卓见,是一般研究者和评论家写不了的。

1980 年,张天翼用左手题赠吴泰昌的《张天翼小说选集》

我读着吴组缃谈《红楼梦》的文章,就想读到天翼谈《红楼梦》的文章。

我不知道他动笔写这组文章没有。那次谈话后不久,我就回干校,分配到河北工作去了。

我再来看望他时,他已中风卧床不能言语了。

他不能言语,手脚不灵,但慢慢脸上又泛起了从容的微笑。1980 年 4 月

4 日我去崇文门他的新居看望他,一进门他的夫人说,天翼要送我一本《张天翼小说选集》。只见她将书拿到天翼的卧室里去,我跟着过去,天翼用左手在扉页上写了几个还算工整的字:"泰昌同志 天翼",我高兴地直瞪瞪地望着他那张带着微笑的脸。

1987 年 7 月

点滴忆曹靖华老师

曹老靖华先生是我崇敬的一位历史老人。日前收到北大寄来的《曹靖华110 周年诞辰纪念文集》(红旗出版社出版,2009 年 11 月)一书,不禁勾起我对两年前参加曹老 110 周年诞辰纪念会的情景和对曹老生前的点滴回忆。

那是 2007 年 10 月 30 日,北京大学主办、多家单位协办了"曹靖华先生诞辰 110 周年纪念会暨俄罗斯文学国际研讨会"。我应邀参加纪念会并发言,为能表达一个后辈学子的缅怀之情,而感到十分荣幸。

北大的环境和规模变化很大,更加人性化,更加充满 21 世纪的蓬勃生气。车子在燕园里绕了几圈,才找到纪念会场——"百年世纪讲堂"。这原是大饭厅改建的,大饭厅我是熟悉的,它留给我许多亲切的回忆。我是 1955 年考进北大中文系的,1960 年本科毕业后,又读了三年研究生。除每日三餐,听报告和与同学交往,许多活动都是在大饭厅里进行。

我原本考取的是中文系新闻专业。有一次一位同在校学生会宣传部工作的中文系汉语言文学专业高班同学和我谈起,北大语言文学方面会集了全国一大批著名教授,有在系里的,也有在北大文学研究所的,如系里的杨晦、魏建功、游国恩、王力、林庚、浦江清、吴组缃、王瑶等等,所里的如郑振铎、何其芳、俞平伯、钱锺书等等。他还特别提到北大外语系与别的院校的外语系有点不同,不是单纯的语言系,而是语言文学系。三个外国语言文学系的师资力量同样异常雄厚,如俄罗斯语言文学系主任曹靖华、西方语言文学系主任冯至、东方语言文学系主任季羡林、西语系的朱光潜……我中学时爱做文学梦,神奇地崇拜文学大家,希冀自己日后走上文学之路,于是我改学汉语言文学专业。曹老等一大批德高望重的前辈,无疑是诱使我终生学文学的因素之一。

在学校里,我和曹先生接触不多。我听过他讲授的苏联文学课。但我也曾听过他一次特殊的"课",也许有些常听他的课的学生未必能有这难得的机会。那是 1956 年,北大讨论曹靖华先生入党。中文系党总支书记要我们几位申请入党的年轻学生去旁听,他说:"曹先生 60 多岁还要求入党,你们不到 20 岁的青年,应当学习前辈们始终要求进步的精神。"那天,我早早地去了俄文楼。曹先生的入党介绍人是文艺界名人冯雪峰和后来担任北大副校长的曹先生"一二·九"时期的学生邹鲁风。会上,曹先生的发言认真、诚实,我听了深受感动,增添了不断要求进步的信心和决心。

我增进对曹老的了解和尊敬与老诗人臧克家有直接关系。1964 年我分配到中国作家协会主办的《文艺报》工作,克家是同一单位所属的《诗刊》的主编。1969 年我们去湖北咸宁中央文化部五七干校锻炼,在 5 连,我和他被分在一户农家的一间小土屋里同住。人老了,易怀旧。干了一天活,晚上克家关切地谈起他的几位挚友,如曹靖华先生、季羡林先生。他谈曹老,不只是泛泛地谈曹老和鲁迅长期亲密的战斗友谊,曹老在中俄文化交流等方面的贡献;他谈得很细致,谈了许多鲜为人知却足以体现曹老人格魅力的"细末"。他曾带笑地对我说:"他是你的老师,对老师的了解不能只在课堂上,在他的著作里,要领会其人做事的那份精神。"从 20 世纪 70 年代中期起,我常去东城区赵堂子胡同克家的寓所。他客厅里挂了几张老友的条幅,都是大名人的,其中就有曹老赠送给他的墨宝。也就是在克家家里,我数次见到靖华老师。他常在下午,拄着拐杖,乘 24 路公共汽车来看克家。我坐在一旁,听两位历史老人的闲聊。20 世纪 80 年代初,记得他俩谈起译著的事。曹老说,现在译著逐渐多起来,将以前外国一些有价值的著作逐渐译介过来是好事,能使国人更加开阔眼界,有助于我们国家改革开放大业。他说,翻译要精通外文,但懂外文不一定能把作品翻译得好,译者的中国语言文化修养和功力是重要的。他进一步谈到,过去有些译著,译者是花了多年心血,形成了自己的译文风格,现在有些重译本可能在翻译的某些方面有所修正和进步,但译文还不是太经看、耐看,一时还难以替代已有的一些经典性的译著。克家很赞同曹老这位老行家的卓见。克家和克家夫人郑曼几次叫我陪曹老一同乘24路公共汽车回去,"上下车搀扶搀扶,代找个座位"。曹老摆着手说:"不用,我走得了,你们放心!"回想起像曹老这样年迈的国宝级文化大师的这些细节,我颇有点心酸的感触。

曹老是翻译大家,也是我国当代一位散文大家。他的《三五年是多久》《花》《忆当年,穿着细事且莫等闲看!》《素笺寄深情》《小米的回忆》等名篇是我国散文宝库中的传世之作。不少评论家认为曹老散文的成就在于"思想性强与艺术性强"。有一次在东大桥曹老家里,我为《文艺报》向他求稿。他同我说:"别人说我的散文思想性强艺术性强,但要做到这一点,首先要有情,有真情。没有真情,打动不了读者,就谈不上什么思想性、艺术性了。散文本质也要求作者写真情实感。"曹老对散文的这个见解很精辟,不仅对我,我想对所有爱写散文的人都大有启示。

曹老的遗体告别仪式我从外地赶回参加了,和他的子女一起悲痛。1997年我参加了北大举办的纪念曹靖华先生100周年诞辰活动,后又参加了曹老110周年诞辰纪念会和学术研讨会,面对培养我的母校日新月异的扩大和发展,年轻一代日益成长,我真高兴。同时,我也深有感触地想,北大历史上有过的一批真正的学者,真正的大师,我们怀念他们,纪念他们。在21世纪的今天,他们那种怀抱国家、民族的利益,刻苦治学,研究育人的精神,是北大值得牢牢记住和长久传承的珍贵财富。

2010 年 1 月 8 日

我的北大导师杨晦

我的老师很多,不是时下习惯泛称的老师。我当学生的年头之长应该说在我同龄人中是稀有的。如果从童年在抗战江西儿童保育院算起,有二十八九个春秋了。虽然我的记性还好,毕竟不同时段使我受过益的老师屈指难数,不可能每个都留存下清晰的记忆。今年(2000)3月的最后一天,北大中文系庆祝建系90周年,我回到母校参加庆祝活动,见到了一批40多年前的同窗,虽然同在京城,多半是数年不见,在这个场合相聚,感触丛生。燕园风光依旧,当年给我们上课的老师,大多先后辞世,连健在的林庚教授也因病未能亲临。岁月无情!我想起了这句话。

在北大中文系学习、生活了近9年,杨晦教授是我跟随学习时间最长的老师。1955年我进校时,他是系主任兼文艺理论教研室主任,我听过他的课。1958年"大炼钢铁"时,我和几位同学去燕东园他的寓所帮他拆毁壁炉取钢条。1960年我本科毕业后做他的研究生,他的辅导都在家里,有时在客厅,有时在书房,接触渐渐多了。特别是他辅导我写研究生毕业论文那半年,我往往是不预约就贸然而去。多次是他一边用餐一边同我谈。杨老师吃饭简单,一小碗红烧肉,一碗素菜汤。他留我在他家吃过几次,每次同他一样,一小碗红烧肉,一碗素菜汤。进校时,他给新生做报告,记得最清楚的是,他激动地说:"中文系不是培养作家的,想当作家,别到这里来。"也就是那次讲完话散场后,他在一群人中见到了我这个瘦弱的新生,他问我从哪里考来的,在哪个专业。我原是报考中文系新闻专业的,杨老师说:"你年纪小,可以重新考虑改学语言文学专业。"当时语言文学专业学制在全国率先改为五年制,新闻专业四年制。又听说语言文学方面名教授多,后来的中国社科院文学所当时是北大文学研究所,名人也多。经他提醒,不久我就申请改学语言文学专业了。1964年我研究生毕业时,他因病休养,由游国恩教授代系主任。我到《文艺报》工作前,游老师约我去他家谈话,叮嘱我出去要好好工作,国家培养一个人才不容易。游老师是位亲切又严肃的人,他在送别我时,竟提醒我要去的单位比学校复杂,一切要小心从事。我对他的提醒还不大理解。我来到《文艺报》上班,主编张光年见我时就说:这是个光荣而危险的岗位。这才使我回想起了游老师的这番用心。离开学校的头天下午,我去看望了杨晦老师,他正靠在二楼书房的沙发上闭目养神,书桌上摊满了书,其中一本厚厚的英文大辞典打开地躺在那里。那天他精神不好,劝我去了以后多看多听少写。

1958年,系里同学集体编写中国文学史。我被分在近代文学组。杨晦老师亲自写信给阿英先生,请他给予我们这些年轻学生帮助。这封信难得地还存在:"阿英同志:听说你身体不好,在养病。疗养的效果好吗?北大中文系三年级同学,想在最近期间,编写一部中国文学史。鸦片战争到五四这一段,想请你帮助,指导进行。我想,你一定很愿意,或者说,一定不会谢绝的吧!并祝健康!弟杨晦,8月4日。"阿英先生时在香山养病,他不仅同我们谈了许久,还送了我们他自己编著的有关近代文学的书籍,还借给我们难觅的有关图书资料。

杨晦老师不愿谈起自己。我是从一位北大老校工哪里知道他是"五四"运动火烧赵家楼的勇士之一。也是后来陆陆续续听说,他是学哲学的,1917年北大哲学系毕业,与朱自清同班。杨老师去世后,我偶然与朱光潜老师闲谈时得知朱自清对杨晦为人为文的称赞。1948年,上海文艺界为杨晦庆贺五十寿辰。远在北平的朱自清给杨晦写来了贺信："慧修学兄大鉴：这是您的一个同班老同学在给您写信，庆祝您的五十寿辰，庆祝您的创作和批评的成绩，庆祝您的进步！我知道'杨晦'就是我的同班同学您，远在您成名之后，大概是抗战前的三四年罢，记不清是谁和我说的了。那时我很高兴，高兴的是同班里有了您，您这位同道人！可惜的是自从毕业就没有见过面，也没有通过信，就是在我的大发现，发现您是我的同班，或我是您的同班之后！但是我直到现在还清清楚楚地记得您的脸，您的小坎肩儿，和您的沉默！我喜欢您的创作，恬静而深刻，喜欢您的批评，明确而精细，早就想向您表示我的欣慰和敬佩，又可惜没有找到一个适宜的机会动笔。今天广田兄告诉我，说是您的五十寿辰，我真高兴，我能赶上给您写这封祝寿的信！敬祝长寿多福！弟朱自清，三七年（民国三十七年，1948）三月十九日北平清华园。"这封信也是朱光潜老师提供给我看的，其时我正在为朱老师编选他的《艺文杂谈》一书。这封信曾发表在他主编的《文学杂志》纪念朱自清先生的特辑中。事后我曾告诉同是作家、学者的杨老师的儿子，他也不知此事，可见杨晦老师日常中的"沉默"。

晚年的杨晦（杨锄 供图）

我常常想念杨老师，特别是他 1983 年辞世之后。作为一名学生，一直想为他做点什么。上海文艺出版社约请我编《杨晦选集》，我欣然同意了。事后知道,此书的出版得到胡乔木同志的关心。杨老师的老友冯至、臧克家为书写了序文。在杨老师的子女和出版社的支持下,我花了几个月的业余时间终于编就,顺利出版了。出版社给乔木同志送了书。过了不久,乔木同志身边的工作人员来找我,说乔木同志希望我送他一本拙集《艺文轶话》。《艺文轶话》是我 1979~1980 年间为上海《解放日报》开的一个专栏的结集。题名是叶圣陶先生写的,每周一篇。1979 年全国第四次文代会期间,《解放日报》储大泓、吴芝麟来会上采访组稿,是他们约我,催我,逼我写出来的。1981 年结集成书出版,受到一些前辈的鼓励,后来又忝列中国作协举办的 1976~1988 年全国优秀散文集获奖篇目。我自己长期从事文学期刊编辑工作,尝尽了编辑的甘苦,我在感谢诸多报刊对我的关心、支持时,《解放日报》的这份情谊时刻难忘。

1982 年,杨晦(前)最后一次与家人合影(杨镰　供图)

我非常怀念大学那段生活,庆幸自己有机会能受到那么多受学术界尊重的名教授的教诲。大约是 20 世纪 80 年代中期一个中秋节,我正出差在上海,一位复旦大学中文系的教授陪我去江湾复旦大学看望蒋孔阳教授,下午,正好蒋先生和夫人濮之珍在。蒋先生见到我很意外也很高兴,进门时我叫蒋老师,他连忙摆手。坐定后,他才慢慢地对我说,陪同我来的是他的学生,虽然已是教授了,叫他老师可以,我不能叫。他说:"我 1956 年去北大进修文艺理论,听苏联专家毕达柯夫的课,杨晦也是我的老师。你是杨晦老师的研究生。虽然我比你岁数大得多,我的学生中也有比你大的,但我们还是师兄弟,这个辈分不能乱。"蒋先生为人谦和,他夫人又是我们安徽老乡,他俩坚持一定留我在他家过中秋。蒋先生很敬重杨晦老师。他说看了《杨晦选集》,很为杨晦老师新中国成立后写得少惋惜。干了十四年系主任,政治运动不断,哪里有什么时间写文章?我和蒋先生有同感。每当思念起杨晦老师时我就会想起蒋先生说的这个遗憾。

吴泰昌(后排右一)与杨晦老师(坐)
及同学合影

2000 年 4 月 24 日

忆谦和细致的杨绛先生

一

《梦的记忆》这个集子收入我的 30 来篇散文,都是写人抒情的。多半写的是一些令人难忘的文坛前辈,也有几篇是写自己逝去了的年华。开头一篇写于 1977 年,最后两篇写于 1987 年 2 月,前后共 10 年。

1987 年春天,有次我去看望钱锺书和杨绛先生。钱先生开玩笑问我最近又有什么新著问世,我说正在编一本小书,书名叫《梦的记忆》,他听了微笑不语。我请他为我题签,他当即用毛笔写了。可惜,后来不慎丢失了。酷暑过去,心境也凉下来,我想起这个集子该交稿了。在一次电话问候钱先生安康时,顺便向杨绛先生提起了这个"不幸"。杨先生说钱先生正在病中,待精神稍好后再替我补写。可没两天就收到杨先生的信,附来了钱先生重题的书名,信中说:"锺书还没有全好,医院回来,上床之前,为你写了'梦的记忆'四字。"

集子 1990 年 3 月由广东花城出版社出版了,收到样书,即时呈送给钱先生和杨先生。杨先生在电话中先说谢谢、道贺之类鼓励的话,并说我后记中称谓他们为老师,"我和锺书担当不起,以后称我们先生吧……"不几天,我收到钱先生的信,写道:"泰昌兄:奉到惠赠新著,见拙书赫然在封面上,十分惭愧……先此报谢,必将细读。"钱先生又在信末加了一段话:"'师'称谨璧。《西游记》唐僧在玉华国被九头狮子咬去,广目天王对孙猴儿说,只因你们欲为人师,所以惹出一穷狮子来也!我愚夫妇记牢那个教训。一笑。"

看了钱先生后加的这段话,又回想起杨先生的电话,多少了解谦虚的他们为何长期乐于接受他人给予的"先生"称谓了。这本是他们不愿自诩为"人师"的谦逊。杨先生病逝后,网上有许多疑问:为何称杨绛为杨先生? 我的这点亲历说出来但愿对寻求答案的读者有点帮助。

二

钱锺书先生在学术界名声很大,是真正的大师,在文学界也是位德高望重、有杰出成就的作家。他的作品以少而精著称。他的长篇小说《围城》、短篇小说集《人·兽·鬼》、散文集《写在人生边上》、诗集《槐聚诗存》等都在中国现代文学史上留下了光彩的一笔,特别是长篇小说《围城》,赢得了广大读者喜爱,已翻译成多种外国文字出版。杨绛亦是著名的文学翻译家、研究者和著名的散文家、小说家,她的散文集《干校六记》先在香港《广角镜》上连载,经过细心校改,后在三联书店出版。杨先生还特别说明,不是人家有排误,是她斟酌后的些许改动。该书甫一出版,在社会上和文学界引起强烈反响,广受称赞。时任《文艺报》副主编的唐因(后任鲁迅文学院院长)即刻以"于晴"的笔名在《文艺报·新收获》栏目著文称赞,热情推荐。杨绛为之感动,曾嘱我代向唐因致谢。1989 年中国作协举办首届新时期(1978～1988)全国优秀散文集评奖,10 年仅评 25 部,冰心和唐弢任评委会主任,1989 年评出结果,杨绛的《干校六记》荣登榜首,冰心老人曾向杨绛道贺。

钱先生 1994 年 6 月住院后,文学界与学术界都十分挂念他的安康。他也十分惦念他的前辈、同辈和晚辈朋友。1996 年 12 月,中国作协第五次全国代表大会在北京隆重召开,这是继第四次全国代表大会 11 年之后召开的一次文学界大团结的盛会。文学界的一些老人因病不能出席。《文艺报》通过杨绛先生,请她和钱锺书先生联合向这次盛会说几句,时在病中的钱先生同意了。他通过《文艺报》"文坛前辈寄语五次作代会"专版,和杨绛先生联名题词:"向大家问好! 祝大会成功!"这短短的两句话,是杨先生拟的,去医院念给钱先生听,钱先生首肯了,杨先生才来电话让我们去取。与会作家对钱先生的关心深为感动,想去看望他又不敢惊动他,只能在心中默默祝愿他早日康复。在新选出的中国作协全国委员会第一次会议上,决定推举"德高望重,曾对我国文学发展做出重大贡献,在我国文坛享有盛誉的老一辈作家"担任中国作协各项名誉职务,钱锺书先生被推举为中国作协顾问。

2010 年,吴泰昌(右)看望杨绛先生

钱先生去世后,再去南沙沟,从来都是三人欢谈的情形永不再有,只有杨先生自己接待我,虽然她依旧豁达,甚至留下了爽朗大笑的镜头,但总觉伤感。大约在 2010 年,我又去拜访过一次杨先生,后因她年事已高,不便烦扰,那次相见就成了最后一面。

2017 年

默默地灌注着心血

——记张光年二三事

这几年,我陆续写了一些有关作家印象的文字,都是些老作家,令我尊敬惦念的老作家,作品和为人都使我感到亲切的老作家;有健在的,有辞世了的。也许是我笨拙的笔底包藏了某些真诚质朴的东西,文章发表后受到了一些鼓励。报刊劝我多写,我也有这个愿望。活跃在我记忆里值得抒写的作家太多了,有高龄的长者,有新熟识的中青年作家。但是,写这类文章,也有点顾虑。过从甚密者总觉得写起来不怎么方便。特别是在同一个单位的领导更想回避。比如说,不下三家刊物曾约我写张光年同志,我都寻找些借口婉谢了。

这回可躲不下了。《文汇月刊》3月号封面刊登了光年同志的近照。去年该刊就想此举,由于光年执意不肯,才拖了下来。按照这家刊物的"家规",必须同期配搭作者的文章或别人介绍作家的文章。结果任务落到我头上。他们蛮有理由地说:光年同志已从作协主要领导岗位退居二线了,你完全可以把他当作老诗人、理论批评家来写嘛!

这倒使我紧张的心情有点松弛。我答应试试。光年同志知道后,劝阻我说:"没有什么值得写的。"

我觉得自己有不少真切的感受可写。我不想写著名诗人光未然,写著名理论批评家张光年、华夫,那是文学史家的事。推开领导身份之外,他留在我心目中的是一位性格开朗、思路清晰、见解深邃,带有浓厚诗人气质,实际上容易亲近的文坛长辈。

他给我的最初印象犹如闪光灯一样明亮强烈。在见到他之前的多少年,在我六七岁的时候,在大后方的辗转流徙的生活中,我就被《黄河大合唱》和《五月的鲜花》动人的旋律撩拨过幼小的心灵。新中国成立后,我上了中学,才知道歌词的作者是光未然。再之后,上了大学,学的是文学,才知道光未然就是鼎鼎大名的批评家张光年。而1964年春天,我来《文艺报》工作,才实实在在地知道张光年是我们刊物的主编。我想象《文艺报》的主编一定是位严肃寡言、处事谨慎的人。在没见他之前,当时《文艺报》的副主编侯金镜同志向我作了“介绍”,刚加深了我这种印象。我上班的头一周,金镜同志让我去看《文艺报》发表的由光年同志执笔写的《题材问题》专论的几次修改样,本意是让我从反复修改的文字中认识评论工作的严肃性和重要性。我边看边做笔记,注意一些重要提法是如何改得更准确更贴切的。我留心文章中形容词的用法,我看到文章的作者在用词上很讲究分寸。从这种分寸里我揣度出文章的作者办事那副认真缜密劲。我写文章不大爱用无边的形容词,与工作之始上的这堂课颇有关系。又过了几天,是个下午,我正在办公室里伏案工作,突然一个人带着爽朗的声音走进来了,直到我的桌子前。“欢迎你,我们的新兵,《文艺报》是个光荣而危险的岗位。”他开玩笑地说,“几届主编都是没有好下场的。”两年后,作为“反党文艺黑线”喉舌《文艺报》的主编,光年同志被“揪”出。见他在批斗会上的形状,我在心里暗暗地重复着他对我说过的这句话:“光荣而危险……”1978年《文艺报》复刊,组织上将我从《人民文学》编辑部调回。光年找我谈话,还没等他开口,我就开玩笑地重复了他十几年前说过的这句话。他连忙笑着说:“现在情况不同了,不过,这还是个更容易经受锻炼的地方。”他又忙着补充说:“这个年代,谁都在经受历史的严峻考验。”我懂得他强调的这句话的含义。就光年同志本人而言,他这几年主持中国作协工作,岂不是同样或者说更经受着风风雨雨的考验。光年同志作为文艺界的领导之一,作为诗人、理论家,他的人品文品,正是在这时代的风雨中被广大文艺界加深了认识,增添了敬重。

　　他不担任《文艺报》主编后,又兼了几年《人民文学》杂志主编,直至去年王蒙同志接替了他。他工作一直忙,又重病动过两次手术,但他抓紧时间阅读作品,了解新时期文学的发展趋向,因而常常能从实际出发,提出一些创作上大家关心的问题,力求说得有理有据。这主要反映在他亲自写的会议报告或发言中,同时,也反映在他写的数量不算多的评论和序文中。

1986 年,吴泰昌(右)与张光年

　　新时期文学浪潮中有多少理论问题需要探讨,读者很想听到像光年同志这样有成就有威望的评论家的意见。可惜,这方面光年同志说得写得太少了。这与他长期染恙和工作繁忙有关,与他看作品、写评论认真更有关。

　　光年同志不同意我写平日对他的一些印象,但他直言不讳地说,他写评论文章,哪怕是千字序文,也是认真阅读作品,有感而发的。他这种治学严谨的态度是一贯的。只要读了他二十年来为几位作家写的序文,就会有这种感觉。

知名的老作家重要的文债之一就是写序。约请光年同志写序的人不少。但他不轻易答应。他说答应了，就得看许多作品，不看作品他是写不出序的。序文本来有多种写法，或就事论事，或借题发挥，或着眼某点……不管如何变换多样，为序者要了解作者、熟悉作品，是起码的要求。现在写序风行，有些人就不大看作品或不认真看作品。这样的发挥起来，与心中有数不同。文章的分量和针对性就各异其趣。张洁的长篇小说《沉重的翅膀》1981年在《十月》杂志发表时，光年同志在病中看了，在刊物上写了几十处，有称赞的话，有批评的话，他还与作者面谈过，建议她用心修改得更好。1983年人民文学出版社要出版小说修改本时，作者希望光年同志写个序，光年同志当时身体很不好，他考虑良久，出于对社会主义文学的责任感，还是答应了。他在病床上看了修改稿的稿样，又参看了有关这部小说的评论文章，在住院复查身体期间，带病艰难地写出了《沉重的翅膀》(修改本)序言。这部小说的成就，当时就评价不够，现在作者听取各方面的意见，做了认真的修改，应该更积极地支持它。光年同志仔细地对照分析了小说修改后艺术上有哪些提高，但他在序文中着重说的，则是这部小说的思想倾向及其在文学如何反映"四化"建设伟大时代方面的贡献。

　　光年为藏族诗人饶阶巴桑诗选《爱的花瓣》也作了序。虽然他不认识饶阶巴桑，当这位藏族诗人向他提出写序的请求时，他考虑到这会对促进少数民族文学发展有益，毫不犹豫地在旅途中应诺了。光年同志看了他的三本诗集，文章交《文艺报》发表时，为了弄准作者生平中的一个年月，从外地写信来，嘱我代写信向作者核实。

　　1963年部队青年诗人李瑛请他为自己的诗选《红柳集》写序，他一口气看了十本诗集，帮作者挑选了一部分，个别篇章还作了删节，使作者至今感动不已。

　　光年同志写序，不仅认真看作品，而且认真思考，寻找好的角度。他写序都抓准一个立意。

吴泰昌(右)与张光年合影

光年同志写序,还尽力将序文写好,写成有思想有文采的漂亮评论文字。他过去写了众多的戏剧评论、文学评论文章和理论文章乃至杂感,都讲究文辞的洗练,准确,生动活泼,带有感情色彩。平日他注重中国古典文论的研究学习,对《文心雕龙》有更深的体味,20世纪60年代他曾将《文心雕龙》的某些篇章译成白话文在《文艺报》上发表。这种基本功的训练,使他的评论文章有突出的风格。光年同志的序文既明白又讲究,既有对作品的冷静的剖析(包括对缺点的明确指出),又倾注了老作家对后进爱护的一片心意。光年同志主张评论文章的文体要解放,写法要多样。在“文革”前十七年评论文章的文风和写法普遍缺少个性的情况下,光年同志的文章虽然在文艺思想上难以全然摆脱当时流行的某些“左”的观点,但他能在文体和写法上做多方面努力,也是不容易的。例如,收在他的《风雨文谈》(上海文艺出版社1982年出版)中《〈胆剑篇〉枝谈》一文(写于1961年),就是轻松风趣、很有见地的剧评,可以当成一篇好散文来读。光年同志平常在工作中,常提醒我们要把评论文章写得有思想有文采,让人爱读。他说,评论文章与文学作品一样,要有鲜明的个性。我平日也不时写些评论文章，因为写不出什么好的评论文章，所以时常想起光年同志的关于写评论文章的这番话。

这几年，光年同志常从所读的原稿、期刊中发现人才，发现好作品。他约过好些位作家到他家里交换意见，留在评论、序文中的是极少的。许多作家从他那系统的或零星的言谈中获得的绝不是几篇序文或评论文章所能概括的东西。

听说，光年同志将会有比以前多的时间来阅读作品，写文章，这是他过了70岁大关后难得争取到的一份乐趣。这是多么令人高兴的消息，人民盼望他继续唱出人民的心声，谱写时代的歌曲，更希望他写出总结社会主义文学规律的高水平、高质量的评论文章，但一想到他戴着眼镜，面容倦怠地阅读作品，认真做笔记的神情，我就觉得他太辛劳了。我们虽然希望读到他更多的作品，听到他更多的精辟见解，受到他更入微的关怀，但首先希望他健康，在欢度新春佳节的时刻，愿他珍摄、保重，春天不妨先到外地转转，休整一下再说。

1985 年 12 月

跟张光年同志学做编辑

我从事文艺报刊编辑工作的年头不短,先后在《文艺报》《人民文学》就职,而这两家新中国历史最悠久的文艺期刊的主编正是张光年同志。从 1964 年起,我与光年同志开始接触,可以说,在对我工作等多方面有过帮助和影响的领导和前辈中,光年同志是其中重要的一位。

1971 年,在干校收工后,吴泰昌(右)与张光年(中)、吴松亭(左)在池塘边散步

我到《文艺报》上班没有立刻投入编辑工作,副主编侯金镜同志安排我的第一课,是用一周时间去看《文艺报》1961年3月号发表的由光年同志执笔写的《题材问题》专论的修改样,厚厚的一沓,有执笔者的多次改样,有中国作协党组负责人、中宣部、党中央有关同志的改样。事后才知道,这是光年同志有意安排的,本意是让我从反复修改的文字中加深认识报刊工作的严肃性和重要性。我边看边做笔记,留心一些重要提法是如何被修改得更准确更贴切的。我特别注意文章中形容词的用法,我看到文章的作者和修改者在用词上很讲究分寸。我写文章不大爱用无边的形容词,与工作伊始上的这堂课颇有关系。

我分在理论组,但我上班不久,编辑部就派我去山西、广东出差,又派我采访山西话剧院《刘胡兰》剧组,从北京到天津。又派我去采访北京人民艺术剧院自编自演的《矿山兄弟》剧组,从北京到山西,整整一个月。当我回来汇报这两出戏的演出几乎场场爆满的情况时,光年同志说,你在大学里学习、研究文艺理论多年,对理论的深切鲜活的理解就是要与艺术实践相结合。检验文艺的社会作用,最有效的办法就是看读者、观众的直接反应。我们推荐作品,心中就要有这个数。

光年同志平时不大来编辑部,但刊物每期在王府井人民日报印刷厂付印的晚上他一般都去。我们这些新来的年轻人被有意识地安排去现场习战,校对、复查引文,防备临时换稿。光年桌子上一杯茶,一盒烟,仔细地阅看本期大样。他不时地提醒我们编辑工作中该注意的问题。有次他在看袁鹰题为《遥望金瓯》的大样时问我,这篇文章怎么到手这么快?他说组稿物色好人选很重要。不同内容不同时间要求的文章要请不同的作者,有些作者能写不能赶,有些作者能写又能赶。编辑是与作者打交道的,平日就要与作者交朋友,了解他们的特点,需要约稿时就自如了。

"文革"初期,中国作协所属的《文艺报》《人民文学》《诗刊》被迫停刊。1976年,《人民文学》《诗刊》率先复刊。当时中国作协尚未恢复工作,这两份

吴泰昌(右)与张光年合影

刊物隶属国家出版局。光年同志从湖北干校回京后,出任出版局顾问,1977年"四人帮"粉碎后,又兼任《人民文学》主编。我在1978年6月调回《文艺报》筹备复刊前,在《人民文学》工作。光年同志为落实党的文艺政策,为文艺界老同志尽早恢复名誉,重返文坛耗尽心血,做了大量的工作。《人民文学》连续召开了数次座谈会,给我印象深的,是光年同志为促使老舍尽早恢复名誉所做的运筹和决策。1977年9月,有天上午他突然叫我去他家,布置我马上去老舍家,请老舍夫人胡絜青提供一篇老舍生前未发表的短文,体裁不限,散文、随笔、诗歌、快板都可以。下午我去东城丰富胡同老舍家,胡絜青和老舍长女舒济在四处摊满的被抄家退回的书稿中存找,第二天才找出老舍1965年写的两首短诗的手稿,一首题为《昔年》,一首题为《今日》,光年同志决定以题《诗二首——老舍遗作》在第10期发表,并决定用手迹刊出。在刊物付印时,光年同志亲自看了编辑部加的说明,在老舍名字后面加了"同志"两字。他说,老舍本来就是同志,好同志,好同志被弄成不是同志,蒙冤而死,是一大悲剧!所以现在必须郑重标明"老舍同志"。光年同志又决定《人民文学》1978 年第 3、4、5 三期连续发表老舍生前未竟稿 9 万字小说《正红旗下》。光年同志的这些动作，为 1978 年 6 月老舍恢复名誉做了舆论铺垫。

1983 年 5 月 7 日，法国总统弗朗索瓦·密特朗专程飞抵上海，授予巴金法兰西共和国荣誉军团勋章。6 日，中国作协党组书记、中国作协副主席张光年代表中国作协去上海祝贺。《文艺报》主编冯牧派我跟随光年同志去，为报纸写专题报道。行前，他交代："这不单是巴老的殊荣，也是中国文坛一大喜事。巴老是我们的主席，《文艺报》又是机关报，报道一定要比其他报纸写得详细、充实。当时写，写好请光年同志审定。"当我将《巴金获法国荣誉勋章记》原稿送光年同志时，他说："详细是做到了，详细别的报纸也能做到，要增添点独家的东西，我们有条件做到。"第二天，我又去医院看望巴老，他兴奋地说："我们国家有许多作家、作者值得向国外介绍，要让别人尽可能了解我们。过去我们这方面注意不够。现代文学馆开放后，可以接待世界各国的作家。法国朋友们一定是很感兴趣的。"我将巴老这几句话加在文末，光年同志微笑着说："这篇报道看来是有点独家的东西了。"他强调说，记者就要敏锐地善于捕捉别人捕捉不到或难以捕捉的东西。

光年同志主编刊物，只是他半个多世纪为社会主义祖国文艺事业所做的诸多工作、诸多贡献中的冰山一角，而我跟他学做编辑的点滴，也只是他给我人生有形无形教益的一个方面。

2002 年

黄秋耘领我进《文艺报》

说实话，我至今尚不明底细，我是怎么迈进《文艺报》门槛的，一进来，就滞留了 30 多年。

1964 年春天，我在北大研究生论文答辩和国家考试后，开始感觉到我未来命运的动静了。中国社科院文学所《文学评论》杂志副主编毛星是参加我论文答辩和国家考试的老师之一，紧张的场面顺利结束后，我拖着疲乏的身躯正要回宿舍大睡一场，在临湖轩门口，毛星同志走过来问我，毕业后想去哪里工作，定了没有。我摸摸头，对这突如其来的关心，一时答不上来。我与他不熟，与《文学评论》只有过一次交道。1962 年底我投寄给他们一篇短文，经责编蔡葵手在 1963 年第 1 期刊登了。关于中国社科院文学研究所，我 1955 年进校时该所还在北大，是北大文学研究所，在哲学楼，所里的一些专家，如郑振铎、俞平伯、钱锺书、余冠英等，只在校园马路上偶尔见到。不久，系主任、导师杨晦约我去他家里。他告诉我，何其芳同志向他谈起，想要我去他们所的《文学评论》杂志。其芳同志当时是在社科院文学所主持工作的所长。他是北大哲学系毕业的，杨老师是比他早十几年北大哲学系毕业的，按辈分是师生关系。杨老师见我没有答复，说还是留校做教学研究吧！他还告诉我，北大正在酝酿成立美学研究所，也是个做学问的好地方。

我第一次真切地感到，我未来的命运要与文学期刊结缘，是杨晦导师再一次约我去谈话。我走进他的客厅,他劈头就说:"看来留不住你了,《文艺报》决定要你去,他们已来人和我谈了,并已看了你的档案。"他看我依然没反应,接着说,"《文艺报》是个锻炼人的地方,同教学、研究不一样,他们的工作与文艺运动、文艺创作联系紧密,去吧!"听他的口气,我未来的工作就算是定了,等待的只是正式的宣布。

20 世纪 60 年代初,黄秋耘(左二)与《文艺报》理论组成员在北海。(杨志一 供图)

当时我与《文艺报》谈不上有联系。《文艺报》是全国权威的文艺评论期刊,我常从期刊室借阅。我与《文艺报》发生过两次干系,都是在研究生期间。1962 年,我在上海《文汇报》上发表了一篇题为《文学即人学》的文章,不久,《文艺报》上发表了电影学院许之乔教授的反驳文章,与我的文章争鸣,虽说是争鸣,后来成了我尊敬、熟悉的许教授的这篇文章也夹带了些火气。还有,《文艺报》召开过一次关于柳青长篇小说《创业史》的讨论,是师兄严家炎将我拉去参加了这个会。家炎是《文艺报》的特约评论员,座谈的内容涉及他一篇谈梁三老汉的文章观点,他知道我在写毕业论文时对《创业史》有些想法,就这样我跟他头一次去王府井 64 号《文艺报》编辑部。初生牛犊不怕虎,会议主持人安排我发言，我居然说了许多。我的发言中心意思是，《创业史》中作者着力塑造的社会主义新人形象梁生宝之所以性格不如梁三老汉丰满，并不是作者艺术表现力不足，主要是梁生宝这个人物是在正兴起的社会主义合作社运动中刚涌现的，现实生活本身尚未来得及给梁生宝这个人物形象提供更多丰满鲜活的东西，所以作者在对新人梁生宝形象进行刻画时不时采用理念的方式。会议小结时，主持人对我这个观点作了肯定。当时主持《文艺报》日常工作的副主编侯金镜在场。我想，也许这是《文艺报》要我的一个偶然因素。

1964 年 5 月，我来《文艺报》之后，才慢慢知道，去北大了解我的情况并看过我档案的，就是著名文艺理论家黄秋耘同志。秋耘当时是《文艺报》编辑部副主任，分管文艺理论组这一摊。我一报到，就被安置在编辑部的理论组做编辑。早我半年之前，刚从中国人民大学文艺理论研究班毕业的李基凯也被分到这个组。我来理论组时，副组长是黄沫、谢永旺。永旺 1984 至 1990 年出任《文艺报》主编，我成了他的助手之一。胡德培从干校回来后去了人民文学出版社，曾任《当代》杂志主编。蒋学会是 20 世纪 60 年代初从莫斯科大学新闻系毕业的，后来在中国影协工作，有名的俄语电影翻译家。她在干校时带了一架苏联产的相机，我在干校时稀有的留影，都是她拍摄的。

我初夏来《文艺报》，秋天，《文艺报》又陆续从全国各地大学调来了 10来名本科毕业生。

1984 年，著名作家严文井在谈我的散文的一篇文章中说："1964 年，《文艺报》为了充实编辑部，物色接班人，从全国名牌大学里，百里挑一，甚或是千里挑一地挑出十来个'尖子'，泰昌就是其中的一个。"文井的这番话，至少对我，是过誉。他当时是中国作协党组副书记，可见《文艺报》一次调来如此众多的年轻人是中国作协党组的一项决策，秋耘同志受命负责完成这项物色任务。

秋耘同志从全国各地去"挑人"的详情我不清楚。至少他认真地有眼力地在"挑",我有点了解。从北大物色杨匡满时,他曾问过我。我在研究生学习期间,杨匡满在本科学习。当时我在负责编北大校刊《红湖》副刊,匡满勤于写诗,他有不少诗是在《红湖》上发表的。所以我在校与他较熟。秋耘叫我挑选匡满的诗给他看。有次中午在机关食堂吃饭时,秋耘叫我坐过去,他说杨匡满这人条件不错,已定了,身体弱一点,有点小病,没有什么关系。他对匡满体弱都了解,我想他挑人时,绝不仅仅是看看档案、看看作品,对人的整体了解也是非常细心的。

怀念秋耘时,想起了我如何走出校门迈入社会的一段经历,沉淀下来的是秋耘同志对事业、对年轻人那股认真负责的精神。我在《文艺报》工作漫长的一段,在风雨坎坷中成长,与秋耘这位领我入门的前辈的关心是分不开的。

我到《文艺报》后的住处一度离秋耘家很近,有时晚上或周日去他家坐坐,他的夫人蔡莹,是某中学校长,他的女儿,我叫她小妹。交谈中,他多次提醒我从事编辑工作知识要既专又博,阅读要既精又杂,为文切忌四平八稳,要言之有物,有针对性,要锻炼会写短小文章。读他署名"秋耘"或"昭彦"的许多文艺短论,感觉他的写作就是有这种明确的追求,他的文艺短论、杂谈形成了朴实凝练有棱角的风格,另外,他对遣词用字也非常讲究,他常说,要将文章写得漂亮。1965 年,秋耘回老家广东,任《羊城晚报》编委。"文革"中他被揪回作协接受审查,我们去湖北干校,他又回广东了。

1973 年,我从干校去石家庄河北文艺杂志社工作。他经历了"文革"的磨难,又开始新的工作,任广东省新闻出版局副局长。那时全国出版的文学期刊不多,我每期给他寄《河北文艺》,他看得仔细,时有信函往来。他听说田间同志复出,很兴奋地嘱我动员他多写诗,多发作品。

秋耘同志非常重感情,怀念惦念他心头上牵挂的朋友。我们有机会见面,或在北京,或在广州,谈话内容多与中国作协、《文艺报》分不开。他对《文艺报》副主编侯金镜在干校去世的情况问得特别仔细。1985 年,《文艺报》承办中国作协主办的全国优秀中篇小说评奖,他是评委,来京后,他要我陪他去看了光年、冯牧等《文艺报》老友。他此次来京很愉快,回广东后曾经给我写信谈了他此行的感触。他也非常关心当年他受命物色来的《文艺报》那些年轻编辑的情况,他说:"你们毕竟还年轻,日子还长,命运会比我们好!"

新时期起始,秋耘写作旺盛。他的散文给读者的印象超过了他的文艺短论。他送了一本《往事并不如烟》给我,这本书在 1989 年中国作协主办的新时期全国优秀散文集评奖中获了奖。说来惭愧,我的散文集《艺文轶话》也获了奖。他知道这个消息后,曾给我一封信,说我散文有进步,劝我要找准自己的路子,更放开些写。

黄秋耘题赠吴泰昌《往事并不如烟》

20 世纪 90 年代以来,我多次去广东,也数次去广州梅花村看望他。我的感觉,他时时生活在对并不如烟的往事的回忆中。他平日话语不多,但偶有激动。我见他最后一面,大约是 1995 年,他记忆力明显衰退。他问我吴松亭现在《文艺报》干什么,我有点吃惊,松亭从干校直接回老家江西了,时任江西文联《星火》杂志主编。松亭与他有联系,每期还给他送刊物。他言谈持重,有时几分钟我们默然相对,彼此情绪低落。他迟缓地送我到门口,说:"我不能再陪你看珠江夜景了!"我记得,他曾陪我夜游珠江,在江岸喝茶,他难得的微笑我至今还清晰地记着。

2001 年

赵超构的赠言:"笔健"

去年,为上海文艺出版社出版拙著《我认识的钱锺书》,我去了两趟上海。行程匆忙,少不了要去文新大楼,看望几家报社的朋友。每次离开大楼时,总会不由得生出点遗憾:这次又没见到赵超构先生,虽然我明知超构老辞世已10多年了。

我和超构老不熟悉,不曾谋面。我对他从资、德、才方面的了解和敬重,与夏衍同志大有关系。1985年夏,有次我去看望夏公,他告诉我刚刚写完一篇评介林放杂文的文章。顺此他兴致勃勃地谈起了林放。他说,赵超构是新闻界一位元老,长期担任新民晚报社社长,他以林放的笔名写了大量独具风格、平易通畅、朴实精练、讲真话、说实话的杂文,林放写作很勤奋,是杂文战线上一员宿将。他特别谈到,林放1944年写的报道《延安一月》曾受到毛泽东、周恩来同志的赞赏。夏公的这篇文章后来作为1986年出版的林放杂文集《未晚谈》的代序,夏公在代序中说:"我认识林放同志是在1944年读了他的《延安一月》之后,迄今也已经40年了。这一年正是第三次反共高潮之后,也就是黎明之前的最黑暗的时刻。要把延安的真实情况记录下来,在被叫作'雾都'重庆的一家私营的《新民报》上连载,这就要有巨大的勇气和'技巧'。周恩来同志不止一次赞赏过这篇报道,把它比作斯诺的《西行漫记》,要党的新闻工作者向他学习。1945年毛泽东同志到重庆,也对潘梓年、章汉夫和我说：'我看过《延安一月》，能在重庆这个地方发表这样的文章，作者的胆识是可贵的。'"

林放《未晚谈》

　　超构老对后辈的关心和勉励，使我对他崇敬之外又增添了几分亲近。我在文艺界报刊工作多年，编辑之余，也不时动动笔，有个时期笔头也算勤快。1980年我为上海《解放日报·朝花》副刊写了《艺文轶话》专栏，每周一篇，持续了一年。料想不到，这些贫薄的短文竟然受到了超构老的关注。他不止一次托北京去上海的朋友带话给我，希望我多写些这类文字。1990年，我应约为《新民晚报》写了这篇较长的文章《秋天里的钱锺书》，超构老又托人带话给我，希望我抓紧时间，有系统地多写些这类文章。

　　1991年秋天，我去上海，带着对超构老的惦念，决意这次一定去拜望他。友人告诉我他的工作、生活习惯，说近中午他才来报社。我11时到达《新民晚报》新址。等到近1点，超构老还没来，估计他今天临时有事，而我下午要乘飞机返京，只好失望地离开了报社。

1991 年 11 月底,《艺文轶话》增订本出版,我托《新民晚报》来京的朋友带上一本面呈超构老赐教。12 月 8 日我在京意外地收到他 12 月 6 日写给我的信:"泰昌同志:承赠尊著《艺文轶话》,谨已收到。这是一本行文潇洒、有益有味的作品。初步读了几篇,不胜钦佩,专此道谢,并祝 笔健 赵超构（林放） 十二月六日。"

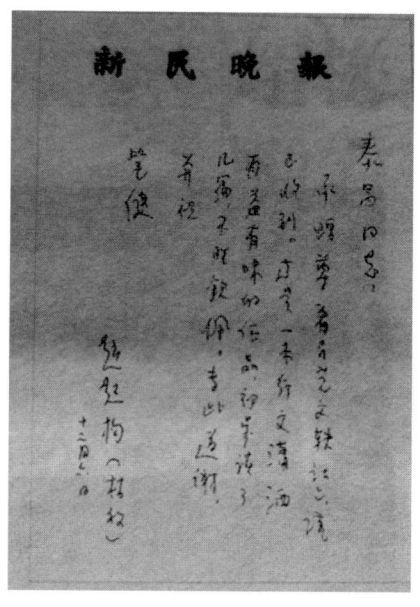

1991 年,赵超构致吴泰昌信

超构老在亲自写的信封上准确地填写了我所在单位的邮政编码,说明他办事认真,记忆清晰。万没想到,两个多月后他就溘然长逝了。每当我提起笔,笔头有点疏懒时,我就想起"垂暮之年"仍在继续写的超构老辞世前对我的叮嘱:"笔健!"

2005 年 5 月

郑逸梅:"秉烛余明,急欲料理"

　　1982 年,北京中华书局出版了沪上老作家郑逸梅先生近 30 万字的《艺林散叶》。这本小品集,共 4000 多则,每则一般数十言,内容旁及金石书画、版本目录、雕刻塑像、诗文辞翰、能工巧匠、才媛名流、戏剧电影、名胜古迹等等,且多为作者亲眼所见,亲耳所闻,故所叙所议较为准确翔实。叶圣陶先生看重此书,特为其题签。

1980 年,吴泰昌(左)前往上海看望郑逸梅

　　《艺林散叶》的出版,多少与我有点干系。1981 年 2 月,有次我去上海,行前有机会和唐弢先生在一起,他建议我到上海后抽空去看看郑逸梅老人。他说,大家都说逸梅老是"补白大王",其实在他那繁多的"补白"里,有不少优美的人物笔记,稀有的文化掌故。他还告诉我,逸梅老是他中学的老师,若

见到,代他问候。当时我对逸梅老知之甚少,曾读过他的《民国旧派文艺期刊丛谈》。一个下午,我请一位与他有往来的友人带我去长寿路看望。逸梅老其时已是 87 岁高龄的老人,给我的第一印象却是头发虽白但面色红润,动作、才思敏捷。坐在他的"纸帐铜瓶室"里,目睹积稿盈尺。逸梅老健谈,询问了京城几位文友的近况后,很快谈起他近两年的著述情况。他告我整理旧稿撰写新稿,已完成了《逸梅文稿》《南社丛谈》《艺林散叶》《艺坛百影》等六部近 200 万言,有些出版已落实,有的尚待落实。他特别提到《艺林散叶》,说这本书自己投了不少精力,可出版社迟迟定不下来。前年曾将书稿投寄到东北一家出版社,搁置了两年,至今没有下文。他希望我在京帮他找一家出版社,尽快出书。我答应一定尽力。逸梅老喜爱收藏名人信札,我告辞时,他特意选了一封他的老友、民国初年著名小说家包天笑给他的信送我,他有点伤感地说,这是从香港寄给他的最后一封信。

我返京不久,1981 年 4 月,就收到逸梅老的来信,他在信中说:"《艺林散叶》,已向长春索取,尚未寄还,一俟邮到,拟仗大力,谋付印行,秉烛余明,急欲料理也。"在收到这封信不几天,又收到他的来信,可见他料理此稿"急欲"的心情:"《艺林散叶》稿,已连去三封航空信索回,大约不久可以寄到,一俟寄到,立即挂号邮呈,且以补充若干,诸承热心赞助,殊深铭感,封面即圣陶老人书也。"

这年夏天,收到他寄来的书稿。我接连几个夜晚赶忙读完。拜读之后,收益甚富,知晓了不少不曾听说过的趣闻逸事。比如,关于清末著名小说《老残游记》的作者刘鹗,书中写道:"刘铁云初号蝶隐,后乃谐声为铁云。曾在上海铁马路开设慎记书庄,其所著《老残游记》,最早由天津日日新闻社印行,题签出方药雨手笔。"又如,关于清末小说理论家夏曾佑,《艺林散叶》说,他是编中国历史教科书的第一人。我将书稿迅速推荐给了中华书局。书局编者读后认为《艺林散叶》不仅是一部风格独具的小品集,同时也是一部有研究价值的文化史料专著,当即拍板。初版首印了两万余册,又数次加印,后又出版

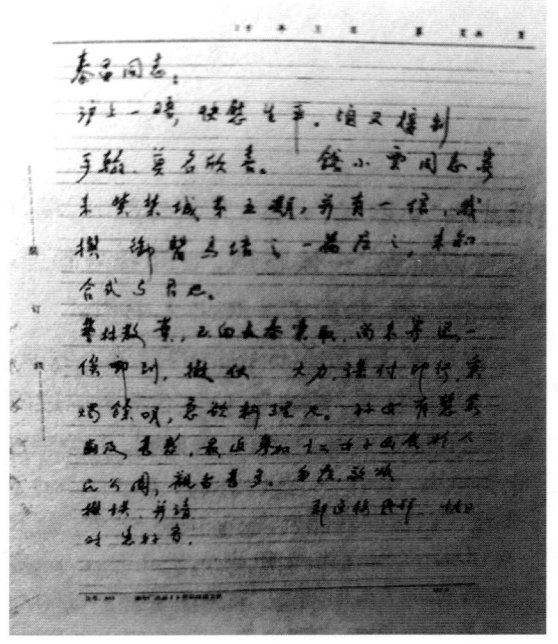

郑逸梅致吴泰昌信

了《艺林散叶》续集。这部书受到文坛和读者的如此欢迎,逸梅老自言有些"意料之外"。他欣慰地说:"我写了一辈子,总计数百万言,没什么大部头,看来读者的口味多样,也有人爱读我那些零散、短小的东西。"

2005 年 5 月

徐迟："你约我写的文章我不打算写了"

　　1981 年,中国作协主办了首届全国优秀报告文学评奖活动,这个活动由文艺报社和人民文学杂志社承办,评选 1977 年至 1980 年间发表的作品。在获奖者中有同一作家的两篇作品获奖,徐迟的《哥德巴赫猜想》和《地质之光》名列 30 篇获奖作品中一、二名。

　　徐迟素来是以诗人著称的。其实他早已开始了报告文学写作。"文革"前他发表在《人民文学》上的《祁连山下》就是当时报告文学作品中厚实的佳果。徐迟从武汉来京参加了此次颁奖活动,媒体对他进行了众多的报道,报刊也发表了不少称赞的文章。他为了躲"忙",活动刚结束就匆匆返回武汉了。

　　《文艺报》想另寻角度,对徐迟这两篇获奖作品加以评介,编辑部布置我约徐迟本人著文谈谈创作这两篇作品的体会和经验。我去信向他转达了报社的想法,并恳切希望得到他的支持。我与徐迟算是熟悉的,平日工作上向他求援,他总是乐呵呵地答应,并很快会有结果。可这次他的复信却使编辑部有点失望。

泰昌同志:

　　信悉。现在我看了说好的文章很多。说好,并不意味着就要写文章

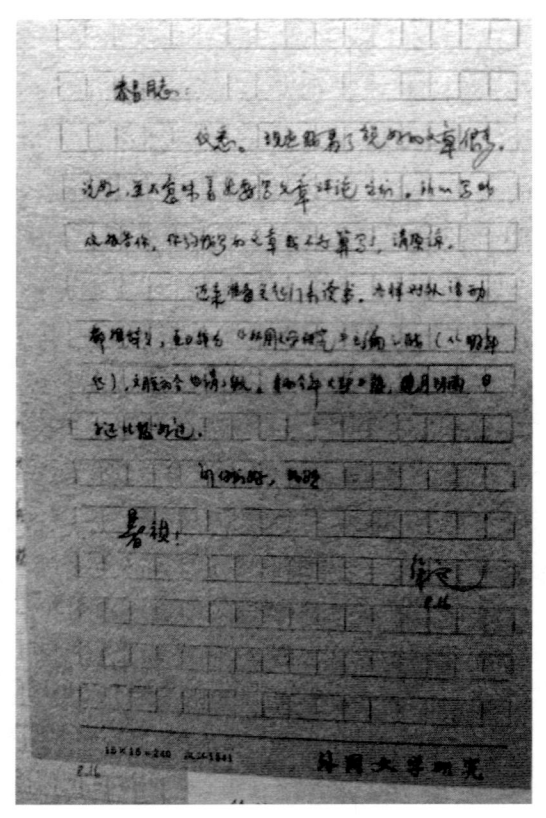

徐迟致吴泰昌信

评论它们。所以写此信报告你,你约我写的文章我不打算写了,请原谅。

近来准备关起门来读书。各样对外活动都推辞了,并已辞去《外国文学研究》主编之职(从明年起),文联的会也请了假。幸而今年火炉不热,连月阴雨,日子还比较好过。

问你们好,此颂

暑祺!

徐迟

8.16

过了一阵,徐迟又来北京。有次我去看他,他又重提旧事,他说:"不是我不为贵报写,你们和《人民文学》评了我的奖,这就是对我的支持。好话说多了别人烦,就不怎么好了。要我自己出面来谈什么经验、体会,而且发表在你们这样的刊物上,使我很为难,只能谢绝。"他透露,他正在酝酿写部长篇回忆性的东西,既像小说,又不全像。他颇自信地说:相信会写得好些,让人能读下去。

1993 年,作家出版社出版了徐迟的《江南小镇》,此前我曾在《收获》上读到部分。我估计这就是徐迟多年前同我谈起的那部长篇回忆性的东西。1995 年,在徐迟辞世前一年,我在武汉见到他,他没有怎么谈起《江南小镇》,也不太关心社会对它的反应。看来他当时心绪不太好。

2005 年 6 月

秦牧:"笔还是要经常动才好"

　　今年 5 月,我和邓友梅、张平、莫言、余华等作家应邀前往祝贺天津大学冯骥才文学艺术研究院大楼落成典礼并参加首届"北洋文化节",主人给我们分别安排了一次讲座,我的题目是《当代散文与写作》。当我列举新中国成立以来几位散文大家时谈到秦牧,我说:"秦牧是当今散文大家。新中国成立后,他做过多种实际工作,大多数时间,是业余从事文学创作。虽然他写过文学评论和其他体裁的文学作品,但主要精力却是倾注在散文和杂文方面。影响一时的《花城》《潮汐和船》和用散文优美的笔触所写的文学理论著作《艺海拾贝》,是他散文收获中的硕果。'文革'结束后作家写作热情不减。所作,除少量收入《长河浪花集》,大多在天津百花文艺出版社 1979 年出版的《长街灯语》中。"有位同学递条子给我:秦牧为什么在"文革"前散文创作不太景气时写那么多,有那么多影响广泛的名篇佳著? 我在回答他的提问时,讲了多条原因,其中我特别强调秦牧笔头非常非常勤快。

　　秦牧笔头之勤、之快,是公认的,我也有过亲身的感受。1979 年,《文艺报》为迎接新中国成立三十周年,开设了一个《文学三十年》的栏目,邀请一些名家撰写。第一个交卷的就是秦牧,他的《三十年的笔迹和足迹》长六七千字。他的原稿较特别,不按稿纸格子写,正反两面都写,极少改动,看来是一口气写下来的。

"文革"中后期,秦牧一度从广州借调到北京参加《鲁迅全集》注释审订工作。他住在人民文学出版社内,离我上班的单位近,我不时地去看他,他也不时地约我去。他多次无奈地对我说:北京没有广州的早茶,否则我要请你,喝早茶时聊天是最有兴味的。1978 年,他为《人民日报》写了两千多字的随笔《鬣狗的风格》,就是有天在上午工作开始前赶写出来的。

　　秦牧 60 岁时,曾表示他的写作宏愿,"再写他十本八本书"。有次他同我谈起,他很想围绕某一专题写一两本长篇报告文学,他说,南方的生活我熟悉,希望有机会去北方几处文化底蕴深厚的历史名城转转。

　　1990 年,山东省有关单位想请几位写散文的作家,特别是秦牧去几个地方参观和休息,主办人托我先同秦牧联系一下。我写信给他,很快收到他的回信:"泰昌同志……邀约赴鲁事,至感。但我这些日子太劳累了,动极思静,况且年事使我颇惮远行,只好辞谢了。请为我向诸文友致意……秦牧 10 月20 日。"

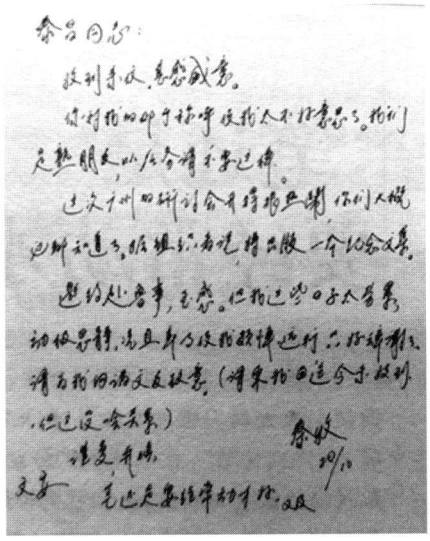

秦牧致吴泰昌信

秦牧在信结束处又加了句"笔还是要经常动才好,又及"。这句话,既是秦牧对自己一生写作的激励,也是对文友们至诚的奉劝。

　　1992 年,73 岁的秦牧远离我们而去。这个突然的噩讯使文坛大为意外。两年后,我专程从北京去广州参加《秦牧全集》首发式,握着秦牧夫人、散文家紫风的手,本想说几句心里话,眼看秦牧留下的数百万言大著,只说了一句:他太劳累了!

2005 年 8 月 23 日

李健吾："熟人的文章有时也很难写"

李健吾先生是老一辈著名的戏剧家、法国文学翻译家,而他以刘西渭为笔名发表的大量文艺评论文章,使他成为京派文艺评论家中独特的一位。20世纪三四十年代,他的文艺评论集《咀华集》《咀华二集》《咀华余集》先后问世。"文革"结束后,健吾先生雄心不减,笔力不衰,想继续写些文学评论。1980年12月,我曾约他为《文艺报》写篇综合性的文艺理论长文,他在12月29日给我的信中说:"文艺批评的这篇文章,我写不来,你饶了我吧。我写点具体的。我已写了一篇《读〈新凤霞回忆录〉》,请你决定,若能用,就请小女带回。第二篇拟写《重读〈围城〉》。第三篇可能是《读〈美学书简〉》。第四篇可能是《莎士比亚漫谈录》。第五(原信误写为'四')篇可能是莎士比亚同台演员,大喜剧作家本·琼森谈莎士比亚的缺点。第六篇(原信误写为'五')可能是《忆西谛》,因我和他共事甚久,欠他这一篇感情账,以后当陆续抽时间写。如你认为这个计划不合《文艺报》之用,就请作废,我热诚欢迎,因为我实在困于病与时间,无力此事。"

健吾先生这个写作计划很好,编辑部叫我赶紧去落实。我去看他时,他又写好了《重读〈围城〉》,健吾先生说,这篇短文就以"咀华新篇"为栏题,陆续写下去,争取能汇集出一本集子。

1981年3月《文艺报》推出了《咀华新篇》专栏,发表了《重读〈围城〉》和

《读〈新凤霞回忆录〉》两篇,刊物将付印时,他又交代署名就用本名李健吾,同年 10 月份《文艺报·咀华新篇》专栏又发表了《读本·琼森〈悼念我心爱的威廉·莎士比亚大师及其作品〉》一文。健吾先生对这篇文章特别看重,用了不少精力翻译了本·琼森评价莎士比亚的百余行的长诗。他在文章中说:"本·琼森是头一个把莎士比亚的名字向全世界推荐的诗人。——当时对莎士比亚的评价没有比他更准确与真挚的了。而德国的歌德、法国的雨果,以及马克思、恩格斯对莎士比亚的高度评价,则已是一二百年后的事了。"他还明确地道出了写作此文的用意:"在今天提倡文艺批评之际,我们大家借鉴一下他的大胆的赞美与措辞的慎重,也许还是有好处的。"

　　健吾先生 1982 年 11 月辞世。他的《咀华新篇》自然不能如他所愿地持续写下去。他在给我的信中所列举的几个题目,也未能及时写出。在他病逝前不久,他曾与我去看望从上海来京开会的于伶、柯灵。当我催问他计划写的读朱光潜的《美学书简》和怀念郑振铎的《忆西谛》文章时,他说:"我与他们两位太熟了,熟人的文章很想写,但有时也很难写。"

2005 年 10 月 8 日

严文井转来秦兆阳的信

严文井给我的诸多信函中,有一封是独特的,他转给我一封著名评论家秦兆阳同志给他的信,并说:"阅后留在你那儿就行了。"

兆阳同志给他的信中所述的内容,与我有关系。我在《文艺报》工作时,兆阳同志已离开了,但他和张光年、康濯、侯金镜一起负责过《文艺报》工作的事我是知道的,虽然我从未与他在单位见面,记忆中他曾是我的领导这件事却是难忘却的。

1975 年,为了解决我与爱人两地分居问题,河北省负责《河北文艺》工作的田间同志,将我从湖北五七干校借调到石家庄工作,我爱人不久也调来。

文井同志"文革"前曾担任过中国作协党组副书记,他还担任过作家出版社社长,而当年的作家出版社是挂在人民文学出版社的另一张牌子上。从干校回京后,文井就直接去人民文学出版社当社长了。

兆阳同志 1957 年之后,去了广西工作,他想回北京或北京附近等地工作,托文井。文井将此事转给了我,让我在河北帮他联系一下。河北虽然不是北京,但比起广西离北京近得多了。当年人才、知识是不值钱的,我好不容易联系到邢台地委一好心的领导,他同意将兆阳同志安排到地区文化局创作室。我高兴地将这个消息告诉文井,可很久,文井未回复,兆阳同志那边也无动静。两年以后,兆阳同志回到北京,不久主编人民文学出版社的大型刊物

《当代》。我也回到了《文艺报》。在许多公共场合见过他，也去过他的寓所看望他，但均未提起过这件往事。1977 年 6 月，我突然收到文井转来的兆阳同志的信，兆阳同志在信中说："那年我为什么要请你帮助调动工作呢？有生活上和工作上两个方面的原因。生活上的原因是：当时张克因身体很不好，经组织上批准退休，回北京家中养病。但身边只有一个女儿，早出晚归，对她

1983 年，吴泰昌（左）前往严文井家邀请他出席《文艺报》召开的散文创作座谈会

不能照顾，困难很大。而我也是一个人在南宁，身边没有儿女，也年老无人照管。工作上的原因是：广西组织上要我参加一个三结合小组写一个反映农业学大寨的长篇小说，因受'四人帮'文艺思想的干扰，加上我对当地语言不熟，故对是否能完成任务很无信心，心想，既然要搞写作，不如回北方较有把握干出点事情来。因此我当时希望，我能调回北京或到石家庄、天津等地。"

不久前，见到兆阳同志的亲属，他们似乎并不太清楚其父曾有过这些考虑。鉴于兆阳、文井前辈已先后故去，记下这点小事，也好留下老一辈作家风雨人生中的真实片刻。

2005 年 11 月 6 日

《天云山传奇》大讨论纪实

　　鲁彦周是我的道兄，也是乡兄，是相识了三四十年的老友。我最后一次见到他，是在 2005 年。12 月 20 日，我去安徽省立医院看望他。他住了几个月的院，但那天精神和情绪还好。他坐在病榻上，向我一一询问京中几位老友的近况。他忽然兴奋地叫夫人张嘉取出一部人民文学出版社刚出版的他的长篇小说《梨花似雪》，说，真巧，书昨天刚运到。他在书的上卷扉页上写道："送给泰昌老友，这是我送出的本书第一部，请阅正。鲁彦周 2005.12.20 于合肥省立医院。"我劝他以后别写长篇了，他同意，打算写些散文、回忆随笔，他说想写的东西还多。他约我明年一起到他的家乡巢湖走走。

　　万没想到，一年后他就突然走了。我从北京赶来参加省里为他举办的遗体告别仪式，望着他安详的遗容，痛苦地感到：他走得有点早了。

　　我常常回想起与他交往留给我的难忘的记忆。20 世纪 80 年代初，全国展开过一场对影片《天云山传奇》的公开讨论，我知道一些情况，因为我在《文艺报》工作，而《文艺报》是这场讨论的主要发动者。我也分享过小说《天云山传奇》获全国大奖后鲁彦周的喜悦，清晰地记得当时他说："拿这个奖我感到很踏实。"

《天云山传奇》书影

一

中篇小说《天云山传奇》发表在 1979 年 7 月出版的安徽省文联主办的大型文学杂志《清明》创刊号上。

鲁彦周写这部小说很顺手,从酝酿、开笔到脱稿,大约用了半年时间。1978 年冬到 1979 年春,他在北京,住在北京电影制片厂招待所,忙着改编自己的一部作品。我几次去看他,他不时谈起创作的冲动和打算。那是个激动人心的年代。"四人帮"刚粉碎,1978 年 5 月起全国又展开了"真理标准"的讨论。这一年的 12 月,党的十一届三中全会召开,肯定了"实践是检验真理的唯一标准",批判了维护僵化教条的"两个凡是"的规定,并撤销了 1976 年制定的关于"反击右倾翻案风"和"天安门反革命事件"的文件,为"四五"天安门事件平反。会议决定停止使用"以阶级斗争为纲"的口号,把全党工作重点转移到社会主义现代化建设上来。这是"社会主义新时期"到来的真正标志。文艺界在这一思想解放潮流中,紧迫要做的就是被称为"拨乱反正"的工作。所谓"乱",是指"文革"制造的混乱;所谓"正",是指适合文艺健康发展的党的方针、路线。有感于"文革"的历史教训,开始逐步纠正新中国成立以来在文艺领导工作上的一些错误。1977年,开始批判《部队文艺工作座谈会纪要》和《纪要》中提到的"文艺黑线专政"的论断。1978年9月,中共中央决定对被错划为右派分子的人进行平反,其中有大批的文艺界人士,他们受到错误批判的作品也相继被恢复了名誉。

经党中央批准,停刊了12年的《文艺报》于1978年7月复刊。鲁彦周很重视阅读复刊后的《文艺报》。1978年11月出版的《文艺报》第5期头版,以《坚持实践第一,发扬艺术民主》为题,发表了文艺界领导和著名人士在《文艺报》召开的"实践是检验真理的唯一标准"座谈会上的发言。其中有茅盾的《作家如何理解实践是检验真理的唯一标准》、巴金的《要有个艺术民主的局面》、沙汀的《创作也要受实践的检验》等。《文艺报》为发表这组文章写的按语中说:"实践是检验真理的唯一标准问题的讨论不仅在思想、哲学战线,也在文艺战线引起了强烈的反响。实践是检验真理的唯一标准。坚持这个原则,正确地处理主观和客观、认识和实践的关系,解决社会生活实践中的各种问题,对于深入揭批'四人帮'的伟大斗争,解放思想,加速四个现代化的步伐,实现党中央所提出的社会主义新时期的总任务,具有特别突出的现实意义和深远意义。为此,本刊编辑部于10月上旬邀请了部分文艺工作者就这一重大的马克思主义的基本理论问题,进行了座谈。在座谈会上发言的有贺敬之、林默涵、张光年、沙汀、梁信、李春光、苏叔阳、费振刚等同志。大家认为,这是一次马克思主义的思想解放运动,是现实的需要,历史的要求,我们文艺战线也要通过这场重大的讨论,来个思想大解放。我们要从解放以来29年文艺工作的实际出发,认真总结正反两方面的经验教训;根据文艺工作的客观规律,进一步加强党对文艺事业的领导;坚定不移地贯彻文艺为工农兵服务,为社会主义四个现代化服务的方向,更好地反映正在发生深刻变化的社会生活实际;坚决执行党的百花齐放、百家争鸣的方针,在文艺领域里发扬社会主义民主;坚持艺术实践与生活实践相结合、文艺工作也要受实践检验的原则,为真正贯彻毛主席的革命文艺路线,发展和繁荣社会主义文艺事业开拓广阔的天地。"

1978 年 12 月 5 日,《文艺报》和《文学评论》在京联合召开座谈会,提出"加快落实政策的步伐,彻底解放文艺的生产力"。会议请了鲁彦周,他因为正在加紧改编《柳暗花明》放不下笔,写了书面发言,对文艺的今后发展充满信心和期望。

1981 年 5 月 1 日,鲁彦周在《〈天云山传奇〉创作的前前后后》一文中谈到最初创作小说《天云山传奇》的触动:

> 1978 年底至 1979 年初,我因电影剧本《柳暗花明》的最后定稿工作,住在北京,这时也正是党的十一届三中全会召开前后。三中全会公报发表以后,全国人民受到极大的鼓舞,我也感到无比激动,我知道这是中国历史的伟大的转折,作为一个作家,应当无条件地赞颂它,并在它的精神指导下,认真总结过去,展望未来。于是在我脑子里开始产生了一个意念,能不能写一部作品,歌颂三中全会精神,批判一些阻挠三中全会精神贯彻的人,同时写一些人物的命运和遭遇,通过他们的生活、工作、道德和爱情,告诉人们,过去的某些错误再也不能让它们发生了,三中全会所创造的新的历史时代,是任何力量也阻挡不了的。这只是一个意念,而且是很概念很粗浅的意念,离进入创作构思还非常遥远,奇怪的是,这个意念来到脑子以后,它就固执地不肯离去了,它强迫我进一步去思考。过去的岁月,党的伟大历程,人民的生活和工作上的挫折,未来的展望,现实的斗争,许许多多的人和事,都一一闪现在我的面前。特别是我所熟悉的一些人物,仿佛一下子站到我的面前,他们好像在说,拿起你的笔吧,写我们的命运,写我们的欢乐和悲苦,写我们的道德和情操,写

我们的理想和信念,它对现实会有帮助,对人们,尤其是对青年人,是有教育意义的。

许多人物形象的出现和逐渐明确,使我摆脱了理性的束缚,摆脱了主题先行,摆脱了概念的框框,开始专心致志地思考起几个人物的命运。

鲁彦周将小说《天云山传奇》改编成电影剧本也顺手。他是国内较早沟通文学和电影的少数作家中积极而又卓有成果的一位。他对自己的不少小说进行改编,把它们搬上了银幕。从小说《天云山传奇》发表,到鲁彦周将其改编成电影文学剧本,用了约半年时间,这部有 951 个镜头的文学剧本,1980年 1 月 2 日在上海电影厂招待所定稿。导演谢晋的"分镜头剧本"也快速完成。摄制组争分夺秒地赶拍。影片《天云山传奇》于 1980 年春末,就陆续在全国各地上映了。

影片《天云山传奇》开始上映时,虽有不同反映,但报刊上反映是好的。据《文艺报》调查,从了解的观众的反映看,能说明这一点。1981 年 3 月出版的《文艺报》第 6 期发表了本刊记者写的《电影观众谈八〇年电影——记北京市业余影评员座谈会》,报道中说:"同志们首先谈到对 1980 年电影总的估价。一种意见认为成绩是主要的,因为影片的质量、数量都有所提高。出现了像《天云山传奇》《巴山夜雨》《法庭内外》这样一些超过 1979 年水平的影片:电影题材丰富了;情节有戏了;反映生活的广度和深度、摄影的艺术技巧,都有了进步;特别可喜的是培养了不少新秀。有位同志做了一个形象的比喻:1980 年的电影就像《天云山传奇》中罗群赶马车一样,虽然遇到了坎坎坷坷,但毕竟是前进了。""大家赞扬了 1980 年产生的一批受群众欢迎的影片,认为《天云山传奇》是其中最好的一部。""有的同志说:这片子在我们厂里轰动了。有的同志说:冯晴岚是一个有血有肉、情操高尚、令人难忘的人物。"

1981 年是影片《天云山传奇》的获奖年:获文化部颁发的 1980 年优秀影片奖,获中国电影家协会颁发的第一届中国电影金鸡奖和《大众电影》颁发的第四届电影百花奖。首届电影金鸡奖评选委员会名誉主任委员、中国文联副主席、中国电影家协会主席夏衍牵头的中国电影金鸡奖第一届评委会对获最佳故事片奖的《天云山传奇》评语是："《天云山传奇》比较深刻地反映了我国近 20 年社会生活的一个侧面,充满激情地创造了动人的银幕形象,发挥了电影作为综合艺术的丰富表现力。"此外,在上海举办的第二届文汇电影奖评选中,《天云山传奇》也获最佳故事片奖,《天云山传奇》编剧鲁彦周获最佳编剧奖,《天云山传奇》导演谢晋获最佳导演奖。

二

影片《天云山传奇》上映后,著名电影评论家钟惦棐1981 年 2 月 4 日在《人民日报》上发表了《预示着矫健的明天——〈天云山传奇〉随笔》,这是在正面评价影片的文章中有重要影响的一篇。钟文说："观众在影院中能够融入影片中是有条件的,这就是足以引导人民认识其所处的时代的深刻思想内容,和与此相适应的在艺术上的卓越的创造。影片《天云山传奇》在同类题材的影片中显得宏大而不矫饰,深沉而不哀伤。它不讳言作为历史的失着,而又显示出我们党敢于面对严酷的现实并还历史以本来面目的决心。在这个意义上,令人'不愉快'的只是历史,只是过去。而令人鼓舞,予人希望的则是清醒的今天和预示着矫健发展的明天。这沉思,也许具有更为复杂的内容,但不管怎样,中国无产阶级具有自己的历史:失败与成功,奔泻与回流,从总体上构成一幅波澜壮阔的图画,它将肯定地作用于中国和世界。"小说《天云山传奇》着重对三位女性命运的刻画,小说改编成电影时,编导更有意突出了这一点。钟文细致地剖析了影片中的几个主要人物,认为:"影片《天云山传奇》是严肃的。它在从小说改编为电影时,突出了对三个女性的刻画,而把支撑点放在了宋薇的往事回忆,也就是自我谴责上,从而讴歌冯晴岚,烘托周瑜贞。"

1981年初,《文艺报》编辑部请中国电影家协会上海分会在沪召开了影片《天云山传奇》座谈会。同年1月22日出版的《文艺报》第2期发表了座谈会记录:《谈影片〈天云山传奇〉》。发言者从影片思想内容和艺术表现等方面对影片做了积极的肯定与评价。

白桦认为:"《天云山传奇》的成功,首先是由于恢复了现实主义传统。……这样一段历史能够放大在银幕上,说明我们敢于正视生活了。影片中的许多场景之所以使人感动,是因为真实地再现了历史,真实地描写了形形色色的人在严峻生活中的表现。尤其是在沉重的社会精神压力下,还有像冯晴岚那样高尚和优秀的人,在潮流面前她仍然用自己的眼睛观察着生活,用自己的脑子思考着问题,分辨着,抉择着,坚定不移地背起沉重的十字架,拖起了躺着受难者罗群的板车,走上风雪弥漫的道路,生活由于有了这样高贵的爱而变得美好起来。……谢晋同志在今年影片生产的某些虚假风中拍摄了《天云山传奇》这部正视严酷生活的佳作,使我们又一次为他的才华和激情赞叹不已!"

梅朵说:"为什么大家看了这部影片都掉了眼泪,都很激动? 因为它使我们从银幕上听到了人民的声音,从罗群、冯晴岚身上感到了振奋人心的力量。这部影片有力地否定了一种观点:在银幕上揭露了我们生活中的错失,就会使人们对党、对未来失掉信心。事实恰恰相反,艺术的强大的批判力量,会激起我们对党、对未来的更大信心。影片在我们面前展现了从未有过的光明和希望。罗群和冯晴岚这两个艺术形象具有很深刻的现实意义。我们的四化建设不会一帆风顺,在我们的前进道路上还会遇到种种阻碍。我们就是应该像罗群和冯晴岚一样在困难和挫折面前,以赤胆忠心对待党的伟大事业。……吴遥这个人物,是迄今为止银幕上出现的一个独特的反面形象。我们在银幕上曾经揭露过'四人帮'一小撮丑类。但是,像《天云山传奇》这样,真实地、历史地展现了凭借工作中的错误,以整人为手段而扶摇直上的官僚主义,还是第一个。影片深刻地剥开了他的空虚灵魂,它像一面镜子,照出了这种人的本来面目。……影片正是以现实主义的力量,使我们与主人公同悲同哭。它使我们如投激流,荡涤着自己的心灵,更加懂得应该怎样对待生活。"

王元化说:"这两年,我们的文学艺术已经从窄门冲了出来,开始向生活靠拢,出现了不少好作品。我觉得《天云山传奇》这部影片也应该列入这些好作品的行列中。在 1957 年反右斗争中,扩大化是我们社会中的一场悲剧。这场悲剧是怎样发生的? 今后如何避免? 我们正在总结。我认为敢于实事求是纠正过去的缺点和错误,正是表明我们党的伟大。一个永远具有生命力不断前进的党是不怕这样做的。我们都亲身经历了十年浩劫的大灾难,也有不少人经历过和影片中的罗群相类似的命运,在他们身边同样有着冯晴岚式的女性:母亲、妻子或姊妹。虽然遭遇不尽相同,但她们都和冯晴岚一样,甘愿默默地做出自我牺牲,相信自己的亲人是正直的、拥护党的。……我希望我们的艺术家向生活靠得更拢一些,把人物发掘得更深一些。"

王炼说:"看了影片之后,确实感到很振奋。影片把人们想说的话说出来了,没有回避,没有粉饰,而是长长地触动了人们的心弦。与近几年拍摄的其他影片相比较,从题材、深度到手法,都有新的突破与新的成就。……我很同意王元化同志刚才讲的:'向生活靠得更拢一些,把人物发掘得更深一些。'这部影片正是在向这个方向努力,因而它是近年来在现实主义道路上前进了一步的好影片。"

石方禹说:"据我所知,最激动作者的是生活中的冯晴岚这样的人物。……刚才很多同志都谈到:人们看《天云山传奇》后,尽管热泪纵横,却不感到心情沮丧甚或对前途失去信心;相反地,人们受到了鼓舞,产生了为实现合理和民主的政治而斗争的强烈愿望。我认为影片之所以取得这样的积极的效果,是因为它在鞭笞错误思想的同时,还塑造了几个心地光明善良、具有高尚情操的人物形象。这出悲剧中的主人公的不幸命运没有把观众震慑或压垮,其原因就在于悲剧人物没有被自己的命运所震慑或压垮。他们一如既往,怀着对人民革命事业的忠诚和赤子之心,始终孜孜不倦地工作,探求真理。虽然有的人动摇并且屈服过,但一经觉醒便义无反顾。很难想象如果影片在揭露吴遥的同时,忽略了对冯晴岚、宋薇和罗群等人物的塑造,是否还会达到目前的成功。正是由于他们,观众才得以在黑暗中看到曙光,在悲戚中领略希望。观众可以相信丑恶终究是历史熔炉里的沉渣,而未来是属于心灵善良美好的、被高尔基称为大写的'人'的。……有同志说文艺作品应该振奋中华民族的精神,说得很好。《天云山传奇》是有助于振奋民族精神的。文艺创作的道路应当宽广多样,也可以有不同的构思和方法,但《天云山传奇》探索的路子及其创作的经验,是可以借鉴的。"

严励说:"《天云山传奇》镜头的运用,紧紧把握动的艺术形象这一电影所特有的表现手段,丰富了全片的节奏感。如在组织部会议室的一场戏,静中寓动。在整个会议的进程中,几乎没有一个静止的镜头,采用了一系列推、拉、遥、近景、中景、特写、变焦距等生动的镜头调度。导演尽力在动的合理性、动的内在联系上下功夫,恰如其分地渲染了这场表面平静而双方内心激烈冲突的起伏过程,把宋薇委屈、痛苦的复杂心情揭示得淋漓尽致,把吴遥道貌岸然的形象刻画得入木三分。如果把整场戏比作为一个句子的话,那么它连逗号、惊叹号、句号都点得清清楚楚,恰到好处。"

在《文艺报》评介影片《天云山传奇》期间,李一氓同志要我代找发表小说《天云山传奇》的那本《清明》杂志,说:"电影看了,想看看小说。"一氓老当时是中央顾问委员会委员(后为常委)、中央联络部常务副部长,曾任新四军秘书长、苏皖边区政府主席,是在中央工作的一位资深的老同志,他亦是书法名家。1982年,鲁彦周曾托我向他讨要一帧墨宝。我向一氓老转告彦周的这个请求,他痛快地答应了。他用何绍基体书写了自己刚写的一首短诗《题〈天云山传奇〉赠鲁彦周》:"情深未必苦缠绵,颇耐风尘又几年。红叶缤纷灵幸鉴,何人长忆天云山。"鲁彦周收到我转寄给他的这张条幅,很高兴,感激一氓老对《天云山传奇》的理解和肯定,对他创作的支持和鼓励。李一氓同志的这首诗当时没有发表,但在一定范围内流传过,我曾抄录给《文艺报》的几位领导看过。该诗经修订后现已收入 1995 年中华书局出版的李一氓诗词集《击楫集》。条幅至今仍由鲁彦周夫人张嘉珍藏着。

三

影片《天云山传奇》一上映就有不同的反映,不久也开始见诸各地报端。《西藏日报》于 1981 年 3 月 12 日、4 月 2 日和 16 日连续发表了 6 篇讨论文章,主要有三种意见:肯定或基本上肯定的;否定或基本上否定的;艺术上肯定,政治上否定的。为了使文艺界有关领导和专业人士及时了解这些信息,《文艺报》编辑部编印的内刊《文艺情况》在 1981 年 5 月 25 日出刊的第九期上发表了《〈西藏日报〉对影片〈天云山传奇〉展开争鸣的报道》。

赵乐斌对影片作了充分的肯定,认为"是一部不可多得的杰作",是"我国文艺宝库中的一件珍品"。他认为影片有三个艺术特点:一是"格高"。能够"高屋建瓴","透过现象努力探索历史的深痛教训","从党性的、道德的和伦理的高度,尖锐地揭示出我国政治生活中长期存在的某些弊病和不正常现象,歌颂了真善美,鞭笞了假丑恶",因而"起到了积极的宣传教育作用"。尽管影片沉重痛楚地揭示了时代悲剧留在人们心灵上的伤疤,但是"郁而不闷,哀而不怨",基调是"昂扬向上的"。二是"境大"。影片通过几位同时代而命运各异的知识分子及干部形象,通过他们的经历、遭遇和彼此之间的地位变化,引起人们"对历史、对人生的深沉思考",启发观众"抚今追昔,温故知新"。三是"细腻"。"创作者用灵巧的艺术解剖刀,细致入微地发掘人的灵魂,揭示人的内心世界"。这种心灵美的魅力,使影片具有不可抗拒的道德力量,对于振奋民族精神,培养千百万人的高尚道德情操,有着深刻的现实意义。

黄铁男则对影片提出了十分严厉的批评、指责,认为这"是一部倾向上存在严重问题的影片","是借用三中全会决定的为右派摘帽和改正错划右派的政策,明修栈道、暗度陈仓,来丑化党的形象,美化乃至歌颂右派"。文章主要从两个方面否定这部影片:一是认为影片"不顾历史的真实和艺术的真实"。他认为1957年反右斗争扩大化,主要表现在"对于思想上和党有距离、或者说了一些错话的人同组织反党小集团'策划于密室、点火于基层'的人没有严格区别开来"。而影片中罗群为什么被打成右派,则"几乎找不到任何可以勉强上纲的依据"。他认为影片偏偏将"不存在的生活和不存在的人物","这么一个不是右派的人硬要作为右派来写",而且写成"一个高大全的英雄,成了比共产党好十倍的'共产党',岂不是开了写伤痕可以瞒骗的先河?!"文章强调:"即使生活中有这样的人和事,那也是极个别的,偶然的现象,而现象并不代表本质。""影片用现象取代本质,实际上是'一种纯粹低贱的自作聪明,并且是垂死的模仿文学的一个本质标记'。"二是认为剧作者"站在批判现实主义的立场上","专门描写生活中的坏现象"。影片"塑造一个不是右派而被打成右派的罗群和呕心沥血的冯晴岚",无非是让人联想到"共产党草菅人命,共产党干部以搞运动起家、通过整人平步青云"。影片细致刻画的"那个灵魂丑恶、隐匿不露的吴遥","无非是告诉人们,你看,共产党的干部是这样道貌岸然而实际上顽固僵化、灵魂肮脏",以达到"丑化共产党的形象"的效果。

邱烨在文章中认为黄铁男文章"不顾影片精神实质,把主观独断当作铁证,从而义行于色地进行无的放矢的指责"。文章分析说,黄文"对影片主人公罗群为什么会被打成右派,感到不可思议","其实一言以蔽之,铁男同志要找的是一个货真价实的右派,而鲁彦周、谢晋却刻画了一个不是右派的'右派'。"影片虽以三中全会后纠正冤、假、错案为背景,"但主要写了生活中美好的情操、人情、人性,写了罗群被错划为右派后对党、对人民的信念;写了冯晴岚崇高的爱情,写了宋薇痛苦的灵魂,也揭露了吴遥僵化、丑恶的面目。这有什么值得责难的呢?""从哪里可以看出编导的批判矛头是针对现存的社会主义制度,丑化党的形象?"并说:"否定了这类作品的艺术真实性,近几年的现实主义文学运动中的作品还剩下多少? 否定了战斗过来的道路,今后社会主义文艺发展的立足点又在哪里呢?"

杨兆振的文章认为黄文尽管"过分自信,甚至有点武断的语气","论证也并不是没有脆弱的部分",但他"欣赏铁男同志敢于力排众议提出不同见解的勇气;更重要的是,他的确提出了一个非常重要的,很值得'人类灵魂工程师'——作家们注意的问题。那就是我们社会主义的文艺创作怎样维护四项基本原则,特别是其核心——党的领导的问题"。他认为"《天云山传奇》的确不利于维护党的领导,不利于鼓舞人们更有信心地跟着党向着'四化'的伟大目标前进"。他感到不安的是:"在众多以反右斗争扩大化为题材的作品中,几乎有一种通病,也可以说是新的公式吧。它们都不适当地过分美化了'右派',而贬低丑化了这场运动中的党的领导和积极分子。""这些作品的总体给人们的印象就是,反右斗争是一场整好人的运动,它彻头彻尾、彻里彻外、完完全全地错了。这显然不符合历史的真实。"他认为在文艺界的一些同志中"出现了一种危险的削弱乃至企图摆脱党的领导的倾向","对学习马列主义、毛泽东思想变得相当淡漠,对于世界观改造更是深恶痛绝"。

马凤翔的文章既不同意赵乐斌"作的过高评价",也不同意黄铁男"对影片作的武断否定"。他认为:"《天云山传奇》基本上属于一部好的影片。"

蔡贤盛认为:"对《天云山传奇》这部影片的争论,是围绕着罗群和吴遥这两个人物的塑造上展开的。"他在文章中主要探讨了这两个人物的塑造。关于罗群,他基本上同意黄铁男的分析,认为把罗群定为右派"是不符合历史真实的"。他认为如果凭罗群说的那几句话就定为右派,"那么,反右斗争就是一场儿戏了"。因而,他认为,影片中罗群的塑造是违背"真实地再现典型环境中的典型性格"的革命现实主义原则的。对于吴遥这一人物,他则不同意黄铁男的看法,他认为不能"把吴遥作为共产党干部的化身来看待","吴遥的塑造,有典型性,是符合历史真实的",因而"在塑造吴遥这个人物的问题上,作者比较好地运用了革命的现实主义的创作方法"。

四

《文艺报》曾公开表明了对影片《天云山传奇》的肯定态度。既然观众有不同意见,《文艺报》决定就影片《天云山传奇》开展集中讨论,各抒己见,弄清是非。《文艺报》从 1982 年 4 月 7 日出版的第四期开设《讨论会》专栏,至1982 年 8 月 2 日出版第八期,共发表了 7 篇讨论文章:袁康、晓文的《一部违反真实的影片——评〈天云山传奇〉》,童庆炳的《评袁康、晓文的〈一部违反真实的影片〉》,孙冶方的《也评〈天云山传奇〉》,蒲晓的《对影片〈天云山传奇〉的一点异议》,文菲的《一种违反文艺常识的批评——评袁康、晓文的〈一部违反真实的影片〉》,陈学昭来信摘录、加瑾整理的《关于影片〈天云山传奇〉的讨论来稿综述》。

第四期"讨论会"首发了袁康、晓文的《一部违反真实的影片——评〈天云山传奇〉》。这篇文章在否定影片《天云山传奇》文章中是有代表性的。编者在这篇文章的前面写了一段话:影片《天云山传奇》曾获文化部 1980 年优秀影片奖、第一届金鸡奖、第四届百花奖等。但放映以来,观众中有两种不同反映。最近我们收到袁康、晓文同志来稿,对《天云山传奇》提出了批评。我们认为,对于一部文艺作品、即使是一部获奖的作品有不同意见也是正常的现象,应该按照党的"双百"方针,通过自由的讨论,弄清是非,共同总结文艺创作中的经验,以利于提高我们的文艺创作、文艺欣赏和文艺批评的水平。现将袁康、晓文的文章发表于后,欢迎文艺界同志和广大读者参加讨论。

袁文的标题已表明了对影片《天云山传奇》持全盘否定态度。《文艺报》的编者的话则说明"讨论"是按照党的"双百"方针进行的。

鲁彦周创作小说《天云山传奇》是充满自信的,因为"小说是歌颂三中全会精神的",但潜在的"担心"还是有的,怕触及"反右"如此敏感尖锐的问题,怕万一分寸把握不准。他的这种担心向我流露过,也向在安徽的个别文艺界老友流露过。电影《天云山传奇》上映后,在一个短时间里,北京、上海报刊发表肯定的评论文章多,增添了他的这份自信。但随着观众对影片不同意见的蔓延,社会上甚至流传出某位"重要人物"对影片发表了批评意见,鲁彦周突然感受到了某种压力,心情不安起来。从他1981年1月12日在合肥写给我的一封信中,多少可窥见他当时对影片《天云山传奇》命运焦急关切的心境。

　　泰昌同志:

　　新年好!去年在京,因为疏懒成性,没有到你府上去,也没有寻机会和你谈谈心,颇为遗憾。最近,从北京传来小道消息,说是某重要人物对电影《天云山传奇》发表讲话了,说这部影片把右派写成英雄,把干部写成坏人,并下令禁演了。这个消息确否得不到证实,但已经在我省造成了混乱,因为这部影片刚刚在合肥放过,干部、工人、学生反映都是非常好的,省委宣传部也开了座谈会,我省第一书记张劲夫同志在北京也在中南海看过这部影片,他也认为不错。怎么忽然之间,就出现了这样大的转折,我并听说《人民日报》《红旗》杂志都把准备发表的评论文章撤了,这使我联想到《文艺报》1月号是不是也把文章撤了,所以没有只字提到《天云山传奇》。

　　这些事假若是真实的,这未免使人太想不通了。《天云山传奇》是在三中全会精神指导下创作的,我认为它是符合三中全会精神的,是歌颂三中全会的,影片的基调是积极的,从放映的效果看也是好的。有的青年看了,说是我本来没有信念,看了这部电影我认识到那是不对的。有的人并真诚表示要学习冯晴岚的道德情操。对这样的影片,居然要禁止,那还有什么是非标准了?这对我个人倒没有什么,可对党的文艺事业发展是极为不利的,从政治上说,放映它评论它,只有助于对青年教育和安定团结,若禁止,只会增加思想混乱。我因为不明情况,也不知是否有重要人物讲过什么,更不知是哪位领导人,心情很不安,望接信后抽空给我一信,并望将我的心情代向冯牧、罗苏同志汇报一下。谢谢! 匆此,敬礼!

鲁彦周(1981 年)1 月 12 日

20 世纪 80 年代,鲁彦周进行文学创作

我收到鲁彦周的信后,照他的意思,将信的内容向《文艺报》主编冯牧、罗苏汇报了,也向副主编唐因、唐达成汇报过。冯牧并没有告诉我鲁信中所指的"重要人物"是谁,"重要人物"对影片说了什么话,只叫我转告鲁彦周,对一部有广泛社会影响的作品,上上下下有些不同看法是正常的,要坚信实践是检验真理的唯一标准,坚决贯彻党的十一届三中全会的精神,不要怕争论和批评,要相信大多数人会有自己的看法和公正的评判。冯牧特别叮嘱我告诉鲁彦周不要听信"小道消息",上海电影界座谈影片《天云山传奇》的记录,原计划就是安排在 1 月 22 日出版的第二期《文艺报》上发表,没有改变。

袁康、晓文《一部违反真实的影片——评〈天云山传奇〉》从根本上否定了影片《天云山传奇》，认为影片"歪曲了反右派斗争的真相，丑化了党的领导，在青年中引起了思想混乱，是一部思想倾向和社会效果都不好的作品"。

　　袁文认为："影片完全歪曲了反右派斗争的历史真相。""1957年的反右派斗争是无产阶级同资产阶级之间，围绕着要不要共产党领导、要不要坚持社会主义方向两个根本问题所展开的一场阶级搏斗。这场斗争是国际国内阶级斗争发展的结果。……尽管这场斗争被严重地扩大化了，造成了不幸的后果，但是绝不能因此就全盘否定反右派斗争的正确性和必要性。……而《天云山传奇》却只是通过主人公罗群的不幸遭遇着意渲染了反右派斗争'扩大化'的一面，根本不去反映'完全正确和必要'的一面，因而在不了解这段历史的青年观众中造成了反右派斗争完全搞错了的印象。"

　　袁文接着说："《天云山传奇》通过一系列画面所告诉我们的，却正是这样'一个简单的政治概念'：反右派斗争是'百分之百'的错误。"

　　袁文对影片写的主要反面人物吴遥也是否定的，"是损害党的形象"，甚至说，"就从着重反映反右派斗争扩大化错误这一侧面来说，影片也是违反真实的"。至于影片主要塑造的正面人物罗群，袁文认为也是"不真实"的。文章分析宋薇时说："宋薇为罗群落实政策并不是出自她对党的政策的正确认识，出自她作为组织部副部长的职责，而是出于个人的感情；她的'觉醒'也不是由于党的教育，而是由于所谓'人间的不平'和对昔日情人罗群的向往。影片通过宋薇这个形象告诉观众的是这样一个印象：宋薇之所以'永远失去了'爱情而沦为'上流交际工具的可悲处境'，完全是由于听从党组织的意见。这难道不是'毁坏'党的形象吗？"

　　袁文承认："《天云山传奇》的某些表现手法确实取得了成功的艺术效果。它对吴遥、宋薇、冯晴岚等人物的刻画是比较细腻的，避免了公式化、概念化的毛病；它在吴遥、宋薇与罗群、冯晴岚之间所做的强烈对比，确能调动一些年轻人的感情。"但"由于创作思想不健康，成功的艺术手法就更加深了不良的社会效果"。

袁文指出影片《天云山传奇》所存在的诸多问题,"并不是孤立的","它是资产阶级的自由化思潮在文艺上的反映"。

五

《文艺报》1982年第六期《讨论会》栏目中,在目录上以加黑体的方式醒目地发表了孙冶方的《也评〈天云山传奇〉》一文,编者还特意在孙文前加了"编者按":"本刊第四期发表袁康、晓文同志的《一部违反真实的影片——评〈天云山传奇〉》以来,受到了读者、观众和文艺界同志的广泛注意,许多同志寄来了稿件,积极参加讨论。这个事实又一次说明党的'双百'方针深入人心,对文艺问题展开了平等的自由的同志式的讨论,对于提高读者、观众、作家、评论家的水平,推动文艺批评、文艺创作的发展都是极为有益,不可缺少的。我们欢迎持有各种观点的同志畅所欲言,并将继续发表各种言之成理、持之有故的讨论文章。"

孙冶方(1908~1983),著名的经济学家,中共中央顾问委员会委员,曾任中国社会科学院经济研究所所长。他自谦是以一个"门外汉"的身份撰文来参加《文艺报》关于影片《天云山传奇》的讨论。

王元化在1999年写的《记孙冶方》文中对"文革"后的孙冶方,有过一段简约感人的记述:"'文革'后,他快70岁了,仍努力学德文,做调查研究,写文章,做读书笔记。1978年6月下旬,他批评了'唯上'的学风。他以马寅初的人口论为例,十分赞赏马老在1959年遭到围攻时说的一段话:'我虽年届八十,明知寡不敌众,自当单身匹马,出来应战,直到战死为止,决不向以力压服不以理说服的那些批评者们投降。'1979年9月他经过超声波检查,发现胆囊附近有黑影,医生从他的腰部抽出了瘀血,于是立即剖腹检查,发现是晚期肝癌。他开刀不久,就支撑着伤口未痊愈的病体,为多年未得彻底平反的老战友沙文汉向中央写报告。修良大姐听人说,这报告是'他用两条纱布拴在床上,拉着纱布条强坐起来'写成的,这事使修良大姐热泪盈眶。"

"1982 年,他为影片《天云山传奇》进行了申辩。这部影片放映不久就被斥为'完全歪曲了反右斗争的真相',被指为'资产阶级自由化在文艺上的反映'。他不顾身患绝症,撰文反驳,这时他身体已经十分虚弱,距去世只有几个月的时间了。"王元化文中所指的孙冶方为影片《天云山传奇》所进行的申辩,就是孙冶方在《文艺报》上发表的《也评〈天云山传奇〉》。孙冶方以"言之成理,持之有故"的讨论态度,对袁文进行了逐一反驳,影响一时。孙文说:"我读了本年 4 月号《文艺报》发表的袁康、晓文二同志写的影评:《一部违反了真实的影片——〈评天云山传奇〉》之后,总觉得喉头有什么东西哽着,必须吐出来才好。何况袁康、晓文二同志认为《天云山传奇》是一部'毁坏党的形象'影片,而且认为'《天云山传奇》所存在的问题并不是孤立的,它是资产阶级自由化思想在文艺上的反映'。既然这已经不是文艺界'孤立的'问题,那么,一个文艺界圈子以外的人,过问一下'毁坏党的形象'的'资产阶级自由化思潮',应该不算是'管闲事'吧!"

孙冶方认为"《天云山传奇》是一部落实党的政策的好电影",文中说:"关于《天云山传奇》这部影片的争论是在这部影片刚上映的时候就存在的。诚如袁康、晓文同志的文章开头所说:在那时候就是'褒贬悬殊,争议纷纷'。在我们机关集体购票观看《天云山传奇》的那天,碰巧我有别的事,原来不想去看的。但是听到同志们告诉我:这是一部有争论的片子,有人认为是一部玷污党的形象的坏片子,不应该放映;有人却认为这是一部好片子,应该放映。我已经意识到这不只是对一部影片的艺术评论,而且是思想战线上的一场争论。于是我决定放下别的事,去看《天云山传奇》。看完之后,我情不自禁对一同看电影的同志说,这么一部宣传落实党的政策的好电影,怎么说是玷污了党的形象呢?"

孙文分析说:"袁康、晓文同志一方面承认,'反右派斗争中的扩大化无疑是我们党在工作指导上的一次严重失误'，但是另一方面，他们又以 1957 年确实存在过一些不要共产党的领导、不要坚持社会主义方向的右派分子为理由，断定《天云山传奇》一片'完全歪曲了反右派斗争的真相'。因为'《天云山传奇》只是通过主人公罗群的不幸遭遇着意渲染了反右派斗争"扩大化"的一面，根本不去反映"完全正确和必要"的一面，因而在不了解这段历史的青年观众中造成了反右派斗争完全搞错了的印象'。"

　　孙文认为"运动的宗旨或目的的正确性和必要性，并不排除运动会严重扩大化或搞错了的可能性"。孙文分析说："即使以造成十年浩劫的所谓'文化大革命'来说吧，当运动开始的时候，所标榜的宗旨是反对官僚主义、反对干部的特殊化，等等，后来就拔高为反对修正主义和反对走资本主义道路的斗争。反对官僚主义和反对干部特殊化这个宗旨，不仅在当年是正确的，就以目前来说，我们党不仍然以反对官僚主义和干部的特殊化作为整顿党风的重要内容吗？在'文化大革命'初期，不仅广大群众是这样认为的，就以我这种在'文化大革命'中被牵着游街的'革命对象'来说，在开始的时候也是这样认为的。""当然，反右派斗争同'文化大革命'的性质是不同的。'文化大革命'被林彪、康生、'四人帮'这样的敌人搞得完全变了质。'文化大革命'的领导核心主要是一批阴谋家、冒险分子，而反右派运动的领导核心是忠实于革命的好干部。袁康、晓文二位同志或许会说，既然这样，怎么能够以吴遥这样品质恶劣的人来作为反右派运动的领导人呢？"孙冶方认为："这话说得又对，又不完全对。钟惦棐同志 1982 年 4 月 24 日在《光明日报》发表的《电影〈牧马人〉笔记》一文说得对：在反右派运动中'吴遥不够典型，但不能说吴遥式的人物不存在'。"

　　孙文说《天云山传奇》是以为罗群落实党的十一届三中全会政策这个主题展开的。为此电影倒叙了罗群被打成右派的前前后后一段故事。从反右派运动到十一届三中全会，中间经过"反右倾""四清""文化大革命"这么几次大运动。"如果说，吴遥这形象在反右派运动时不够典型，那么在'文化大革命'中是太够典型的了。"

孙文分析说:"或许说,吴遥在'文化大革命'中受过冲击,他不是'四人帮'的爪牙。这也不是理由。在'文化大革命'开头受过冲击,后卖身投靠并帮助林彪、'四人帮'残害别的老干部和知识分子的人,并不是个别的,而且他们手法的恶劣、毒辣往往胜过坐直升机的新干部。况且,影片并没有把吴遥同'四人帮'分子等量齐观,而是将他描写成一个患得患失、思想僵化分子。

"吴遥在'反右派运动'开始时或许并没有想挖罗群的墙脚,仅仅是像一切其他干部一样是在过火斗争的'左'倾路线影响下,对罗群进行了过火的批判和斗争。但是当罗群被定案为'右派',而吴遥则因为在运动中立了功而当上了地委副书记之后,吴遥本人以及他周围的人理所当然地认为宋薇不该与罗群这个'右派'结合,而应该与他吴遥结合了。到了揪出'四人帮',尤其党的十一届三中全会以后,应该给罗群平反的时候,吴遥已经是个官封地委副书记、有了没有爱情的婚姻的既得利益者。……当然,'不应该把一场严肃的政治斗争和个人的品质等量齐观'(钟惦棐:《笔记》)。但是个人品质反过来总是影响了政治运动的。离开了林彪、'四人帮'的个人品质也无法完全说明'文化大革命'为何演变成了十年浩劫。

"三中全会以后顶着党中央正确政策不办的人更不是个别的。诚如周瑜贞所说,他们怕给人平反了'就会否定了自己'。……根据以上理由,我认为就历次运动的长过程来说,尤其就最后一次运动,即'文化大革命'来说,吴遥这个人物,在一些吴遥式人物中间,是够典型的。

"为什么我说《天云山传奇》是部好电影呢?我又可以用钟惦棐同志在1981年2月4日《人民日报》发表的《预示着矫健发展的明天——〈天云山传奇〉随笔》中的一句话来表达我看过《天云山传奇》以后的情感:'多少年来,我们警惕着把敌人引为同志,但是很少警惕把同志引为敌人。'

"在袁康、晓文两位看来,党在群众中的形象是很脆弱的,经过《天云山传奇》的某些成功的艺术手法把反右派斗争'严重扩大化'所造成的'不幸后果',这样尖锐地暴露在群众面前,党的形象就被'毁坏'了。我们却不是这样想,一个有自信心的政党或是个人,对自己所走过的曲折道路、所犯错误,挖掘得越深,那么它的威信就越高。《关于建国以来党的若干历史问题的决议》的公布使我们党在国内人民心中的威信是提高了还是降低了呢?我们不知道袁康、晓文同志的想法如何,我想绝大多数党员和党外人士一定都会回答说:大大提高了!

"代表党的形象的不是地委副书记吴遥,而是在影片中没有出场的省委书记和地委第一书记,更是做出正确政策决定的三中全会后的党中央。'预示着矫健发展的明天'的是生气蓬勃、尖锐泼辣的周瑜贞,是虽然曾经软弱动摇过,但是一经认清自己弱点,便以加倍勇气去奋斗的宋薇,还有那个为别人、为真理而愿意牺牲自己一切的善良的冯晴岚。冯晴岚死去了,但是我相信影片《天云山传奇》有助于教育出更多的冯晴岚。"

孙文认为"给《天云山传奇》戴上'毁坏党的形象''资产阶级自由化思潮'等大帽子是不公平的。我们要切记'反右派''反右倾''文革'等历史运动的教训,乱飞帽子、乱打棍子的做法不能再来了"。

"如果把新中国成立以来 32 年党所经历的道路,说成是一条笔直、百分之百正确、毫无弯曲的康庄大道,那么,非但不是事实,而且对于吸取教训、避免今后再走弯路毫无好处,只有害处!"鲁彦周看了孙冶方这篇文章很激动。鲁彦周很钦佩这位老同志为真理而奋战的大无畏的精神。党的十二大开幕那天,在人民大会堂大厅里,王元化从拥挤的人群中找到鲁彦周,将他介绍给孙冶方。鲁彦周曾深情地回忆说,这是他第一次与孙老匆忙相见,也是最后一见。

六

《文艺报》1982 年第四期起辟有《讨论会》专栏,集中对影片《天云山传奇》进行讨论。自发表袁康、晓文《一部违反真实的影片——评〈天云山传奇〉》后，引起了广大读者的关注和积极参与。除第五、六、七期已经发表的文章外，迄至第八期，编辑部已收到就如何正确、实事求是地评价这部影片进行讨论的来稿 180 多件。

《文艺报》自 1949 年 5 月创刊以来，针对一部具体作品多次进行过讨论，但像这次对影片《天云山传奇》的讨论时间如此之长、篇幅如此之多，实属罕见。由于篇幅所限，《文艺报》不可能将这次讨论来稿一一发表，仅加紧整理了近万字的《关于影片〈天云山传奇〉的讨论来稿综述》（以下简称《综述》），发表在 1982 年第八期《文艺报》上。《综述》比较全面、准确地反映了各种不同的意见。

参加讨论的作者中有大、中学教师，社会科学工作者，青年学生，干部，工人，农民……他们怀着很大的热情，希望在讨论中公开各抒己见。如上海工人周锦权自述"花了整整 34 天，每天从晚上 6 点到 11 点"，写下 1 万多字的稿件；经济学家孙冶方的来稿则是在病榻上用了 8 天时间写成的；山东宫树林是在麦收大忙季节"基本结束"时候，写文"赶来"参加讨论的。凡此种种，都说明读者对这次讨论的重视，以及社会主义文艺与群众的密切联系。

《综述》分为三个部分：对影片及其政治倾向的评价，对罗群、宋薇、吴遥等人物的看法，关于文艺批评的标准与态度。也是由于考虑本文的篇幅，作者只好在《综述》中加以"摘要"：对影片及其政治倾向的评价绝大部分来稿都是完全不同意袁康、晓文对影片所做的政治评价。

北京高焰认为：《天云山传奇》"是一部好影片，它让千百万怀着崇高理想、不曾被灾难或挫折压垮的共产党人舒了口气；它表现了党从善如流的素质；它反映了蕴藏在人民心中的、真理所唤起的精神力量；它鞭笞了借党的威信和失误谋私利的党内丑类"。它所反映的生活，"基本上符合特定历史条件下我们社会生活的某一面"，"在广大观众中开拓了高尚的思想境界"。

河南孟宪法反驳了袁康、晓文认为影片"完全歪曲了反右斗争的阶级关系"这一批评。他说:"究竟什么是'反右派斗争中的阶级关系'?"根据党的十一届六中全会决议引述的八大文件,当时"国内主要矛盾已经不再是工人阶级和资产阶级的矛盾,而是人民对于经济文化迅速发展的需要同当前经济文化不能满足人民需要的状况之间的矛盾;全国人民的主要任务是集中力量发展社会生产力"。而"反右运动实践中并没有遵循这些正确的指导思想","因而导致了反右斗争'扩大化'的失误,人为地造成一场全国性大规模的'阶级斗争'。今天,通过党中央平反冤假错案的艰巨工作,已经充分证实,在当时被划为右派的人数中,真正的右派分子所占比例微乎其微。就一个具体单位来说,全部错划的情况是相当普遍的。请问:这样微小的'极少数',能够构成像袁文所描绘的那样壮阔的'一场阶级搏斗'吗?"。

对于袁文认为影片"歪曲历史事件本质""否定了反右派斗争的必要性"这一批评,江苏薛利平认为:"故事影片的任务是塑造艺术形象","要求一部电影像政治、历史教科书那样对人物、事件进行面面俱到的分析、总结、评价,是不可能的,也是可笑的"。

安徽沈敏特指出:袁文在实际上"提出了一个文艺如何反映现实的根本特征问题:一部文艺作品,是应该通过主人公独特的命运去反映特定历史时期某些社会本质呢,还是应该像历史教科书或政治决议那样去叙述某一历史事件,并对它做出全部的政治评价呢?……长期以来,因为写这一方面,没有写或少写了另一方面,作品就被宣布为'毒草',作者被判定为什么'分子',这些难道不是十分深刻和沉痛的历史教训吗?目前,有些作品为了绕过这样的'险滩',离开文艺特点去照顾历史事件的各个方面,给作品增添了概念化的赘疣,也让我们看到了此种文艺观点的余威"。他认为:"袁康、晓文也说允许'只侧重于反映反右派斗争扩大化的一面'",但是"又要求作品全面反映'这一历史事件的真相'。以历史事件的真相来代替历史的某些本质方面,这就给了文艺创作一个难以承受的负荷,它在实际上否定了'侧重',为任意宣布作品'不真实'创造了根本性的理论根据"。他甚至这样说:"你不写正确的方面,就等于否定正确的方面——什么时候我们才能从这种不合逻辑的逻辑中完全解放出来呢?"脱离作品实际,硬去要求"全面",不仅违反艺术规律,也完全违背时势情理。四川邹嘉仁说:"倘若依袁、晓的理论,在小小的一个天云山,也非要去反映完全正确和必要的一面不可,那么,在全国类似天云山的地区不可胜数,这极少数,岂不就成了'一大批';岂非一面批判'扩大化',一面又在宣扬'扩大化'吗?"

周锦权也说:"要是如袁文所要求的那样,当全国上下正在全面贯彻三中全会方针,大力落实纠正错划右派、平反冤假错案政策的时候,去拍摄、放映一部从'根本上''反映反右斗争完全正确和必要'的影片,那不是明目张胆和党的方针、政策唱反调吗?"

也有赞同袁康、晓文意见的来稿。长春张佐祥认为:"编导片面理解了党的关于改正错划右派的政策,歪曲了反右斗争扩大化错误的实质,抒发了一种与党和人民相对立的情理,违反了四项基本原则。"他说:"被错划总不能没有主观原因吧?"所以,"把罗群写成清白无辜,由于坚持真理而被打成右派,这是完全违反历史唯物论的,是对被错划同志的一种美化。因此,《天云山传奇》出现写扩大化,否定反右斗争必要性的错误,这是必然的结果。"上海田建业说:"反右斗争的真相,在《天云山传奇》中已经面目全非。"《天云山传奇》告诉观众的只是:"一、右派分子原来是一些热爱党、热爱社会主义的,正直的,在群众中有崇高威望的英雄;二、领导反右斗争的党的干部,是一些灵魂肮脏的官僚政客;三、反右斗争带给人们的只是巨大的苦难,它是完全错误的,是一次历史的大颠倒。"

北京的裴浩林则提出了另一种意见。他认为,具体到一部影片,他赞成童庆炳的意见,《天云山传奇》"还是不错的";但是在"电影如何正确地反映我国社会历史上的一次重大政治斗争——反右斗争"这个问题上,他支持袁、晓的观点。他说:近年来获第一、第二届金鸡奖和第三届百花奖的10部故事片中,反映现代题材的占8部。在这8部中,含有反右斗争内容的有4部。

"无巧不成书——'四片一律',都是有血有肉地告诉我们:主人公如何如何正确,如何如何被不明不白地打成右派,又如何如何地为坚持真理而斗争。在这些影片的教育下,对于'反右斗争'的结论只能是:反右派斗争不仅是没有必要的,而且简直是对一切坚持真理的英雄人物的政治迫害!"

对罗群、宋薇、吴遥等人物的看法、人物形象的塑造是影片成功与否的关键。读者对《天云山传奇》人物评价的分歧意见主要集中在罗群、宋薇、吴遥身上。

江苏魏家俊说:罗群是"一个头上罩着光圈的英雄"。在肯定了作者"积极、乐观"的创作态度和"总结历史经验"的良好愿望之后,他批评影片"给人物涂饰了过多的理想化色彩,以致使人物性格脱离了时代的生活实际和环绕人物的具体的社会环境,从而削弱,以致失去了真实感,减少了作品的感染力量"。张佐祥认为:"影片通过罗群这个年轻有为的知识分子被错划成右派,失去了前途,失去了恋人,历尽苦难,而又迟迟得不到改正(而不是平反)的经历,同党的组织负责人吴遥整人坑人,而又官运亨通的命运形成鲜明对照,浓烈地表达了一种与党和人民要求截然相反的思想感情,抒泄了犯错误同志的冤屈心理,无法挽回的损失,难以抚平的伤痛,对直接制造错案者的幽恨鞭笞态度。"

更多与此相反的是这样一些意见。

北京王峻岩认为:"在数以几十万计的错划右派中,有很多有识之士,他们在遭到不公正的待遇与艰难困苦中,仍然忠于党的事业,勤勤恳恳地劳动和工作,这样的人何止一个罗群,《天云山传奇》并不奇!"他希望"在我们的银幕上,应该有各种各样的英雄。给罗群这样的英雄以一席之地,群众是欢迎的,它可以起到团结人民、鼓励人民的作用"。

武汉熊朝铜说:"生活中不乏罗群这样的人。作为一个错划为右派的党内干部形象,他是一个生活的强者,如斯大林所说的是'特殊材料制成的人'。"他认为袁文所列举的罗群英雄行为的不可信,并没有道理,关键在于

"袁文竟没有把罗群算作一个真正的共产党人,而始终把他看作一个'被错划为右派的人'"。

孟宪法说:"罗群形象的塑造,是有其深厚的基础和依据的。"同时,他承认罗群的形象是"带有理想化色彩的。他以惊人的毅力,经受住了社会主义历史时期特殊社会矛盾斗争的严峻考验,始终不渝地把自己的全部精力献给党的开发天云山的事业。从他的身上,人们看到了社会主义事业的光明和希望"。

周锦权说:虽然罗群的形象"较之影片对三个女性和吴遥的刻画逊色得多",但是"观众仍然觉得他真实可信,产生同情、共鸣"。他认为:这是"观众以自身的经历和耳闻目睹,把现实生活中发生的数千百起类似的事实同这个艺术形象相比拟",于是"银幕上的罗群成了观众心里这一个,他变得丰满了、真实可信了","这就是整部影片所达到的本质真实这一境界的最好概括和有力证明"。

如果说来稿中对罗群形象的不同看法比较多地集中在真实性上,那么,对宋薇形象的不同看法则主要表现为对她的形象意义的评价、认识上。

安徽李建国认为:"宋薇形象的塑造,淋漓尽致地表现了作者歪曲现实和丑化干部的错误倾向。"他说:在反右运动中,正是"吴遥向她伸出了一只有力的温暖的手,帮助她摆脱困境,站稳立场,改变小资产阶级的情调,使她迅速成为运动中的骨干,不久被吸收入党"。所以,她最后离弃了吴遥,"实质上离弃的是党的多年的教导和期望,离弃了她一直赖以生活的信心、勇气和力量"。张佐祥批评影片表现了"对宋薇的随政治形势择夫的卑鄙的婚姻道德观的同情"。

浙江王尚文反驳了袁、晓对宋薇"怀旧""内疚"的批评。他说:宋薇为什么不可以对罗群产生怀旧与内疚之情呢?问题是"这种感情只是在党的三中全会后拨乱反正的岁月里才那样强烈地烧灼着她的心灵。她的'觉醒'正是三中全会精神深入人心的必然结果"。他认为:"对党的政策的认识和对罗群的怀旧、内疚之情,在宋薇身上不但不是如袁文中所说的那样对立,恰恰相反,它们是有着深刻的内在联系的。"

安徽陈宪年在分析了宋薇成长过程之后说:"宋薇的形象具有深刻的现实意义与典型意义。……她从单纯、轻信、盲从、缺乏马克思主义原则的坚定性与独立思考,在经历了 20 年的曲折之后,在党的正确方针启迪下,逐步认识真理的本来面目,认识了别人,也认识了自己。她是'左'倾思潮影响下的一个令人同情与惋惜的牺牲品,默默地葬送了火红的青春。她的觉悟似乎晚了些,但我们毕竟看到了她脚下的新起点。她一定会在饮够人生苦酒之后,成为更坚强的战士。这样的形象怎么能说是'毁坏党'的呢?"

来稿中关于如何看待吴遥形象的分歧,主要表现在对吴遥与党的关系,以及他有无典型意义的认识上。

张佐祥认为:吴遥"作为基层党的干部,从组织原则出发,忠实地贯彻上级党组织的指示决定,执行党的路线、方针、政策本身是不是错误? 肯定的回答是毫无罪过的。而在影片中,吴遥恰恰在这一点上成了罪人"。他说:"影片竭力把吴遥描写成极'左'路线的社会基础,其理由只是由于他执行了上级关于开展反右斗争的决定,把罗群打成了右派。请看,扩大化的原因不是由于党内民主生活不正常,而是由于民主集中制的贯彻,这是广大党员和党员干部对《天云山传奇》最反感的问题之一。"他认为:"以为丑化党的干部而丝毫不损害党组织,以至整个党的形象,用'不等于'来歪曲党员与组织、下级组织与上级组织的辩证关系,这不是什么新鲜见解,恰恰是致使有人在 1957 年犯了错误,而至今还有人顽固坚持的那种可悲而不是可怕的陈旧的政治偏见罢了。"

与此相反,北京陈晨认为:吴遥形象的出现,"给我国当代文学艺术的画廊增添了一个独特的艺术形象,从而具有高度的典型意义"。他说:通过吴遥命运的变化,作品"揭示了在新的历史时期社会主义革命和社会主义建设本质和规律的某些方面。同时,也为我们提供了新中国成立 30 多年来,特别是

1957 年反右运动时我国政治生活中的一些经验教训"。他认为吴遥的形象塑造"是在与罗群、冯晴岚、周瑜贞以及觉醒转变的宋薇的对比中完成的"。他说："作品在对真善美的赞扬、讴歌中无情地谴责和鞭挞了假恶丑,又在这种谴责与鞭挞中表达了对真善美的强烈追求和热情向往,因而起到了陶冶人们思想感情、培育人们道德情操和净化人们精神的作用。"四川九思说:吴遥是编导根据典型化的原则"恰当地、有分寸地塑造出来的一个家长式的官僚主义、唯我独'左'的干部典型",那种"吴遥等于党"的逻辑是荒唐的。

北京毛仲伟说:"吴遥的思想特征、个性、品质、行为特点,不仅构成这一人物的独特性,而且揭示出当时一部分干部中思想僵化、主观武断、宁'左'勿右的普遍思想特征。"他认为袁文"没有分析或者说没有辩证地考察吴遥的思想性格形成、发展的历史,似乎因吴遥的品质问题而忽视了他身上应该注意到的显而易见的思想特征"。

安徽丁志聪说:"袁文说'吴遥把罗群打成右派,在很大程度上是为了占有宋薇',这种背离影片事实的无端批评不能成立。它完全抹杀了吴遥这个形象的典型意义。"在分析了吴遥与罗群的一系列原则分歧以后,他说:"吴遥这个人物的典型深度,在于揭示了'左'倾思想与社会生活发生了多么严重的冲突,与党的路线多么格格不入,表明了它在新生活面前走向衰亡的必然趋势。"

关于文艺批评的标准与态度,重庆刘乃叡说:"艺术不能脱离政治。作为科学的艺术批评的一个内容,在充分尊重艺术特征的前提下,从一定历史条件出发,对作品进行正确的政治评价也是需要的。但如果不尊重艺术的特征,不把文艺作品真正当作文艺作品看待,而把它当作政治宣传品或其他社会科学产品,用政治标准代替美学标准,甚至否定美学标准,那只能扼杀文艺,埋葬文艺。"

要求尊重艺术规律,这是许多来稿的共同呼声。王峻岩说:袁文"一方面指责影片'根本不去反映完全正确和必要的一面',另一方面又说'要求一部影片来给一场政治运动作结论当然是可笑的'，这种自相矛盾，从主观推论出发，要求作家那样写、而不准这样写的批评方法，不仅在评论一部影片时不足取，对任何文艺作品都是不适合的"。

山西段登捷说袁文"引经据典，貌似有理，却有一个致命的弱点：本本主义"。他说："他们拿政治条文去套丰富多彩、千姿百态的文艺作品。凡是与此不完全吻合的，就认为是违反真实的。至于'扩大化'如何颠倒了黑白，把成千上万的好人打成敌人，造成触目惊心的不幸后果，他们则不愿顾及。罗群这个受'扩大化'所害的人，如何在含冤受屈的情况下，仍然对党、对事业、对生活不丧失信心，显示出巨大的精神力量；吴遥这个自私卑鄙的人，如何假公济私、整人害人，给党的事业造成损失等等，他们更无心去理会。他们脑子里既没有反右斗争及其扩大化的真实生活，又不愿接受影片所再现的生活的真实。"

一些同志针对袁文的"真实观"与"本质论"提出了自己的不同看法。九思认为，文艺真实性的实质"就在于它是面向生活、正视生活的。《天云山传奇》正是面向而且正视了反右派斗争'扩大化'这一严峻生活，接触了较为深刻的社会矛盾"。

孟宪法说："20多年来，人们曾用'反映本质'这一正确要求，错误地否定过大量的优秀作品。问题就在于对本质和现象的辩证关系缺乏正确理解。因此，破除陈腐的'本质'观，对正确评价文艺作品的真实性是十分重要的。"他认为："人们对事物的本质的认识不可能是一劳永逸的。""我们如果故步自封，不善于从对事物较低级的本质的认识转化为较高级的本质的认识，就不能随着活生生的现实世界一同前进。"因此，他问道："如果说反右斗争中'扩大化'完全是偶然的、非本质的，文艺作品侧重反映了它，就是'歪曲历史事件的本质'，那么，我们党还有什么必要付出如此高的代价去纠正它，去总结它的严重教训？还有什么规律可循，能够防止它的重演呢？"

还有不少同志对袁文的批评态度提出了反批评。北京徐中伟说："《天云山传奇》是部什么影片,完全可以自由讨论。只要与人为善,摆事实,讲道理,即使论点失之偏颇,也无可厚非。"但是袁文"却无意于此,而是在臆造的'社会效果'上大做文章,因而就不能不给人以虚张声势的印象"。他还说:"批评应该实事求是,不能偷换概念,故意曲解对方的言论。"

<h1 align="center">七</h1>

在影片《天云山传奇》引起针锋相对的讨论时,小说《天云山传奇》也同样在经历着文学界实践的检验。小说《天云山传奇》获得中国作家协会主办的首届(1977~1980)全国优秀中篇小说一等奖,是对小说《天云山传奇》充分的肯定。

中国作家协会 1978 年开始恢复工作后就抓文学创作。新时期头几年文学创作蓬勃发展,成绩显赫。文学的各个领域中,中篇小说的创作数量、成就尤为引人注目。中国作家协会 1981 年举办了全国中篇小说、报告文学、中青年新诗优秀作品评奖活动。首届中篇小说评奖活动是 1981 年元旦后开始的,中国作协委托文艺报社具体承办这个评奖项目。中国作协组成了评委会,巴金任评委主任委员,委员(以姓氏笔画为序)有丁玲、韦君宜、王维玲、孔罗荪、江晓天、冯牧、朱寨、苏晨、吴强、苏予、陈荒煤、林呐、唐因、秦兆阳、魏巍等。

1981 年 2 月 7 日出版的《文艺报》第三期发表了鲁彦周自己谈小说《天云山传奇》的文章,标题是《思索·实践——兼答读者》,文章说:"我总觉得,十年浩劫,留给人们的固然有深重的创伤,但是我认为更重要的还是惊醒!是从盲目崇拜中惊醒,是从奴隶主义、本本主义的陷阱中惊醒。因为有了血的教训,才有今天的觉醒,也才能够清醒地面对现实,回顾历史。可以说,今天,才有了思索的基础。

"我的小说《天云山传奇》正是思索现实生活、回顾历史的产物,我不能

鲁彦周(右)在《天云山传奇》获第一届全国优秀中篇小说
一等奖后与吴泰昌(左)谈创作经过

说我思索,特别是创作实践的结果是完全正确的,圆满的,其中有缺点,有不足,有满意的地方,也有遗憾。我这里不是自我评议。我只是想说明,认真思索,对一个作家来说是多么重要,特别是处于我们这个时代的作家,尤其重要。作家应当首先是一个思想家,我始终认为这个论断是对的。"

争论一两年的《天云山传奇》,终于在反复的实践检验中沉淀下来,成为我国新时期历史能记住并载入文艺史册的一部代表性的优秀文艺作品。鲁彦周的名字和《天云山传奇》及其他数百万字的作品紧紧地粘连在一起,如似雪的梨花,飘扬在江淮大地上……

2008 年 3 月

泪送鲁彦周

2001年春节在合肥。左起：刘祖慈、温跃渊、吴泰昌、鲁彦周、王丽萍、鲁书潮、周志友（张嘉 供图）

　　去年，也就是这个时节，我去合肥看望了鲁彦周，万没料想到这竟成了最后一次。彦周兄因旧疾哮喘病在医院疗养，精神尚好。他一见我就一一询问京城各位好友的近况，突然兴奋地说："今天你来得巧，我的长篇小说《梨花似雪》样书昨天人民文学出版社刚运到。"他请夫人张嘉从床边取出一部，上下两册，他抚摩着，在书的扉页上签名送我时，还特意写了几句话。我心疼地手捧着，见他轻松地在微笑。我说回去后好好拜读，他说："这是我近些年来创作的心血，集中写了我几十年在家乡江淮大地工作、生活的实际感受，艺术上也做了一些探索和追求，有空希望你看看。"他还乐观地说，下次见面时好好聊聊。我与彦周兄有过多次好好聊聊的记忆。1981年，他的中篇小说《天云山传奇》荣获中国作协主办的第一届全国优秀中篇小说一等奖，他来北京参加颁奖会。有天晚上我去看他，向他祝贺。当时文艺界对这部作品有过不同意见，他承受过压力，现在终于尘埃落定，他也感到轻松。他说，现在党强调解放思想、实事求是的思想路线，给作家敢于正确、深刻地揭示历史，反映社会生活真实增强了责任和勇气。他还风趣地告诉我，他收到不少读者来信，询问天云山在安徽什么地方，好去参观旅游，他笑着说："这是小说，是虚构，哪里有座天云山。"我也告诉他，在有的报刊发表对《天云山传奇》不同意见的文章时，在中央工作的一位老同志曾托我找过这篇小说看，评价甚好。李一氓同志1981年作《题〈天云山传奇〉赠鲁彦周》一诗："情深未必苦缠绵，颇耐风尘又几年。红叶缤纷灵幸鉴，何人长忆天云山。"一氓老后来将这首诗书写成条幅送给了鲁彦周。鲁彦周对写作很投入，抓紧时间，集中精力，有序地实现自己的创作计划。近几年，我有四五次同他一起外出参加文学笔会，在参观旅游时他也不忘构想正在动笔的长篇小说。他不时高兴地告诉我小说写作的进展情况。鲁彦周1954年开始发表作品，在同辈作家中，无论是小说还是电影文学剧本、话剧本等方面，他的收获和成就都是显著的。但在很长一段时期里，他的写作是业余的，他有具体的实际的工作要做，即便在担任安徽省文联、省作协领导职务后，也如此。他尽力妥善地去处理写作和工作的这种关系。有时工作上也会遇到一些不必要的、无意义的纠缠和麻烦，影响了他的写作情绪，分散了他的写作精力，也给他带来过某种苦恼。1985年，他曾在给我的一封信中流露过这种心情，他说："想想心里就不悦，作家为什么要搞这些事呢？"他多次同我说过，作家要完成一部作品，需要有周边良好的氛围，除有组织和家庭的理解、支持，少不了编辑和文学组织工作者的帮助，他恳切地说,他的这点体会是实在的。不少老作家晚年有过想写出一部长篇小说的美好愿望,如愿者却无几。鲁彦周在古稀之年,历经数载,有毅力地完成了《梨花似雪》这部 75 万字内容厚实、艺术讲究的长篇大作,为社会又奉献了一笔精神财富。他 78 岁虽然走得有点早,却可以安心地远走,一路走好。

2006 年 12 月 3 日

赖少其:"生命不息,战斗不已"

严冬,匆匆回了一趟老家安徽,应邀出席在合肥市隆重举办的"赖少其艺术馆"开馆仪式。少其同志是广东人,青年时代参加新四军,在上饶集中营多受苦难,越狱后又继续以版画木刻为武器在革命洪流中战斗,成为一名著名的革命文艺战士。新中国成立后,他先后在南京、上海、安徽等地负责相当职务的文艺领导工作。他在安徽干了 23 年,视安徽为第二故乡。安徽人民为纪念这位书画大师,在合肥市建立了规模宏大的"赖少其艺术馆",不仅仅是为了收藏他大量的精品杰作,更重要的是让后人学习他崇高的革命品格和宝贵的艺术经验。

少其同志曾被鲁迅先生誉为"最有战斗力的青年木刻家"。他对鲁迅始终怀有深厚的感情。他说:"鲁迅先生虽然不能活到现在,却引导我们到达将来。在过去,鲁迅引导我们在黑夜中战斗,在今天与明天,鲁迅精神仍然引导我们在光明中前进。"

20 世纪 70 年代末,我所供职的刊物为纪念鲁迅先生,曾邀请少其同志连续写了两篇文章,他在一封给我的信中说:"不得不在热度达 40℃的中午,急急忙忙给你写文章寄出,以便及时能到达北京。这篇文章是前篇文章的后半,前后都贯穿着学习鲁迅。"少其同志 1980 年曾著文:"根据许广平的回忆:鲁迅在晚年有'赶紧做'的心情。我也有这种心情,所以经常写屈原《离骚》

1978 年,吴泰昌(右一)在合肥市赖少其家中,右二为张恺帆

的句子:'汩余若将不及兮,恐年岁之不吾与! 朝搴阰之木兰兮,夕揽洲之宿莽。'"赖老衰年时仍刻苦钻研,积极"变法",完成了众多书画作品。他一生创作了丈二或丈六匹大幅山水 60 多件,内容多以黄山为主。每次开笔前,他都缜密构思,大纸铺地,不畏反复跪、蹲的辛劳,干笔框架,湿墨染色,或勾抹松、石的线面,或干透挂看效果,他要从色墨中感受创作的心意,从视线中觉察变化,一直达到形神合意。其所作大幅画面厚重朴拙、遒劲苍润,将黄山的博大伟峻、雄奇苍秀表现得惟妙惟肖,充分反映了他对祖国名山的观察、体验和情感,也体现了赖老宽广的精神境界和高超的水墨技法。

这些作品使他的绘画提升到一个新的更高的境界。这是他学习鲁迅,不断贴近生活,艺术上不断追求,不断创新的结果。赵朴初十分欣赏他的《万松图》,认为这幅画构思新奇,笔力雄健,寓意明确深厚,在反复欣赏之后,欣然为该画题诗:"着意画万松,天娇如群龙。千山动鳞甲,万壑酣笙钟。中有一松世莫比,似柳三眠复三起。眠压冬云八表昏,起舞春风亿民喜。喧天爆竹是心声,共助松涛争一鸣。枝抒氛霾光觥觥,骨傲霜雪铁铮铮。为梁为栋才难得,老不图安身许国。日用光华华岳高,愿松长葆参天色。"两位大师联袂合璧,使《万松图》更耀光辉,成为一幅传世名作。

1986 年,赖老回家乡广州定居。1999 年,也就是他谢世前的一年,85 岁高龄的他在重病中,用颤抖的手书写了"生命不息,战斗不已"几个大字,用以自勉。我想,这更是对后辈学子们的热情激励和热切期望。

2006 年 1 月 15 日

难忘，晓天大哥

晓天走了，我很悲痛，他走了近一年，我时时想念他。

如果人的记忆里真的会留存一些难忘的形象，晓天就是鲜活的一位。他是我的双兄：道兄，乡兄。同他在一起，我感到率直亲近。他对我无论是鼓励还是劝告，提醒，乃至批评，犹如兄长对小老弟那般真诚。

我认识晓天并不间断有联系，有卅多年了。他先后在幸福一村、虎坊桥、望京居住过的几处，都留有我们交谈、欢愉的美好时光。他住在幸福一村中国青年出版社宿舍时，我去的次数最多。我住所离他家不远，他爱抽烟，喝啤酒，吃肉，这也正是我的所好。他的爱人李茹，在中国青年报社工作，她下班回来，常为我们的共饮忙这忙那。1976 年，"四人帮"垮台，给我们国家的未来带来了巨大的希望，人们关心、议论的，也多是这方面的话题。晓天是 1941 年参加革命的老同志，有着丰富的工作经历和人生阅历，他走过平坦的路，也走过不平坦的路，经过"文革"严重磨难之后，他对我们党、我们国家未来的恢复、发展信心十足，诚心希望调动一切积极因素，国家尽早安定下来，他常说："安定了，才可能齐心协力谋发展。"

我同晓天多次的交谈，除了对我个人多方面的关心、帮助之外，也常有对我工作的建议和希望。晓天讲义气，乐于助人，看准了的事就做，工作很有魄力。他自己这样想这样做，也希望、要求朋友们也这样做。晓天不爱谈自己做过的好事、取得的成绩，他留下了许多的"鲜为人知"，他走了，如今回想起来，仅就我真知的，略记一二。

1977年春天，有次我和晓天喝啤酒，酒兴正浓时，他突然对我说："小老弟，咱俩商量一下，如何帮帮登科，使他尽快拿起笔，重返文坛。"他说，登科"文革"中主要因长篇小说《风雷》受难，他是党一手培养的革命作家，《风雷》是新中国成立以来一部真实反映农村生活的优秀之作，谁都明白这是一起大冤案，大错案，平反是早晚的事，只是积案太多，中央正在着手逐一解决，怕一时还轮不到他头上。他具体说："你在《人民文学》工作，能否考虑为登科发表一篇短文，亮亮相，这对促进他尽快结束审查大有好处。"《文艺报》和《人民文学》是全国两家历史悠久、影响较大的文艺报刊，《人民文学》1976年早于《文艺报》复刊，在那个年代，能在这类刊物上发表文章，至少说明作者政治上没问题。晓天有经验，他说："马上毛主席《在延安文艺座谈会上的讲话》发表34周年日子就要到了，今年纪念《讲话》意义特殊，有强烈的现实意义，毛主席刚去世，文艺工作者要坚定不移地贯彻《讲话》精神，迎接新的历史时期的到来。"他动情地说："咱俩都是安徽人，登科是新中国安徽文学界的代表人物，帮他忙，不仅是对他个人，也是为家乡文学事业的复兴发展出点力，做点好事。"他继续说："登科这些年写交代材料和检查习惯了，怕一时写不好这类文章，你代写个稿子，我帮他看看。"他强调，登科是在毛主席《讲话》精神的直接鼓舞下，写出了第一篇稿子，短文中可不提《风雷》评价的事。他还神秘地告诉我："登科来过北京，可能现在还在，今天商量的事我来同他谈。"

《人民文学》1977年第5期(5月20日出版)在《高举毛主席的伟大旗帜紧跟华主席胜利前进》的专栏里，发表了陈登科的《回顾与展记》一篇近两千字的文章，同在这个专栏里有王子野、唐弢、陈残云、洁泯等人的文章。晓天托我买了20本这期刊物，他说登科要分送在京和安徽的一些老首长、老朋友。登科请晓天和我在一家小餐馆吃过一顿饭，他很高兴，说可以提前轻松地投入揭批"四人帮"文艺路线的战斗，他用白酒，我们用啤酒，尽兴畅饮了好大时辰。

1978 年，中国作家协会恢复工作。1982 年冬，作家出版社的恢复提到议事日程上来。中国作协秘书长张僖兼任社长，中国文联书记处书记江晓天兼任总编辑，经晓天推荐，他俩想将我从《文艺报》调去任副总编，晓天叫我先参加一些碰头会。所以我偶有机会参与他们商议近期出书的选题。有次我向晓天谈起周扬有本《马克思主义与文艺》修订本，当年作家出版社准备出版，并指定了责编袁榴庄同志，我详细告诉了晓天这本书稿的情况：1959 年北大中文系主任杨晦教授，布置陈素琰、我和赖林嵩等同学一项任务，协助周扬同志修订 1944 年延安解放社出版的《马克思主义与文艺》一书。为此，时任中宣部副部长的周扬在他的办公室约见了我们，他详细谈了修订此书的设想，并交代了若译文方面有问题该去请求哪几位。1960 年春天，书稿大体弄好，并交给了周扬同志秘书。大学毕业分配后，原先参加这项工作的几位，大多离校了，我留校从杨晦教授做文艺理论研究生，这样有关这本书稿后续的事被指定由我来承担了。经过两次修改，1962 年周扬同志办公室通知我将书稿送去。原以为经周扬看后，会很快出书，岂知，从此没有下文，至今我还尚不明白其中的原因。我建议以出版社的名义正式征询周扬同志意见。不久晓天告诉我周扬同意了，叫我负责此事并直接找他面谈，晓天关照我一定要抓紧抓牢这件事。这样我又去周扬后来居住在西城的一座四合院。那天周扬情绪很好。他说，他查了，原来你们整理的书稿"文革"中已损失，这次只好麻烦你重起炉灶。关于书的修订，他讲了几点：一、每辑的提要不写了；二、译文要用权威出版社的，《毛泽东选集》《鲁迅全集》要用最近出版的；三、封面可以重新设计；四、修订本他不准备重写序言，用原来的，文字他再看一下，内容不动。他强调地说，这本书是根据毛泽东同志《在延安文艺座谈会上的讲话》的精神编纂的。序言 1944 年 4 月 11 日在延安《解放日报》上发表，毛主席看后肯定过。事隔几年，我才得知毛主席在看了这篇序言后给周扬的信中所说："你把文艺理论上几个主要问题做了一个简明的历史叙述，借以证明我们今天的文艺方针是正确的,这点很有益处。"(《毛泽东书信选集》228 页)。至于序言中提到的人,周扬说有的后来政治上有了很大的变化,也不动了,那是历史,历史是不能任意改动的。

因《文艺报》不放我去作家出版社,我只能在本单位工作之余来完成这本书的修订出版工作。1984 年春节过后,我将代出版社拟的出版说明并书的封面送给周扬审定。他当场看了出版说明,改动了个别字句。封面他认可了,并将 1944 年初版书上的序言做了个别词语改动的一份复印稿给我。他叮嘱我校对一定要仔细,并告诉我他很快要去广东参加访问。

1984 年 10 月,样书出来了,第一次精装本就印了 12000 册。我将样书送给正在北京医院住院的周扬,他匆匆翻看了书的版权页,颇有感触地说,这个修订本磨难多年,终于出来了,印数还不少,谢谢你们。我将周扬的谢意转告了晓天,晓天说:"为周扬同志出好这本书,是我们应该做的事,他满意就好了。"

2008 年 8 月,我去看望晓天,事先与李茹姐约好,十时半左右到,的士跑了冤枉路,迟来了。晓天衣着整齐,头发也梳理过,端坐在客厅沙发上。李茹说,老江今天情绪好,早就在等你来。晓天像往常那样大哥般地问我最近在写什么,生活怎样,说我气色不错,但岁数到了,身体第一,生活要有规律,万事想开。我前些时从安徽回来,他问起家乡文学界一些老朋友的近况,登科、彦周家人情况怎样,他说很想念家乡,但精力不足,看来没有什么机会回去了,劝我趁身体还好时,多回去住住、看看。我告诉他,我想为安徽文艺出版社编一本《百年皖人散文选》,他说这书有点意思,人头不妨广泛一点,多一点,祖籍是安徽、长久在外的人不少,祖籍不是安徽,但大半辈子在安徽工作、归终也在安徽的人,也该算皖人吧,他举了陈登科为例,我说他这个意见很好,我也是这么想的。至于拟选他的一篇散文,他沉寂了一下,突然放大声音说:"泰昌,你若选就选我忆母亲的那篇吧。"他怕我一时找不到这篇文章,急着叫李茹找出《江晓天近作选》,说里面有。他郑重地说:"小老弟,拜托了。"

晓天有点低沉的情绪突然好起来。他和李茹坚持留我在家吃午饭。李茹很快准备了几样菜,有袋装的一只烧鸡。晓天说,他很久不喝酒了,今天咱俩喝点啤酒。他虽干瘦但食欲还好,我喝了三听啤酒,他喝了一听半,还啃了一个鸡腿。李茹替晓天和我拍照留念。晓天问小胖子怎么样,他习惯叫我儿子吴喆作小胖子,我说秋天凉快些时,去我的新居看看,叫小胖子来车接你们。万没想到一个多月后,晓天走了,这竟是我与晓天大哥的最后一次见面。

不,晓天没走,暂回老家陪母亲去了,我们还会常见面,在我记忆中的春夏秋冬,难忘,晓天大哥!

2009 年 9 月 15 日

吴强:"写自己熟悉的生活"

　　吴强是我经常怀念的沪上一位前辈作家。20 世纪 70 年代末至 80 年代,我与他有过不少的接触。至今每次我去上海,路经复兴西路 34 号,我就回想起数次看望他的情景。虽然他和同住在一幢楼里的也是我经常怀念的另一位前辈作家王西彦均已先后辞世。

　　1982 年春,有个难得的机会,在他家的客厅里与他畅谈起创作问题。当时他构想了搁置了多年的长篇小说《堡垒》第一部刚杀青快出版了。由此,他对我强调地说起,每个作家都要遵循创作规律,根据各人的情况写自己熟悉的生活。他说,他之所以能较顺手地写出些作品,特别是长篇小说《红日》,全是他长期经历的革命战斗生活激励的结果。吴强还深有感触地谈到他在创作上也走过一段弯路。1958 年后,他一度从概念出发,也写过一些自己不熟悉的没有积累的生活。他说,改革开放之后,他年岁已大,仍想继续写自己熟悉的有积累的生活,《堡垒》就是沿着《红日》的路子反映革命历史题材的作品。

　　1988 年秋,我和吴强有半个月在异国朝夕在一起。应苏联《文学报》的邀请,中国作协派出了中国文学期刊代表团出访。吴强是代表团团长,我是代表团成员之一。他在得悉这个消息后提前给我写了封信。他在信中说:"泰昌:我因几年没去北京,想有点时间看看朋友,准备提早到京,在八月十八到二十光景乘飞机前往。请你能告诉外联部为我安排一个适当的方便的住处，是盼！买好机票，当即电告。盼复！握手！"吴强在信中说"我因几年没去北京"，在我的记忆里他 1981 年 4 月来过北京。《收获》当时在京召开一次文学座谈会，那天到会的老中青作家很多。巴金出席并即兴作了精彩的讲话，那次会议的主持人就是《收获》负责人吴强。他在席间对老作家说，我们只能写些自己熟悉的生活，对中青年作家说，你们既要继续写自己熟悉的生活，更要尽快熟悉新的生活。

1988 年，中国文学期刊代表团出访苏联（左四为吴强，左五为吴泰昌）

1988 年 8 月，出访前，他提早到北京几天，主要活动是去看望他在新四军和华东野战军工作期间的几位老首长和战友，我陪他去过一两次，他常对我说：战争年代结下的友谊是难忘的。有次他和老战友谈话时，印证补充了他想了解的一些场景细节，他感到很高兴。我们抵达莫斯科正是中午，下榻的乌克兰饭店离红场不远，稍事休息后，他就约我一起去参观红场。他说，莫斯科有许多可去的地方，红场是首选。红场是苏联人民抗击法西斯侵略，最充分展现爱国主义、英雄主义的神圣地方。那次主人为我们安排去了好几个地方。在白俄罗斯首府明斯克,吴强最迫切想瞻仰的是二战期间牺牲的苏联红军烈士碑群。最想与之交流的是写革命军事题材的一些苏联作家。他说,我之所以能写出《红日》,是因为我熟悉中国人民那段战斗生活。他又说,作家熟悉了的生活也有个不断加深熟悉,从发展的眼光加深认识和进一步提炼的问题。吴强通过翻译仔细询问,随手记录,并收集了众多有关图片资料。我想,他如此有心地做,至少与他的写作《堡垒》系列的巨大计划不无关系。

吴强最后一次出国探亲前曾给我来过电话,说回国后还想来趟北京。完全是为了看望一些老战友,特别希望我能陪他去军事博物馆查阅一些有关资料。遗憾的是他的这个愿望并未能实现。

2006 年 4 月 14 日

王西彦："请代改正"

　　做惯了报刊编辑的人，少不了经手一些名家、大家惠赐的文章。著名老作家王西彦 1982 年冬为《文艺报》写的《张天翼对现实主义的贡献》一文给我留下的记忆至今清晰。西彦先生在寄文章时附给我一封短信："泰昌同志：回上海后忙于接待客人，勉强写成《张天翼对现实主义的贡献》一文，自然很草率，但仍奉请指正。文内如有错字疵句，请代改正。如能采用，请尽快给承宽同志一份清样。不用请将原稿掷还。匆匆，祝好！王西彦十一月十日上海。"

　　1982 年 7 月，我因公去了趟上海。看望西彦后，他留我在家里用餐。他的夫人做得一手好菜。席间，西彦曾谈起他与天翼半个世纪的交往和友情，他称赞天翼在文学创作等方面的成就，特别强调在现实主义追求上天翼的贡献。回京后，我曾同报社领导说起西彦关于天翼的这番谈话，报社认为这是个好选题，嘱我盯牢，赶在纪念张天翼创作六十周年时发表。张天翼比王西彦年长，20 世纪 30 年代初王西彦开始发表作品时，张天翼已是颇有名声的作家了。西彦对天翼的为人、作品都熟悉。西彦说："你们约我的这篇文章我应该写，但并不好写。"由此，他谈起一件往事。他说，许多人都知道天翼是从事文学写作的，在小说和儿童文学上成绩显赫，但并非都知道他在抗战时期也教过大学文艺理论课，我当年教文艺理论课还是接的天翼的手。西彦在 1981 年发表的一篇长篇散文中，曾回忆起 1957 年他和天翼的一段谈话：

"最近我读了你几篇理论文章,觉得太一本正经了,"张天翼神情严肃地说,"你是写小说的,为什么不用写小说的笔法来写理论文章呢?""你是说,我写得太枯燥乏味吗?""不是说枯燥乏味,而是说有一副理论架子。理论家有理论家的文章,小说家应该有小说家的文章——即使写的是理论,作者却还是小说家。这样才能写出特色来。"

　　西彦欣然应诺为《文艺报》写的这篇文章之所以迟迟下不了笔,我想他忙是忙,但主要还是在考虑天翼对他写理论评论文章的提醒和希望,想将这篇文章写得更有特色。自 1979 年西彦来京参加第四次全国文代会后,几年间他曾数次来京,每次必去看望张天翼。最后一次是 1984 年底,我记得特别清楚。他这次来京是为了参加中国作协主办的第三届全国优秀中篇小说评奖活动。这次评委会主任巴金在上海,未来京,评委中上海仅王西彦一人。我当时也是评委之一,并具体负责评委会和初评小组的日常工作,所以和西彦先生有较多的接触。在评委会阅读和讨论作品期间,他曾约我陪他去看望过张天翼。天翼是我的老领导,1964 年我来《文艺报》工作时,他是中国作协书记处书记、《人民文学》主编,他的爱人沈承宽和我在一个单位工作过,我们同在五七干校一个连队,我和天翼又做过邻居,他住正屋,我住厢房,所以和天翼家人也较为熟悉。时天翼因脑血栓半身瘫痪,在家疗养。那天西彦在天翼家待的时间不长,天翼难以言语,但面容上始终带着微笑。次年四月,天翼就过世了。

　　王西彦的《张天翼对现实主义的贡献》一文,写得实际真切,文句严谨,编辑部及时安排发表在 1982 年第 12 期《文艺报》上。至于他给我这个后辈晚生信中所说的"请代改正"那些自谦的话,表明了一位年值古稀的名家尊重编辑劳动的可贵品格。

2006 年 5 月 10 日

俞平伯:"明星多才笔"

赵丹和白杨是我国影坛两位著名的表演艺术家,他们在众多部电影中的精湛演技,深受观众的称赞和喜爱。而他们在才笔方面的造诣,我却是很晚才知晓的。1979年春,我在上海,酷爱文艺史料收藏的魏绍昌先生在寓所给我看了一份《红楼梦咏菊诗意图册》原稿,赵丹绘菊花,白杨录书中诸人咏菊诗,共十二帧。绍昌先生珍惜地说,这是赵丹和白杨近年的合作,看过的人无不赞赏,作者已请了一些大家、名家为之题写。他特意给我看了茅盾先生的题诗。茅公素来吝于写诗,他为这本图册题写的诗引起我特殊的兴趣。1978年春,赵丹来京看望茅公,谈到他在"文革"时的遭遇。是年十月,茅公见到赵丹与白杨共同创作的这本图册,有感而发赋诗相勉,诗作赞扬他们"曾耐九秋冻,傲骨欺风霜"。绍昌先生希望我帮他们在京城请些文艺界老人为图册题写。我表示此事会放在心上,尽力去办。告别时,他交给我一个纸包,内有图册散页的复印件和多张有一定格式的空白宣纸。我第一个想到的是请叶圣陶先生。叶老用放大镜仔细地观赏了,很快题写了诗。他在1979年5月16日作的诗中云:"舞台联璧群称久,艺苑交辉我见初。老眼晴窗洵一乐,赵丹画与白杨书。红楼分咏菊花诗,诗与其人才性宜。此是雪芹高手笔,不徒对话耐寻思。"叶老还建议我去找俞平伯先生,他说,俞先生是老红学家,又写得一手好诗词。为了这件事,1980年我曾两次去俞先生家。4月的一次是烦请他，他点点头，算是允诺了。第二次去是 7 月初，是因为我接到他给我的信，俞先生在 6 月 29 日写的信中说："题画的纸被我写坏了，抱歉。希再寄一张来，地址附后，如用白纸可以，我处有纸，却上面无黑框，就不一律。待纸寄到，三五日后即可取件。"是日下午，我急忙赶到俞宅，俞先生叫我在客厅里先休息一会，他回书房，没有多久，他就重新写好了一张。平伯老写道："有以赵丹绘、白杨写《石头记·咏菊》诗索题者，为赋短句：觅句婵娟渺，秋花冷艳土。明星多才笔，芳袭此图中。"在第一行末，他加了个注："未竟名媛仕女，设小亦妙。"俞先生将件交给我后，又留我待了一会。他谈到《红楼梦》，说有不少读者写信询问他如何读？他谦虚地说："我现在也谈不出多少新意见，去年我曾讲过一点读《红楼梦》的感想：'以世法读《红楼梦》，则不知《红楼梦》；以《红楼梦》观世法，则知世法。'"白杨看到俞先生写的这则短句十分高兴。1981年，魏绍昌先生在上海约我同去看白杨，她兴奋地谈到俞老为图册写的题诗，说俞老对他们太鼓励了。1984 年 4 月 19 日，在叶圣陶家，叶老和平伯老又关心起这本图册，问我还请了哪几位题写，我据实告诉他们，就我经手的，王昆仑、李一氓、沈从文、吴组缃已写好，还有几位已约请。俞先生说，这本图册是一部有关《红楼梦》别具特色有史料价值的图籍。期望将来能出版，相信会有人爱看、爱收藏。

上面写的这些零散琐忆，都是二十多年前的往事。《图册》的作者、持有者和许多与这本《图册》有关联的人大多已先后辞世。《图册》是否已出版，我不清楚，我想起了俞平伯先生生前的这个期望。

2006 年 8 月 3 日

季羡林说要"从实际出发去选"

　　20 世纪 80 年代初,上海文艺出版社着手续编《中国新文学大系》(后称《大系》),《大系》第一辑于 20 世纪 30 年代编纂出版,鲁迅、胡适、茅盾、朱自清、郁达夫等参与编选,由上海良友出版图书印刷公司出版。第二辑(1927～1937)在丁景唐同志的主持下,出版社选出了各卷篇目,约请文学名家为各卷作序并补充敲定篇目。二辑散文卷由著名作家、北大吴组缃教授作序。吴先生 1985 年 8 月写定序文后,曾约请季羡林先生过目。吴先生和季先生是 30 年代初在清华上学时的好友,后又同在北大执教,来往密切。

　　那是个下午,我坐在客厅的一旁,听他们随意交谈。吴先生说,这个篇目选得较好,是从当年散文创作的实际出发的,没有大的遗漏。他说,所谓选本的文献性、史料性,只要实事求是,不带偏见,从实际出发去选,才有可能做到。季先生说,散文比小说、诗歌、剧本、理论等品种作者多,写小说的作家也多写散文,不搞文学的人,也爱写散文。他强调说,散文看来好写,写好却很难。吴先生说,散文作品数量多,是否能识别出散文的佳作精品,重要的是看选编者的眼力了。他俩不约而同地谈到学者写散文,吴先生说得干脆,学者写散文,不是用散文形式去写学问,装一堆材料,文学家写散文,是要写出经过自己消化、提炼出来的思想情感、人生感悟。……季先生说写好一篇散文之不易。他说《忆章用》这篇不长的散文,断断续续写了五年才完成。季先生在大学时就喜欢写散文,1934 年发表了多篇,如选收在二辑散文卷中的《黄昏》和《兔子》。1935 年他赴德国求学,1941 年他兴致突发,在写怀人的散文《忆章用》,由于一再被研究工作干扰,剩了文章的一个"尾巴"。1946 年回国后,才重新续写了"尾巴"。文章写成后,他送给同在北大的朱光潜教授看,朱先生将它发表在自己主编的《文学杂志》上。这期刊物散文栏目里只发了两篇,另一篇是沈从文先生的《谈写字》。《忆章用》后被选入柯灵先生作序的《大系》第三辑(1937～1949)散文卷中。袁鹰主编的《大系》第四辑(1949～1976)散文卷选用了季先生 1962 年发表的《马缨花》和《夹竹桃》两篇。季先生在古稀之年后写了大量的散文,在读者中有广泛的影响,我在《大系》第五辑(1976～2000)散文卷中选了他的《赋得永久的悔》和《我看北大》。从以上《大系》四辑散文卷选编情况中,多少可看出季羡林散文写作的硕果和轨迹。一个作家的作品,能在《中国新文学大系》总共五辑中连续四辑入被选,并不多见。

2004 年上海文艺出版社决定续编《大系》第五辑(1976～2000),完结这项巨大的世纪工程。这辑散文卷的主编任务落到我的头上,当该社负责人郏宗培告诉我不仅要作序,同时还要选定篇目。我明知这是项辛苦、耗时间的差事,但也明知是项具有历史意义的实事、好事,值得去做。当想起吴先生和季先生生前关于散文、关于《大系》的这次谈话,我望着他,似乎增添了点信心,向他点了点头。

2009 年 11 月 10 日

想起"亭子间"里的周立波

　　上海的亭子间是很小很小的,这是儿时的印象。后来长大了,阅看一些文学作品和电影,才知道亭子间的"小"里藏着许多神奇动人的故事和人生的逼真图画。20多年前,我从江南水乡来到北京求学,日见大楼矗立,马路加宽,古城的变化,几乎将我童年的记忆冲到不知什么角落去了。

　　但是,记忆是潜藏着的,有时难以捕捉它,有时它却不知不觉间突然蹦出来,并慢慢地扩展开去,以至淹没了你的脑际。

　　那是1977年秋天,一天清晨,我应约去西郊探望一位知名的老作家。

　　他住在被叫作"宇宙红"的住宅区。楼号忘了,快近楼群时,我问了几位年轻的过路人:"请问周立波同志住在几号楼?"回答是不假思索的一个摇头动作,或者用眼睛冷漠地打量一下我,便径直走了。他们对被询问者的名字如此生疏,令人吃惊。然而,无巧不成书,当我正焦急窘迫的当儿,他忽然从小道的那头悠闲地走过来了。

　　他是我尊敬的人。从中学起我就爱读他的作品。前些年听到过他的悲惨遭遇。他从外地来京养病不久。当我走到他的面前,他仰起那副高度近视眼镜,微笑着说:"这么早你就来了? 我在附近走走,一块回家去吧!"我跟着他进入了附近的一个楼门,二层,左边。他说的"家",我原以为是一个宽绰的住宅哩,可是,一踏进……不知怎的,顿然使我想起儿时见惯的亭子间,又想起曾读过的一本名叫《亭子间里》的书，因为，呈现在我眼前的，是一间不超过10平方米的小屋，这是他的卧室、书房兼会客室，家里人住在另一小间。厨房在进门的过道口，厕所在门外楼道里，公用。这种简易楼，对北京大多数居民来说，是不陌生的。当我坐定，无意识地脱口说出"亭子间"三个字时，他反应很快，忙解释说，那是他的一本旧著，收了一些有关30年代左翼文艺运动的文章，是在上海亭子间里写的，为了纪念那段生活，取了这个名字，谁知遭厄运，前几年"亭子间文学"被说成是"黑文学"，被批得好厉害！……我没有记住他说的其他话，我感到呼吸的压迫。那天原是去约稿的，结果正经事没有谈多少。这个小屋的狭窄憋得人难受，我耳畔不断响着"亭子间"这3个字。

过了些日子，《人民文学》编辑部召开了一次短篇小说创作座谈会，会议的住所是一座古色古香的庭院，幽静、舒适。为了便于吃汤药，他坚持晚上回去。早上我去接他。知道他夜间或凌晨常写作。那时他除了要应付报刊的一些零星约稿，正在酝酿写一部战争岁月的回忆录，他保存了好些当年的日记、笔记。有一次见他在"亭子间"里翻看人民文学出版社刚刚重版的《暴风骤雨》，神情那么专注，我真想透过他的眼神——"心灵之窗"，窥望他此刻的心海，是平静的湖面，还是席卷的怒涛？

1978年夏天，他在西苑饭店参加文联全委扩大会，我因工作关系，多次见到他。一次他谈起他很熟悉的一位"左联"时期的亡友，当得知我正在编辑《阿英文集》时，他深情地说，阿英文章写得快、好读，多是在亭子间里连夜赶写出来的。他说要写一篇纪念文章，缅怀亭子间时期的生活、友谊。——又是"亭子间"，我不禁怅惘了。

后来，他患肺癌住院了。在他住院治病期间，住宿条件有了很大的改善。临死前，他终于向"亭子间"告别了。这个变化，对他来说，已不是现实的存在。他离开我们一年多了。每当乘电车路过西郊时，我总爱透过车窗，注视那个熟悉的方向，寻找绿树丛中那幢熟悉的楼房。今夜，秋雨淅沥，立波同志在《亭子间》后记中的这几句话使我思绪绵绵："亭子间开间很小，租金不高，是革命者、小职工和穷文人惯于居住的地方。我在上海十年间，除开两年多是在上海和苏州的监狱里以外，其余年月全部是在这种亭子间里度过的。在亭子间里，我加入了中国左翼作家联盟，稍后，参加了中国共产党，又参与了左联的党团的活动，担任过两种刊物的编辑。"像他这样蜚声海内外文坛，与"亭子间"结下了不解之缘的大作家，为什么能够锲而不舍，奋笔如椽，向人民奉献丰盛的精神产品呢？他一生笔耕，面对困难，甘之如饴，却长期困于"亭子间"里，这是为什么呢？20 世纪 30 年代不得已困于"亭子间"，后来听从号召，走出了"亭子间"，又被重新投入"亭子间"里，这又是为什么呢？这太发人深思了！

有幸的是，他瞑目前，终于搬出了"亭子间"。四个现代化的曙光，开始照拂到人们身上，也照拂到了这位驰骋文坛一生、成就卓著的老将身上。我们是有希望的。虽然这只是衣食住行的小事。

当我路过西郊的时候……

1981 年 9 月

"补上旧时代一段空白"

——刘白羽谈吴组缃

　　1994 年吴组缃过世，为了纪念这位著名的作家、学者和教育家，许多人真情地写出了怀念之作。北京大学出版社次年出版了《吴组缃先生纪念集》（下称《纪念集》）。《纪念集》中不少文章突出谈到吴组缃对中国古典小说史，尤其是对《红楼梦》研究的深厚造诣和已取得的卓越成就。作家刘绍棠动情地回忆他在北大上学时听吴先生讲《红楼梦》，称赞"吴先生对《红楼梦》的艺术性和文学价值评析得精致"。红学家冯其庸说他 1956 年读到吴组缃的《论贾宝玉典型形象》，至今给他以深刻的印象，"因为吴先生对《红楼梦》及贾宝玉这个典型分析得深刻，能发人深思。吴先生在文章里很少引用马克思主义的词句，但他的分析却是历史唯物主义的分析，他把贾宝玉置于那个特定的历史时代，特定的封建贵族大家庭的具体生活环境，来做严格的现实主义的细致分析，在他的文章里读不到用'左'的词句来掩盖贫乏内容的'花腔'"。并说今天重读了这篇长文，"感觉仍是那么新鲜"。冯其庸沉痛地说，吴组缃是"红学"的权威，中国红楼梦学会首任会长，他的去世，"是学术界的重大损失，更是'红学'界的重大损失！"他甚至由此生出"哲人其萎，我怀何如"的感慨。据吴先生大学同窗贤友季羡林、林庚教授透露，吴先生晚年想完成"吴批《红楼梦》"，因多年疾病缠身，未能如愿，对逝者是一种遗憾，对学术界是一种不可弥补的损失。1964 年，我从北大中文系研究生毕业分配到中国作家协会文艺报社工作。离校前夕，组缃老师嘱我见刘白羽时代他问好。白羽当时是中国作协主要负责人之一。他约我谈话，表示对年轻人的关心，当谈起吴先生时，他仔细询问吴先生和师母沈菽园的身体近况，白羽加重语气地说，你们知道组缃讲《红楼梦》讲得好，分析得好，但他积累多年，所花的精力，你们就未必知道了。刘白羽写的《纪念组缃》，发表在1994年1月29日出版的《文艺报》上。白羽在文章中深情地回忆起他1936年在南京同吴先生的相识，"在南京认识组缃我才20岁。我是先认识天翼，而后由天翼约我去看组缃的。我是怀着隆重的心情去的。因为前几年在《文学月刊》上读到他的《一千八百担》《樊家铺》，我仿佛看到高天上闪耀的虹霓，大地上挺拔的奇峰，令人有'高山仰止'之感。他的作品不仅在当时文坛上是出类拔萃之作，就是在今天，以至未来，它们都会像洪钟一样震响……组缃非常健谈，天翼也善清谈，给我的印象最深的是组缃连续几次都谈《战争与和平》，他对安德烈、纳塔莎以至库图索夫、拿破仑这些人物以及场景结构，分析得那样精辟，讲得那样生动，令我为之陶醉。明白读书之道，实在受益匪浅。"新中国成立后，白羽知道吴组缃在北大讲坛上讲《红楼梦》之精彩，他两次请吴先生到中国作家协会给大家讲《红楼梦》，"他把《红楼梦》研究得透辟精彩，讲起来娓娓动听。他以写小说的大手笔讲《红楼梦》的大手笔小说，自然与学究论道不同，讲得听的人如醉如痴，简直怕他讲完"。刘白羽从吴组缃讲《红楼梦》回想起他半个世纪前讲《战争与和平》，刘白羽认为由于吴组缃个人的才智和长久不懈的钻研，"决定了他成为一个非凡的、出色的教授"，"将文学艺术的火种播入人心，桃李满天下"。

刘白羽将《纪念组缃》文章交给《文艺报》时，附有给我的一封短信，说明他写此文"不过是补上旧时代一段空白，聊尽老友之情而已"，我爱读这样的"空白"，也多少悟到些作者的用意。

2007年12月5日

喜读黄宗江的《我的坦白书》

    当代文坛是社会关注的一个热点。文坛既是历史的沉淀，又是现实的活动，它是由作者、编辑、出版者、表演者、组织者等众多台前幕后的人共同构造的。在这些人群中，有些已先逝，有些至今仍在活跃。就读者、观众而言，不仅需要欣赏作品，同样也有兴趣了解作品创造者的本身。这就是近些年来，为何出版了一批描述、回忆文艺家的著作，并受到读者欢迎的原因之一。

    去岁，为了纪念中国电影一百周年，中国电影出版社陆续出版了一批有影响的电影家的传记或自述。狗年春节，黄宗江贺岁送我一本刚出版的《我的坦白书》，我饶有兴味地一口气将它读完。

    宗江是文坛的名流。他在文坛活跃了半个多世纪，至今还在活跃着。他是我较熟悉的兄长。去年在一次北大同学聚会时，他首先举杯说，在场的都是我的师弟。这话不错。他 1938 年在燕京大学西语系就读，而燕大后来调整合并到北大了。

    宗江"亦京亦海"，是文坛一位奇才、多面手。老出版家范用说："他能文能武，亦中亦西（能演口吐英语的娄阿鼠），台上是名优，台下是作家，在家是好丈夫，出国是民间文化使者。自称'三栖动物'，不，是'多元化灵兽'。"1940 年他在上海下海，做过演员、编剧，又写得一手潇洒的散文随笔。在日常生活中，他为人坦荡，快语又幽默。交游广泛，自称"卖艺人家"出身，其妹黄宗英就是无人不晓的演员、作家。他的"坦白"自然会含有大量新鲜有趣的文坛名人逸事，尤其是他擅长捕捉的那些难忘的细节、镜头。

比如，谁都知道巴金在十年浩劫中个人和夫人萧珊的遭际，像黄宗江笔下记录的这个镜头却是鲜为人知的，他写道："一日晴空明朗，'文革'后期，我和小妹宗英均已'按人民内部矛盾处理'，'监督使用'。我们行走在上海淮海中路上，宗英忽停走，她低声顿呼：'大哥，巴——'又多年后我问宗英：'你唤了声"巴——"是巴金，巴老？……'宗英说不记得了，也许什么都没喊。巴和我只注目相视无语，我们只有相视无语。宗英和他似还常见，或在一个'学习班'之类，二人说了几句还好吧之类。不像在朝鲜我们那样说个没完没了，我只见到一位白发苍苍瘦骨嶙峋的老者，似曾相识，恍如隔世。那时我还不知道萧珊已去。"人们对许多事情不仅需要有宏观大体的了解，同时也需要了解众多丰富的细节，来生动地充实着、补充着对宏观的了解。书中就有不少令人读不完的有文献价值的细节、镜头。

宗江在《我的坦白书》中竟坦白出了他的"求婚书"，坦白出了他与敬爱的师长、敬爱的老友们的言谈，而这些大家、名家恰恰也是读者愿意了解的。

诚信是为人的根本，真切是读者阅读作品的基本要求。从这个意义上讲，宗江的这本《我的坦白书》是颇值得阅读的。

2006 年 3 月 12 日